Droemer
Knaur®

Victoria Holt

DIE SCHLANGENGRUBE

Roman

Aus dem Englischen übersetzt von
Margarete Längsfeld

Droemer Knaur

Titel der Originalausgabe: Snare of Serpents
Originalverlag: William Collins Sons & Co, London

Die Deutsche Bibliothek – CIP-Einheitsaufnahme

Holt, Victoria:
Die Schlangengrube: Roman / Victoria Holt.
Aus dem Engl. übers. von Margarete Längsfeld. –
München: Droemer Knaur, 1992
ISBN 3-426-19281-0

Die Folie des Schutzumschlags sowie die Einschweißfolie
sind PE-Folien und biologisch abbaubar.
Dieses Buch wurde auf chlor- und säurefreiem Papier gedruckt.

Umschlaggestaltung: Agentur Zero, München
Satzarbeiten: IBV Satz- und Datentechnik GmbH, Berlin
Druck und Bindearbeiten: Mohndruck, Gütersloh
Printed in Germany
ISBN 3-426-19281-0

2 3 5 4 1

INHALT

EDINBURGH

Der Diebstahl

Ich beobachtete ihre Ankunft vom Fenster aus. Nie hatte ich eine Frau gesehen, die einer Gouvernante weniger ähnelte. Als sie einen Augenblick vor dem Haus stehenblieb und heraufblickte, konnte ich ihr Gesicht deutlich erkennen. Unter einem schwarzen Hut, den eine grüne Feder zierte, quollen tizianrote Haare hervor. Sie hatte nichts von dem Flair edler Armut, das ihre Vorgängerin, Lilias Milne, und die meisten Damen ihrer Profession auszeichnete. Diese Frau hatte etwas Extravagantes. Sie wirkte eher, als sei sie gekommen, sich einer Theatertruppe anzuschließen statt in der Absicht, die Tochter eines der angesehensten Bürger von Edinburgh zu unterrichten.

Hamish Vosper, der Sohn des Kutschers, hatte sogar Anweisung erhalten, sie mit der Kutsche vom Bahnhof abzuholen. An Lilias Milnes Ankunft konnte ich mich nicht mehr erinnern, da sie so lang zurücklag, doch bin ich sicher, daß Lilias nicht in der Familienkutsche vorfuhr. Hamish half der Neuen aus dem Wagen, als sei sie unser Ehrengast; danach belud er sich mit ihrem umfangreichen Gepäck und geleitete sie zum Hauseingang.

Jetzt war für mich der Zeitpunkt gekommen, in die Halle hinunterzugehen. Mrs. Kirkwell, die Haushälterin, war schon dort.

»Das ist die neue Gouvernante«, sagte sie zu mir.

Die Gouvernante stand in der Halle. Sie hatte sehr grüne Augen, deren Farbe durch die grüne Feder an ihrem Hut und den Seidenschal um ihren Hals noch betont wurde; das Auffälligste aber

7

waren die dunklen Augenbrauen und Wimpern, die einen lebhaften Kontrast zum Rot der Haare bildeten. Sie hatte eine kurze, kecke Nase und eine lange Oberlippe, was ihr etwas Verspieltes, Kätzchenhaftes verlieh. Der Mund war rot und voll. Die leicht vorstehenden Zähne ließen auf Mutwillen schließen, auch auf Habgier; worauf diese Gier gerichtet sein mochte, konnte ich nicht sagen – ich war schließlich erst sechzehn.

Sie sah mich eindringlich an, und ich fühlte mich einer gründlichen Musterung unterzogen.

»Du mußt Davina sein«, sagte sie.

»Ja, die bin ich«, gab ich zur Antwort.

Die grünen Augen blickten nachdenklich. »Wir werden uns gut vertragen«, sagte sie in einem schüchternen Ton, der nicht recht zu diesem Blick passen mochte.

Ich merkte gleich, daß sie keine Schottin war. Mein Vater hatte sie nur kurz erwähnt. »Du bekommst eine neue Gouvernante«, hatte er erklärt. »Ich habe sie persönlich eingestellt und bin überzeugt, daß wir mit ihr zufrieden sein werden.«

Ich war entsetzt. Ich wollte keine neue Gouvernante. Ich war fast siebzehn und fand, nun müsse endlich Schluß sein mit Gouvernanten. Zudem war ich noch völlig verwirrt von dem, was mit Lilias Milne geschehen war. Sie war acht Jahre bei mir gewesen, und wir waren gute Freundinnen geworden. Ich meinte sie gut zu kennen und konnte nicht glauben, daß sie sich wirklich hatte zuschulden kommen lassen, was man ihr anlastete.

Mrs. Kirkwell sagte soeben: »Vielleicht möchtest du Miss… hm… zeigen, wo…«

»Grey«, sagte die Gouvernante. »Zillah Grey.«

Zillah! Ein merkwürdiger Name für eine Gouvernante! Und warum hatte sie uns ihren Vornamen genannt? Warum sagte sie nicht einfach Miss Grey? Es hatte lange gedauert, bis ich erfuhr, daß Miss Milnes Vorname Lilias war.

Ich zeigte Miss Grey ihr Zimmer, und da stand sie neben mir und sah sich um. Sie begutachtete den Raum so eingehend, wie sie zuvor mich gemustert hatte.

»Sehr hübsch«, sagte sie und blickte mich mit leuchtenden Augen an. »Ich denke, ich werde hier sehr glücklich sein.«

Die dramatischen Ereignisse, die zur Ankunft von Miss Zillah Grey geführt hatten, waren ganz unversehens in unser friedliches Dasein geplatzt.

Alles begann an jenem Morgen, als ich meine Mutter tot in ihrem Schlafzimmer fand. Danach schlich sich eine unheimliche Macht ins Haus – anfangs wirkte sie unmerklich, hinterhältig, doch schließlich gipfelte sie in der Tragödie, die mein Leben zu zerstören drohte.

Ich war an jenem schicksalhaften Morgen wie an jedem anderen Tag aufgestanden und ging zum Frühstück hinunter. Auf der Treppe begegnete ich Kitty McLeod, unserem Zimmermädchen.

»Mrs. Glentyre antwortet nicht«, sagte sie. »Ich hab' zwei- oder dreimal angeklopft. Ich mag nicht reingehen, wenn sie mich nicht dazu auffordert.«

»Ich komme mit«, sagte ich.

Wir gingen die Treppe zum Elternschlafzimmer hinauf, das meine Mutter seit dem letzten Jahr allein bewohnte. Sie kränkelte, und mein Vater, der oft bis spätabends in Geschäften unterwegs war, wollte sie nicht stören und bezog daher das Schlafzimmer nebenan. Bisweilen geschah es sogar, daß er abends überhaupt nicht nach Hause kommen konnte.

Ich klopfte an. Als keine Antwort kam, trat ich ein. Es war ein sehr hübsches Zimmer. Das große Doppelbett hatte polierte Messingknäufe und einen Vorhang mit Volants. Durch die hohen Fenster sah man die vornehmen, aus grauen Quadersteinen errichteten Häuser auf der gegenüberliegenden Seite der breiten Straße.

Ich trat ans Bett, und da lag meine Mutter, bleich und still, mit einem friedlichen Ausdruck im Gesicht.

Ich wußte sofort, daß sie tot war, und sagte zu Kitty, die neben mir stand: »Geh, hol Mr. Kirkwell.«

Mr. Kirkwell, der Butler, kam sogleich, begleitet von seiner Frau. »Wir schicken nach dem Doktor«, sagte er.

Als der Arzt kam, erklärte er uns, sie sei im Schlaf verschieden: »Ganz friedlich – und nicht unerwartet.«

Wir konnten nicht nach meinem Vater schicken, denn wir wußten nicht, wo er sich gerade aufhielt. Wir vermuteten ihn auf einer Geschäftsreise nach Glasgow, aber das war zu unbestimmt. Vater kam jedoch noch am selben Tag zurück. Als er die Neuigkeit vernahm, machte er ein so entsetztes Gesicht, wie ich es noch nie gesehen hatte. Seltsam, ich bildete mir ein, einen flüchtigen Ausdruck von Schuldgefühl darin zu entdecken. Machte er sich Vorwürfe, weil er nicht zu Hause war, als Mutter starb?

Dann setzten die Veränderungen ein. Ich vermißte meine Mutter schmerzlich. Ich hatte die sechzehn Jahre meines bisherigen Lebens in geordneten Bahnen verbracht und mir nie vorgestellt, daß es sich so drastisch ändern könnte. Ich machte die Erfahrung, daß wir Frieden, Geborgenheit und Glück für selbstverständlich halten und sie erst dann zu schätzen wissen, wenn wir sie verloren haben.

Die Erinnerungen sind zahlreich: ein geräumiges, behagliches Heim, wo warme Feuer entfacht wurden, sobald die kalten Herbstwinde spüren ließen, daß der Winter bald Einzug halten würde. Ich mußte die Kälte nicht fürchten. Für mich war es ein prickelnder Genuß, in warmen Gamaschen, einem Mantel, der an Hals und Ärmeln mit Pelz besetzt war, und mit Wollschal, Handschuhen und obendrein einem Pelzmuff geschützt, ins Freie zu gehen. Ich war mir stets bewußt, daß ich einer der angesehensten Familien in Edinburgh angehörte.

Mein Vater war Direktor einer Bank in der Princes Street, und ich war jedesmal von glühendem Stolz erfüllt, wenn ich an dem Gebäude vorüberging. Als kleines Mädchen dachte ich, alles Geld, das in die Bank gebracht wurde, gehöre ihm. Es war wunderbar, eine Glentyre, ein Mitglied dieser illustren Familie, zu sein. Mein Vater war David Ross Glentyre, und ich war Davina genannt worden, weil dieser Name David so nahekam wie nur möglich. Wäre ich als Junge auf die Welt gekommen, was meinen Eltern vermutlich lieber gewesen wäre, hätte ich David geheißen. Aber ein Knabe wurde nie geboren; meine Mutter war zu zart, um das Risiko einer nochmaligen Schwangerschaft auf sich zu nehmen.

Solche Erinnerungen barg für mich das Haus, das nun ein Haus der Trauer geworden war.

Bis ungefähr ein Jahr vor ihrem Tod waren meine Mutter und ich oft in der Kutsche zum Einkaufen oder zu Besuch bei Freunden gefahren. In allen großen Geschäften wurde meine Mutter ehrerbietig bedient. Männer in schwarzen Röcken kamen beflissen herbeigeeilt und rieben sich entzückt die Hände, weil sie ihnen die Ehre erwies, sie aufzusuchen. »Wann möchten Sie es zugeschickt haben, Mrs. Glentyre? Selbstverständlich, selbstverständlich, wir können es noch heute liefern. Und Miss Davina ist schon eine richtige junge Dame.« Das alles war sehr angenehm.

Wir besuchten Freunde, lauter Leute, die so gut situiert waren wie wir und ähnliche Häuser bewohnten. Wir tranken Tee, aßen Haferküchlein, und ich lauschte brav den Erzählungen der Erwachsenen.

Wie liebte ich die Fahrt auf der Royal Mile von der Felsenburg zu dem herrlichsten aller Paläste, dem Holyrood Palace. Einmal war ich in dem Palast gewesen. Schaudernd stand ich in dem Raum, wo Rizzio zu Füßen Königin Marias ermordet wurde; ich träumte noch monatelang davon – alles war so wunderbar schauerlich.

Jeden Sonntag besuchte ich die Kirche mit Mutter und Vater, sofern er nicht auswärts war. War Vater verreist, gingen Mutter und ich allein, und nach dem Gottesdienst blieben wir vor der Kirche stehen, um mit Freunden ein Schwätzchen zu halten, bevor wir uns von Mr. Vosper, der mit dem Wagen wartete, durch die sonntäglich stillen Straßen zum Mittagsmahl nach Hause kutschieren ließen.

Die Sonntagsmahlzeiten wären ohne meine Mutter eine ernste Zeremonie gewesen. Aber sie lachte viel und ließ sich gerne respektlos über die Predigt aus; wenn sie über Leute redete, ahmte sie diese täuschend echt nach. Mr. Kirkwell hielt sich diskret die Hand vor den Mund, um ein Lächeln zu verdecken; Kitty schmunzelte, und selbst die Lippen meines Vaters zuckten leicht, während er Mutter mit mildem Vorwurf ansah. Sie aber lachte nur.

Mein Vater, ein ernsthafter, frommer Mann, legte großen Wert darauf, daß alle im Haus es ihm gleichtaten. Wenn er daheim war, hielt er jeden Morgen in der Bibliothek eine Andacht, an der alle teilnehmen mußten, sogar die Dienstboten – Mr. und Mrs. Kirkwell, Kitty, Bess und das Hausmädchen Jenny –, Mutter war ausgenommen; der Doktor hatte ihr Ruhe verordnet, daher stand sie nie vor zehn Uhr auf.

Und auch die Vospers mußten nicht kommen, da sie nicht im Haus wohnten. Sie hatten ihre Unterkunft über den Stallungen, wo die Pferde und die Kutsche untergestellt waren. Sie waren zu dritt, Mr. und Mrs. Vosper mit ihrem Sohn Hamish. Hamish war um die Zwanzig. Er ging seinem Vater zur Hand, und konnte der alte Vosper die Kutsche einmal nicht fahren, dann übernahm sein Sohn diese Aufgabe.

Aus Hamish wurde ich nicht ganz klug. Er hatte dunkle Haare und fast schwarze Augen. Mrs. Kirkwell meinte: »Der Bursche ist wirklich zu dreist. Er meint wohl, er sei was Besseres als wir übrigen.«

Ein Aufschneider war er gewiß. Groß gewachsen und breitschultrig, überragte er seinen Vater und Mr. Kirkwell, den Butler. Wenn er jemanden ansah, hatte er die Angewohnheit, eine Augenbraue und einen Mundwinkel gleichzeitig zu heben. Das verlieh ihm einen hochmütigen Gesichtsausdruck, so, als blicke er auf die anderen herab, als fühle er sich um vieles erfahrener.

Mein Vater war ihm jedoch offensichtlich zugetan. Er sagte, Hamish verstehe sich gut auf den Umgang mit Pferden, und als Kutscher sei ihm der junge Vosper allemal lieber als der alte.

Gern hatte ich bei meiner Mutter gesessen und mit ihr geplaudert. Sie schwärmte ständig von den alten Zeiten. Ihre Augen leuchteten aufgeregt, wenn sie von den Streitigkeiten mit unserem Feind jenseits der Grenze erzählte. Sie sprach leidenschaftlich von dem großen William Wallace, der sich gegen den mächtigen Edward erhoben hatte, als dieser soviel Elend über unser Land brachte, daß er als »Hammer von Schottland« in die Geschichte einging.

»Der große Wallace wurde gefangengenommen.« Ihre Augen glühten vor Zorn und bitterem Scherz. »Sie haben ihn in Smithfield gehenkt und geviertelt wie einen gewöhnlichen Verräter.« Sie sprach von dem guten Prinz Charlie und der Tragödie von Culloden, dem Triumph von Bannockburn und natürlich von der unglückseligen, ach so romantischen Maria, Königin von Schottland.

Das waren beglückende Stunden, und ich konnte den Gedanken kaum ertragen, daß sie unwiederbringlich dahin waren.

Bis zu meinem vierzehnten Lebensjahr hatte ich die Mahlzeiten mit Miss Milne eingenommen, danach mit meinen Eltern. Da Lilias Milne und ich gute Freundinnen waren, hatte ich eine Menge über sie erfahren; von ihr wußte ich auch, zu welch unsicherem, oft demütigendem Dasein Gouvernanten gezwungen waren. Ich war froh, daß Lilias zu uns gekommen war. Auch sie selbst war froh darüber. »Deine Mutter ist jeder Zoll eine Dame«, sagte sie einmal. »Sie hat mich nie fühlen lassen, daß ich mehr oder weniger eine Bedienstete bin. Als ich damals hierherkam, stellte sie mir Fragen über meine Familie, und ich merkte, daß sie Verständnis hatte. Sie nimmt Anteil an anderen Menschen; sie sieht, wie sie leben, und kann sich an ihre Stelle versetzen. Sie bemüht sich stets, andere in keiner Weise zu verletzen. So etwas nenne ich eine Dame.«

»Oh, ich bin so froh, daß du hier bist, Lilias«, sagte ich. Wenn wir allein waren, duzte ich sie. Miss Milne nannte ich sie nur in Gegenwart anderer. Mrs. Kirkwell hätte mich zweifellos dafür getadelt, daß ich einen so vertraulichen Umgang mit der Gouvernante pflegte, und meinem Vater wäre es auch nicht recht gewesen. Meine Mutter hätte sicher nichts dagegen gehabt.

Lilias erzählte mir von ihrer Familie, die in England in der Grafschaft Devon lebte. »Wir sind sechs Geschwister«, sagte sie, »lauter Mädchen. Es wäre besser gewesen, wenn wir ein paar Jungen gehabt hätten, obwohl deren Erziehung natürlich teuer gekommen wäre. Wir waren sehr arm. Und in unserem großen Haus war es immer kalt und zugig. Ich liebe eure warmen Feuer hier. Ihr braucht sie natürlich noch mehr, weil es bei euch soviel kälter ist. Hier im Haus hab' ich's warm. Das behagt mir.«

»Erzähl mir vom Pfarrhaus.«

»Es ist groß und zugig. Die Kirche ist gleich nebenan. Sie ist uralt, und irgendwo hapert's immer. Klopfkäfer, Holzwürmer, ein leckes Dach. Aber es ist eine schöne Kirche. Sie liegt mitten in Lakemere, das ist ein typisches englisches Dorf, mit der alten Kirche, den Katen und dem Gutshaus. Solche Dörfer habt ihr hier nicht. Du siehst den Unterschied, sobald du über die Grenze kommst. Ich liebe die englischen Dörfer.«

»Aber das zugige alte Pfarrhaus? Du mußt zugeben, in unserem Haus lebt man bequemer.«

»Gewiß, gewiß. Das weiß ich zu schätzen. Dann aber frage ich mich: Wie lange gibt es das noch für mich? Ich muß mich damit auseinandersetzen, Davina. Wie lange wirst du noch eine Gouvernante brauchen? Das frage ich mich schon geraume Zeit. Sie werden dich wohl ins Internat schicken, nehme ich an.«

»Vorerst nicht. Vielleicht heirate ich, und du wirst die Gouvernante meiner Kinder.«

»Bis dahin ist es noch eine Weile«, sagte sie traurig. Sie war zehn Jahre älter als ich, und ich war acht gewesen, als sie zu uns kam. Ich war ihre erste Schülerin.

Sie erzählte mir noch mehr von ihrem Leben daheim. »Wir Schwestern wußten von vornherein, daß wir unseren Lebensunterhalt selbst verdienen mußten, sofern wir nicht heirateten. Wir konnten nicht alle zu Hause bleiben. Die beiden ältesten, Grace und Emma, sind verheiratet, Grace mit einem Pfarrer und Emma mit einem Rechtsanwalt. Ich war die dritte, und nach mir kamen Alice, Mary und Jane. Mary ist Missionarin irgendwo in Afrika. Alice und Jane sind daheim geblieben, um das Haus zu führen, als unsere Mutter starb.«

Unsere Freundschaft vertiefte sich. Auch ich fürchtete, mein Vater würde eines Tages beschließen, daß ich keine Gouvernante mehr brauchte. Wann würde es soweit sein? Wenn ich siebzehn würde? Das war nicht mehr lange hin.

Einmal hätte Lilias fast geheiratet, erzählte sie mir voller Wehmut. Aber er hatte sich nie »erklärt«.

»Ich vermute, es waren nur Andeutungen«, sagte ich. »Wie kamst du denn darauf, daß er sich ›erklären‹ würde?«

»Er hatte mich gern. Er war der jüngere Sohn des Gutsherrn von Lakemere. Er wäre eine gute Partie für mich, die Pfarrerstochter, gewesen. Doch dann stürzte er beim Reiten und war schwer verkrüppelt. Er kann seine Beine nicht mehr gebrauchen.«

»Bist du denn nicht zu ihm gegangen? Hast du ihm nicht gesagt, du würdest auf immer für ihn sorgen?«

Sie schwieg ein Weilchen, während sie in die Vergangenheit zurückblickte. »Er hatte sich nicht erklärt. Niemand wußte, wie es um uns stand. Was konnte ich tun?«

»Ich wäre zu ihm gegangen. Ich hätte ihm die Erklärung abgenommen.«

Sie lächelte nachsichtig. »Das schickt sich nicht … eine Frau muß warten, bis sie gefragt wird. Er würde mich nicht gefragt haben, in diesem Zustand. Es konnte nicht sein. Es war Fügung.«

»Von wem?«

»Von Gott. Vom Schicksal. Wie immer du es nennen willst.«

»Ich hätte es nicht zugelassen. Ich wäre zu ihm gegangen und hätte ihm gesagt, daß ich ihn heirate.«

»Du mußt noch viel lernen, Davina«, sagte sie.

Ich erwiderte: »Dann bring's mir bei.«

»Manche Dinge kann man nur durch Erfahrung lernen.«

Ich dachte viel über Lilias nach. Zuweilen fragte ich mich, ob sie nicht weniger in den Mann als vielmehr in die Vorstellung vom Heiraten verliebt gewesen war. Als verheiratete Frau wäre sie nicht gezwungen gewesen, als Gouvernante zu arbeiten, immer im ungewissen, wann sie sich nach einem neuen Posten in einer fremden Familie würde umsehen müssen.

In den Wochen bevor meine Mutter starb, band Lilias' Angst vor der Zukunft sie eng an mich – und nach dem Tod meiner Mutter kamen wir uns näher denn je.

Doch ich wurde allmählich erwachsen. Ich sah den Tatsachen ins Auge und wußte, daß Lilias nicht mehr lange bei uns sein würde.

Nanny Grant hatte uns erst kurz zuvor verlassen. Sie war zu einer Kusine aufs Land gezogen. Der Abschied hatte mich tief betrübt. Nanny war schon die Kinderfrau meiner Mutter gewesen, war bei ihr geblieben, bis sie heiratete, und später war sie meine Kinderfrau geworden. Wir standen uns sehr nahe. Sie war es, die mich tröstete, wenn ich Alpträume hatte, wenn ich hinfiel und mir weh tat. An diese Zeit werde ich immer zurückdenken. Wenn es schneite, ging sie mit mir in den Garten zwischen den Stallungen und dem Haus, und sie saß geduldig auf einer Bank, während ich einen Schneemann baute. Bis sie mich plötzlich aufhob und sagte: »Jetzt ist es genug. Möchtest du, daß deine alte Nanny sich in einen Schneemann verwandelt? Oh, wenn du dich jetzt sehen könntest... deine Augen blitzen bei dieser Vorstellung. Du kleiner Schlingel!«

Ich erinnere mich an die Regentage, wenn wir am Fenster saßen und warteten, daß es aufklarte und wir hinausgehen konnten. Dann sangen wir zusammen:

Es regnet, Gott segnet, die Erde wird naß.
Mach mich nicht naß, mach mich nicht naß,
mach nur die bösen Kinder naß.

Und nun war Nanny Grant fortgegangen und hatte die wunderbaren Erinnerungen zurückgelassen – sie waren alle Teil eines wunderbaren Lebens, vor das sich an jenem tragischen Tag, als ich zu meinem Unglück meine Mutter tot fand, ein dunkler Vorhang schob.

»Für eine Tochter beträgt die Trauerzeit ein Jahr«, verkündete Mrs. Kirkwell. »Für uns dauert sie zwischen drei und sechs Monate. Sechs für Mr. Kirkwell und mich. Für die Hausmädchen dürften drei Monate genügen.«

Wie habe ich die schwarzen Kleider gehaßt! Wenn ich sie anzog, mußte ich jedesmal an meine Mutter denken, wie sie tot in ihrem Bett lag.

Nichts war mehr wie vorher. Manchmal hatte ich das Gefühl, wir würden warten, daß etwas geschehe, warten, daß wir aus unserer Trauer erlöst würden. Lilias wartete, daß mein Vater sie zu sich rief, um ihr zu sagen, ihre Dienste würden nicht mehr benötigt.

Mein Vater war öfter auswärts denn je. Ich war dankbar dafür. Mir graute vor den Mahlzeiten mit ihm, wenn wir beide immer auf den leeren Stuhl starrten und schwiegen.

Nicht daß mein Vater je gesellig gewesen wäre. Meiner Mutter jedoch war es gelungen, ihn ein wenig aus seiner Starrheit zu lösen. Ich dachte daran, wie seine Lippen zuckten, wenn er sich anstrengte, seine Belustigung zu verbergen. Er war ihr offenbar sehr zugetan, was ich eigenartig fand, da sie so verschieden waren. Sie scherte sich nicht um die Konventionen, an denen er so strikt festhielt. Ich erinnerte mich an den milden Vorwurf in seiner Stimme, wenn sie etwas sagte, was er gewagt fand. »Meine Liebe, meine Liebe«, murmelte er dann, aber er mußte unwillkürlich lächeln.

Einmal sagte meine Mutter: »Dein Vater ist ein Mann mit hehren Prinzipien, ein guter Mensch. Er gibt sich große Mühe, seinen hohen Wertmaßstäben gemäß zu leben. Manchmal halte ich es für bequemer, sie etwas niedriger anzusetzen, damit man sich nicht selbst enttäuschen muß.«

Ich verstand nicht ganz, was sie damit meinte, und bat sie, es mir zu erklären. Doch sie lachte nur und sagte: »Meine Gedanken gehen spazieren. Es ist nichts...« Dann zuckte sie die Achseln und murmelte: »Armer David.«

Ich hätte gerne gewußt, warum sie meinen Vater bedauerte. Aber meine Mutter wollte zu diesem Thema nichts mehr sagen.

Etwa drei Wochen nach ihrem Tod kam die Schwester meines Vaters, Tante Roberta, zu uns ins Haus. Sie war zur Zeit des Begräbnisses krank gewesen und hatte nicht daran teilnehmen können, doch jetzt fühlte sie sich wieder gesund und war voll Tatendrang.

Sie war ganz anders als mein Vater. Er war ein zurückhaltender Mensch, der Distanz zu uns wahrte. Nicht so Tante Roberta. Ihre hohe, befehlende Stimme war im ganzen Haus zu hören. Sie betrachtete uns alle mit äußerster Mißbilligung.

Sie war unverheiratet. Mrs. Kirkwell, die über ihre Anwesenheit verstimmt war, meinte, es wundere sie gar nicht, daß Miss Glentyre keinen Mann finden konnte, der mutig genug war, es mit ihr aufzunehmen.

Tante Roberta verkündete, sie sei zu uns gekommen, weil mein Vater nach dem Verlust seiner Gattin eine Frau brauche, die seinen Haushalt beaufsichtige. Da meine Mutter niemals etwas beaufsichtigt hatte und dennoch alles reibungslos lief, war diese Idee von Anfang an absurd. Alle im Haus erschauderten in schlimmen Vorahnungen, denn Tante Roberta ließ durchblicken, daß sie für immer bei uns zu bleiben gedenke. Und vom Augenblick ihrer Ankunft an begann sie, den Haushalt umzukrempeln. Unmut kam auf, und ich befürchtete, daß die Dienstboten sich bald nach neuen Stellungen umschauen würden.

»Nur gut, daß Mr. Kirkwell so geduldig ist«, sagte Mrs. Kirkwell zu Lilias, die die Bemerkung an mich weitergab und hinzufügte: »Ich glaube wirklich, so gut sie es hier auch haben, dies könnte den Leuten zuviel werden.«

Ich wünschte innig, Tante Roberta würde wieder abreisen. Zum Glück war mein Vater nicht so geduldig wie Mr. Kirkwell. Eines Abends kam es beim Essen zu einer heftigen Auseinandersetzung. Es ging um mich.

»Du solltest daran denken, David, daß du eine Tochter hast«, begann Tante Roberta, während sie sich aus der Schüssel mit Pastinaken bediente, die Kitty ihr reichte.

»Das dürfte ich wohl kaum vergessen«, gab mein Vater scharf zurück.

»Sie wird rasch erwachsen.«

»Sicher nicht schneller als andere Mädchen in ihrem Alter.«

»Sie braucht eine leitende Hand.«

»Sie hat eine vorzügliche Gouvernante. Das dürfte vorerst genügen, denke ich.«

»Gouvernante!« schnaubte Tante Roberta. »Was verstehen die davon, wie man ein Mädchen auf die Einführung in die Gesellschaft vorbereitet?«

»Einführung in die Gesellschaft!« rief ich entgeistert.

»Du bist nicht gefragt, Davina.«

Es ärgerte mich, daß ich für sie offenbar noch in dem Alter war, wo man gesehen, aber nicht gehört werden darf, daß sie mich aber dennoch nicht mehr für zu jung befand, um in die Gesellschaft eingeführt zu werden.

»Die Rede war aber von mir«, gab ich heftig zurück.

»Himmlischer Vater! Was soll aus dir noch werden?«

»Roberta«, sagte mein Vater ruhig, »du bist hier sehr willkommen, aber ich kann nicht zulassen, daß du das Regiment in meinem Haus übernimmst. Der Haushalt ist stets vortrefflich geführt worden, und ich möchte nicht, daß sich daran etwas ändert.«

»Ich verstehe dich nicht, David«, sagte Tante Roberta. »Ich glaube, du vergißt...«

»Du bist es, die vergißt, daß du nicht mehr die große Schwester bist. Daß du zwei Jahre älter bist als ich, mag eine gewisse Bedeutung gehabt haben, als du acht warst und ich sechs. Aber heutzutage brauche ich dich nicht, damit du dich um meinen Haushalt kümmerst.«

Tante Roberta war fassungslos. Sie zuckte mit resignierter Miene die Achseln und murmelte: »Die Undankbarkeit mancher Leute geht über mein Fassungsvermögen.«

Ich dachte, sie würde jetzt vielleicht abreisen, aber sie schien es trotz ihrer Unbeliebtheit für ihre Pflicht zu halten, uns davor zu bewahren, in die Katastrophe zu schlittern.

Dann ereignete sich etwas, das mich – uns alle – zutiefst erschütterte und Tante Roberta die Entscheidung abnahm.

Mein Vater wurde jetzt fast immer von Hamish kutschiert. Die Rangordnung in den Stallungen hatte sich umgekehrt. Nicht Hamish half aus, wenn sein Vater anderweitig beschäftigt war, sondern der Vater wurde gerufen, wenn Hamish nicht zur Hand war. Hamish war ein größerer Angeber denn je. Er hatte es sich zur Gewohnheit gemacht, in die Küche zu kommen, wo er sich an den Tisch setzte und die Mädchen angaffte – sogar mich, wenn ich zufällig anwesend war. Kitty, Bess und Jenny, das Hausmädchen, fanden seine Gegenwart sichtlich aufregend, und er ließ sich gönnerhaft herab, mit ihnen zu flirten.

Ich konnte nicht verstehen, was sie an ihm beeindruckte. Es bereitete ihm anscheinend großes Vergnügen, die behaarten Arme vorzuzeigen. Er hatte die Hemdsärmel stets bis zu den Ellenbogen hochgekrempelt, so daß er seine Arme zärtlich streicheln konnte. Auf mich wirkte dieser Anblick abstoßend.

Mrs. Kirkwell betrachtete Hamish mit Argwohn. Als er versuchte, mit ihr zu scherzen, ließ sie ihn abblitzen. Er hatte die Angewohnheit, die Mädchen zu begrapschen, was ihnen offenbar gefiel; doch der Reiz, den er auf sie ausübte, ließ Mrs. Kirkwell kalt. Einmal berührte er im Vorbeigehen ihre Schulter und murmelte: »Sie müssen zu Ihrer Zeit ein hübsches Frauenzimmer gewesen sein, Mrs. Kirkwell. Ein liebes Persönchen, könnt' ich mir vorstellen... oder vielleicht doch nicht ganz so lieb, wie?«

Sie erwiderte mit äußerster Würde: »Ich wäre dir sehr verbunden, wenn du dir überlegen würdest, mit wem du redest, Hamish Vosper.«

Worauf er gurrende Laute von sich gab und sagte: »Ach, so ist das, ja? Ich merke schon, hier muß ich mich vorsehen.«

»Und ich kann nicht dulden, daß du in meiner Küche herumlungerst«, gab Mrs. Kirkwell ihm zu verstehen.

»Aha. Aber ich warte auf den Herrn.«

»Je eher er nach dir schickt, desto besser.«

In diesem Moment kam Lilias Milne in die Küche. Sie wollte Bess fragen, ob sie heute morgen ein Päckchen Stecknadeln auf ihrem Tisch gesehen habe. Sie hatte sie dort vergessen, und jetzt waren sie nicht mehr da. Sie dachte, Bess habe sie vielleicht versehentlich zum Abfall geworfen.

Ich bemerkte, daß Hamish Lilias grübelnd betrachtete – nicht so, wie er die jungen Mädchen ansah, sondern aufmerksam, anders.

Wenige Tage später fing der Ärger an.

Es begann damit, daß ich Tante Roberta auf der Treppe traf. Es war nach dem Mittagessen; ich wußte, daß sie sich nachmittags zur Ruhe legte. Das war die einzige Zeit, wo friedliche Stille im Haus herrschte. Sie war seit dem Wortwechsel mit meinem Vater etwas kleinlaut geworden, beaufsichtigte aber nach wie vor alles, was im Haus vorging, und ihr Adlerauge funkelte ständig vor Mißbilligung.

Ich wollte gerade hastig umkehren und mich in mein Zimmer verziehen, aber sie hatte mich schon gesehen.

»Ach, bist du's, Davina? Du bist zum Ausgehen angekleidet?«

»Ja. Miss Milne und ich machen um diese Tageszeit oft einen Spaziergang.«

Sie wollte etwas erwidern, als sie plötzlich lauschend innehielt. Sie legte den Zeigefinger an die Lippen, und ich trat leise neben sie. »Horch«, flüsterte sie.

Hinter einer geschlossenen Türe hörte ich unterdrücktes Lachen und eigenartige Laute. Tante Roberta schritt resolut hin und stieß die Türe auf. Ich blieb an ihrer Seite, und mir bot sich ein erstaunlicher Anblick: Die halbnackten, verschlungenen Leiber von Kitty und Hamish lagen auf dem Bett.

Sie fuhren hoch. Kittys Gesicht wurde knallrot, und sogar Hamish wirkte leicht verstört.

Ich hörte Tante Robertas raschen Atem. Ihr erster Gedanke galt mir. »Laß uns allein, Davina«, schrie sie.

Aber ich vermochte mich nicht zu rühren. Ich konnte nur wie gebannt die beiden auf dem Bett anstarren.

Tante Roberta trat in das Zimmer. »Anstößig... unerhört... ihr verderbten...« Sie stotterte, ausnahmsweise um Worte verlegen.

Hamish war vom Bett aufgestanden und fuhr hastig in seine Kleider. Er setzte eine trotzig-prahlerische Miene auf und grinste Tante Roberta an. »Das ist nun mal die menschliche Natur«, sagte er.

»Du widerwärtiger Mensch«, gab sie zurück. »Mach, daß du aus dem Haus kommst. Und du«, sie brachte Kittys Namen nicht über die Lippen, »du Schlampe. Du packst sofort deine Sachen und verschwindest – hinaus mit euch, alle beide.«

Hamish zuckte nur die Achseln, doch Kitty wirkte wie betäubt. Ihr Gesicht, zuvor rot wie Stechpalmenbeeren, war nun weiß wie Papier.

Tante Roberta drehte sich um und wäre fast auf mich gefallen. »Davina! Was fällt dir ein? Ich sagte dir, du sollst hinausgehen. Es ist äußerst... anstößig. Ich wußte doch, daß in diesem Haus etwas vorging. Sobald dein Vater heimkommt...«

Ich machte kehrt, floh in mein Zimmer und schloß mich ein. Auch ich war erschüttert. Mir war übel. »Die menschliche Natur«, hatte Hamish gesagt. Noch nie war ich der menschlichen Natur dieser Form so nahe gewesen.

Stille herrschte im Haus. Die Dienstboten hatten sich in der Küche versammelt. Ich stellte mir vor, wie sie flüsternd am Tisch saßen. Lilias kam in mein Zimmer. »Es wird Ärger geben«, sagte sie. »Und du warst dabei.«

Ich nickte.

»Was hast du gesehen?«

»Ich habe die zwei gesehen, auf dem Bett.«

Lilias schauderte.

»Es war so abstoßend«, sagte ich. »Hamishs Beine sind genauso behaart wie seine Arme.«

»Ich vermute, ein Kerl wie der übt auf ein Mädchen wie Kitty einen gewissen Reiz aus.«

»Inwiefern?«

»Das weiß ich nicht genau, aber er hat so etwas... Männliches. Ein junges Mädchen könnte durchaus von ihm hingerissen sein. Kitty wird natürlich entlassen. Alle beide werden entlassen. Wo Kitty wohl hingehen wird? Und was werden sie mit ihm machen? Es wird böse werden, wenn dein Vater nach Hause kommt.«

Ich konnte die schreckliche Angst in Kittys Gesicht nicht vergessen. Sie war seit vier Jahren bei uns; mit vierzehn war sie vom Land zu uns gekommen. Wenn mein Vater nach Hause käme, würde Tante Roberta mit Sicherheit darauf bestehen, daß Kitty das Haus verließ. Ich malte mir aus, wie sie mit ihren wenigen Habseligkeiten auf der Straße stand.

Ich ging in das Zimmer hinauf, das sie mit Bess und Jenny teilte. Sie war allein; Tante Roberta hatte sie hinaufgeschickt. Sie saß verzweifelt und ängstlich auf ihrem Bett.

Ich setzte mich zu ihr. In Rock und Bluse schien sie ein ganz anderer Mensch als das halbnackte Wesen auf dem Bett.

»Oh, Miss Davina, Sie sollten nicht hierherkommen«, sagte sie.

»Ist der Herr schon zurück?«

Ich schüttelte den Kopf. »Noch nicht.«

»Und sie?«

»Du meinst meine Tante? Mein Vater hat ihr deutlich zu verstehen gegeben, daß sie im Hause nichts zu sagen hat.«

»Ich werde fortmüssen, wenn er kommt.«

»Wie konntest du… das tun?« fragte ich. Und fügte hinzu: »Mit ihm?«

Sie sah mich kopfschüttelnd an. »Das verstehen Sie nicht, Miss Davina. Es ist etwas ganz Natürliches… mit ihm.«

»Die menschliche Natur«, zitierte ich ihn. »Aber es scheint so…«

»Er hat eben so was Gewisses.«

»Die vielen Haare«, sagte ich schaudernd. »An Beinen und Armen.«

»Vielleicht…«

»Kitty, was wirst du anfangen?«

Sie schüttelte den Kopf und fing an zu weinen.

»Wenn man dich fortschickt, wohin willst du gehen?«

»Ich weiß nicht, Miss.«

»Könntest du nach Hause?«

»Das ist sehr weit von hier. In der Nähe von John o'Groats. Ich bin hierhergekommen, weil sie mich dort nicht gebrauchen können. Bloß mein alter Vater ist noch da. Er kann mich nicht ernähren. Es geht einfach nicht. Ich kann nicht zurückgehen und ihm sagen, warum ich wieder da bin.«

»Wohin dann, Kitty?«

»Vielleicht gibt der Herr mir noch eine Chance«, sagte sie hoffnungsvoll, doch ich merkte ihr an, daß sie dies nicht für sehr wahrscheinlich hielt.

Ich dachte an seine Bibellesungen – die vielen Stellen über die Rache des Herrn – und gelangte zu der Überzeugung, daß er Kittys Sünde für zu schwer halten würde, als daß er Vergebung gewähren könnte. Ich hatte die stets vergnügte Kitty immer gern gehabt und wollte ihr helfen. Hin und wieder hatte ich ein Geldstück, das ich von meinem wöchentlichen Taschengeld gespart hatte, in eine Schatulle gelegt. Kitty konnte haben, was sich darin angesammelt hatte. Viel war es nicht. Aber das größere Problem war: Wohin könnte sie gehen? Was wurde aus Mädchen, die gesündigt hatten wie Kitty? Ich hatte von einer Nonne gehört, die wegen eines ähnlichen Vergehens eingemauert worden war. Es schien eine der größten Sünden zu sein. Wegen dieser Sünde bekamen manche Mädchen Babys und waren auf immer geächtet.

Ich tat mein Bestes, um Kitty zu trösten. Ich hoffte, mein Vater würde an diesem Abend nicht nach Hause kommen. Das würde ihr etwas Aufschub geben – Zeit, sich einen Ausweg zu überlegen.

Ich ging zu Lilias und erzählte ihr, daß ich bei Kitty gewesen war und in welch verzweifelter Verfassung sie sich befand.

»Sie ist töricht«, sagte Lilias, »sich so zu benehmen... und ausgerechnet mit einem Kerl wie Hamish. Sie muß nicht ganz richtig im Kopf sein.«

»Sie ist ehrlich verzweifelt, Lilias. Sie weiß nicht, wohin. Was wird sie tun? Vielleicht nimmt sie sich das Leben. Was dann, Lilias? Ich würde nie vergessen, daß ich ihr nicht geholfen habe.«

»Was könntest du schon tun?«

»Ich könnte ihr das bißchen Geld geben, das ich habe.«

»Das würde nicht weit reichen.«

»Ich habe mit ihr darüber geredet, was aus ihr wird, wenn sie gehen muß. *Du* könntest in dein Pfarrhaus zurück. *Du* hast ein Zuhause. Bei Kitty ist das anders. Sie weiß nicht, wohin. Man wird doch nicht so grausam sein, nicht wahr, und sie hinauswerfen, wenn sie nicht weiß, wohin?«

»Sie hat allem Anschein nach die allerschlimmste Sünde begangen. Solche Menschen wurden früher gesteinigt, das steht in der Bibel. Ich glaube, manche Leute würden es am liebsten heute noch tun.«

»Wie können wir ihr helfen?«

»Du sagst, sie weiß nicht, wohin.«

»Das hat sie mir gesagt. Wenn man sie hinauswirft, steht sie mutterseelenallein auf der Straße. Lilias, das kann ich nicht ertragen. Sie war hier so glücklich. Ich kann nicht vergessen, wie sie gelacht hat, wenn er sie ansah und mit ihr scherzte … und das hat sie nun davon.«

Lilias wurde nachdenklich. Dann sagte sie unvermittelt: »Ich fühle dasselbe für Kitty wie du. Hamish ist ein Schuft, und sie ist ein törichtes, flatterhaftes Mädchen. Er hat sie verführt, und sie hat nachgegeben. Das ist verständlich. Und deswegen ist ihr Leben zerstört, während er fröhlich seiner Wege geht.«

»Wenn Vater Kitty entläßt, muß er Hamish auch entlassen – Hamish muß dann auch fortgehen.«

»Aber er wird doch nicht die ganze Familie Vosper hinauswerfen? Ich hab' eine Idee: Ich schicke Kitty zu mir nach Hause.«

»Was könnte deine Familie für sie tun?«

»Mein Vater ist der Pfarrer von Lakemere. Er ist ein wahrer Christ. Damit will ich sagen, er praktiziert, was er predigt. Das tun nämlich nur wenige Menschen, mußt du wissen. Er ist ein wahrhaft guter Mensch. Wir sind arm, aber er würde Kitty das Obdach nicht verweigern. Vielleicht findet er eine Stellung für sie. Es wäre nicht das erste Mal, daß er einem Mädchen hilft, das in Schwierigkeiten geraten ist. Ich werde ihm schreiben.«

»Würde er sie aufnehmen, nach dem, was sie getan hat?«

»Wenn ich es ihm schreibe, wird er Verständnis haben.«

»O Lilias, das wäre wundervoll!«

»Es ist zumindest eine Hoffnung«, sagte Lilias.

Ich umarmte sie stürmisch. »Du schreibst den Brief, ja? Sagst du ihr, wo sie hingehen kann? Ich sehe mal nach, wieviel Geld ich habe. Ob wir ihr das Fahrgeld geben können?«

»Ich denke, man wird ihr den Lohn geben, den man ihr schuldet, und damit dürfte es reichen.«

»Ich gehe und sag's ihr. Ich muß zu ihr. Der schreckliche verzweifelte Ausdruck in ihrem Gesicht war mir unerträglich.«

Ich ging zu Kitty und erzählte ihr von unserem Vorhaben, und zu meiner Freude sah ich, wie ihre elende Verzweiflung sich in Hoffnung verwandelte.

Mein Vater kehrte spät in der Nacht zurück. Ich lag im Bett und hörte ihn kommen. In dieser Nacht würde der Sturm noch nicht losbrechen.

Am nächsten Morgen schickte er nach Kitty. Blaß, verschämt, doch nicht so verzweifelt wie zuvor, trat sie in sein Studierzimmer. Ich wartete auf der Treppe auf sie. Als sie herauskam, sah sie mich an und nickte. Wir gingen in ihr Zimmer, wo Lilias sich zu uns gesellte.

»Ich muß meine Sachen packen und gehen. Gepackt hab' ich schon.«

»Sofort?« fragte ich.

Sie nickte. »Er meinte, ich sei eine Schande für das Haus und er müsse an seine Tochter denken.«

»Ach, Kitty«, sagte ich. »Wie schade, daß du fortmußt.«

»Sie waren ein Engel, Miss Davina, Sie und Miss Milne.« Ihre Stimme versagte. »Ich weiß nicht, was ich ohne Ihre Hilfe getan hätte.«

»Hier ist der Brief«, sagte Lilias. »Nimm ihn. Und hier ist etwas Geld.«

»Ich hab' den Lohn bekommen, der mir zustand.«

»Dann hast du jetzt noch ein bißchen mehr. Damit kommst du bis Lakemere. Mein Vater ist die Güte selbst. Niemals würde er einen verzweifelten Menschen abweisen. Er wird alles tun, um dir zu helfen. Er hat Menschen in Not immer beigestanden.«

Kitty brach in Tränen aus und umarmte uns. »Ich werde Sie beide nie vergessen«, schluchzte sie. »Was hätte ich nur angefangen ohne…«

Eine Droschke war bestellt worden, um sie zum Bahnhof zu bringen. Eine bedrückte Stimmung verbreitete sich im Haus. Kitty war in Schande entlassen worden. Das sollte törichten Mädchen eine Lehre sein.

Und jetzt kam Hamish an die Reihe. Er wurde zum Herrn bestellt. Die Hände in den Taschen, stolzierte er ins Haus. Er ließ kein Zeichen von Reue erkennen. So trat er in das Studierzimmer meines Vaters, und die Türe schloß sich hinter ihnen.

Lilias kam in mein Zimmer. »Was wird nun werden?« fragte sie.
»Es ist so verzwickt, wo doch seine Eltern über den Stallungen
wohnen.«

»Er wird natürlich entlassen. Er darf das Haus nicht mehr betreten. Nun, wir werden sehen.«

Das ganze Haus wartete, was nun geschehen würde. Die Unterredung dauerte lange, doch niemand vernahm erhobene Stimmen aus dem Studierzimmer. Schließlich kam Hamish heraus
und verließ still das Haus.

Erst am folgenden Tag erfuhren wir, daß Hamish meinen Vater
weiterhin kutschieren sollte und daß die Bestrafung, die seiner
Mittäterin auferlegt worden war, ihn nicht traf.

Es herrschte Verwirrung. Hamish stolzierte so selbstbewußt wie
zuvor einher und pfiff vor sich hin, als sei nichts geschehen. Das
war uns unbegreiflich.

Es entsprach nicht Tante Robertas Natur, die Angelegenheit auf
sich beruhen zu lassen. Sie brachte sie eines Abends beim Essen
zur Sprache. »Das Mädchen ist gegangen«, sagte sie, »und was
ist mit ihm?«

Mein Vater tat, als ob er nicht verstanden hätte. Er hob die Augenbrauen und nahm jene kühle Haltung an, die die meisten von
uns einschüchterte. Nicht aber Tante Roberta.

»Du weißt, wovon ich spreche, David, also stell dich nicht so an,
als hättest du keine Ahnung.«

»Vielleicht«, sagte er, »möchtest du so gut sein, mich aufzuklären.«

»Vorgänge wie der, der sich kürzlich in diesem Hause ereignete,
kann man gewiß nicht einfach übergehen.«

»Ich verstehe«, sagte er, »du meinst die Entlassung des Mädchens.«

»Sie war nicht die Alleinschuldige.«

»Der Mann ist einer der besten Kutscher, die ich je hatte. Ich beabsichtige nicht, auf seine Dienste zu verzichten, falls du darauf
hinauswillst.«

Tante Roberta vergaß ihre Würde und kreischte: »Was?«

Mein Vater machte ein gequältes Gesicht. »Ich habe mich mit der Angelegenheit befaßt«, sagte er kühl. »Der Fall ist erledigt.«

Tante Roberta konnte ihn nur anstarren. »Ich glaube, ich höre nicht richtig. Ich sage dir, ich habe sie beide gesehen. Auf frischer Tat ertappt.«

Mein Vater sah sie weiterhin kühl an, dann warf er einen bedeutungsvollen Blick in meine Richtung, der besagte, angesichts meiner Jugend und Unschuld dürften sie eine solch heikle Angelegenheit nicht in meiner Gegenwart besprechen.

Tante Roberta preßte die Lippen zusammen und funkelte ihn böse an.

Der Rest der Mahlzeit verlief in fast völligem Schweigen. Doch anschließend folgte Tante Roberta meinem Vater in sein Studierzimmer. Dort blieb sie ziemlich lange, und als sie herauskam, begab sie sich geradewegs in ihr Zimmer.

Am nächsten Morgen reiste sie ab, mit der Miene der Gerechten, die Sodom und Gomorrha verläßt, bevor das Unheil hereinbricht. Sie konnte keine Nacht mehr in einem Haus bleiben, wo eine Sünde vergeben wurde, weil der eine Sünder ein »guter Kutscher« war.

Die Angelegenheit wurde im Erdgeschoß ausführlich besprochen – nicht in meiner Gegenwart, aber das meiste wurde mir von Lilias zugetragen.

»Es ist wirklich eigenartig«, sagte sie. »Niemand versteht es. Dein Vater ließ Hamish zu sich kommen, und wir dachten, er würde entlassen wie Kitty. Aber Hamish kam aus dem Zimmer, anscheinend selbstsicherer denn je. Was gesprochen wurde, weiß kein Mensch. Aber er macht einfach weiter wie bisher. Und wenn man bedenkt, daß die arme Kitty ohne Erbarmen hinausgeworfen wurde! Ich kann mir keinen Reim darauf machen. Aber in solchen Fällen geben sie ja immer der Frau die Schuld, und die Männer kommen ungeschoren davon.«

»Ich verstehe das nicht«, sagte ich. »Vielleicht ist es, weil er nicht im Haus wohnt.«

»Er kommt aber ins Haus. Er besticht die Dienstboten.«

»Ich frage mich, warum. Ich wünschte, ich wüßte es.«

»Dein Vater ist nicht leicht zu verstehen.«

»Aber er ist so fromm, und Hamish...«

»...ist ein Schuft. Es bedurfte dieser Geschichte nicht, um mir das zu beweisen. Wir haben alle gesehen, was der für ein Kerl ist. Leider ist Kitty so ein Dummchen, daß sie sich von ihm verführen ließ. Ich gebe zu, er hat etwas. Sie muß ihn unwiderstehlich gefunden haben.«

»Ich kenne jemanden, der findet ihn wundervoll.«

»Wer?«

»Er selbst.«

»Wie wahr. Wenn je ein Mann in sich selbst verliebt war, dann Hamish Vosper. Aber den Dienstboten paßt das Ganze nicht. Kitty hat gute Arbeit geleistet, und sie war allen sympathisch.«

»Ich hoffe nur, daß es ihr gutgeht.«

»Ich weiß, daß sie nicht abgewiesen wird. Mein Vater wird tun, was er kann. Er ist ein wahrer Christ.«

»Mein Vater ist es angeblich auch, aber er hat sie hinausgeworfen.«

»Dein Vater versteht sich gut aufs Beten und darauf, sich wie ein Christ zu *gebärden*. Mein Vater versteht sich gut darauf, einer zu *sein*. Das ist der Unterschied.«

»Das hoffe ich um Kittys willen.«

»Er wird mir schreiben, wie es ihr ergangen ist.«

»Ich bin so froh, daß du hier bist, Lilias.« Das rief ein Stirnrunzeln bei ihr hervor. Wie lange noch? mochte sie sich fragen. Mein Vater hatte Kitty mitleidlos entlassen. Lilias würde gehen müssen, wenn ihre Dienste nicht mehr gefragt waren. Sie hatte recht: Mein Vater verstand sich sehr gut darauf, der Welt ein christliches Verhalten vorzuspielen, aber er hatte seine eigene Vorstellung von Recht und Unrecht. Lilias hatte mir seine Anschauung klargemacht; und ich hatte ja selbst gesehen, was mit Kitty geschehen war.

Was aber war der wahre Grund, weswegen Hamish verziehen worden war? Hatte er bleiben dürfen, weil er ein guter Kutscher war? Oder weil er ein Mann war?

Nach einer Weile ebbte das ständige Gerede über die Affäre ab. Ein neues Zimmermädchen wurde als Ersatz für Kitty eingestellt, Ellen Farley, eine Frau von etwa dreißig Jahren. Sie sei ihm empfohlen worden, sagte mein Vater. Mr. und Mrs. Kirkwell waren darob etwas ungehalten. Schließlich waren sie für die Einstellung von Personal zuständig, und es paßte ihnen nicht, daß ihnen ein Hausmädchen so einfach vor die Nase gesetzt wurde, wie Mrs. Kirkwell sich ausdrückte. Es fiel auf sie und Mr. Kirkwell zurück, daß sie Kitty ausgesucht hatten. Doch wenn man Mrs. Kirkwell fragte, so war der wahre Schuldige in dieser Angelegenheit Hamish Vosper, und warum der bleiben durfte, das war ihr schleierhaft.

Wie dem auch sei, Ellen kam ins Haus. Sie war ganz anders als Kitty – ruhig und tüchtig. Und, sagte Mrs. Kirkwell, sehr zurückhaltend.

Hamish kam nach wie vor in die Küche und setzte sich an den Tisch, sichtlich amüsiert, weil Mrs. Kirkwell so tat, als sei er nicht da. Er warf ein Auge auf Bess und Jenny, doch im Gedenken an Kitty waren die beiden auf der Hut.

Hamish schien der Meinung, er sei unangreifbar und könne sich aufführen, wie er wolle, da dies seinem Wesen entspreche. Von einem Mann wie ihm, dem die Weiblichkeit nicht widerstehen könne, dürfe man nicht erwarten, sich anders zu verhalten, als es die Natur ihm eingebe. Aber ich dachte mir, er werde anderswo nach Eroberungen Ausschau halten müssen; denn in unserem Haus würde er kein Glück mehr haben. Kittys Schicksal war allen noch frisch im Gedächtnis.

Nicht lange, und es kam ein Brief vom Pfarrhaus in Lakemere.

Lilias ging damit in ihr Zimmer, und ich begleitete sie, um ihn mit ihr zusammen zu lesen.

Kitty war angekommen, und der Pfarrer hatte sich genauso verhalten, wie Lilias vorausgesagt hatte. Sie las mir die wichtigste Passage vor.

…Sie ist so dankbar. Sie kann Dich gar nicht genug loben, Lilias, und Davina, Deine Schutzbefohlene. Ich bin stolz auf Dich. Das arme Kind – denn sie ist kaum mehr als ein Kind – befand sich in tiefster Verzweiflung. Sie macht sich bei Alice und Jane in der Küche und auch sonst im Hause nützlich. Du kennst doch Mrs. Ellington, eine sehr energische, aber gutherzige Dame. Ich habe sie aufgesucht und ihr die ganze Geschichte erzählt. Das mußte ich selbstverständlich. Sie versprach, Kitty eine Chance zu geben, und ich bin sicher, das arme Kind wird nicht noch einmal einen Fehltritt begehen. Ein Hausmädchen verläßt Mrs. Ellington in ein paar Wochen, um zu heiraten, daher wird bei ihr eine Stelle frei. Bis dahin kann Kitty hier bleiben und Alice und Jane zur Hand gehen. Lilias, ich bin so froh, daß Du so gehandelt hast. Nicht auszudenken, was sonst aus der armen Kitty geworden wäre…

Ich sah Lilias an. Meine Augen waren feucht geworden. »O Lilias, dein Vater ist ein wunderbarer Mensch.«

»Das ist wahr.«

Die Antwort des Pfarrers von Lakemere veranlaßte mich, erneut über meinen eigenen Vater nachzudenken. Ich hatte ihn stets als aufrechten, ehrenwerten Menschen angesehen. Doch als er Kitty kurzerhand entließ und Hamish keinerlei Strafe auferlegte, außer vielleicht einer mündlichen Ermahnung, da hatte sich mein Bild von ihm gewandelt. Er war mir immer so erhaben vorgekommen, aber jetzt sah ich ihn mit anderen Augen. Früher hatte ich gedacht, er sei zu edel, um als einer von uns betrachtet zu werden; jetzt änderten sich meine Gefühle für ihn. Wie konnte ihm so wenig daran liegen, was aus einem Menschen wurde? Wie konnte er Kitty in die rauhe Welt hinausschicken, während er ihren Mittäter behielt, bloß weil der ein guter Kutscher war? Er handelte nicht aus Rechtschaffenheit, sondern in seinem eigenen Interesse. Das Bild vom guten, edlen Menschen verblaßte.

Hätte meine Mutter noch gelebt, hätte ich mit ihr reden können. Aber dann wäre es ohnehin nicht so weit gekommen. Sie hätte nicht zugelassen, daß Kitty fortgeschickt würde, ohne zu wissen, wohin sie gehen sollte. Ich war verwirrt und beunruhigt.

Eines Tages schickte mein Vater nach mir, und als ich in sein Studierzimmer kam, sah er mich ganz seltsam an. »Du wirst erwachsen«, sagte er, »du bist fast siebzehn, nicht wahr?«

Ich bejahte, voller Angst, dies sei die Einleitung zu Lilias' Entlassung, da ihre Dienste nicht mehr gefragt seien. Ich befürchtete, sie würde ebenso hastig entlassen werden wie Kitty.

Doch noch war es nicht soweit. Er wandte sich einer Schatulle zu, die auf dem Tisch stand. Ich kannte sie gut. Sie enthielt den Schmuck meiner Mutter. Sie hatte ihn mir mehr als einmal gezeigt, indem sie jedes einzelne Stück herausnahm und mir etwas dazu erzählte.

Die Perlenkette hatte ihr Vater ihr an ihrem Hochzeitstag geschenkt. Der Rubinring hatte ihrer Mutter gehört. Da waren das mit Türkisen besetzte Armband und die dazupassende Halskette, zwei goldene Broschen und eine silberne. »Sie werden dir gehören, wenn du groß bist«, hatte sie gesagt, »und du wirst sie an deine Tochter weitergeben. Es ist ein hübscher Gedanke, daß diese Schmuckstücke von einer Generation an die nächste weitergereicht werden, nicht wahr?« Und ich hatte ihr beigepflichtet.

Mein Vater nahm die Perlenkette heraus und hielt sie in seinen Händen. Meine Mutter hatte mir erklärt, es seien sechzig Perlen, und die Schließe schmücke ein echter Diamant, umgeben von Staubperlen. Ich hatte sie die Kette bei verschiedenen Anlässen tragen sehen – wie die meisten anderen Schmuckstücke, die sich in der Schatulle befanden.

Mein Vater sagte: »Es war der Wunsch deiner Mutter, daß du diese Dinge bekommst. Ich finde, du bist noch zu jung für den anderen Schmuck, aber die Perlenkette sollst du jetzt schon haben. Denn man sagt doch, Perlen verlieren ihren Glanz, wenn sie nicht getragen werden.«

Ich nahm die Halskette an mich. Meine erste Empfindung war Erleichterung. Wenn Vater mich für zu jung hielt, um Schmuck zu tragen, dann war es noch nicht an der Zeit, mich von Lilias zu trennen. Und über die Perlenkette freute ich mich.

Ich legte sie um den Hals, und bei dem Gedanken an meine Mutter wurde ich von Traurigkeit übermannt.

Als ich zu Lilias kam, fiel ihr sogleich die Kette auf. »Ist die schön!« rief sie aus. »Wirklich wunderschön.«

»Sie hat meiner Mutter gehört. Sie hatte noch etliche Broschen und Ringe. Die bekomme ich später auch. Vater meint jedoch, ich bin jetzt noch zu jung dafür. Aber Perlen tut es nicht gut, wenn sie nicht getragen werden.«

»Das habe ich auch gehört«, sagte sie. Sie strich liebevoll über die Perlen, und ich nahm die Halskette ab und reichte sie ihr.

»Eine hübsche Schließe«, sagte sie. »Die dürfte allein schon eine Menge wert sein.«

»Oh, ich möchte sie nicht verkaufen.«

»Natürlich nicht. Ich dachte bloß… es wäre ein hübscher kleiner Notgroschen.«

»Du meinst: für schlechte Zeiten.«

»Ja, es ist ein Trost, solche Dinge zu haben.«

Ich bemerkte den traurigen, nachdenklichen Ausdruck in ihren Augen. Ich vermutete, sie blickte in eine Zukunft, wo ein Notgroschen ihr ein großer Trost sein könnte.

Ich ging in die Küche hinunter, um mich zu erkundigen, ob mein Vater zum Abendessen dasein werde. Gewöhnlich hinterließ er eine Nachricht für Mrs. Kirkwell. In der Küche herrschte eine unbehagliche Stimmung, weil Hamish mit aufgekrempelten Ärmeln am Tisch saß und träge an den Haaren auf seinen Armen zupfte.

Ich trat zu Mrs. Kirkwell, die etwas in einer Schüssel verrührte. Sie bemerkte die Perlenkette sogleich. »Meiner Treu«, rief sie aus, »die steht Ihnen gut.«

»Ja. Sie gehört jetzt mir. Ich muß sie tragen, weil Perlen stumpf werden, wenn sie zu lange weggeschlossen sind.«

»Ist das wahr?«

»Vater hat es gesagt.«

»Nun, er muß es wissen, nicht? Jedenfalls, die Kette steht Ihnen gut, Miss Davina.«

»Die Schließe ist auch wertvoll«, sagte ich. »Es ist ein Diamant darauf, und ringsum sind kleine Perlen. Miss Milne meint, es sei ein Notgroschen... falls ich je in Not gerate.«

Mrs. Kirkwell lachte. »*Sie* doch nicht, Miss Davina. Aber daß sie auf solche Gedanken kommt, ist nur natürlich. Armes Seelchen. Gouvernanten... also ich hab' immer gesagt, ich möchte keine sein.«

»Hat mein Vater gesagt, ob er heute abend zum Essen zu Hause ist?«

Ehe sie antworten konnte, blickte Hamish auf und sagte: »Nee, ist er nicht. Ich weiß es. Ich fahr' ihn.«

Mrs. Kirkwell antwortete, als ob er nicht gesprochen hätte: »Er hat eine Nachricht hinterlassen, daß er nicht dasein wird.«

Am nächsten Tag entdeckte ich bestürzt, daß meine Perlenkette verschwunden war. Ich hatte sie in ihrem blauen Kästchen in der Schublade meiner Frisierkommode verwahrt. Ich war fassungslos, als ich entdeckte, daß das Kästchen da war, die Kette jedoch fehlte. Hastig durchwühlte ich sämtliche Schubladen, aber vergebens. Die Kette war weg. Rätselhaft. Ich war ganz sicher, sie in das Kästchen getan zu haben.

Alle waren entsetzt. Wenn ein wertvoller Gegenstand wie diese

Halskette verschwinde, sagte Mrs. Kirkwell, könne das für alle unangenehm werden. »Halsketten kriegen nun mal keine Beine«, sagte sie. Deshalb laute die logische Schlußfolgerung, daß jemand sie an sich genommen hatte. Wer? Niemand könne sich frei von Verdacht fühlen.

Mein Vater kehrte an diesem Abend erst spät, von Hamish kutschiert, nach Hause zurück, und da alle sich schon zur Ruhe begeben hatten, erfuhr er erst am nächsten Morgen von dem Verschwinden der Halskette.

Ich war vermutlich nicht die einzige, die eine schlaflose Nacht hatte. Wir hatten einen Dieb im Haus, und natürlich verdächtigte ich Hamish. Wenn er zu jener anderen Tat fähig war, mochte er da nicht glauben, es sei die »menschliche Natur«, jemandem, der sie nicht brauchte, eine Halskette wegzunehmen, um sie jemandem zu geben, der sie brauchte – in diesem Fall sich selbst?

Aber Hamish kam eigentlich nie weiter als bis in die Küche. Seit er mit Kitty im Schlafzimmer erwischt worden war, gab es eine stillschweigende Übereinkunft, daß er die oberen Stockwerke nicht betreten durfte, es sei denn, er wurde von meinem Vater dorthin bestellt. Es bestand natürlich die Möglichkeit, daß er sich nicht immer an diese Regel hielt; aber ich hatte ihn seit jener Affäre nur in der Küche gesehen. Aber vielleicht hatte er sich doch in mein Zimmer hinaufgeschlichen und die Kette an sich genommen? Wäre er dort erwischt worden, hätte er bestimmt eine Erklärung für seine Anwesenheit parat gehabt.

Mein Vater war natürlich außer sich. Er ordnete eine gründliche Durchsuchung meines Zimmers an. Er bombardierte mich mit Fragen. Erinnerte ich mich, die Halskette abgenommen zu haben? Erinnerte ich mich, sie ins Kästchen gelegt zu haben? Wer war seitdem in meinem Zimmer gewesen? Nur das Mädchen zum Reinemachen und Miss Milne natürlich. Sie war gekommen, um etwas mit mir zu besprechen. Was es war, hatte ich vergessen.

Er befahl, daß sich alle in der Bibliothek einfinden sollten.
»Dies ist eine schwerwiegende Angelegenheit«, eröffnete er den
Versammelten. »Ein wertvolles Schmuckstück wird vermißt. Je-
mand in diesem Hause weiß, wo es ist. Ich werde der betreffen-
den Person eine Chance geben, es jetzt auszuhändigen. Ist das ge-
schehen, werde ich die Angelegenheit bedenken. Aber wenn die
Kette mir nicht heute übergeben wird, verständige ich die Poli-
zei. Sind alle anwesend?«
»Wo ist Ellen?« fragte Mrs. Kirkwell.
»Ich weiß nicht«, sagte Bess. »Sie ist mir beim Aufräumen zur
Hand gegangen. Ich hab' sie gerufen, als wir in die Bibliothek bestellt wurden.«
»Jemand muß sie verständigen«, sagte Mrs. Kirkwell. »Ich gehe
selbst.«
Mrs. Kirkwell brauchte nicht zu gehen, denn just in diesem Moment erschien Ellen. In der Hand hielt sie die Perlenkette. »Ich
hörte Bess rufen, wir sollen hierherkommen«, sagte sie.
»Aber... ich hatte das hier gerade gefunden. Ich konnte die
Schublade nicht schließen. Sie war halb offen und sah unordent-
lich aus. Ich dachte, irgendwas ist vielleicht eingeklemmt. Da
hab' ich die Schublade darunter aufgemacht. Es war ein Unter-
rock. Ich zog ihn hervor, und dabei fiel das hier heraus. Ist es das
vermißte Stück?«
»In welcher Schublade hast du das gefunden?« fragte mein Va-
ter.
»In Miss Milnes Zimmer, Sir.«
Ich sah Lilias an. Ihr Gesicht war knallrot geworden, und nun
wurde es todesbleich. Es war, als töne eine Stimme in meinem
Kopf. *Ein Notgroschen, ein Notgroschen...* Nein. Lilias konnte
es nicht gewesen sein.
Alle sahen sie an.
Mein Vater sagte: »Miss Milne, können Sie erklären, wie die
Halskette in Ihre Schublade geraten ist?«
»In... meine Schublade? Das kann nicht sein.«

»Aber Ellen hat es uns soeben gesagt. Und hier ist die Kette. Miss Milne, ich verlange eine Erklärung.«

»Ich... ich habe sie nicht hineingetan. Ich... kann das nicht verstehen.«

Mein Vater sah Lilias streng an. »Das genügt nicht, Miss Milne. Ich wünsche eine Erklärung.«

Ich hörte mich mit hoher, überkippender Stimme sagen: »Es muß einen Grund geben...«

»Natürlich gibt es einen Grund«, unterbrach mich mein Vater ungehalten. »Miss Milne wird ihn uns nennen. Sie haben die Halskette genommen, nicht wahr, Miss Milne? Zu Ihrem Pech haben Sie die Schublade nicht richtig geschlossen, so daß Ellen merkte, daß etwas nicht in Ordnung war. Das war ein Glück für uns... nicht aber für Sie.«

Lilias machte ein entsetztes Gesicht.

Wie konntest du? dachte ich. Ich hätte dir jederzeit geholfen. Warum hast du die Kette genommen? Und Vater weiß es! Mein Vater wird niemals eine Sünde dulden – und Stehlen ist eine schwere Sünde. »Du sollst nicht stehlen.« Das ist eines der Zehn Gebote. Denk an Kitty. Hamish ist natürlich nichts passiert, aber der war ja auch ein guter Kutscher.

Ich wünschte, dieser Alptraum wäre vorüber. Das entsetzliche Schweigen wurde schließlich von meinem Vater gebrochen. »Ich warte auf eine Erklärung, Miss Milne.«

»Ich... ich weiß nicht, wie sie dahin gekommen ist. Ich wußte nicht, daß sie da war...«

Mein Vater ließ ein leises, spöttisches Lachen hören. »So kommen Sie nicht davon, Miss Milne. Sie sind überführt. Ich könnte Sie natürlich der Polizei übergeben.«

Sie schnappte nach Luft. Ich dachte, sie werde ohnmächtig. Ich mußte mich zurückhalten, um sie nicht in meine Arme zu nehmen und ihr zu sagen, was immer sie getan habe, sie sei meine Freundin.

Sie hob die Augen und sah mich flehend an, eine stumme Bitte,

ihr zu glauben. Und da wußte ich: Nein, Lilias hatte meine Kette
nicht gestohlen, obwohl sie sich so sehnlich einen Schutz gegen
eine entbehrungsreiche Zukunft wünschte. Einen Notgroschen.
Ich erschrak über mich selbst, daß ich an ihrer Unschuld hatte
zweifeln können, und ich verabscheute mich dafür.

»Das ist ein Verbrechen«, fuhr mein Vater fort. »All die Jahre
sind Sie in meinem Hause gewesen. Ich habe eine Diebin beher-
bergt. Das betrübt mich sehr.«

»Ich hab's nicht getan!« rief Lilias. »Ich war's nicht! Jemand hat
sie da hineingelegt.«

»Allerdings hat jemand sie hineingelegt«, versetzte mein Vater
grimmig. »Sie, Miss Milne. Sie sind eine Pfarrerstochter. Sie haben eine religiöse Erziehung genossen. Das macht die Sache um
so abscheulicher.«

»Sie verurteilen mich ohne Untersuchung.« Lilias' Augen blitzten. Es war der Mut der Verzweiflung. Wer konnte die Kette in
ihr Zimmer gelegt haben? Und zu welchem Zweck? Wenn jemand sie genommen hatte, was nützte es ihm, sie zu stehlen und
dann loszuwerden... nur um Lilias zu belasten?

»Ich bat Sie um eine Erklärung«, fuhr mein Vater fort, »aber Sie
haben keine.«

»Ich kann nur sagen, ich habe die Kette nicht genommen.«

»Dann erklären Sie, wie sie in Ihr Zimmer gekommen ist.«

»Ich kann nur wiederholen: *Ich* habe sie nicht dorthin gelegt.«

»Miss Milne, wie gesagt, ich könnte Sie verklagen. Dann könnten Sie Ihre Erklärungen vor Gericht abgeben. Aber um Ihrer Familie willen und weil Sie so viele Jahre in diesem Hause waren
und Ihnen in dieser Zeit keine Diebstähle nachgewiesen wurden,
lasse ich Milde walten. Ich will annehmen, daß Sie von einer
plötzlichen Versuchung befallen wurden und ihr erlegen sind.
Und nun bitte ich Sie, Ihre Sachen zu packen und dieses Haus unverzüglich zu verlassen. Mrs. Kirkwell wird Sie begleiten und
sich vergewissern, daß Sie nichts mitnehmen, was Ihnen nicht
gehört.«

Lilias sah meinen Vater haßerfüllt an. »Wie können Sie mich so ungerecht verurteilen? Ich lasse mich nicht wie eine Verbrecherin behandeln.«

»Wäre es Ihnen lieber, wenn Ihr Fall vor Gericht verhandelt würde?«

Sie schlug die Hände vors Gesicht, dann drehte sie sich ohne ein weiteres Wort um und ging hinaus.

Mein Vater sagte: »Das ist bedauerlich, aber der Fall ist erledigt.«

Erledigt? Lilias wegen Diebstahls entlassen! Ihr Ruf war befleckt. Sie würde ihr Leben in der ständigen Angst verbringen, die Tatsache, daß sie des Diebstahls bezichtigt worden war, werde ans Licht kommen.

Ich ging in ihr Zimmer. Sie saß auf dem Bett und starrte unverwandt vor sich hin. Ich lief zu ihr und schlang meine Arme um sie.

»O Lilias, Lilias«, weinte ich. »Es ist schrecklich. *Ich* glaube dir.«

»Danke, Davina. Wer kann mir das angetan haben? Und warum?«

»Ich weiß es nicht. Zuerst die arme Kitty, und jetzt du. Seit meine Mutter starb, ist es, als liege ein schrecklicher Fluch auf diesem Haus. Ich fühle mich von Gefahr, von etwas Bösem umgeben – wie in einer Schlangengrube.

»Ich muß nach Hause und es erzählen. Wie soll ich das fertigbringen?«

»Dein Vater wird es verstehen. Er wird dir glauben. Er ist ein Christ.«

»Ich werde ihnen zur Last fallen. Ich kann nie wieder eine Stellung bekommen.«

»Warum nicht?«

»Die Leute werden wissen wollen, wo ich gewesen bin… warum ich gegangen bin.«

»Könntest du nicht sagen, daß ich zu alt geworden sei? Es ist sogar die Wahrheit.«

»Sie würden sich bei deinem Vater über mich erkundigen.«

»Vielleicht würde er nichts sagen.«

Sie lachte. Es war ein unfrohes Lachen. »Natürlich würde er es sagen. Er würde es als unaufrichtig betrachten, es nicht zu tun. Er ist so tugendhaft, daß er einer Frau nicht die Chance geben kann, sich zu verteidigen. Menschen wie er lieben es, die Sünde bei anderen zu suchen. Sie sind so darauf versessen, daß sie sie sehen, wo sie nicht vorhanden ist. Es gibt ihnen das Gefühl, noch besser zu sein, und sie danken Gott, daß sie nicht sind wie die anderen.«

»Ach, Lilias, es wird gräßlich sein ohne dich. Ich wünschte, ich hätte diese Halskette nie gesehen.«

»Ich hätte mich wehren sollen. Ich hätte nicht zulassen dürfen, daß mir etwas zur Last gelegt wurde, woran ich vollkommen unschuldig bin. Ich hätte ihn auffordern sollen, es zu beweisen.«

»Ach, Lilias, warum hast du es nicht getan?«

»Damit wäre womöglich alles noch schlimmer geworden. Er hat mir nicht geglaubt. Vielleicht würden andere mir auch nicht geglaubt haben. Wenn er die Polizei gerufen hätte, dann hätten es alle erfahren. Es wäre eine schreckliche Schande gewesen... für meinen Vater. Ich sah ein, daß ich so davonkommen mußte...«

»Du mußt mir schreiben, Lilias. Schreib mir deine Adresse auf. Ich werde herausfinden, wer die Halskette aus meinem Zimmer entwendet und in deins gebracht hat. Vielleicht war es Hamish.«

»Warum? Ich könnte verstehen, daß er die Kette stahl, aber dann würde er sie auf der Stelle verkauft haben. Oder meinst du, er hat sie nur bei mir versteckt, bis die Nachforschungen im Haus vorbei wären? Es gibt überhaupt keinen Grund, weswegen er versuchen sollte, *mich* zu belasten.«

»Vielleicht wollte er sich rächen. Hast du etwas getan, was ihm nicht gefallen hat?«

»Ich kenne ihn doch kaum. Er hat mich auch nie beachtet.«

»Aber jemand muß es getan haben. Wie steht es mit Ellen?«

»Warum? Was hätte sie davon?«

»Wie man es auch betrachtet, es scheint keinen Grund zu geben.«

»Danke, Davina, für dein Vertrauen. Das werde ich nie vergessen.«

»O Lilias, daß du fortgehen würdest, hatte ich befürchtet. Aber ich hätte nie gedacht, daß es auf diese Weise geschehen würde.«

»Schreib mir, und ich schreib' dir auch. Ich lass' dich wissen, wie es mir ergangen ist.«

»Du hast wenigstens deine Familie, zu der du gehen kannst. Sie werden gütig und verständnisvoll sein.«

»Sie werden von meiner Unschuld überzeugt sein. Sie werden niemals glauben, daß ich einen Diebstahl begehen könnte.«

Mrs. Kirkwell kam herein. Sie trug eine grimmige, resolute Miene zur Schau. »Miss Davina!« sagte sie vorwurfsvoll, offenbar erstaunt, mich hier zu finden.

»Ich glaube, hier liegt ein großer Irrtum vor«, erklärte ich. Mrs. Kirkwell überhörte meinen Einwand und sagte: »Wie steht es mit dem Packen? Wie ich sehe, haben Sie noch nicht angefangen.«

Ich ging in mein Zimmer. Ich dachte daran, was sich alles in so kurzer Zeit zugetragen hatte: der Tod meiner Mutter, Kittys Vergehen, das zu ihrer Entlassung geführt hatte – und nun Lilias unter falschem Verdacht entlassen.

Ohne Lilias war es so traurig im Haus. Sie war so lange meine beste Freundin gewesen, und ich hatte gewußt, daß sie mir fehlen würde, ohne jedoch zu ahnen, wie sehr. Ich war tieftraurig.

Wenige Tage nach Lilias' Abreise schickte mein Vater nach mir. Er war in seinem Studierzimmer, ernst und furchteinflößend.

»Ich wollte dich sprechen, Davina«, sagte er. »Wegen einer Gouvernante.«

Ich starrte ihn an. Im ersten Moment dachte ich, er habe den wahren Dieb entdeckt, und Lilias werde zurückkehren.

»Deine Ausbildung ist noch nicht beendet«, fuhr er fort. »Ich hatte erwogen, dich in ein Internat zu schicken, wo man dir die letzten Feinheiten beibringt, aber ich habe mich dagegen entschieden. Du bekommst also eine Gouvernante.«

»Eine neue Gouvernante. Aber...«

Er sah mich leicht verstimmt an. »Natürlich eine neue. Ich werde mich persönlich vergewissern, daß ich diesmal eine einstelle, die zuverlässig ist und uns nicht erschüttern wird, indem sie uns bestiehlt.«

Ich errötete und begann: »Ich glaube nicht...«

Er fuhr fort, als ob ich nichts gesagt hätte. »Sie wird imstande sein, dir vieles beizubringen, was du wissen mußt. Anstand, gute Manieren. Sie wird nicht so sehr eine Schulmeisterin sein, sondern dich vielmehr in feiner Lebensart unterweisen.«

Ich hörte kaum zu. Wie dumm von mir, auch nur einen Moment zu denken, er könne verkünden, Lilias komme zurück!

»Miss Grey wird Ende der Woche eintreffen.«

»Miss Grey...«

Wieder ließ er Verärgerung erkennen. »Ich bin überzeugt, Miss Grey wird uns in dieser Hinsicht zufriedenstellen.«

Verwirrt und tiefbekümmert verließ ich das Studierzimmer.

Ich war überzeugt, daß ich Miss Grey nicht mögen würde. Könnte ich jemals aufhören, sie mit Lilias zu vergleichen?

Wenige Tage später war Miss Zillah Grey da.

Die Gouvernante

Der ganze Haushalt stand kopf. Zillah Grey setzte alle in Erstaunen, und das unglaubliche war, daß mein Vater sie persönlich eingestellt hatte.

Sie war eine Frau, nach der sich die Leute auf der Straße umdrehten. Ihre Kleidung, ihre Gestik, alles an ihr schien zu sagen: »Seht mich an!«

Sie war keinesfalls, was Mrs. Kirkwell als »damenhaft« bezeichnen würde, aber sie war liebenswürdig zu jedermann, und schon nach kurzer Bekanntschaft nannte sie mich »Liebes«. Ich hatte gedacht, daß ich Lilias' Nachfolgerin hassen würde, aber Zillah Grey konnte ich nicht hassen. Ich konnte sie nur bestaunen.

Sie hatte eine Menge Kleider mitgebracht – samt und sonders entschieden ungewöhnlich, wie ich zunächst fand.

Als ich ihr bei der Ankunft ihr Zimmer zeigte, sah sie sich um und meinte, hier werde sie glücklich sein. Dann setzte sie ihren Hut ab und entfernte die Hutnadeln, schüttelte ihre Haare, so daß sie in verführerischen Wellen wie eine rote Flut über ihre Schultern fielen. »So«, sagte sie, »du siehst, ich fühle mich hier schon zu Hause.«

Ich staunte über die Tiegel und Fläschchen, die sie alsbald auf der Frisierkommode aufstellte. Ich hatte erwartet, daß sie etliche Bücher im Gepäck hätte, aber es kam kein einziges zum Vorschein. Sie hängte ihre Kleider auf und bat um mehr Kleiderbügel.

Bess war höchst erstaunt. Ich konnte mir denken, was sie in der Küche erzählte.

Als mein Vater heimkam, erkundigte er sich, ob Miss Grey eingetroffen sei, und als man es ihm bestätigte, sagte er, er wolle sie unverzüglich in seinem Studierzimmer sehen.

Ich sah sie die Treppe hinuntergehen. Sie hatte die Haare hochgesteckt, was sie sehr groß erscheinen ließ, und die Lippen rot angemalt.

Ich war überzeugt, mein Vater würde sie für absolut ungeeignet befinden. Das hätte ich bedauert, denn obschon Lilias' Fortgang mich zutiefst betrübte, war eine Gouvernante wie Miss Grey bestimmt interessanter als eine von der üblichen Art.

Ich fragte mich, was die Dienstboten denken mochten. Lilias war nicht mehr da, um mir zu erzählen, was sie tratschten. Gewiß würden die Kirkwells schärfste Mißbilligung bekunden.

Die Unterredung Miss Greys mit meinem Vater dauerte zu meiner Verwunderung über eine Stunde. Am Ende schickte er nach mir. Er sah recht vergnügt aus, und ich fragte mich, was das bedeuten mochte.

»So«, sagte er, »deine neue Gouvernante ist da. Ihr habt euch schon bekannt gemacht, wie ich höre.«

»Ja. Ich habe ihr ihr Zimmer gezeigt, und wir haben uns ein bißchen unterhalten.«

»Schön. Ich bin überzeugt, sie wird ein großer Gewinn für dich sein.«

Ich traute meine Ohren nicht. Was bewog ihn zu dieser Ansicht?

»Sie wird mit uns speisen«, fuhr er fort. »Das erscheint mir höchst angemessen.«

»Sie... hm... sie sagt dir zu?«

Er machte ein betretenes Gesicht. »Ich denke, sie wird dir eine Menge Dinge beibringen, die du wissen solltest.«

Es war nicht zu fassen. Kam sie mir nur deswegen so ungewöhnlich vor, weil ich sie mit der doch recht konventionellen Lilias verglich? Mein Vater fand sie offensichtlich überhaupt nicht ungewöhnlich.

An diesem Abend erschien sie zum Essen in einem eng anliegenden schwarzen Kleid. Sie hatte eine »Wespentaille«, wie Lilias gesagt haben würde. Die roten Haare hatte sie um den Kopf gewunden, eigentlich eine strenge, schlichte Frisur, doch an ihr wirkte sie sehr mondän.

Mein Vater war äußerst liebenswürdig. Er verhielt sich, als hätten wir einen Gast zu Tisch und nicht eine Gouvernante.

Er sagte: »Sie hatten natürlich noch keine Gelegenheit, Davinas Kenntnisse zu prüfen. Sobald Sie sich ein Bild gemacht haben, können Sie entscheiden, wo es noch hapert.«

»Davina und ich werden großartig miteinander auskommen«, erwiderte sie lächelnd.

»Ihre letzte Gouvernante hat uns ziemlich überstürzt verlassen. Sie war wohl auch kein großes Licht.«

Ich konnte nicht umhin, mich einzumischen. »Miss Milne war eine sehr gute Gouvernante, Papa. Sie hat das Lernen interessant gemacht.«

»Und so sollte es selbstverständlich auch sein«, sagte Miss Grey. »Ich gedenke es genauso zu halten.«

»Meine Tochter wird bald in die Gesellschaft eingeführt werden. Nun, es ist schon noch ein Weilchen… Wir können bis nach ihrem siebzehnten Geburtstag warten, ehe wir uns darüber Gedanken machen.«

»Gewiß.«

Die Unterhaltung bewegte sich in konventionellen Bahnen. Ich erfuhr, daß Miss Grey erst vor kurzem nach Edinburgh gekommen war. Sie stammte aus London.

»Und was halten Sie von unserer schottischen Art?« fragte mein Vater beinahe neckisch.

»Ich finde sie göttlich«, erwiderte sie.

Ich sah ihn an, gespannt, ob er diese Antwort gotteslästerlich finden würde. Es war ein seltsamer Ausdruck. Doch sie schlug die Augen nieder, so daß sich die fächerartigen schwarzen Wimpern sittsam auf ihre Wangen legten; die vollen roten Lippen lächelten, und die kleine Nase und die lange Oberlippe ließen das Gesicht kätzchenhafter denn je wirken. Die Miene meines Vaters war nachsichtig. Seine Lippen zuckten ein wenig, wie sie es zu tun pflegten, wenn meine Mutter etwas sagte, das ihn amüsierte und zugleich leicht empörte.

»Ich hoffe«, sagte er, »daß Sie bei dieser Meinung bleiben werden.«

Beim Kaffee im Salon ließ ich die beiden allein. Es war ein außergewöhnlicher Abend gewesen. Alles war jetzt so anders... sogar mein Vater.

Obwohl ich in den folgenden Wochen viel mit Zillah Grey zusammen war, hatte ich nicht das Gefühl, ihr näherzukommen. Sie schien zwei verschiedene Personen zu sein – nein, sogar noch mehr. Sie konnte anscheinend mühelos in verschiedene Charaktere schlüpfen. Bei meinem Vater spielte sie die Dame, die sich plötzlich gezwungen sieht, ihren Lebensunterhalt zu verdienen. Das war das Schicksal der meisten Gouvernanten; doch mit ihr war es anders. Jene waren gewöhnlich still und zurückgezogen und sich ihrer beschränkten Verhältnisse voll bewußt, unsicher, wohin sie gehörten, in der Schwebe zwischen den oberen und unteren Etagen. Zillah Grey aber machte trotz ihrer Angewohnheit, die Augen niederzuschlagen, auf mich keinen demütigen Eindruck. Ich mutmaßte, diese Geste diente vor allem dazu, das Augenmerk auf ihre langen, dichten Wimpern zu lenken. Sie war gewiß nicht ohne List; sie wußte genau, wie sie sich meinem Vater gegenüber verhalten mußte, und er war sehr von ihr angetan. Das war nicht zu übersehen.

Ihr Umgang mit mir war lockerer. Manchmal ließ sie jegliche Verstellung fallen. Dann lachte sie schallend, und ihre Redeweise veränderte sich ein wenig – ihre Sprache wurde urwüchsiger. .

Bald zeigte sich, daß sie mir keinen Schulunterricht erteilen würde. »Dein Vater sagt, es ist meine Aufgabe, dich auf die Einführung in die Gesellschaft vorzubereiten«, verkündete sie.

Ich war baß erstaunt. Ich konnte mir nicht vorstellen, daß sie in der Edinburgher Gesellschaft großen Erfolg haben oder auch nur anerkannt werden würde. Was wollte sie mir denn beibringen? Ich fragte sie, was ich wissen müsse.

»Zum einen mußt du etwas von Kleidern verstehen«, sagte sie. »Du mußt das Beste aus dir machen. Du könntest recht gut aussehen.«

»Könnte? Man sieht entweder gut aus oder nicht, nein?«

Sie zwinkerte mir zu. Das tat sie oft, wenn sie gut aufgelegt war.

»Das gehört zu den Dingen, die ich dir beibringen werde. Oh, wir werden viel Spaß miteinander haben.«

Sie meinte, ich müsse tanzen lernen. »Natürlich die Gesellschaftstänze, die im Ballsaal getanzt werden. Gibt es hier jemanden, der Klavier spielen kann?«

»Ich glaube nicht. Aber ich hatte Klavierstunden. Miss Milne, meine letzte Gouvernante, spielte sehr gut.«

»Nun, du kannst nicht gleichzeitig spielen und tanzen, oder? Mal sehen, was ich tun kann. Ich bringe selbst ein paar Melodien zustande. Wir brauchen aber einen Partner für dich.«

»Vielleicht eins von den Hausmädchen?«

»Das wird sich zeigen. Ich werde dich gehen lehren.«

»Gehen?«

»Anmutig. Um das Beste aus dir zu machen.«

»Und was ist mit dem Schulunterricht? Mit Büchern und so weiter?«

Sie zog ihre Kätzchennase kraus und lachte. »Das wird sich zeigen.«

Sie machte sich ihre eigenen Regeln. Oft ging sie aus und blieb stundenlang fort. Ich hatte keine Ahnung, wohin sie ging.

»Das sind mir komische Methoden, wenn Sie mich fragen«, sagte Mrs. Kirkwell. »Ich hab' den Herrn darauf angesprochen, aber der hat mir was gehustet. Ich weiß nicht, was das noch werden soll.«

Miss Grey war erst eine Woche bei uns, als sie eines Nachmittags um die Kutsche bat. Hamish fuhr vor dem Haus vor, ganz so, als gehöre die Gouvernante zur Familie.

48

Die Kirkwells beobachteten es vom Fenster, als ich zu ihnen stieß. »Was hat das zu bedeuten?« wollte Mrs. Kirkwell von ihrem Mann wissen. Sie hatten meine Anwesenheit nicht bemerkt.

»Da ist was faul, wenn du mich fragst«, erwiderte er.

Dann sahen sie mich. »Diese Miss Grey ist mit der Kutsche weggefahren«, sagte Mrs. Kirkwell.

»Ja, ich weiß.«

»Die denkt wohl, das Haus gehört ihr. Bin gespannt, was der Herr dazu zu sagen hat.«

Aber der sagte gar nichts dazu.

Während der Fahrt in der Kutsche mußte Miss Grey wohl zu dem Schluß gekommen sein, daß Hamish ein geeigneter Tanzpartner für mich sei.

Ich war entsetzt, als sie nach ihm schickte. Ich hatte ihn immer abstoßend gefunden, und daß er mich beim Tanzen berühren sollte, war mir äußerst unangenehm. Das Bild von ihm und Kitty im Bett wollte mir nicht aus dem Kopf.

Miss Grey machte die Tanzschritte vor, zuerst mit mir, dann mit Hamish. Das tat sie überaus anmutig. Sie schwebte beinahe, die Arme ausgestreckt, und murmelte dabei: »Sieh her! Eins-zwei, eins-zwei, drei ... die Dame dreht sich ... der Herr führt sie ... so. Jetzt probiere ich es mit Ihnen, Hamish, während Davina zusieht. Dann mache ich's mit Davina, und Hamish schaut zu ... und dann könnt ihr zwei es zusammen probieren. O je, ich wollte, wir hätten jemanden, der Klavier spielen kann.«

Sie wandte sich mir zu und hielt mich locker im Arm. Sie duftete nach Moschus und Rosenöl. Ich sah ihre weißen Zähne und sinnlichen Lippen dicht vor mir. Es war wundervoll, mit ihr zu tanzen.

Mit Hamish war es weniger schön. Er grinste mich an. Ich glaube, er wußte, was ich empfand, und machte sich darüber lustig. Ohne Hamish hätten mir die Tanzstunden viel mehr Spaß gemacht.

Als Mrs. Kirkwell erfuhr, wer mein Tanzpartner war, empörte sie sich dermaßen, daß sie sich in das Studierzimmer meines Vaters wagte, um ihm über diese Vorgänge zu berichten. Sie kam ebenso entrüstet wieder heraus, nahm ausnahmsweise keine Rücksicht auf meine Jugend und erzählte Bess in meiner Gegenwart, was sich zugetragen hatte. »Ich hab' ihm gesagt: ›Er hat mit Miss Davina getanzt, der Kerl, der genausoviel Schuld hatte wie Kitty, als das damals passiert ist.‹ Und was, glaubst du, hat er mir geantwortet? Er sagte ganz kühl und gelassen: ›Ich wünsche nichts mehr davon zu hören, Mrs. Kirkwell.‹ Ich hab' kein Blatt vor den Mund genommen und ihm tüchtig Kontra gegeben, weil ich wußte, es war richtig und anständig. Ich hab' zu ihm gesagt: ›Aber Sir, zu sehen, wie der Kerl Miss Davina im Arm hält, wie er's beim Tanzen nun mal tun muß, also das ist mehr, als der Mensch verdauen kann …‹ Er ließ mich nicht ausreden. Er sagte: ›Ich setze mein vollstes Vertrauen in Miss Grey, daß sie tut, was das Beste für meine Tochter ist. Sie benötigt einen Tanzpartner für die Übungsstunden, und er ist der einzige junge Mann, der zur Verfügung steht. Damit ist der Fall erledigt.‹ Er war kalt wie ein Fisch. Nun, mehr kann ich nicht tun. Aber ich hab' ihm meine Meinung gesagt, und damit hab' ich meine Pflicht getan.«

Und Hamish blieb mein Tanzstundenpartner.

Doch beim Vorführen der zahlreichen Schrittfolgen tanzte Miss Grey öfter mit Hamish als ich.

Nach einigen Wochen erhielt ich den ersten Brief von Lilias.

Meine liebe Davina,
ich bin sehr unglücklich. Mir ist, als hätte ich Schande über meine Familie gebracht, obwohl ich unschuldig bin. Zuweilen kann ich nicht glauben, daß dies alles geschehen ist, und ich bin von Haß erfüllt gegen die Person, die mir diesen bösen Streich gespielt hat. Nein, Streich ist ein viel zu harmloses

Wort... Jemand muß mich fast so sehr gehaßt haben, wie ich diese Person jetzt hasse, obwohl ich nicht weiß, gegen wen mein Haß sich richtet.

Mein Vater ist wunderbar. Er veranlaßt mich, mit ihm zu beten. Er sagt, ich muß diesem Feind vergeben, aber das kann ich nicht, Davina. Diese gemeine Person hat mein Leben zerstört.

Ich weiß, Du glaubst mir, und das ist mir ein großer Trost. Aber ich bin nun zu Hause und werde nie wieder eine Stellung annehmen können. Diese entsetzliche Schande wird auf immer an mir haften. Im Moment gehe ich Alice und Jane zur Hand. Alice tritt demnächst einen Posten als Gouvernante an... somit trete ich im Pfarrhaus in ihre Fußstapfen. Obwohl meine Familie mir glaubt, fühle ich mich elend. Ich weiß, ich sollte dankbar sein für ihr Vertrauen, und bin es auch, trotzdem leide ich unter dieser gemeinen Beschuldigung.

Unlängst habe ich Kitty gesehen. Sie hat sich schon in Haus Lakemere eingewöhnt. Das ist eines der beiden großen Häuser hier – das andere ist das Gutshaus. Kitty scheint ganz gut zurechtzukommen. Wir sind zwei in Ungnade Gefallene, doch ich glaube, sie wird, obwohl sie sich schuldig gemacht hat, leichter über die schändliche Demütigung hinwegkommen als ich, die ich unschuldig bin. Meine liebe Davina, ich werde immer an Dich denken. Schreib mir, wie es Dir ergeht. Vielleicht können wir uns eines Tages wiedersehen.

Laß es Dir gutgehen, in Liebe

Deine Lilias

Ich ließ Lilias nicht warten, sondern schrieb sofort zurück.

Liebe Lilias,
danke für Deinen Brief, über den ich mich sehr gefreut habe. Ich denke sehr viel an Dich. Ich will versuchen herauszufin-

den, wer Dir das Furchtbare angetan hat. Du weißt, wen ich in Verdacht habe, aber ich kann mir keinen Grund denken.

Ich verabscheue den Kerl. Meine neue Gouvernante hat ihn als meinen Tanzpartner ins Haus geholt. Ich lerne nämlich tanzen. Es sei kein anderer da, sagt Miss Grey. Er vergällt mir die Freude an den Tanzstunden.

Miss Grey ist die neue Gouvernante. Sie kam ziemlich bald, nachdem Du fort warst. Sie ist schwer zu beschreiben, weil sie mehr als eine einzige Person ist. Sie ist so schön, daß die Leute sich nach ihr umdrehen. Sie hat rote Haare und grüne Augen. Mein Vater scheint von ihr angetan. Das erstaunt mich, denn wir haben keinen üblichen Schulunterricht. Sie sagt mir, was ich anziehen muß, wie ich gehen soll, und ich lerne – wie gesagt – tanzen. Das alles soll mich auf die Einführung in die Gesellschaft vorbereiten. Ich denke, ich werde alt.

Ach Lilias, wie ich Dich vermisse! Ich wünschte, Du könntest zurückkommen.

In immerwährender Liebe
Deine Davina

Miss Grey meinte, ich solle kein Schwarz mehr tragen. »Es paßt nicht zu deinem Teint, Davina«, sagte sie. »Dunkle Haare und blaue Augen. Eine reizvolle Kombination, aber nicht zu Schwarz. Ich kann es tragen, obwohl es nicht meine Lieblingsfarbe ist. Zu düster. Ich bin hellhäutig. Es gibt kaum eine hellere Haut als die der Rothaarigen. Deswegen kann ich mir Schwarz erlauben, aber zu dir paßt es nicht.«

»Mrs. Kirkwell meint, ich soll es ein Jahr lang tragen.«

Miss Grey hob in gespieltem Entsetzen die Hände. »Aber *ich* sage, kein Schwarz... und dabei bleibt's.«

Ich hatte nichts dagegen. Ich haßte die schwarzen Kleider. Ich brauchte sie nicht, um mich an meine Mutter zu erinnern.

Die Kirkwells waren natürlich entrüstet, doch mein Vater erhob keine Einwände.

Miss Grey bekundete großes Interesse an meiner Familie. Sie wollte alles über meine Mutter und meine gesamte Verwandtschaft wissen.

Die Familie sei nicht groß, es gebe keine Verwandten außer Tante Roberta, erklärte ich ihr. Ich redete ganz freimütig, denn sie verstand es, mich aus der Reserve zu locken. Ich schilderte ihr, wie Tante Roberta uns nach dem Tod meiner Mutter überfallen und wie sie Hamish und Kitty zusammen im Schlafzimmer erwischt hatte. Ich dachte, daraufhin würde Miss Grey einsehen, daß Hamish kein geeigneter Tanzpartner für mich sei.

Sie wurde nachdenklich. »So ein kleiner Teufel«, sagte sie schließlich.

»Ja. Es war schockierend. Tante Roberta und ich waren zu dem Zeitpunkt zufällig beisammen. Sie öffnete die Tür... und da waren sie.«

»Auf frischer Tat ertappt! Und du warst Zeugin. O Davina, welch ein Anblick für dich!« Sie lachte und lachte, den sinnlichen Mund geöffnet, die grünen Augen voll Tränen – so groß war ihre Heiterkeit: »Und die kleine Kitty bekam den Laufpaß, wie? ›Laß dich hier nie wieder blicken!‹ «

»Es war gar nicht lustig für Kitty.«

»Nein, sicher nicht.«

»Lilias' – Miss Milnes – Vater ist Pfarrer. Er hat Kitty aufgenommen.«

»Ein gottesfürchtiger Mann, wie?«

»Er war gut zu Kitty. Er hat ihr in seiner Nachbarschaft eine Stellung besorgt.«

»Hoffen wir, daß dort keine gutaussehenden jungen Männer wie Hamish in der Nähe sind.«

»Finden Sie, daß er gut aussieht?«

»Er hat was Gewisses, ganz ohne Zweifel. Kitty war bestimmt nicht die einzige, die nicht nein sagen konnte.«

Ich wollte nicht über Hamish sprechen. Ich könnte womöglich zuviel sagen und verraten, daß ich ihn verdächtigte, die Halskette entwendet und in Lilias' Schublade gelegt zu haben. Ich durfte niemandem von meinem Verdacht erzählen, da ich keinen Beweis hatte.

Irgendwann entdeckte ich, daß Miss Grey in ihrem Zimmer eine Flasche Schnaps aufbewahrte. Sie stand in einem Schränkchen, das sie verschlossen hielt. Eines Tages weihte sie mich in das Geheimnis ein. An diesem Tag war sie zum Mittagessen ausgewesen. Ich wußte nicht, mit wem. Sie unternahm gelegentlich solch mysteriöse Ausflüge, und diesmal war sie mit gerötetem Gesicht und überaus redselig zurückgekehrt. Ihre Sprechweise kam mir verändert vor, und sie war liebenswürdiger denn je.

Ich ging unter einem Vorwand in ihr Zimmer und fand sie voll angekleidet auf dem Bett, auf mehrere Kissen gestützt.

»Ah, Davina«, sagte sie. »Setz dich zu mir und unterhalte dich mit mir.«

Ich nahm Platz. Sie erzählte mir, sie habe mit einer wunderbaren Freundin sehr gut zu Mittag gespeist – zu gut sogar.

»Ich bin schläfrig«, sagte sie. »Ich könnte ein Stärkungsmittel gebrauchen. Hier, nimm den Schlüssel aus dieser Schublade und schließe das Schränkchen auf. Bring mir daraus die Flasche und ein Glas. Schenke ein ganz klein wenig ein, ja? Das ist genau, was ich brauche.«

Ich konnte riechen, daß das »Stärkungsmittel« Schnaps war. Ich schenkte ein und reichte ihr das Glas. Sie trank hastig.

»Schon besser«, sagte sie. »Laß das Glas da, Liebes. Ich spüle es nachher ab. Nimm wieder Platz. So ist's gut. Wir wollen uns unterhalten. Ich habe vorzüglich gespeist, und der Wein war köstlich. Ich mag Menschen, die einen guten Tropfen zu schätzen wissen. Das gehört auch zu den Dingen, die ich dir beibringen muß, Davina.«

»Ich hätte nicht gedacht, daß ich solche Dinge lernen muß. Von Wein verstehe ich absolut nichts.«

»Wenn du mit einem netten Ehemann ein großes Haus bewohnst und er Gäste mitbringt, mußt du wissen, wie man sie bewirtet.«

»Deswegen muß ich das lernen?«

»Das ist ein so guter Grund wie jeder andere.«

»Was wollen Sie damit sagen, das ist ein so guter Grund wie jeder andere?«

Sie zögerte. Ich sah, wie schläfrig sie war. Sie hatte offensichtlich Mühe, sich wach zu halten. »Ich rede bloß so daher. Ich unterhalte mich gerne mit dir, Davina. Wir sind Freundinnen geworden... das freut mich. So hatte ich es mir gewünscht. Du bist ein nettes Mädchen. Ein nettes *unschuldiges* Mädchen. Genauso sollten junge Mädchen sein, nicht wahr?«

»Das nehme ich an.«

Sie fuhr fort: »Das muß eine schöne, beschauliche Zeit für dich gewesen sein, Davina. Dein ganzes Leben hast du in diesem Haus verbracht, mit der gütigen Frau Mama und dem gestrengen Herrn Papa, der ein wohlhabender Bankier, eine Stütze der Gesellschaft in einer großen Stadt ist.« Sie lachte. »Du solltest London sehen.«

»Das möchte ich gern.«

»Wir haben stattliche Häuser. Sogar stattlichere als eures hier. Aber es gibt auch weniger großartige.«

»Das ist hier genauso. Ich nehme an, so ist es überall.«

»In Großstädten sind die Gegensätze größer.«

»Edinburgh *ist* eine Großstadt.«

»Ich dachte an London.«

»Dort sind Sie zu Hause, nicht wahr?« fragte ich. »Warum sind Sie hierhergekommen?«

»Ich kam für ein Weilchen und beschloß zu bleiben... vorerst zumindest.« Sie hörte sich an, als sei sie kurz vorm Einschlafen.

»Haben Sie schon mal als Gouvernante gearbeitet?« fragte ich.

Sie lachte. »Als Gouvernante, ich? Sehe ich wie eine Gouvernante aus?«

Ich schüttelte den Kopf.

»Ich stand auf den Brettern«, sagte sie.

»Den Brettern?«

Sie lachte wieder. »Varietétheater« sagte sie mit nuschelnder Stimme. »Gesangs- und Tanznummern. Es lief eine Zeitlang gut, wie das bei solchen Nummern so ist. Eine recht lange Zeit sogar.«

»Sie waren auf der Bühne?«

Sie nickte verträumt. »Das waren noch Zeiten…«

»Warum sind Sie dann hierhergekommen?«

Sie zuckte die Achseln. »Ich liebe die Abwechslung. Außerdem… ach, egal. Ich war in Glasgow bei den ›Lustigen Rotschöpfen‹. Wir waren zu dritt, alle rothaarig. Das hat uns überhaupt auf die Idee gebracht, zusammenzuarbeiten. Wir kamen mit wehenden Haaren auf die Bühne. Wir hatten immer volles Haus… am Anfang. Doch das Publikum ermüdet. Das ist das Problem. Die Leute sind launisch. Wir sind durch die Provinz getingelt, dann kamen wir nach Glasgow. Da lief es ganz gut. Aber es ist eine elende Plackerei. Irgendwann kommt die Zeit, da möchte man sich zur Ruhe setzen…«

»Und haben Sie das vor, Miss Grey?«

»Ja«, murmelte sie.

»Ich lasse Sie jetzt allein, dann können Sie schlafen.«

»Nein, geh nicht. Ich hör' dir so gerne zu. Du bist ein nettes Mädchen, Davina. Ich hab' dich gern.«

»Danke. Ich hatte keine Ahnung, daß Sie auf der Bühne standen.«

»Wirklich nicht, Liebes? Weil du ein lieber kleiner Unschuldsengel bist.«

Ihre Stimme wurde immer leiser. Ich war sicher, daß sie schon fast schlief.

Ich sagte: »Als ich Sie das erste Mal sah, fand ich, daß Sie überhaupt nicht wie eine Gouvernante aussehen.«

»Danke. Das ist ein Kompliment. Und wie mache ich mich?«

»Was meinen Sie?«

»Als Gouvernante.«

»Sie sind eine sehr eigenartige Gouvernante.«

»Hm«, murmelte sie.

»Ganz anders als Miss Milne.«

»Die die Halskette gestohlen hat?«

»Sie hat sie nicht gestohlen. Jemand hat sie in ihre Schublade gelegt.«

Sie öffnete die Augen, und die Schläfrigkeit war vorübergehend verflogen. »Du meinst, jemand hat ihr den Diebstahl untergeschoben?«

»Ja. Jemand hat sie in Schwierigkeiten bringen wollen.«

»Wer hat dir das gesagt?«

»Niemand. Ich weiß es einfach.«

»Woher willst du das wissen?«

»Weil Miss Milne unmöglich etwas stehlen konnte.«

»Ist das der einzige Grund für dein Wissen?«

Ich nickte. »Ich wünschte, ich könnte die Wahrheit finden.«

»Die Menschen sind unergründlich, Liebes. Sie machen die seltsamsten Sachen. Man weiß nie, was in ihnen vorgeht. Sie zokkeln immer im gleichen Trott, und eines Tages brechen sie plötzlich aus und tun etwas, das man nie von ihnen gedacht hätte.«

Sie glitt wieder in ihre Verträumtheit zurück.

»Sie interessieren sich wohl nicht für gewöhnliche Dinge«, sagte ich.

»Zum Beispiel?«

»Mathematik, Geographie, Englisch, Geschichte. Miss Milne war ganz versessen auf Geschichte. Meine Mutter auch. Sie wußte über die Vergangenheit genau Bescheid und erzählte mir davon. Das war sehr aufregend. Ich bin einmal im Holyrood Palace gewesen.«

»Was ist das?«

Ich war fassungslos. »Aber das müssen Sie doch wissen. Es ist der alte Palast. Maria, die schottische Königin, hat dort residiert. Rizzio ist dort ermordet worden. Und dann ist da das Schloß, wo König Jakob geboren wurde... Jakob VI. von Schottland, er war gleichzeitig Jakob I. von England. Seine Mutter war Maria, die Königin von Schottland.«

Zillah war fast eingeschlafen. Dann fing sie plötzlich zu singen an:

> Schändliches hat man ihr angetan,
> Maria, Königin der Schotten.
> Man schleppte sie nach Fotheringay,
> und ließ sie dort verrotten.

Ich hörte verblüfft zu. Sie ist betrunken, dachte ich.

Wie konnte mein strenger, konventioneller Vater eine solche Frau in seinem Hause dulden, ja, wie hatte er sie überhaupt hierherbringen können? Freilich, er hatte sie nie auf dem Bett liegen und das Lied »Maria, Königin der Schotten« singen hören. Sie wechselte ihre Persönlichkeit, wenn er zugegen war. Das schwarze Kleid trug sie oft. Ich hatte das Gefühl, sie konnte sich jedem Anlaß anpassen.

Sie kam irgendwann auf jenen Nachmittag zurück. »Ich weiß nicht, was ich gesagt habe, Liebes. Schau, ich hatte mit einer guten Freundin zu Mittag gegessen. Sie war in Schwierigkeiten gewesen... es handelte sich um eine Liebesgeschichte, und plötzlich war alles gut geworden. Ich habe mich so für sie gefreut. Das wollte sie feiern. Sie erzählte mir, was geschehen war, wie es beinahe schiefgegangen wäre und sich dann eingerenkt hat. Und zur Feier des Tages gab es Champagner. Ich mußte mit ihr trinken. Und Alkohol bin ich nicht gewöhnt.«

Der Schnaps in dem verschlossenen Schränkchen fiel mir ein, und sie mußte meine Gedanken erraten haben, denn sie fuhr geschwind fort: »Ich halte bloß ein bißchen vorrätig für den Fall, daß mir unwohl ist. Ich sehe zwar robust aus, aber mir wird rasch flau im Magen, wenn mir etwas nicht bekommt, und ein Schlückchen bringt das stets wieder in Ordnung. Ich mußte mit ihr trinken. Es wäre unhöflich gewesen abzulehnen. Verstehst du das?«

»O ja«, versicherte ich ihr bereitwillig.

»Ich muß eine Menge albernes Zeug geplappert haben, nicht?«

»Sie haben ein Lied gesungen von Maria, Königin der Schotten.«

»Oh, das alte Spottlied. War das alles? Hab' ich sonst noch was getan?«

»Bloß, daß Sie bei den ›Lustigen Rotschöpfen‹ waren.«

Sie blickte etwas nachdenklich drein. »Man sagt eine Menge dummes Zeug, wenn man sich törichterweise überreden ließ, zuviel zu trinken. Es tut mir leid, Davina, Liebes. Vergiß es, ja?« Ich nickte, und sie umarmte mich in einer Wolke von Parfüm. »Ich habe dich sehr gern, Davina«, sagte sie.

Mich beschlich ein leichtes Unbehagen, und ich verspürte eine verzweifelte Sehnsucht nach den alten Zeiten mit Lilias.

Kurze Zeit später waren wir auf der Princes Street beim Einkaufen, und sie sagte zu mir: »Schön ist es hier, nicht wahr? Sieht das alte Schloß nicht grandios aus? Du mußt mir einmal die ganze Geschichte darüber erzählen. Ich möchte sie gerne hören.«

Sie war gewiß die ungewöhnlichste Gouvernante, die ein Mädchen je gehabt hat.

An diesem Nachmittag kaufte sie ein Kleid, grün mit eng anliegendem Mieder, wie sie es gerne trug. Der mit rubinrotem Samt gepaspelte Rock bauschte sich weit unter der eingeschnürten Taille.

Sie probierte es an und spazierte vor der Verkäuferin und mir auf und ab.

»Madame sind... hinreißend«, rief das Mädchen entzückt.

Und auch ich muß gestehen: Sie sah ungemein attraktiv aus.

Bevor wir an diesem Abend zum Essen hinuntergingen, kam sie in dem neuen Kleid in mein Zimmer. »Wie sehe ich aus?« fragte sie.

»Sehr schön.«

»Findest du, es eignet sich fürs Abendessen? Was meinst du, was dein Vater sagen wird?«

»Ich nehme an, er wird gar nichts sagen. Ich glaube nicht, daß er bemerkt, was die Leute anhaben.«

Sie gab mir unversehens einen Kuß. »Davina, du bist ein Schatz.«

Wenige Abende später trug sie das Kleid abermals, und während des Essens fiel mir ein wunderschöner Rubinring an ihrem Finger auf. Ich mußte ihn unentwegt anschauen, denn ich war sicher, ihn schon mal gesehen zu haben. Er sah genauso aus wie einer, den meine Mutter getragen hatte.

Am nächsten Tag sprach ich sie darauf an. »Das war ein hübscher Ring, den Sie gestern abend trugen.«

»Oh, mein Rubin.«

»Meine Mutter hatte genauso einen. Eines Tages wird er mir gehören. Mein Vater meint bloß, ich bin noch nicht alt genug, um ihn jetzt schon zu tragen. Ich vermute, es ist nicht genau derselbe Ring. Aber er sieht ganz ähnlich aus.«

»Sie stammen vermutlich aus derselben Zeit.«

»Darf ich ihn mal sehen?«

»Aber natürlich.«

Sie nahm ein Kästchen aus ihrer Schublade.

»Das Kästchen sieht auch so aus wie das meiner Mutter«, sagte ich.

»Diese Kästchen sind doch alle gleich, oder?«

Ich streifte den Ring über meinen Finger. Er war mir zu groß. Ich erinnerte mich an einen Anlaß, als meine Mutter ihren Rubinring trug. Ich bewunderte ihn, und sie nahm ihn vom Finger und streifte ihn über meinen. »Eines Tages wird er dir gehören«, sagte sie dabei. »Bis dahin sind deine Finger vielleicht ein bißchen dicker.«

Miss Grey nahm mir den Ring ab und legte ihn ins Kästchen zurück.

Ich sagte: »Der Rubin paßte gut zu den Paspeln an Ihrem neuen Kleid.«

»Ja. Deshalb habe ich ihn ja angezogen.« Sie schloß die Schublade und lächelte mich an. »So, und jetzt wollen wir unseren Tanz üben«, sagte sie.

Als sie das Kleid das nächste Mal trug, hatte sie den Rubinring nicht an.

Zuweilen hatte ich das Gefühl, in eine völlig andere Welt katapultiert worden zu sein. Seit dem Tod meiner Mutter hatte sich alles so verändert. Die Dienstboten waren wie ausgewechselt, sie waren abweisend und mißgestimmt. Solange meine Mutter lebte, schien das Leben immer so weiterzugehen, wie es seit Generationen verlaufen war.

Nicht zuletzt Lilias' Fortgang hatte vieles verändert. Sie war genauso gewesen, wie man es von einer Gouvernante erwartete. Daß wir in enger Freundschaft verbunden waren, bedeutete nicht, daß wir kein strikt konventionelles Leben führten. Wenn ich an die alten Zeiten dachte, den sonntäglichen Kirchgang, das anschließende Mittagsmahl, die Andachten, die liebenswerte, dennoch Abstand wahrende Beziehung zwischen den oberen und unteren Etagen des Hauses – das alles war so natürlich und wohlgeordnet, wie es seit Generationen gewesen sein mußte.

Jetzt war es, als sei ein Wirbelwind durchs Haus gefahren und habe die alte Ordnung zerstört.

Nach wie vor wurde jeden Morgen die Andacht abgehalten, und der ganze Haushalt nahm daran teil. Miss Grey, dezent und demütig, betete mit uns. Doch es war anders als früher. Mein Vater ging sonntags mit mir zur Kirche, und Miss Grey – wie einst Lilias – begleitete uns. Aber vor der Kirche wurde nicht geplaudert, außer daß Vater und ich hier und da guten Morgen wünschten.

Unmut schwelte in der Küche. Die Kirkwells äußerten ihn freimütig. Sie verstanden sowenig wie ich, warum Miss Grey im Hause geduldet wurde oder weshalb sie überhaupt eingestellt worden war. Sie besaß einen schädlichen Einfluß, nicht so sehr durch ihr Verhalten – sie gab sich wirklich Mühe, sich mit uns allen gut zu stellen –, sondern weil sie so anders war. Die Leute sind mißtrauisch gegen alles, was nicht der Norm entspricht.

Neun Monate waren seit dem Tod meiner Mutter vergangen. Wie oft wünschte ich, Lilias wäre bei mir, damit ich jemanden hätte, mit dem ich offen reden konnte. Das allgemeine Unbehagen, das das Haus durchdrang, nahm mich gefangen. Und dann stolperte ich plötzlich über einen Hinweis, der mir vieles erklärte. Es war, als hätte ich einen Schlüssel gefunden, der mir die Türe zur Wahrheit öffnete.

Es war Nacht. Ich lag wieder einmal schlaflos im Bett und wälzte mich hin und her, als ich plötzlich ein leises Geräusch vernahm. Ich setzte mich auf und lauschte. Ich war sicher, leise Schritte im Flur vor meinem Zimmer gehört zu haben. Ich stieg aus dem Bett und öffnete ganz vorsichtig die Türe, gerade noch rechtzeitig, um eine Gestalt auf der Treppe zu sehen. Ich schlich auf Zehenspitzen zum Treppengeländer und erkannte deutlich, daß es Miss Grey war. Sie war in einem Nachtgewand, das sich sehr von meinem bis zum Hals zugeknöpften Nachthemd unterschied. Das ihre war durchsichtig, blaßgrün mit Spitze und Bändern. Ihre Haare hingen ihr lose um die Schultern.

Was machte sie? Wandelte sie im Schlaf? Ich mußte vorsichtig sein, um sie nicht zu wecken. Ich hatte irgendwann gehört, daß das für Schlafwandler gefährlich sein kann. Ganz leise folgte ich ihr.

Sie war die Treppe hinuntergestiegen und ging durch den Flur. An der Türe zum früheren Elternschlafzimmer blieb sie stehen. Dort schlief mein Vater.

Sie öffnete die Türe und ging hinein. Ich stand still und starrte ihr nach. Was hatte sie vor? Was würde jetzt geschehen? Sie würde meinen Vater sicher aufwecken. Ich wartete beklommen. Nichts geschah. Ich stand da und starrte die Türe an. Er mußte unterdessen aufgewacht sein. Ich wartete. Meine nackten Füße waren kalt. Nichts geschah.

Ich stieg die Treppe hinauf, stellte mich oben hin und sah hinunter. Minuten vergingen... und sie war immer noch drinnen. Und auf einmal wußte ich, weshalb sie hierhergekommen war, warum sie anders als andere Gouvernanten war. Ein Blitz der Erkenntnis offenbarte mir die Wahrheit: Sie war keine Gouvernante, sie war die Geliebte meines Vaters.

Ich legte mich wieder hin und überlegte, was das bedeutete. Er war doch so fromm! Wie konnte er über Kittys Benehmen so erbost gewesen sein, wenn er selber ganz ähnlich handelte? Wie kann ein Mensch so scheinheilig sein? Mir war übel vor Abscheu.

Deswegen hatte er sie hierhergeholt. Sie besuchte ihn nachts in seinem Zimmer. Er hatte ihr den Rubinring meiner Mutter geschenkt, der mir gehören sollte. Und das war nun mein Vater, der würdevolle Staatsbürger, der bei den Bewohnern dieser Stadt so angesehen war. Schon setzte er Miss Grey an die Stelle meiner Mutter.

Ich wußte nicht, wie ich mich verhalten sollte. Am liebsten wäre ich bei ihnen hereingeplatzt – so wie Tante Roberta bei Kitty und Hamish. Ich hätte ihnen gerne gesagt, was ich von ihnen dachte. Nicht so sehr um dessentwillen, was sie taten – von diesen Dingen verstand ich ja nichts –, sondern weil es verabscheuungswürdig ist, andere Menschen wegen einer Tat zu verurteilen, die man selbst begeht.

Was konnte ich tun? Das Haus verlassen? Wie töricht! Wohin sollte ich denn gehen? Zu Lilias? Ebenso töricht. Das Pfarrhaus von Lakemere war kein Obdach für alle, die Kummer haben. Außerdem war mein Kummer von anderer Art. Ich hatte ein Heim, genug zu essen, Behaglichkeit. Doch ich hatte das Gefühl, meinem Vater nie wieder ins Gesicht sehen zu können.

Und Miss Grey? Um sie machte ich mir nicht so viele Gedanken. Sie war keine Dame. Zugegeben, sie war ausnehmend schön und anziehend. Aber mein Vater... wie konnte er nur?

Was sollte ich zu ihnen sagen? Gar nichts, sagte mir die Vernunft. Zumindest vorläufig nicht, solange ich mir nicht darüber klargeworden war, wie ich mich verhalten sollte.

Mein Vater hatte gewünscht, daß Miss Grey ins Haus kam. Welch ein Zufall, daß man Lilias kurz zuvor für ein Vergehen entlassen hatte, an dem sie meiner Überzeugung nach unschuldig war.

Meine Gedanken verwirrten sich. Ich fühlte mich verloren, ich war durcheinander, vollkommen erschüttert über diese plötzliche Erkenntnis.

Ich wünschte, ich könnte fortgehen, fort aus diesem Haus. Ich schrieb Lilias, aber in einem Brief konnte ich unmöglich mitteilen, was in meinem Kopf vorging. Etwas anderes wäre es gewesen, wenn ich mit ihr hätte reden können.

Mein Vater merkte nichts von der Veränderung in meinem Verhalten. Miss Grey dagegen fiel sie sofort auf. »Bedrückt dich etwas, Davina?« fragte sie.

»Nein«, log ich.

»Du scheinst verändert. Als ginge dir etwas im Kopf herum.«

Ich sah sie an, und unwillkürlich stellte ich mir vor, wie sie und mein Vater im Bett lagen, so wie ich Kitty und Hamish gesehen hatte. Mir wurde übel.

»Fühlst du dich nicht wohl?«

»Doch, doch«, sagte ich. Aber ich dachte: Mir wird übel, wenn ich an dich und Vater denke.

Ihn haßte ich mehr als sie. Sie ist nun mal so, dachte ich. Sie war nicht sehr erschüttert über Kitty und Hamish und gab auch nicht vor, es zu sein. Sie würde mit Hamish sagen: Das ist nun mal die menschliche Natur. Ja, die menschliche Natur für Leute wie sie und Hamish ... und anscheinend meinen Vater. Er hob nur dann entsetzt die Hände, wenn Mädchen wie Kitty ihr erlagen. Er ging zur Kirche und betete und dankte Gott, daß er nicht war wie die anderen.

Und dann holte er eine Frau wie Zillah Grey ins Haus! Sie war ein leichtes Mädchen, wie man solche Frauen nennt, und mein Vater war keineswegs der untadelige Mensch, der zu sein er vorgab.

Meine Gedanken kehrten immer wieder zu Lilias zurück. Wer hatte die Halskette in ihr Zimmer gelegt? Je mehr ich darüber nachdachte, desto seltsamer erschien es mir. War es möglich, daß mein Vater Lilias aus dem Haus haben wollte, um Zillah Grey herholen zu können... so daß sie des Nachts das Bett mit ihm teilen konnte?

Er hatte diese »Gouvernante« selbst ausgesucht. Und es war ihr unmöglich, sich als gebildete Frau auszugeben, als richtige Gouvernante, eine dieser vornehmen Damen, die in Not geraten sind. Daher war sie gekommen, um mir feines Benehmen beizubringen. Wirklich, sehr amüsant. Bitterkeit erfüllte mich.

Was war Lilias deswegen angetan worden! Sie würde mit diesem Schandfleck behaftet durchs Leben gehen müssen. Ich war immer überzeugt gewesen, daß jemand die Kette in ihr Zimmer gelegt hatte. Und jetzt sah es ganz danach aus, daß jemand einen Grund dafür gehabt hatte. Und ich hatte den brennenden Wunsch herauszufinden, wer das war.

Ich konnte mir nicht denken, daß sich mein Vater in mein Zimmer stahl, die Kette an sich nahm und sie in eine Schublade in Lilias' Zimmer legte. Andererseits konnte ich ihn mir in einer pikanten Situation vorstellen, was früher undenkbar gewesen wäre.

Oft sah ich mich von Miss Grey forschend beobachtet. Ich verriet mich. Ich konnte mich nicht so geschickt verstellen wie sie und mein Vater.

Hatte Zillah Grey erraten, daß ich die Wahrheit über ihre Beziehung zu meinem Vater entdeckt hatte? Sie wirkte beunruhigt; ich war offenbar nicht listig genug, meine Gefühle zu verbergen.

Eines Nachmittags kam mein Vater früher als gewöhnlich nach Hause, und kurz darauf kam Miss Grey in mein Zimmer. »Dein Vater wünscht dich in seinem Studierzimmer zu sehen«, teilte sie mir mit. »Er hat dir etwas zu sagen.«

Ich war überrascht. In letzter Zeit hatte ich das Gefühl gehabt, daß er mir aus dem Weg ging.

Miss Grey kam mit ins Studierzimmer und schloß die Türe hinter uns.

Ich sah die beiden verwundert an.

Miss Grey gab mir einen Kuß. »Liebe Davina«, sagte sie. »Wir haben uns immer so gut verstanden. Es wird wunderbar werden.« Sie wandte sich an meinen Vater. »Wunderbar für uns alle«, setzte sie hinzu. Sie reichte ihm ihre Hand. Er sah mich an, ziemlich nervös, wie ich fand.

»Die Hochzeit wird erst in drei Monaten sein«, sagte er. »Wir müssen warten, bis das Jahr voll ist... und noch etwas länger, denke ich.«

Ich hätte ihn am liebsten ausgelacht. Ich wollte ihn anschreien: »Aber ihr habt nicht gewartet. Es ist die pure Heuchelei.«

Doch »ich verstehe« war alles, was ich über die Lippen brachte.

»Ich bin sicher«, fuhr er fort, »du wirst einsehen, daß es so das beste ist. Du brauchst eine Mutter.«

Und ich dachte: *Du* brauchst jemanden... so wie Hamish. Es beunruhigte mich, was ich mich innerlich sagen hörte: Dinge, die ich nie laut zu äußern gewagt, Dinge, die ich noch vor einem Jahr nicht für möglich gehalten hätte. Es war mir so zuwider, wie sie da standen, heuchlerisch, alle beide. Doch ihn haßte ich mehr als sie.

»Es wird also eine Hochzeit geben«, hörte ich mich dämlicherweise sagen, und gleichzeitig vernahm ich meine innere Stimme: Natürlich wird es eine Hochzeit geben, eine stille, alles ganz proper, wie es sich gehört.

»Eine stille natürlich«, sagte mein Vater.

»Natürlich«, wiederholte ich. Ob sie die Ironie bemerkten?

»Willst du uns nicht gratulieren?« fragte Miss Grey und versuchte schelmisch zu klingen.

Ich antwortete nicht.

»Es kommt zweifellos etwas überraschend für dich«, sagte mein Vater. »Aber es wird für uns alle das beste sein. Du wirst eine Mutter haben...«

Ich sah Zillah Grey an. Sie zog ein Gesicht, und das fand ich nun wieder liebenswert. Sie war nicht so scheinheilig wie er, was auch immer sie ansonsten sein mochte. Ich glaube, Scheinheiligkeit war damals in meinen Augen die schwerste Sünde.

»Nun denn«, sagte mein Vater, »laßt uns auf die Zukunft trinken.«

Er entnahm einem Schrank drei Gläser und eine Flasche Champagner.

Ich bekam nur ein halbes Gläschen. Ich mußte an Miss Grey denken, wie sie auf ihrem Bett lag und »Maria, Königin der Schotten« sang, und da mußte ich lachen.

Mein Vater lächelte wohlwollend und erleichtert; er wußte ja nicht, weshalb ich lachte. Wann hatte er je etwas von mir gewußt? Doch ich glaube, Miss Grey verstand, wie mir zumute war.

Die Neuigkeit wurde von allen im Haus mit Bestürzung aufgenommen, doch nach ein paar Tagen fanden sie sich damit ab.

Mrs. Kirkwell und ich hatten eine kleine Unterredung. »In letzter Zeit ist in diesem Haus eine Menge geschehen, Miss Davina«, sagte sie. »Mr. Kirkwell und ich haben Sie schon beinahe als Herrin des Hauses betrachtet. Sie sind freilich noch etwas jung. Wir hatten gedacht, daß Mr. Glentyre vielleicht wieder heiraten würde, aber daß es so bald sein würde, damit hatten wir nicht gerechnet.«

»Sie heiraten erst, wenn ein Jahr seit Mutters Tod vergangen ist.«

»Selbstverständlich. Ein früherer Zeitpunkt würde sich nicht schicken. Das wäre nicht recht, und Mr. Glentyre, der tut immer, was recht ist. Und dann werden wir eine neue Herrin haben.« Mrs. Kirkwell runzelte die Augenbrauen.

Ich wußte, daß sie sich Zillah Grey schwerlich als Herrin in einer seriösen Edinburgher Residenz vorstellen konnte.

»Da wird sich einiges ändern«, fuhr sie fort, »dessen bin ich sicher. Nun ja, wir müssen es eben nehmen, wie's kommt. Ein Mann braucht eine Frau, sogar ein Gentleman wie Mr. Glentyre, zumal wenn er eine heranwachsende Tochter hat.«

»Ich finde, ich bin schon erwachsen, Mrs. Kirkwell, meinen Sie nicht auch?«

»Nun, es ist auf jeden Fall gut, wenn eine Frau im Haus ist, auch wenn...«

»Ich bin froh, daß die Veränderungen Sie und Mr. Kirkwell nicht allzusehr aus der Ruhe bringen.«

Sie schüttelte betrübt den Kopf. Sie dachte wohl an die Zeiten, als meine Mutter noch lebte. Ob sie etwas von Miss Greys nächtlichen Ausflügen gemerkt hatte? Mrs. Kirkwell wollte schließlich stets über alle Vorgänge im Hause im Bilde sein.

Gewiß waren sie und Mr. Kirkwell der Meinung, wenn in einem respektablen Haus »gewisse Dinge« vorgehen – Männer sind nun mal, wie sie sind –, sei es gut, diese zu »legalisieren«. Und so senkte sich eine Heiterkeit über das Haus, die es nicht mehr gekannt hatte, seit meine Mutter starb.

Später bekam ich Mrs. Kirkwells Bemerkungen über die zukünftige Herrin zu hören. »Sie ist keine von der Sorte, die sich überall einmischt. Bei so einer würden Mr. Kirkwell und ich nicht arbeiten wollen.«

Und so wurde die bevorstehende Heirat, so unpassend sie Außenstehenden auch scheinen mochte, im Haus – wenn auch etwas widerwillig – akzeptiert, größtenteils deswegen, weil man einsah, daß ein Mann eine Frau braucht und die Erwählte eben keine von der Sorte war, »die sich überall einmischt«.

Es wurde, wie geplant, eine stille Hochzeit, eine schlichte Trauungszeremonie, vorgenommen von Hochwürden Charles Stocks, der ein Freund der Familie war, solange ich zurückdenken konnte.

Es waren wenige Gäste zugegen, hauptsächlich Freunde meines Vaters. Tante Roberta kam nicht, denn die Verstimmung zwischen ihr und meinem Vater hielt an. Zillah Grey hatte keine ih-

rer Freunde eingeladen. Es gab zu Hause einen kleinen Empfang,
und bald darauf brachen mein Vater und seine Braut nach Italien
auf.

Ich ging sogleich in mein Zimmer, um Lilias zu schreiben. »Ich
habe jetzt eine Stiefmutter. Es kommt mir so widersinnig vor. Im
letzten Jahr ist soviel geschehen. Manchmal frage ich mich, wie
es weitergehen mag.«

Jamie

Nachdem mein Vater und Zillah abgereist waren, kam mir das Haus sehr still vor. Jetzt hatte ich Zeit, über all die merkwürdigen Begebenheiten nachzudenken. Vor etwas über einem Jahr hatte meine Mutter noch gelebt, war Lilias noch bei mir gewesen.

Im September war ich siebzehn geworden. Und nun fühlte ich mich den Kinderschuhen endgültig entwachsen – aber nicht nur aufgrund meines Alters. Ich hatte viele Erfahrungen gemacht, insbesondere die, daß die Menschen nicht immer sind, was sie zu sein scheinen. Ich hatte erkannt, daß ein Mann wie mein Vater – nach außen hin die Tugendhaftigkeit schlechthin – zu demselben triebhaften Tun fähig sein kann, das Kitty verleitet hatte, sich leichtsinnig ins Verderben zu stürzen. Es hatte meinen Vater dazu bewogen, eine Frau wie Zillah Grey nicht nur ins Haus zu holen, sondern sogar zu heiraten. Diese Erfahrungen ließen keinen Zweifel daran, daß ich erwachsen geworden war.

Mich überkam ein Gefühl der Verlassenheit. Die Menschen, die mir die liebsten waren, hatte ich verloren, ich war ganz allein. Vielleicht habe ich es deswegen so begrüßt, daß Jamie in mein Leben trat.

Ich hatte schon immer Freude an Spaziergängen durch Edinburgh, diese wunderbare graue Stadt. Früher durfte ich nicht allein ausgehen, aber jetzt war niemand da, mich daran zu hindern. Ich war nun im achtzehnten Lebensjahr, ein Alter, in dem man in bestimmten Situationen durchaus Verantwortung für sich übernehmen kann.

Mit großem Vergnügen erkundete ich also die Stadt, und je besser ich sie kennenlernte, desto mehr nahm mich ihr einzigartiger

Charme gefangen. Ich war gebannt von den gotischen Gebäuden, die mit einem Hauch griechischer Klassik durchdrungen waren, was ihnen zusätzliche Würde verlieh. Die Lage der Stadt war grandios. Auf der einen Seite konnte man den Forth in die See münden sehen, und im Westen sah man die Berge. Eine solch einmalige Lage forderte ihren Tribut, und das waren der bittere Ostwind und der Schnee von den Bergen. Aber wir hatten uns daran gewöhnt und wußten unsere warmen Häuser um so mehr zu schätzen.

Der Frühling kam, und in dieser herrlichen Jahreszeit war die Stadt besonders schön. Ich liebte es, wenn der Sonnenschein die großen grauen Gebäude mit einem silbrigen Schimmer überzog. Manchmal saß ich in einem Park und sah zum Schloß hinauf oder auf die Princes Street; ein andermal schlenderte ich in die Altstadt und lauschte der Glocke der Universität, die jede Stunde schlug.

Es war eine sehr aufschlußreiche Entdeckung, welch himmelweiter Unterschied zwischen den Gutsituierten und den Ärmsten der Armen in unserer Stadt bestand. Das ist gewiß in allen Großstädten so, doch bei uns war es besonders kraß, weil beides so nahe beieinanderlag. Ein Weg von wenigen Minuten führte einen vom Überfluß zum Elend. Eben war man noch auf der Princes Street, wo die Wohlgekleideten und Wohlgenährten sich in Kaleschen kutschieren ließen, und kurz darauf befand man sich in den engen Gassen, wo in aneinandergeduckten Behausungen viele Menschen in einem Raum lebten, wo jämmerliche Kleidungsstücke auf Wäscheleinen zum Trocknen hingen und barfüßige, zerlumpte Kinder im Rinnstein spielten. Dies war die Altstadt, und hier begegnete ich Jamie.

Auf meinen Streifzügen trug ich stets ein kleines Handtäschchen mit etwas Geld an einer Kette an meinem Arm. Denn wenn ich in die ärmeren Viertel der Stadt kam, begegnete ich zahlreichen Bettlern, denen ich gern etwas gab. Die Kinder, die in solchen Verhältnissen leben mußten, taten mir leid.

Einmal geriet ich in eine Straße voller Menschen. Ein Mann mit einem Karren verkaufte alte Kleider, Kinder hockten auf dem Trottoir, und die Leute standen vor den Türen und schwätzten. Ich kehrte um und glaubte den Weg zu nehmen, den ich gekommen war, doch bald sah ich ein, daß ich mich verirrt hatte. Ich gelangte in eine enge Gasse. An ihrem Ende sah ich einen jungen Mann. Er war gut gekleidet und sah seriös aus – er paßte gar nicht in diese Gegend. Ihn wollte ich nach dem Weg zur Princes Street fragen.

Ich heftete mich an seine Fersen, und just in diesem Moment kamen zwei Jungen aus einer Seitengasse geflitzt und versperrten mir den Weg. Sie waren ärmlich gekleidet und sichtlich unterernährt und sagten etwas in einem so derben Akzent, daß ich sie kaum verstehen konnte; ich wußte jedoch, daß sie um Geld bettelten. Ich nahm das Täschchen vom Arm und öffnete es. Der eine entriß es mir sogleich und rannte damit in Richtung des jungen Mannes, der gerade um die Ecke biegen wollte.

»Komm zurück!« schrie ich. Der junge Mann drehte sich um. Er sah sofort, was geschehen war. Dergleichen war hier zweifellos nichts Ungewöhnliches. Er erwischte den Jungen mit dem Täschchen. Der Komplize machte sich eilends aus dem Staub.

Der junge Mann zerrte den Jungen mit sich und kam zu mir. Er lächelte mich an. Er schien nicht viel älter als ich zu sein. Er hatte hellblaue Augen und blonde, rötlich schimmernde Haare. Beim Lächeln zeigte er strahlendweiße Zähne.

»Ich glaube, er hat Ihre Handtasche genommen«, sagte er.

Der Junge gab einen Wortschwall von sich, von dem ich wenig verstand. Er hatte offenbar große Angst.

»Gib der Dame die Tasche zurück«, befahl der junge Mann.

Der Junge gehorchte kleinlaut.

»Warum hast du das getan?« fragte ich. »Ich hätte dir etwas Geld gegeben.«

Er antwortete nicht.

»Armer kleiner Teufel«, sagte der junge Mann.

»Ja«, bestätigte ich. Dann wandte ich mich an den Jungen: »Du solltest nicht stehlen. Damit bringst du dich in Schwierigkeiten. Die Tasche hat mir meine Mutter geschenkt. Ihr Verlust hätte mich geschmerzt, und für dich wäre sie nicht viel wert gewesen.«

Der Junge starrte mich an. Als er merkte, daß ich nicht grob wurde, glomm Hoffnung in seinen Augen auf.

Armes Kind, dachte ich. »Du bist hungrig, nicht wahr?« fragte ich ihn.

Er nickte.

Ich nahm alles Geld aus dem Täschchen und gab es ihm. »Stiehl nicht wieder«, sagte ich. »Du könntest erwischt werden, und dann würdest du vielleicht nicht so einfach davonkommen. Du weißt, was das bedeutet, nicht wahr?«

Er nickte abermals.

»Lassen Sie ihn laufen«, sagte ich zu dem jungen Mann.

Der hob die Schultern und lächelte mich abermals an. Dann ließ er den Jungen los, der davonsauste.

»So«, sagte der junge Mann, »jetzt haben Sie einen Dieb auf die Bevölkerung von Edinburgh losgelassen. Aber damit ist sein Gefängnisaufenthalt lediglich aufgeschoben.«

»Dann bin ich wenigstens nicht dafür verantwortlich.«

»Spielt es eine Rolle, wer ihn ins Gefängnis bringt? Er wird sowieso dort landen, darauf können Sie sich verlassen.«

»Vielleicht war ihm das eine Lehre. Er war hungrig, das arme Kind. Er hat mir so schrecklich leid getan.«

»Aber, hm... darf ich fragen, was eine junge Dame wie Sie in dieser Gegend tut?«

»Ich unternehme Streifzüge. Ich habe mein ganzes Leben in Edinburgh verbracht und bin noch nie in diesem Teil der Stadt gewesen.«

»Wir sollten uns vielleicht miteinander bekannt machen. Ich heiße James North, genannt Jamie.«

»Ich heiße Davina Glentyre.«

»Soll ich Sie in einen weniger gefährlichen Stadtteil begleiten?«

»Ich bitte darum. Ich habe mich verlaufen.«

»Ich an Ihrer Stelle würde mich nicht noch einmal allein in diese Gegend wagen.«

»Ich werde in Zukunft bestimmt vorsichtiger sein.«

»Dann hat unser junger Strolch doch auch eine gute Tat vollbracht.«

»Leben Sie in Edinburgh?«

»Zur Untermiete. Ich bin an der Universität. Ich studiere Juristerei. Doch momentan arbeite ich an einer Abhandlung über diese Stadt. Das ist die fesselndste Aufgabe, an der ich je gearbeitet habe.«

»Haben Sie vorhin auch in den Gassen Forschungen betrieben?«

»Ja. Ich möchte alle Aspekte der Stadt beleuchten, ihren Ruhm und ihre Schrecken. Diese Stadt ist von Geschichte durchdrungen. Man kann sie überall spüren, wohin man auch geht. Ich möchte die Stadt nicht nur beschreiben, wie sie heute ist, sondern sie wiederaufleben lassen, wie sie im Laufe der Geschichte war.«

»Das muß eine aufregende Arbeit sein. Ich fange eben erst an, die Stadt kennenzulernen.«

»Und das, obwohl Sie, wie Sie sagten, Ihr ganzes Leben hier verbracht haben?«

Wir waren ans Ende des Gassengewirrs gekommen.

»Jetzt wissen Sie, wo Sie sind«, sagte er.

Ich fand es bedauerlich, da ich natürlich annahm, nachdem er mich nun heil hier abgeliefert hatte, werde er sich empfehlen.

»Es war sehr nett von Ihnen, mir zu Hilfe zu kommen«, sagte ich.

»Nicht der Rede wert«, erwiderte er lachend. »Ich mußte es ja nicht gerade mit einem feuerspeienden Drachen aufnehmen.«

»Aber der Verlust meiner Handtasche hätte mich sehr geschmerzt.«

»Weil sie ein Geschenk von Ihrer Mutter war. Ist sie tot?«
»Ja.«
Wir waren im Park angelangt. »Wenn Sie es nicht eilig haben...«, begann er.
»Ich habe es nicht eilig«, erwiderte ich beflissen.
»Wollen wir uns ein Weilchen setzen?«
»Gerne.«
Wir setzten uns auf eine Bank und redeten, und so verging eine Stunde. Für mich war es die anregendste Unterhaltung seit langem.

James North war der Sohn des Pfarrers einer kleinen, nördlich von Edinburgh gelegenen Gemeinde namens Everloch, von der ich nie gehört hatte. Die Familie hatte große Opfer gebracht, um ihn auf die Universität zu schicken, und er war entschlossen, es zu etwas zu bringen und seine Eltern für alles, was sie für ihn getan hatten, zu entschädigen. Er wurde mir von Minute zu Minute sympathischer. Es war ein Vergnügen, mit einem nahezu Gleichaltrigen zu plaudern. Ich erzählte ihm, wie tief der Tod meiner Mutter mich erschüttert hatte. »Und nun hat mein Vater wieder geheiratet.«

»Und darüber sind Sie nicht glücklich?«
»Ich weiß nicht recht. Es ging alles so schnell.«
»Ihr Vater fühlte sich wohl sehr einsam nach dem Tod Ihrer Mutter.«
»Schon möglich, aber ich weiß es nicht genau. Es gibt Menschen, die man einfach nicht versteht. Bei Ihnen dagegen, den ich heute morgen noch nicht kannte, habe ich jetzt schon das Gefühl, sehr viel über Sie zu wissen. Viel mehr als über Zillah Grey. Sie ist jetzt meine Stiefmutter. Es tut mir gut, mit Ihnen zu plaudern.«
»Ja, ich unterhalte mich auch gerne mit Ihnen.«
»Haben Sie viel freie Zeit?«
»Im Augenblick schon, für ungefähr eine Woche. Jetzt sind Ferien. Ich könnte nach Hause fahren, aber es kommt billiger, wenn ich hierbleibe. Ich unternehme Streifzüge, mache mir Notizen und schreibe abends alles auf.«

»Das muß ein interessantes Leben sein.«

»Es hat seine Höhepunkte.« Und er fügte lächelnd hinzu: »Wie heute.« Er sprach rasch weiter. »Sie interessieren sich für die Stadt, Sie erkunden die Gassen, suchen Viertel auf, wo Sie noch nie waren. Ich tue dasselbe. Wäre es möglich...«

Ich sah ihn an, fragend, gespannt.

»Nun«, fuhr er fort, »wenn Sie nichts dagegen haben und die Zeit aufbringen können, dann wüßte ich nicht, warum wir die Streifzüge nicht gemeinsam unternehmen sollten...«

»Oh«, rief ich, »das wäre schön.«

»Dann ist es abgemacht. Um welche Zeit paßt es Ihnen am besten?«

»So wie heute.«

»Es gibt allerdings gewisse Plätze, wohin ich Sie besser nicht mitnehme.«

»Die sucht man erst recht besser zu zweit auf als allein.«

»Schön, das machen wir. Wo treffen wir uns?«

»Hier, auf dieser Bank.«

»Morgen vormittag?«

»Zehn Uhr. Ist das zu früh?«

»Es paßt mir sehr gut.«

»Abgemacht.«

Ich hielt es für besser, wenn er mich nicht nach Hause begleitete. Es wäre schwer zu erklären gewesen, wer er war, wenn die Kirkwells oder ein Dienstmädchen uns sähen, die natürlich sogleich Vermutungen anstellen würden.

Es war der vergnüglichste Vormittag seit langem gewesen. Was mein Vater wohl denken würde, wenn er wüßte, daß ich mit einem Fremden geredet und mich obendrein für den folgenden Tag mit ihm verabredet hatte?

Das ist mir schlicht egal, sagte ich mir.

Die Bekanntschaft mit Jamie – wir waren schon bald dazu übergegangen, uns zu duzen – war ein wunderbares, anregendes Erlebnis. Am Morgen nach unserer ersten Begegnung trafen wir uns wieder, und alsbald wurde es uns zur Gewohnheit.

Der Gesprächsstoff ging uns nicht aus. Jamie hatte mir die Pfarrei beschrieben und von seinem jüngeren Bruder erzählt, der Geistlicher werden sollte; von seinem Vater und seiner Mutter, den Tanten, Vettern und Kusinen, die alle in der Nähe lebten; von den Familientreffen. Es schien ein fröhliches Leben zu sein, ganz anders als das meine.

Und dank Jamie wuchs mir Edinburgh nun ganz besonders ans Herz. Er liebte jeden einzelnen Stein der Stadt, und die Tage, als wir sie erkundeten, werden mir unvergeßlich bleiben. Ich erlebte diese Zeit auch deshalb so intensiv, weil ich wußte: Sie konnte nicht dauern; wenn Vater und Zillah zurückkehrten, würde ich das Haus nicht mehr ohne weiteres verlassen können.

Nie werde ich die Fahne vergessen, die über dem Schloß wehte, die wundervolle Sicht auf die Pentland Mountains, wenn die Luft klar war, den Spazierweg auf der Royal Mile vom Schloß zum Holyrood Palace, die Kathedrale, das Haus, wo John Knox gelebt hatte. Wie ich diesen Mann haßte! Der Gedanke, wie er die Königin beschimpft hatte, brachte mich in Rage. War er selbst so ein guter Mensch gewesen? fragte ich mich. Was für ein geheimes Laster hatte er wohl gehabt? Ich war längst mißtrauisch gegen alle Männer, die sich ihrer Tugenden rühmten. Jamie lachte amüsiert, wenn ich gegen John Knox wetterte.

Mein neuer Freund war gebannt von der Vergangenheit. Er wußte soviel mehr darüber als ich. Es war wundervoll, wenn einem ein so kundiger Gefährte die Augen öffnete. Er ließ Bonnie Dundee mit seinen hinter ihm reitenden Dragonern vor mir erstehen; Königin Maria, die aus dem Glanz des französischen Hofes in das nüchterne Schottland kam; die Covenanter, die auf dem Grass Market für ihren Glauben ihr Leben ließen; er erzählte mir Geschichten von dem berühmten Dieb Deacon Brodie und von den Leichenräubern Burke und Hare. Es gab soviel Interessantes zu erfahren.

Dann kehrten mein Vater und seine Frau aus Italien zurück. Sie sahen sehr zufrieden aus und waren liebenswürdig zu jedermann. Zillah gab sich aufgeregt wie ein Kind, dabei wußte ich im tiefsten Innern, daß nichts Kindliches an ihr war. Mein Vater war noch genauso in sie vernarrt wie zuvor.

Sie hatte für alle Geschenke mitgebracht: für Mrs. Kirkwell eine Bluse aus Paris, wo sie auf dem Heimweg Station gemacht hatten; für Mr. Kirkwell eine Statuette, für die anderen bestickte Taschentücher. Alle freuten sich, und ich dachte: Sie versteht es, sich beliebt zu machen.

Ich bekam etwas zum Anziehen. »Meine liebe, liebe Davina, ich kenne deine Größe und weiß genau, was dir steht. Ich habe Stunden damit verbracht, die Sachen auszusuchen, nicht wahr, Liebster?«

Mein Vater nickte mit einer Miene gespielter Verzweiflung, womit er sie zum Lachen brachte.

»Wir müssen die Sachen sofort anprobieren«, verkündete sie. »Ich kann's nicht erwarten.«

Und schon waren wir in meinem Zimmer, wo ich das Kleid anprobierte, den Mantel, den Rock, die Blusen – die eine hatte Rüschen, die andere war schlicht, aber elegant.

Zillah trat bewundernd zurück. »Die Sachen machen etwas aus dir, Davina, wirklich. Du bist nämlich recht hübsch.«

»Es war lieb von dir, an alle zu denken«, sagte ich. »Du hast den Dienstboten eine große Freude gemacht.«

Sie schnitt eine Grimasse. »Eine kleine Bestechung. Ich hatte ihren Unmut gespürt.« Sie lachte. »Die Gouvernante heiratet den Herrn des Hauses! Ich meine, das gibt einen kleinen Aufruhr in den Dienstbotenquartieren, wie?«

Ich lachte unwillkürlich mit ihr. Vielleicht, dachte ich, wird am Ende doch alles gut.

Ich hatte recht: Die Geschenke aus Paris verfehlten ihre Wirkung nicht. Das Personal war fast versöhnt. Ich hörte Mrs. Kirkwells Bemerkung: »Wie die Turteltauben, die zwei. Nun, das kann nicht schaden, und sie ist keine von der Sorte, die sich einmischt.«

Ich war natürlich mit den Gedanken bei Jamie. Es war jetzt nicht mehr so leicht, aus dem Haus zu schlüpfen, ohne zu sagen, wohin ich ging. Wir mußten uns gegenseitig Botschaften zuspielen. Das war nicht einfach. Ich fürchtete immer, daß ein Briefchen von ihm mich in einem ungelegenen Augenblick erreichte, wenn mein Vater zugegen war. Ich stellte mir vor, wie Mr. Kirkwell es auf einem silbernen Präsentierteller hereinbrachte: »Ein junger Mann hat dies für Sie abgegeben, Miss Davina.« Ein junger Mann! Das würde Mißtrauen erregen. Es war einfacher für mich, Jamie ein Briefchen in seine Unterkunft zu schicken. Immerhin aber konnten wir uns nach wie vor treffen, wenngleich es nicht mehr dasselbe war wie während jener idyllischen Wochen.

Es war stets eine Freude, Jamies Gesicht aufleuchten zu sehen, wenn ich kam. Dann stand er auf und lief mir entgegen, ergriff meine Hände und sah mir in die Augen. Und mich erfüllte eine tiefe Zufriedenheit.

An diesen Vormittagen redeten wir unaufhörlich, mußten aber immer auf die Zeit achten, die leider viel zu schnell verging.

Ich glaube, meine Stiefmutter merkte, daß ich ein Geheimnis hatte. Ich sagte übrigens jetzt Zillah zu ihr. »Du mußt mich Zillah nennen«, hatte sie gesagt. »Das Wort Stiefmama mag ich nicht hören.« Sie wandte sich an meinen Vater: »Das wäre doch lächerlich, nicht wahr, Liebling?«

»Äußerst lächerlich«, pflichtete er ihr bei.

Sie gab sich zuweilen sehr scheu, insbesondere wenn mein Vater zugegen war, aber ich spürte die harte Entschlossenheit, die sich darunter verbarg. Sie war so scharfsinnig und wachsam wie am Tage ihrer Ankunft. Sie hatte etwas Unnatürliches; schließlich war sie Schauspielerin gewesen – sofern man die »Lustigen Rotschöpfe« als solche bezeichnen konnte. Jedenfalls verstand sie sich darauf, eine Rolle zu spielen. Und mir schien, daß sie es auch jetzt tat.

Sie machte viel Aufhebens um meinen Vater und vermittelte den Eindruck, sich um seine Gesundheit zu sorgen. »Du darfst dich nicht überanstrengen, Liebster. Die Reise hat dich sehr erschöpft.«

Er tat ihre Sorge achselzuckend ab, dennoch genoß er die Zuwendung. Sie spielte weiterhin die Naive, doch ich war überzeugt, daß sich hinter der Maske eine durch und durch reife Frau verbarg.

Eines Tages hatten Jamie und ich uns wieder auf unserer Parkbank verabredet. Als er mich sah, kam er mir entgegengelaufen wie gewöhnlich, sein Gesicht leuchtete vor Freude. Er nahm meine Hände. »Ich hatte Angst, daß du nicht kommen könntest. Neuerdings bin ich nie ganz sicher. Du wirkst gehemmt. Dabei hatten wir eine so schöne Zeit.«

»Ja«, seufzte ich, und wir setzten uns.

Er sagte ernst: »Ich finde, wir müssen etwas unternehmen, Davina.«

»Was schlägst du vor?«

»Bei dir zu Hause wissen sie nicht, daß wir uns treffen.«

»Guter Gott, nein. Mein Vater hält es bestimmt für höchst unziemlich, Bekanntschaften auf der Straße zu machen.«

»Und was sollen wir jetzt tun? Ich möchte einen Besuch bei dir zu Hause machen. Dieses Versteckspiel paßt mir nicht.«

»Mir auch nicht. Ich bin ganz deiner Meinung. Früher oder später könnten sie dahinterkommen. Wenn jemand von den Dienstboten uns sieht, gibt es Gerede. Sie würden sich fragen, wer du bist und warum du nicht ins Haus kommst.«

»Davina, hältst du es für möglich, daß man sich in so kurzer Zeit verlieben kann?«

»Ich glaube schon.«

Er sah mich an und nahm meine Hände, und wir lachten glücklich miteinander.

»Ich muß zuerst mein Examen hinter mich bringen, bevor wir heiraten können«, sagte er.

»Natürlich.«

»Also würdest du… willst du?«

»Oh, es wäre wundervoll«, sagte ich. »Aber kennst du mich auch gut genug?«

»Ich weiß alles, was ich von dir wissen will. Haben wir nicht in diesen wenigen Wochen geredet und geredet, soviel wie andere Leute in Jahren?«

»O ja.«

»Und ist das nicht genug?«

»Für mich schon. Ich wollte nur wissen, ob es dir genügt.«

Darauf küßte er mich. Ich entzog mich ihm verlegen. So etwas schickte sich nicht am Vormittag auf einer Bank in einem öffentlichen Park. »Was sollen die Leute sagen!«

»Wen kümmert's?«

»Uns nicht!« erwiderte ich keck.

»Dann sind wir jetzt verlobt!«

Eine Stimme unterbrach uns. »Davina!«

Es war Zillah, die sich uns näherte. Sie blieb stehen, ihre grünen Augen blitzten; ihre roten Haare leuchteten unter einem schwarzen Hut hervor. Sie sah sehr elegant aus in ihrem schwarzen Mantel und dem grünen Halstuch.

Sie lächelte Jamie an. »Möchtest du uns nicht vorstellen, Davina?«

»Das ist James North, und das… hm… meine Stiefmutter.«

Sie brachte ihr Gesicht nahe an seins und flüsterte: »Aber darüber sprechen wir gewöhnlich nicht. Ich bilde mir ein, nicht so auszusehen.«

»Nein… nein«, stammelte Jamie. »Natürlich nicht.«

»Darf ich mich setzen?«

»Bitte sehr«, sagte Jamie.

Sie setzte sich zwischen uns. »Ihr zwei scheint gute Freunde zu sein.«

»Wir haben uns kennengelernt, als ihr verreist wart«, erklärte ich. »Ich war in der Altstadt und habe mich in den Gassen verirrt. Mr. North hat mich gerettet und mir den Heimweg gezeigt.«

»Interessant! Und so seid ihr Freunde geworden?«

»Wir interessieren uns beide sehr für die Stadt«, erklärte Jamie.

»Das wundert mich nicht. Sie ist faszinierend. Historisch und auch sonst.«

Ich staunte. Sie machte sich überhaupt nichts aus der Stadt. Ich konnte mich noch erinnern, wie sie das Spottlied auf Königin Maria sang.

»So, so«, fuhr sie fort, »wie nett, daß ihr so gute Freunde seid.« Sie lächelte Jamie verschmitzt an. »Meine Stieftochter hat Ihnen bestimmt alles über mich erzählt.«

»Alles?« fragte ich.

»Nun ja, gewiß hat sie erwähnt, daß ich seit kurzem zur Familie gehöre.«

»Ja«, sagte Jamie. »Ich weiß, daß Sie unlängst von Ihrer Hochzeitsreise nach Venedig und Paris zurückgekehrt sind.«

»Venedig! Eine bezaubernde Stadt. Die faszinierenden Kanäle. Die Rialtobrücke. Die vielen herrlichen Kunstschätze. Und Paris, der Louvre und all das Historische... Davina, willst du Mr. North nicht zu uns nach Hause einladen?«

»Hm, ich dachte nicht... ich wußte nicht...«

»Ach, du Dummchen! Ich bin ganz geknickt, daß ich Sie nicht früher kennengelernt habe, Mr. North. Davina hat Sie uns vorenthalten. Sie müssen meinen Mann kennenlernen. Es wird ihm eine Freude sein. Wie wär es mit morgen abend? Kommen Sie zum Essen! Oder haben Sie schon etwas vor? Nein? Schön. Es wird keine große Angelegenheit, nur wir vier. Sie sagen zu, ja?«

»Ich komme sehr gerne.«

»Wunderbar!« Sie lehnte sich zurück, und ich merkte, daß sie zu bleiben beabsichtigte, bis auch ich aufbrach. Sie redete lebhaft und lachte viel. Jamie stimmte in ihr Gelächter ein. Wie gerne hätte ich ihn gefragt, was er von ihr hielt.

Ich war etwas erschrocken, weil ich auf diese Weise entdeckt worden war, und auch ein bißchen verärgert. Zillah war in einem Augenblick dazwischengeplatzt, als wir das Bedürfnis hatten, über uns zu reden.

Es wurde ein sehr steifes Abendessen. Jamie war sichtlich erdrückt von der Förmlichkeit. Ich konnte mir vorstellen, daß es im Pfarrhaus bei den Mahlzeiten viel legerer zuging. Die würdevolle Erscheinung und kühle Haltung meines Vaters trugen nicht gerade zur Auflockerung bei. Er dankte Jamie höflich für meine Errettung und stellte eine Menge Fragen über sein Studium und sein Zuhause.

Zillah dagegen gab dem Abend eine leichtere Note, und ich war ihr dankbar dafür. Sie plauderte von Venedig und Paris, wo weder Jamie noch ich je gewesen waren; sie war liebenswürdig zu ihm und tat alles, damit er sich wie ein gerngesehener Gast fühlte. Das milderte ein wenig den Eindruck, daß mein Vater ihn einer strengen Prüfung zu unterziehen schien. Ich spürte, daß er unsere Bekanntschaft aufs schärfste mißbilligte. Es war zwar durchaus verzeihlich, daß ich mich verirrt hatte; doch danach hätte es sich seiner Meinung nach gehört, daß der Erretter mich nach Hause begleitete und am nächsten Tag vorsprach, um sich nach meinem Befinden zu erkundigen. Dann hätte meine Familie entscheiden können, ob er es wert sei, ins Haus gebeten zu werden, um die Bekanntschaft mit mir fortzusetzen.

Jamie schien sehr froh, als die Prüfung vorüber war. Als ich ihn später fragte, was er von dem Abend hielt, erwiderte er: »Ich glaube, dein Vater schätzt mich nicht. Noch weiß er nicht, daß wir verlobt sind. Ich kann mir seine Reaktion sehr gut vorstellen, wenn er es erfährt.«

»Es ist mir egal, was er sagt.«

»Ich halte es jedenfalls für besser, wenn wir es vorerst für uns behalten. Er rechnet bestimmt nicht damit, den mittellosen Sohn eines Pfarrers zum Schwiegersohn zu bekommen.«

»Daran wird er sich gewöhnen müssen.«

»Er scheint mir ein Mann zu sein, der sich stets strikt an die Konventionen hält.«

Ich mußte innerlich lachen. Ich dachte daran, wie Zillah, die er ins Haus geholt hatte, sich in sein Schlafzimmer stahl. Ich sagte nichts. Aber ich wollte es mir merken, falls mich mein Vater jemals für unkonventionelles Verhalten tadeln sollte.

»Deswegen«, fuhr Jamie fort, »sollten wir unsere Pläne vorläufig geheimhalten.«

Ich sah ein, daß er recht hatte, und pflichtete ihm bei. »Deine Stiefmutter ... sie ist ganz anders, nicht?« fuhr Jamie nach längerem Schweigen fort.

»Anders als wer?«

»Als dein Vater. Sie ist lustig. Immer vergnügt. Ich glaube nicht, daß sie sich um Konventionen schert. Weißt du, ich hatte das Gefühl, daß sie auf unserer Seite steht.«

»Bei ihr weiß ich nie, woran ich bin. Ich habe den Eindruck, sie ist nicht ganz, was sie scheint.«

»Wer von uns ist das schon?«

Wir trennten uns mit dem Versprechen, uns in zwei Tagen wieder zu treffen.

Bevor ich Jamie wiedersah, kam Mr. Alastair McCrae, der seit fünf Jahren Witwer war, zum Abendessen zu uns.

Mr. McCrae, zwischen fünfunddreißig und vierzig Jahre alt, groß, aufrecht und gutaussehend, war ein Mitarbeiter meines Vaters. Ich wußte, daß er wohlhabend war, denn er hatte ein privates Einkommen, und die Familie besaß ein Gut nicht weit von Aberdeen.

Ich hatte ihn schon einmal vor Jahren gesehen, als er zum Essen bei uns war. Freilich war ich damals nicht bei Tisch zugegen, aber ich hatte durchs Treppengeländer gespäht und ihn mit seiner Frau – sie lebte damals noch – ankommen sehen.

Meine Mutter erzählte mir danach einiges über ihn, woran ich mich gut erinnerte. »Vater hat große Hochachtung vor Mr.

McCrae. Er kommt aus einer sehr guten Familie, und ich glaube, das Gut, das er besitzt, ist sehr groß.« Ich wollte den Herrn mit dem großen Gut natürlich sehen, aber er muß wohl keinen Eindruck auf mich gemacht haben, denn ich hatte ihn vollkommen vergessen, bis nun sein Name fiel.

Zillah sagte: »Das wird eine ganz besondere Abendgesellschaft. Das Kleid, das ich dir in Paris gekauft habe, steht dir sehr gut. Dein Vater bat mich, dafür zu sorgen, daß du dich hübsch machst.«

»Was kümmert es ihn, wie *ich* aussehe?«

»Du bist seine Tochter, und er wünscht, daß du und ich die Zierde des Abends sind.« Sie zog ein Gesicht. »Unter uns gesagt, Liebes, wir werden dem feinen Herrn die Augen öffnen.«

Es waren noch zwei andere Gäste zugegen, der Anwalt meines Vaters mit seiner Gattin. Zu meinem Erstaunen war Alastair McCrae mein Tischherr. Er war sehr aufmerksam, und wir haben uns angenehm unterhalten. Er erzählte mir von seinem Gut bei Aberdeen und daß er sich, wann immer es möglich sei, gern dorthin zurückziehe. Er schien eine ansehnliche Menge Land zu besitzen. Das Haus selber sei sehr alt. »Es muß von Zeit zu Zeit etwas aufgemöbelt werden. Aber welches alte Haus müßte das nicht! Wir McCraes bewohnen es seit Jahrhunderten.«

»Wie aufregend!«

»Ich würde es Ihnen gerne eines Tages zeigen. Vielleicht läßt sich das arrangieren?«

Mein Vater lächelte mich wohlwollend an. »Davina interessiert sich sehr für die Vergangenheit«, sagte er. »Geschichte hat sie immer fasziniert.«

»Die gibt es ja hier mehr als genug«, meinte Alastair McCrae.

»Die gibt es überall mehr als genug«, sagte ich.

Zillah lachte laut, und alle stimmten ein. Mein Vater lächelte mir ebenso leutselig zu wie Zillah. Er war ganz anders als an dem Abend, als Jamie unser Gast war.

Ich nahm mir vor, Zillah zu fragen, ob Jamie einmal zum Tee zu uns nach Hause kommen könne. Dabei würde es zwangloser zugehen als beim Abendessen, da mein Vater nicht zugegen sein würde, um ihn einer Prüfung zu unterziehen.

Ich fragte sie am folgenden Tag. Sie sah mich an und lachte. »Ich glaube nicht, daß es deinem Vater recht wäre.«

»Warum nicht?«

»Nun, Liebes, wir müssen den Tatsachen ins Auge sehen, nicht wahr? Du bist jetzt im heiratsfähigen Alter, wie man so sagt.«

»Na und?«

»Junge Männer, zumal junge Männer, denen du an romantischen Plätzen begegnest...«

»Diese verwahrlosten Gassen nennst du romantisch?«

»Romantik sprießt überall, liebes Kind. Die Gassen mögen nicht romantisch gewesen sein, aber deine Rettung war es durchaus. Und sich dann jeden Tag treffen... sich mit diesem verzückten Blick ansehen... also, das sagt eine ganze Menge. Vor allem einem alten Hasen wir mir.«

»O Zillah, du bist so komisch!«

»Es freut mich, daß ich dich amüsiere. Menschen amüsieren können, das ist ein Geschenk der Götter.«

»Du meinst also, ich muß Vater fragen, ob Jamie zum Tee kommen darf? Dies ist mein Zuhause. Ich kann doch sicher meine Freunde empfangen?«

»Aber natürlich. Ich sagte ja bloß, daß es deinem Vater nicht recht wäre. Bitten wir den jungen Mann zum Tee. Wir werden es deinem Vater einfach nicht sagen, dann kann er sich auch nicht aufregen.«

Ich sah sie erstaunt an. Sie lächelte. »Ich verstehe dich, Liebes. Ich möchte dir helfen. Immerhin bin ich deine Stiefmutter – nur, nenn mich nicht so, nein?«

»Natürlich nicht.«

Ich fragte mich, was mein Vater sagen würde, wenn er wüßte, daß sie sich mit mir verbündete, um Jamies Besuch geheimzuhalten.

Jamie kam. Es wurde ein sehr fröhlicher Nachmittag. Wir lachten viel, und ich sah, daß Jamie sich in Zillahs Gesellschaft wohl fühlte.

Am nächsten Tag sah ich ihn wieder. Es war jetzt einfacher für uns, seit Zillah Bescheid wußte und gewillt war, uns die Sache leicht zu machen. Er sagte mir, er finde sie sehr nett, und es sei großartig, daß sie so hilfsbereit sei.

Und Zillah fand, er sei ein reizender junger Mann. »Er betet dich an«, sagte sie. »Und er ist klug. Er wird bestimmt sämtliche Examen bestehen und Richter werden oder so was. Du hast wirklich Glück, Davina.«

»Ich glaube nicht, daß Vater mit Jamie einverstanden ist. Nicht wegen Jamie als Person, sondern weil er nicht reich ist wie... wie...«

»Wie Alastair McCrae. Der ist ein feiner Herr und ›gut gepolstert‹, wie wir zu sagen pflegten, was im Bühnenjargon heißt, daß er ein hübsches kleines Vermögen hat. Ich muß gestehen, mit ihm wäre dein Vater einverstanden – von ganzem Herzen.«

Ich sah sie entsetzt an. »Du glaubst doch nicht...?«

Sie hob die Schultern. »Fürsorgliche Eltern haben nun mal Pläne für ihre Töchter. An deiner Zukunft ist ihm sehr gelegen.«

»O Zillah, das darf nicht sein. Jamie und ich...«

»Oh, er hat sich erklärt?«

»Ja, aber alles liegt noch in ferner Zukunft.«

Sie nickte ernst, dann kräuselten sich ihre Lippen zu einem Lächeln.

»Wenn Vater Einwände hat«, sagte ich grimmig entschlossen, »werde ich nicht zulassen, daß uns das im Wege steht.«

»Selbstverständlich nicht. Aber keine Bange. Am Ende wird alles gut. Vergiß nicht, du hast mich, und ich werde dir helfen.«

Alastair McCrae kam mit anderen Freunden meines Vaters abermals zum Abendessen. Wieder saß er neben mir, und wir unterhielten uns sehr freundlich. Er war ein interessanter Mann und nicht so herablassend wie mein Vater, und er wollte alles über mich hören.

Tags darauf lud er uns übers Wochenende in sein Landhaus ein. Zillah eröffnete mir, daß Vater es für eine ausgezeichnete Idee halte, die Einladung anzunehmen.

Wir verbrachten ein schönes Wochenende auf Gleeson Castle. Das Anwesen gefiel mir sehr. Das Haus war nicht so groß wie andere Burgen oder Schlösser, aber da es aus alten grauen Steinen errichtet war und einen mit Zinnen bewehrten Turm hatte, fand ich, daß es die Bezeichnung Castle durchaus verdiene. Es bot einen sagenhaften Blick aufs Meer. Die Ländereien waren beträchtlich, und Alastair war sehr stolz darauf; das merkten wir deutlich, als wir in der Kutsche, in der er uns vom Bahnhof abholte, zum Castle fuhren.

Er war sichtlich erfreut, daß wir seiner Einladung gefolgt waren. Es war das erste Mal in all den Jahren ihrer Freundschaft, daß mein Vater hierherkam. Das hatte natürlich etwas zu bedeuten.

Ich genoß es, mich durch das Castle führen und mir seine Geschichte erklären zu lassen; ich erfuhr, welche Rolle die Familie in den Auseinandersetzungen zwischen dem Regenten Moray und seiner Schwester Maria gespielt hatte, und hörte von dem Ärger mit dem englischen Feind. Ich war angetan von den robusten Hochlandrindern auf den Weiden. Das Land war großartig, majestätisch, eindrucksvoll.

Im Innern des Castle war es urgemütlich. Ich bewohnte ein Turmzimmer, und obwohl Sommer war, brannte ein Feuer im Kamin. »Die Nächte können sehr kalt sein«, erklärte mir die Haushälterin. Sie erzählte mir, daß sie im Castle geboren sei; schon ihre Eltern hatten den McCraes gedient. Heute arbeite ihr Sohn in den Stallungen, ihre Tochter im Haus. Alles hier strahlte Heiterkeit aus. Es wunderte mich nicht, daß Alastair stolz war auf das Anwesen.

Das Essen wurde im Speisezimmer serviert, das man von der Eingangshalle her betrat. Diese war seit Jahrhunderten unverändert, mit gekacheltem Fußboden und getünchten Wänden, an denen alte Waffen hingen. Es war düster hier, denn die Fenster

waren winzig und in tiefe, schießschartenartige Nischen eingelassen.

»Wenn wir viele Gäste haben, nehmen wir die Mahlzeiten in der
Halle ein«, erklärte Alastair, »aber für eine kleine Gesellschaft
wie heute ist das Speisezimmer gemütlicher.«

»Wie bedauerlich für Sie«, sagte ich, »daß Sie nicht öfter hier
sein können. Ich nehme an, Sie verbringen den größten Teil Ihrer
Zeit in Edinburgh.«

»So ist es. Geschäfte, wissen Sie. Aber ich entfliehe bei jeder Gelegenheit.«

»Das kann ich gut verstehen.«

Er sah mich eindringlich an. »Ich bin so froh, daß Ihnen das alte
Haus gefällt. Es macht mir Spaß, den Gutsherrn zu spielen, wenn
ich kann, doch meistens bleiben die Gutsangelegenheiten meinem Verwalter überlassen.«

»Du hast einen Fuß in jeder Türe«, sagte mein Vater. »Dein
Haus in Edinburgh ist auch nicht zu verachten.«

»Aber hier fühle ich mich richtig zu Hause.«

Beim Essen fragte er mich, ob ich reiten könne.

Ich bedauerte. »In Edinburgh ist dazu alles andere als viel Gelegenheit.«

»Auf dem Land braucht man ein Pferd.«

»Reiten muß herrlich sein«, sagte ich, »über Heideland und an
der See entlanggaloppieren.«

Er lächelte und beugte sich zu mir. »Möchten Sie, daß ich es Ihnen beibringe?«

»Das wäre sehr aufregend, aber in einer einzigen Reitstunde
könnte ich es nicht erlernen.«

»Die Grundbegriffe schon. Natürlich braucht es Übung, bis Sie
imstande sind, richtig mit einem Pferd umzugehen. Doch ich
glaube, Sie wären eine gelehrige Schülerin.«

Ich lachte. »Nun, mit einer Lektion würde ich nicht weit kommen.«

»Es wäre ein Anfang.«

»Was heckt ihr zwei da aus?« wollte Zillah wissen.

»Miss Davina und ich verabreden gerade eine Reitstunde.«

»Eine großartige Idee! Eine ausgezeichnete Gelegenheit für dich, Davina.«

»Miss Davina meint nur, mit einer Lektion werde sie nicht weit kommen.«

»Wer weiß«, meinte Zillah verschmitzt, »vielleicht folgen noch mehr.«

Am nächsten Morgen saß ich in der Koppel auf einem kleinen, ausgesucht sanften Pferd mit einem Leitzügel, Alastair an meiner Seite. Er sah sehr vornehm aus in seinem Reithabit. Die Haushälterin hatte ein Reitkostüm für mich aufgetrieben. Es gehörte Alastairs Schwester, die gelegentlich zu Besuch kam. Sie hatte es schon eine geraume Weile nicht mehr getragen.

»Früher ist sie die ganze Zeit geritten«, erklärte mir die Haushälterin. »Alle Familienmitglieder sind Pferdenarren. Aber seit sie die Kinder hat, reitet sie nicht mehr soviel. Ich bin sicher, Sie würde Ihnen ihr altes Kostüm gerne leihen.«

Es war mir ein bißchen zu groß, doch es erfüllte seinen Zweck, mich für die Übungsstunde auszustatten.

Ich muß sagen, es hat Spaß gemacht. Wir umrundeten die Koppel. Zillah und mein Vater gingen im Garten spazieren und kamen, um uns ein paar Minuten zuzusehen. Sie schienen sehr erfreut.

Am Ende der Lektion sagte Alastair: »Sie sind eine großartige Schülerin. Wir müssen den Unterricht morgen fortsetzen.«

»Wir reisen aber morgen ab.«

»Ich hoffe Ihren Vater zu überreden, noch einen Tag zu bleiben. Warum nicht? Dann können wir Dienstag zusammen zurückfahren.«

So kam es denn, daß ich auch den nächsten Vormittag mit Alastair in der Koppel verbrachte.

Beim Mittagessen sagte Alastair zu meinem Vater: »Deine Tochter wird bald eine meisterhafte Reiterin sein.«

Ich lachte. »Sie übertreiben. Und außerdem habe ich keine Gelegenheit für die erforderliche Übung.«

»Sie müssen eben bald wieder kommen, bevor Sie verlernen, was ich Ihnen beigebracht habe. Das läßt sich gewiß arrangieren.«

»Es ist sehr freundlich von dir...«, begann mein Vater.

Alastair hob die Hand. »Aber ich bitte dich, das Vergnügen ist ganz auf meiner Seite. Wie wäre es mit dem übernächsten Wochenende?«

Mein Vater zögerte. Zillah warf ihm einen Seitenblick zu. Er wandte sich an sie: »Was meinst du, meine Liebe?«

»Ich fände es großartig«, erwiderte sie.

»Schön, Alastair, wenn wir dir nicht zur Last fallen...«

»Aber wo denkst du hin, mein Bester! Wie gesagt, das Vergnügen ist ganz auf meiner Seite.«

»Gewiß nicht *ganz*«, sagte Zillah mit einem leisen Lachen. »David, mein Lieber, wir kommen gerne, nicht wahr? Übernächste Woche, sagten Sie?«

»Das wäre also abgemacht«, sagte Alastair.

Am Dienstag fuhren wir nach Edinburgh zurück. Als ich auspackte, kam Zillah in mein Zimmer. Sie setzte sich aufs Bett und betrachtete mich mit leicht ironischem Blick. »Die Operation McCrae macht rasante Fortschritte«, sagte sie. »Er ist ein sehr charmanter Herr. Wird er dich etwa dem mittellosen, aber ach so bezaubernden Jamie abspenstig machen?«

»Was willst du damit sagen?«

»Oh, bloß, wird Papas Wahl obsiegen oder deine?«

Ich erschrak. Dieser Gedanke lag freilich auf der Hand, doch ich hatte mich geweigert, ihn ernsthaft in Betracht zu ziehen.

Alastair McCrae wäre ein geeigneter Ehemann. Er war vermögend und besaß großes Ansehen in der Stadt. Jamie war nur ein armer Student. Er mußte seinen Weg erst machen, und die Frage war, ob er es schaffen würde.

Wie dumm war ich gewesen! Während ich unter den wohlwollenden Augen meines Vaters meine Reitstunden genoß, hatte ich nicht erkannt, daß dies alles Teil eines ausgeklügelten Plans war.

Ich war unglaublich naiv gewesen! Mein Vater mißbilligte Jamie, dessen Auftreten gezeigt hatte, daß es Zeit wurde, mich zu verheiraten und mir ein gesichertes Dasein einzurichten, unerreichbar für mittellose Studenten, die in Vaters Augen höchstwahrscheinlich nur auf Abenteuer aus waren.

Dies stand bei Alastair McCrae nicht zu befürchten; er war vermutlich reicher als mein Vater.

Zillah betrachtete mich aus halb geschlossenen Lidern und mit einem Lächeln auf den Lippen.

Ich sollte ihr dankbar sein. Sie lehrte mich, das Leben mit ihren leicht zynischen, sehr erfahrenen Augen zu sehen.

Bald nach unserer Rückkehr wurde mein Vater krank. Es geschah während der Nacht, aber ich erfuhr es erst am Morgen. Zillah sagte, er habe sie gegen drei Uhr geweckt, weil ihm sehr übel war. Sie saß die halbe Nacht bei ihm. Sie hatte ihm ein Pulver gegeben, um seinen Magen zu beruhigen. Es war eine bekannte Rezeptur für derartige Beschwerden. Es hatte nicht sofort gewirkt, doch nach einer Weile ging es Vater besser, und jetzt schlief er friedlich.

»Soll ich den Doktor holen, Madam?« fragte Mrs. Kirkwell.

»Ich denke, wir warten erst mal ab«, sagte Zillah. »Sie wissen, wie verhaßt ihm der Gedanke an den Doktor ist. Er sagte dauernd, er wolle keinen Arzt. Es wird ihm bald bessergehen. Ich behalte ihn sorgsam im Auge. Aber wenn die Symptome wieder auftreten, holen wir den Doktor. Er mag kein Aufhebens, und wir wollen ihn nicht aufregen. Höchstwahrscheinlich hat er etwas gegessen, das ihm nicht bekommen ist. Warten wir noch ein Weilchen.«

Sie ließ ihn den ganzen Tag das Bett hüten.

Ich hörte Mrs. Kirkwell etwas über alte Männer murmeln, die junge Frauen heiraten. Manchmal sei es zuviel für sie. »Ein

Mann ist so alt wie seine Jahre, und es tut ihm nicht gut, sich einzubilden, ein Jüngling zu sein. Das muß er früher oder später büßen.«

Ich glaube, alle waren erstaunt, wie hingebungsvoll Zillah die Krankenschwester spielte. Am nächsten Tag hatte Vater sich erholt, er fühlte sich nur noch etwas matt.

»Du warst wunderbar, meine Liebe«, sagte er zu Zillah. »Ich habe dich in Gedanken nie als Krankenschwester gesehen, aber du hast die Rolle großartig gespielt.«

»Ich beherrsche eben das Rollenspiel«, sagte sie leichthin. »Du wirst noch viel Neues an mir entdecken, mein lieber Mann.«

Tags darauf traf ich mich mit Jamie. Er arbeite angestrengt, sagte er. Seine Abhandlung müsse er vorerst vergessen. Er müsse sein Examen mit Auszeichnung bestehen und so bald wie möglich seine berufliche Laufbahn antreten. Er erkundigte sich, wie das Wochenende verlaufen sei, und ich erzählte ihm von den Reitstunden.

Er war darauf in gedrückter Stimmung. »Was war das für ein Castle?«

»Es gehört Alastair McCrae, einem Freund meines Vaters. Übernächstes Wochenende werden wir wieder hinfahren«, erklärte ich. »Natürlich nur, wenn mein Vater gesund ist«, fügte ich hinzu. »Er war krank.«

»Er wird sich für diesen Besuch bestimmt rechtzeitig erholen. Was ist das für ein Mann?«

»Alastair McCrae? Er ist sehr nett. Aber schon ziemlich alt.«

»So alt wie dein Vater?«

»Oh, ... nicht ganz. Ende Dreißig, schätze ich.«

»Ach so«, sagte Jamie erleichtert. »Um die zwanzig Jahre älter als du.« Das schien ihn sehr zu beruhigen. Ich erzählte ihm nichts von Zillahs Andeutungen und verschwieg ihm, was für mich von Mal zu Mal offenkundiger wurde.

Jamie fragte auch nach Zillah. Sie hatte sichtlich großen Eindruck auf ihn gemacht. Ich berichtete ihm, wie sie sich um mei-

nen kranken Vater gekümmert hatte… »Es war freilich nichts
Ernstes, doch es hat ihn ein wenig geschwächt. Sie war offenbar
sehr tüchtig in der Krankenstube.«

»Sie hat eine sehr nette Art«, sagte Jamie.

»Ja, das finde ich unterdessen auch. Als sie zu uns kam, mochte
ich sie zuerst nicht leiden. Wohl deswegen, weil ich Lilias so gern
hatte…« Und da erzählte ich ihm von Lilias' Fortgang.

Er hörte aufmerksam zu. »Glaubst du wirklich, jemand hat die
Halskette absichtlich in ihr Zimmer gelegt, um ihr ein Vergehen
anzuhängen?«

»Ich muß es glauben, weil Lilias niemals etwas gestohlen hätte.
Sie war sehr fromm erzogen. Ähnlich wie du. Sie kam aus einem
englischen Pfarrhaus, und du bist aus einem schottischen. Menschen wie Lilias sind keine Diebe, oder?«

»Die Menschen tun die merkwürdigsten Dinge, sie handeln zuweilen völlig unerwartet. Man kann nie wissen, was jemand tun
wird.«

»Sie hat einmal zu mir gesagt, die Halskette sei ein Notgroschen
für mich. Sie selbst hätte sich einen Notgroschen dringend gewünscht, denn sie machte sich ständig Sorgen um ihre Zukunft.«

»Die meisten Menschen, deren Zukunft nicht gesichert ist, machen sich Sorgen. Kannst du dir nicht vorstellen, daß sie die
Kette in einem Augenblick der Versuchung an sich genommen
hat? Für dich hatte sie keinen so großen materiellen Wert. Einen
persönlichen gewiß, weil sie deiner Mutter gehört hatte. Aber du
brauchtest keinen Notgroschen.«

»Ich habe mir das alles durch den Kopf gehen lassen, doch nichts
wird mich glauben machen, daß Lilias die Kette gestohlen hat.«

»Wenn sie es nicht war, muß jemand anders bei euch im Haus
diese schlimme Tat begangen haben. Das hat ihr Leben vielleicht
ruiniert. Wer könnte es gewesen sein?«

»Ich kann mir niemanden denken. Trotzdem bin ich überzeugt,
daß Lilias die Kette *nicht* genommen hat.«

»Aber eines von beiden ist die Wahrheit: Entweder sie hat sie genommen, oder jemand hat sie in ihr Zimmer gelegt.«

»O Jamie, ich kann den Gedanken daran nicht ertragen. Ich komme zu keinem Ergebnis... Laß uns nicht davon sprechen. Man ackert immer wieder dieselbe Sache durch – vergeblich. Aber ich mußte es dir erzählen. Ich möchte nicht, daß es Geheimnisse zwischen uns gibt.«

»Ich wünschte, ich wäre zwei Jahre älter«, sagte Jamie.

»Man sagt, es ist töricht, sein Leben fortzuwünschen.«

»Trotzdem wünsche ich die nächsten zwei Jahre fort. Wenn sie vorbei wären, wäre ich anders situiert. Ich wünschte, wir könnten uns wenigstens offiziell verloben. Aber dein Vater würde es nicht gutheißen. Er würde bestimmt versuchen, es zu verhindern.«

»Zillah ist auf unserer Seite.«

»Sie weiß Bescheid?«

»Sie hat es erraten. Sie will uns helfen.«

»Ich bin überzeugt, daß sie einen starken Einfluß auf deinen Vater hat.«

»Er betet sie an. So wie mit ihr habe ich ihn mit keinem anderen Menschen umgehen sehen. Und wie steht es mit deiner Familie?«

»Ich habe es ihnen geschrieben.«

»Und was meinen sie?«

»Mein Vater hat mir einen langen Brief geschrieben. Er wünscht mir alles Gute. Sie möchten dich natürlich kennenlernen. Du wirst sie bestimmt mögen. Das Pfarrhaus ist allerdings ein bißchen heruntergekommen.«

Ich entgegnete empört: »Meinst du, das würde mich stören?«

»Nun ja, dein Zuhause ist hochvornehm. Und du bist auf Burgen zu Besuch.«

»Es war nur *eine,* und noch dazu eine ziemlich kleine. Aber erzähl mir von deiner Familie!«

»Alle freuen sich. Ich habe ihnen unsere erste Begegnung geschildert, das fanden sie spaßig. Und ich habe ihnen geschrieben, daß ich bei euch zu Hause zum Essen eingeladen war. Vielleicht habe ich den Eindruck erweckt, bei deiner Familie willkommen zu sein.«

»Zillah meint, es sei besser, wenn wir noch nichts sagen.«

»Vermutlich hat sie recht. Ach, hätten wir doch schon alles hinter uns. Jetzt weißt du, warum ich wünschte, ich wäre zwei Jahre älter.«

»Mußt du sehr hart arbeiten, Jamie?«

»Ja, bis spät in die Nacht. Ich bemühe mich, nicht zuviel an dich zu denken, denn das lenkt sehr ab.«

»Ist es nicht wunderbar, daß wir uns begegnet sind? Wenn ich mich an dem Tag nicht zufällig in dem Gassenviertel verirrt hätte, wärst du einfach weitergegangen, und wir hätten uns nie kennengelernt.«

»Du bereust es nicht?«

»So eine dumme Frage! Alles wird gut mit uns, Jamie. Ich glaube daran – du nicht?«

»Doch, ich glaube daran, weil wir alles tun werden, damit es gut ausgeht. Und deswegen können wir nicht scheitern.«

Wie verabredet, verbrachten wir ein weiteres Wochenende auf Gleeson Castle, und dieser zweite Besuch verlief ebenso angenehm wie der erste. Ich bekam Reitunterricht, und Alastair meinte, an unserem nächsten Wochenende werde er mit mir ausreiten. Wenn er dabei sei, sei es ganz ungefährlich.

Ich genoß es, im Sattel zu sitzen. Alastair war ein großartiger Lehrer, und wenn er neben mir ritt, fühlte ich mich sicher.

»Sie machen sich erstaunlich gut«, lobte er mich. »Sie müssen ganz bald wieder kommen, damit wir den Unterricht fortsetzen können.«

Mein Vater lächelte nachsichtig, als er das hörte. Er meinte, er könne sich keine angenehmere Art vorstellen, die Wochenenden zu verbringen, als auf Gleeson Castle.

Und wenn wir in Edinburgh waren, wurde Alastair natürlich oft zum Essen eingeladen.

Zillah beobachtete das alles mit einer Belustigung, die an Zynismus grenzte. »Wir bewegen uns auf eine interessante Situation zu«, sagte sie. »Ich habe keine Zweifel an den Absichten des ehrenwerten Alastair, und du?«

Ich fürchtete, sie könnte recht haben.

»Meinst du, ich soll ihn wissen lassen, daß ich heimlich mit Jamie verlobt bin?« fragte ich.

»O nein. Das wäre höchst unweiblich. Es würde verraten, daß du weißt, worauf er hinauswill. Die Gesellschaftsregeln verlangen, daß du, ein unschuldiges junges Mädchen, nicht einmal ahnst, was er im Sinn hat. Denk an die bewährte Überraschung, wenn einer wohlerzogenen jungen Dame ein Heiratsantrag gemacht wird: ›Oh, mein Herr, aber das kommt alles so plötzlich.‹«

Sie verstand es stets, mich zum Lachen zu bringen.

»Vielleicht sollte ich keine Einladungen mehr annehmen...«

»Mein liebes Kind, es obliegt deinem Papa, Einladungen anzunehmen. Wir wissen alle, daß sie deinetwegen ausgesprochen werden, aber die Anstandsregeln verbieten es dir, erkennen zu lassen, daß du es durchschaust.«

»Was soll ich tun?«

»Die Entscheidung liegt bei dir. Willst du die vergötterte Frau eines älteren Gatten mit einem Castle im Norden des Landes und einem behaglichen Stadthaus werden? Oder willst du die Ehefrau eines jungen Mannes werden, der noch nicht mal ein aufstrebender Anwalt ist. Und die Klienten werden ihm auch nicht gleich in Massen zulaufen, wenn er seine Laufbahn bei Gericht beginnt! Es liegt in deinen Händen.«

»Du weißt, ich werde Jamie heiraten...«

»...und die Moneten sausenlassen?«

»Aber ja. Ich liebe doch Jamie. Und die Liebe ist das Wichtigste, oder?«

»Vorausgesetzt, du hast ein Dach über dem Kopf und genug zu essen, um die Liebe genießen zu können.«

»Falls es Schwierigkeiten gibt... du wirst mir doch helfen, nicht wahr, Zillah?«

Sie legte mir ihre Hand auf die Schulter, zog mich an sich und küßte mich auf die Wange. »Das werde ich tun, Liebes«, sagte sie.

Seit Zillah von Jamies Existenz wußte, waren sie und ich uns viel nähergekommen. Mir wurde von Tag zu Tag banger zumute. Es war jetzt offensichtlich: Mein Vater sah in Alastair McCrae einen geeigneten Schwiegersohn und freute sich, daß Alastair mir im Rahmen des Schicklichen soviel Aufmerksamkeit zuteil werden ließ. Ich war überzeugt, Alastair würde sich ebenso strikt an die Regeln halten wie mein Vater, und das konnte nur bedeuten, daß ein Heiratsantrag ins Haus stand.

Mein Vater wußte von meiner Freundschaft zu Jamie. Er war schließlich zu uns nach Hause eingeladen worden. Und danach... nichts. Dachte mein Vater, die Freundschaft sei beendet, weil ich als fügsame Tochter seine Wünsche erriet? Seiner Meinung nach warteten wir wohl nur noch darauf, daß Alastair einen Antrag machte. Alles andere würde sich fügen. Meinem Vater würde es sehr gelegen kommen, seine Tochter mit einem Mann zu verheiraten, der ähnlich situiert war wie er selbst. Sie könnte den gesellschaftlichen Status beibehalten, den sie gewohnt war. Was konnte ein Vater mehr tun, was eine Tochter mehr verlangen? Es war bequem, angemessen und konventionell.

Daher war ich froh, Zillah im Haus zu haben. Sie verstand meine Gefühle, setzte sich lachend über die Konventionen hinweg und konnte mir raten, was ich tun sollte. Sie kam oft zu mir ins Zimmer, um sich mit mir zu unterhalten.

Dabei saß sie so, daß sie sich im Spiegel sehen konnte, was mich sehr amüsierte. Sie fand ihr Abbild hochinteressant, dessen war ich sicher. Ich beobachtete sie, während sie sprach und sich selbst beobachtete.

Eines Tages sagte ich zu ihr: »Du bist sehr schön, Zillah. Es wundert mich nicht, daß du dein Spiegelbild gerne betrachtest.«

Sie lachte. »Ich gucke bloß hin, um sicherzugehen, daß alles perfekt ist. Man könnte sagen, ich lege Wert auf gutes Aussehen, bin aber nicht überzeugt, daß alles stimmt – deswegen muß ich es ständig überprüfen.«

»Das nehme ich dir nicht ab. Ich glaube, du siehst dich gerne an.«

»Einverstanden... ich würde sagen, beides stimmt ein bißchen.«

»Für mich bist du die schönste Frau, die ich je gesehen habe.«

Sie befühlte selbstgefällig ihr Haar. »Ich strenge mich auch mächtig an.«

»Wie meinst du das?«

»Na, du glaubst doch etwa nicht, daß alles so ist, wie mich die Natur ausgestattet hat, oder?«

»Aber sicher, was denn sonst?«

Sie hob die Augenbrauen. »Nun ja, ich darf sagen, die Natur hat es gut mit mir gemeint. Ich kam in dieser Hinsicht recht gut ausgestattet auf die Welt. Aber wenn man mit besonderen Gaben gesegnet ist, muß man sie pflegen.«

»Ja, sicher. Aber deine Haare haben eine wunderschöne Farbe.«

»Es gibt Mittel, um sie zu verbessern.«

»Mittel?«

»Mein Liebes, eine Kleinigkeit aus einem Fläschchen, wenn man sie wäscht.«

»Du meinst, dies ist nicht ihre natürliche Farbe?«

»Nur annähernd. Sie sind von Natur eher rotbraun. Ich helfe einfach ein bißchen nach.«

»Ah, ich verstehe. Und deine Haut, sie ist so weiß und glatt. Warum lachst du?«

»Du bist ein lieber kleiner Unschuldsengel, Davina. Ich habe ein wunderbares Geheimnis, um meine Haut rein und schön zu erhalten. Es ist gefährlich, aber wirksam.«

»Gefährlich? Wie meinst du das?«

»Du wirst es nicht glauben, aber meine schöne Haut verdanke ich Arsen.«

»Arsen? Ist das nicht ein Gift?«

»In großen Dosen wirkt es tödlich. Aber schließlich sind viele Dinge gefährlich, wenn man sie im Übermaß anwendet... In kleinen Dosen ist es wohltuend.«

»Woher bekommst du es? Holst du es in der Apotheke?«

»Ach woher... es macht ziemliche Umstände, es zu kaufen. Ich greife zu anderen Mitteln. Ellen versteht sich großartig auf solche Dinge. Sie gewinnt es von Fliegenfängern.«

»Von Fliegenfängern? Diesen klebrigen Streifen, die man an die Decke hängt?«

»Genau. Sie kocht sie in Wasser aus. Am Ende erhält man eine Flüssigkeit, die etwa so aussieht wie dünner Tee.«

»Und die trinkst du?«

»Ja, aber in ganz kleinen Mengen.«

Ich sah sie entsetzt an.

»Da siehst du, was die Menschen für ihre Schönheit tun«, sagte sie. »Denn Schönheit ist eine Waffe. Wenn man schön ist, tun die Leute alles für einen. Es ist ein Geschenk – wie reich geboren zu sein. Verstehst du, was ich meine?«

»Ja. Aber ich glaube, ohne Arsen und das Zeug, das deine Haare heller macht, wärst du trotzdem schön.«

»Das schon... aber eben nicht ganz so schön.«

»Und du meinst, es ist der Mühe wert?«

»Wenn Gott dich mit einer Gabe segnet, erwartet er, daß du das Beste daraus machst. Gibt es da nicht das Gleichnis mit den Talenten oder so ähnlich?«

»Ja«, sagte ich. »Ich verstehe, was du meinst.«

»Aber daß du mir ja nicht anfängst, so was zu versuchen«,

warnte sie. »Ich möchte nicht, daß du Fliegenfänger auskochst und die Lösung trinkst. Es könnte gefährlich sein.«

»Für dich aber auch.«

»Ich kenn' mich aus. Ich weiß, was ich tue. Ellen ist so was wie eine alte Hexe. Sie versteht sich vorzüglich auf solche Dinge, und sie ist meine Verbündete. Sie ist im Erdgeschoß nicht sehr beliebt… genau wie ich. Ich weiß, sie haben sich mit mir abgefunden, weil ich ihnen nicht in die Quere komme, aber dein Vater beging in ihren Augen einen Fehltritt, als er eine Gouvernante heiratete. Also, du hast wirklich eine tadellose Haut. Die benötigt vorerst keine besondere Pflege.«

»Ich bin froh, daß du mich in dein Geheimnis eingeweiht hast.«

»Du hast mich ja auch in deins eingeweiht, nicht? Wie geht's Jamie denn so? Daß du ihm ja nichts von meinen Schönheitsmittelchen erzählst. Ich hätte mich dir nicht anvertrauen sollen. Aber wir sind schließlich gute Freundinnen, nicht wahr?«

»O ja. Jamie geht es gut. Er wird langsam ungeduldig. Unsere Wochenenden auf Gleeson Castle behagen ihm nicht.«

»Das wundert mich nicht. Ach, Davina, ich hoffe, für dich und Jamie wird alles gut enden.«

»Du an meiner Stelle würdest Alastair McCrae heiraten, wenn er dich fragen würde.«

»Wie kommst du darauf?«

»Du würdest es für klug halten.«

»Im Grunde meines Herzens bin ich eine Romantikern, Liebes. Deswegen würde ich für dich und Jamie alles tun, was ich kann.«

»Ich glaube, du hast einen starken Einfluß auf Vater.«

»In mancher Hinsicht ja. Was diese Angelegenheit betrifft, bin ich nicht so sicher. Er nimmt es mit den Konventionen sehr genau.«

»Nicht immer«, sagte ich.

Sie lachte. »Kaum jemand nimmt es immer genau. Manchmal pfeift man auf die Konventionen und vergißt, wie wichtig sie einem immer gewesen sind. Aber keine Sorge. Verlaß dich auf mich. Ich tu' mein Bestes für dich und Jamie.«

Kurze Zeit später wurde mein Vater abermals krank. Diesmal wurde auch Zillah von dem Leiden befallen, allerdings in milderer Form. Sie genas als erste und widmete sich der Aufgabe, meinen Vater mit meiner Hilfe zu pflegen.

»Wir müssen etwas gegessen haben, was uns nicht bekommen ist«, meinte Zillah.

Mrs. Kirkwell war entrüstet. »Meint sie etwas, das aus meiner Küche kam?« ereiferte sie sich.

Ich erinnerte sie daran, daß die beiden an jenem Abend, als sie krank wurden, bei einem Geschäftsfreund meines Vaters gespeist hatten. »Es kann nicht hier passiert sein«, fügte ich hinzu, »denn ich habe an dem Abend zu Hause gegessen und bin nicht krank geworden.«

Das besänftigte Mrs. Kirkwell. Sie sagte: »Ich finde, Mr. Glentyre sollte den Arzt kommen lassen. Es ist schließlich nicht das erste Mal innerhalb kurzer Zeit, daß er plötzlich krank wird.«

Als ich es Zillah vorschlug, meinte sie: »Das ist vielleicht keine schlechte Idee, obwohl ich überzeugt bin, daß wir etwas Unbekömmliches gegessen haben, und so was geht schnell wieder vorbei. Außerdem bin ich selbst krank gewesen. Zugegeben, ich war nicht *sehr* krank, aber ich habe ja auch viel weniger gegessen als dein Vater. Ich denke, es lag an dem Kalbfleisch, das uns bei Kenningtons vorgesetzt wurde. Ich habe gehört, Kalbfleisch kann manchmal heikel sein. Ich will sehen, was er zu dem Vorschlag sagt, den Arzt kommen zu lassen.«

Anfangs weigerte er sich strikt, doch es gelang ihr, ihn zu überreden.

Als Dr. Dorrington gegen halb zwölf eintraf, ging es meinem Vater schon wieder besser, und der Arzt wurde eingeladen, zum Mittagessen zu bleiben. Er war ein langjähriger Freund der Familie. Er war wohl gut sechzig Jahre alt, und wir fragten uns bereits, wann er sich zur Ruhe setzen werde. Einer seiner Neffen hatte soeben sein Studium beendet und arbeitete zur Zeit an einem Krankenhaus in Glasgow. Sie waren übereingekommen, daß er demnächst die Praxis seines Onkels übernehmen solle.

Ich hörte, wie mein Vater den Arzt in der Diele empfing. »Komm herein, Edwin. Man hat dich unnötigerweise gerufen. Ich habe meiner Frau nachgegeben – um des lieben Friedens willen.«

»Eine Untersuchung kann aber nicht schaden.«

Sie gingen die Treppe hinauf ins Schlafzimmer.

Als ich zum Mittagessen herunterkam, begrüßte der Arzt mich herzlich. Wie jedesmal, wenn er mich sah, betonte er, daß er mich auf die Welt gebracht habe. Wohl deswegen besaß er eine Art väterliches Interesse für mich. Er hatte meine Mutter während ihrer Krankheit behandelt, und ihr Tod hatte ihn sehr mitgenommen. Ich sah ihm an, daß er von Zillah gefesselt war. »Ist alles in Ordnung?« fragte ich ihn.

Er erwiderte: »O ja ... ja.« Aber es klang nicht recht überzeugend.

Es war jedoch ein sehr angenehmes Mittagsmahl. Zillah war gut gelaunt und machte viel Aufhebens um den Doktor. Sie flirtete ein wenig mit ihm, was ihm zu gefallen schien, und mein Vater beobachtete es amüsiert.

Hinterher sprach ich mit ihr. »Fehlt ihm etwas?« fragte ich.

»Nun ja, er ist nicht mehr der Jüngste, nicht? Aber es besteht kein Anlaß zur Sorge.«

»Du wirkst nicht sehr überzeugt.«

»Also, ich habe den alten Dorrington gebeten, mir die Wahrheit zu sagen, die reine Wahrheit. Ich habe ihm klargemacht, daß dies schon der zweite derartige Anfall war, den dein Vater hatte. Es muß am Essen gelegen haben. Er meinte, dein Vater müsse vorsichtig sein. Es könnte eine innere Schwäche vorliegen. Er hat ein gesundes Herz, aber der Arzt hat immer wieder auf sein Alter hingewiesen.«

»So alt ist er doch gar nicht.«

»So jung ist er aber auch nicht mehr. Mit fortschreitendem Alter muß der Mensch sich vorsehen.« Sie legte mir ihre Hand auf die Schulter. »Keine Sorge. Ich pflege ihn. Ich entdecke verborgene Talente in mir. Glaubst du, ich bin eine gute Krankenschwester?«

»Vater scheint es anzunehmen.«

»Oh, er findet alles gut, was ich mache, und ich will alles tun, damit es so bleibt.«

Für mich wurde die Situation brisant, als Alastair McCrae eines Tages meinen Vater besuchte. Er wurde ins Studierzimmer gebeten und blieb dort eine ganze Weile. Er ging, ohne zum Essen zu bleiben oder mit sonst jemandem zu sprechen.

Mein Vater schickte anschließend nach mir, und als ich ins Studierzimmer kam, lächelte er mich wohlwollend an. »Schließ die Türe, Davina. Ich habe dir etwas zu sagen. Setz dich.«

Ich gehorchte. Und als ich Platz genommen hatte, stellte Vater sich an den Kamin, die Hände in den Taschen, und wippte auf den Fersen, als sei er im Begriff, vor einer Versammlung eine Rede zu halten.

»Ich habe eine gute Nachricht für dich«, sagte er. »Alastair war bei mir. Er bat mich um die Einwilligung, dir einen Heiratsantrag zu machen.«

Ich stand auf. »Das ist unmöglich.«

»Unmöglich? Was soll das heißen?«

»Ich bin mit einem anderen verlobt.«

»Verlobt!« Vater starrte mich entgeistert an, zu erschüttert, um die Worte auszusprechen, die ihm auf den Lippen lagen. »Verlobt«, sagte er schließlich, »mit... mit...«

»Ja«, sagte ich, »mit James North.«

»Dieser... dieser... Student?«

»Ja. Du hast ihn kennengelernt.«

»Du... du bist nicht bei Sinnen!«

»Schon möglich«, erwiderte ich wagemutig, fest entschlossen, mich nicht einschüchtern zu lassen. Ich liebte Jamie und wollte ihn heiraten. Ich war nicht gewillt, mein Leben von meinem Vater bestimmen zu lassen. Wie konnte er es wagen – er, der Zillah als meine angebliche Gouvernante ins Haus geholt hatte! Der Gedanke, wie sie in sein Schlafzimmer geschlichen war, machte mir Mut.

»Du wirst diesen Unfug vergessen«, sagte er.

»Das ist kein Unfug. Es ist das Beste, was mir jemals passiert ist.«

Vater hob die Augen zur Decke, als spreche er zu jemandem da droben. »Meine Tochter ist verrückt«, sagte er.

»Nein, Vater, das bin ich nicht. Es ist *mein* Leben, und ich werde es so leben, wie *ich* es will. Du hast getan, was du wolltest, und ich gedenke es genauso zu machen.«

»Ist dir klar, mit wem du sprichst?«

»Ja, Vater, ich spreche mit dir.«

»Oh, diese Undankbarkeit...«

»Wofür sollte ich dankbar sein?«

»Für all die Jahre, die ich für dich gesorgt habe, wo dein Wohlergehen mein größtes Anliegen war...«

»Dein größtes Anliegen?«

Ich dachte, er werde mich schlagen. Er kam auf mich zu, dann blieb er abrupt stehen.

»Hast du dich mit diesem jungen Mann getroffen?«

»Ja.«

»Und was noch?«

»Wir haben über unsere Zukunft gesprochen.«

»Und was noch?« wiederholte er.

Wut stieg in mir hoch. »Ich weiß nicht, worauf du hinauswillst«, sagte ich. »James hat mich stets mit ausgesuchter Höflichkeit behandelt, wie ein perfekter Gentleman.«

Vater lachte spöttisch.

»Du darfst nicht jedermann an dir messen, Vater«, sagte ich.

»Wie bitte?«

»Es ist zwecklos, mir den tugendhaften Staatsbürger vorzuspielen. Ich weiß, daß du deine Geliebte in dieses Haus geholt hast. Ich weiß, daß sie dich nachts besuchte, bevor ihr geheiratet habt. Ich habe sie in dein Schlafzimmer gehen sehen.«

Er starrte mich an. Sein Gesicht war puterrot. »Du, du ... schamlose ...«

Ich spürte, daß ich die Oberhand hatte. »Nicht ich, Vater. Wenn hier einer schamlos ist, dann du. Du stellst dich als tugendhaft hin, du bist so selbstgerecht. Du hast deine Geheimnisse, nicht wahr? Du bist der letzte, der mein Verhalten und das meines Verlobten tadeln dürfte.«

Er war betroffen und schrecklich verlegen. Ich hatte ihn entlarvt, und ihm war klar, daß ich das alles schon eine ganze Weile wußte. Ich hatte ihm die Maske heruntergerissen und ihn als einen gewöhnlichen, sündigen Menschen entlarvt; die Aura, die er stets um sich zu verbreiten bemüht war, war durch meine wenigen Worte vernichtet worden.

Plötzlich entlud sich sein Zorn. Er sah mich haßerfüllt an: »Du undankbares Mädchen«, sagte er. »Du vergißt, daß ich dein Vater bin.«

»Das zu vergessen ist mir unmöglich. Ich bedaure, Alastairs Antrag ablehnen zu müssen. Ich werde ihm sagen, daß ich mit Jamie verlobt bin.«

Ich öffnete die Türe und wollte gehen. Er verlor die Beherrschung und schrie: »Dieser Student soll bloß nicht denken, er kann den Rest seines Lebens in Luxus schwelgen. Wenn du ihn heiratest, bekommst du keinen roten Heller von meinem Geld.«

Ich rannte in mein Zimmer und schloß die Türe.

Etwa eine Stunde später kam Zillah in mein Zimmer. Ich war noch erschüttert von der Auseinandersetzung und fragte mich, was nun geschehen werde. Ich sehnte mich danach, Jamie zu erzählen, was zwischen meinem Vater und mir vorgefallen war.

Zillah sah mich entsetzt an. »Was hast du getan?« fragte sie. »Dein Vater hat eine Mordswut auf dich. Er sagt, er werde dich enterben.«

»Alastair McCrae will mir einen Heiratsantrag machen. Er hat Vater um seine Einwilligung gebeten, und Vater hat natürlich ja gesagt. Er hat ihm bereits seinen Segen gegeben und war drauf und dran, mich ebenfalls zu segnen. Da habe ich ihm gesagt, daß ich mit Jamie verlobt bin.«

»Ja, soviel habe ich auch aus ihm herausbekommen. Du warst ziemlich voreilig, nicht?«

»Was hätte ich denn sonst machen sollen?«

»Nichts, denke ich. Und was willst du jetzt tun?«

»Ich kann Alastair McCrae doch nicht heiraten, bloß weil mein Vater es von mir verlangt.«

»Natürlich nicht. Ach, Davina, so ein Schlamassel! Du mußt das alles mit Jamie besprechen.«

»Ich schicke ihm einen Brief und bitte ihn, sich morgen mit mir zu treffen.«

»Gib mir den Brief. Ich schicke jemanden von den Dienstboten hin.«

»Danke, Zillah.«

»Gräm dich nicht. Es wird schon werden.«

»Vater wird mir nie verzeihen.«

»Doch, er wird sich damit abfinden. So etwas kommt in vielen Familien vor.«

»Danke, Zillah«, wiederholte ich.

»Du weißt doch, daß ich euch helfen möchte, nicht? Übrigens, ich bin doch ein wenig besorgt um die Gesundheit deines Vaters. Der alte Dorrington meint zwar, dazu bestehe kein Anlaß, aber ich möchte nicht, daß dein Vater sich zu sehr aufregt.«

»Ja, ja, ich weiß. Ich bin so froh, daß du hier bist.«

»Schön, schreib den Brief, und wir sehen zu, daß du dich mit Jamie triffst. Hör dir an, was er zu sagen hat. Er schlägt vielleicht vor, daß ihr nach Gretna Green durchbrennt und heiratet.«

»Meinst du?«

»Es wäre sehr romantisch.«

»Aber wo sollen wir hin? Wo sollen wir leben?«

»Es heißt, die Liebe besiegt alles.«

»Ich möchte wirklich fort von Vater, und ich habe auch das Gefühl, er will mich los sein.«

»Was er will, ist, dich an einen reichen Mann wie Alastair McCrae zu verheiraten. Das wollen schließlich alle Väter für ihre Töchter.«

»Aber wenn die Tochter einen anderen liebt...«

»Nun schreib erst mal den Brief an Jamie. Erzähl ihm, was passiert ist, und wenn er Gretna Green vorschlägt, will ich alles tun, um euch zu helfen, dorthin zu kommen.«

»Danke, Zillah. Ich bin ja so froh, daß du hier bist.«

»Das hast du schon mal gesagt, Liebes, und ich bin auch froh, daß ich hier bin. Du brauchst jemanden, der sich um dich kümmert.«

Am folgenden Tag wartete Jamie, der meinen Brief erhalten hatte, auf der Parkbank auf mich. Ich erzählte ihm, was geschehen war. Als ich ihm dann von Zillahs Vorschlag berichtete, nach Gretna Green durchzubrennen, meinte er: »Aber wohin sollen wir dann? Bei mir kannst du nicht wohnen. Und ich brauche noch zwei Jahre bis zu meinem Examen. Wovon sollen wir leben? Du bist so verwöhnt. Du ahnst ja nicht, was es heißt, arm zu sein.«

»Vielleicht könnte *deine* Familie uns helfen?«

»Wir sind schrecklich arm, Davina. Von da können wir keine Hilfe erwarten.«

»Aber was sollen wir denn tun?«

»Ich weiß es nicht.«

Ich war bestürzt. Ich hatte gedacht, er werde außer sich sein vor Freude, weil ich meinem Vater unser Verlöbnis gestanden und fest darauf beharrt hatte, keinen anderen zu heiraten als ihn. Angesichts des geringfügigen Problems, wovon wir leben sollten, schien die Romanze zu zerbröckeln.

»Da ist nichts zu machen«, sagte er schließlich finster. »Wir können es uns nicht leisten zu heiraten. Wir müssen warten, bis ich meine Ausbildung beendet habe. Meine Familie unterstützt mich unter großen Entbehrungen. Ich kann nicht erwarten, daß sie auch noch meine Frau ernährt.«

»Ich sehe, ich bin dir eine Last.«

»Aber nein. Es ist nur im Augenblick noch nicht möglich.«

Ich war bedrückt. Mir wurde klar, daß ich voreilig gewesen war.

»Was kann ich denn tun? Ich hab's Vater nun mal gesagt.«

»Du mußt den Mann eine Weile hinhalten. Sag ihm, du kannst ihm noch keine Antwort geben. Du mußt darüber nachdenken. Es kommt so unerwartet und so weiter. Bitte ihn, dir Zeit zum Nachdenken zu lassen. Das gibt uns Zeit, uns etwas zu überlegen. Vielleicht läßt es sich ja irgendwie einrichten... wir könnten uns ein billiges Zimmer nehmen, bis ich mein Examen habe. Ich brauche Zeit, um etwas zu finden...«

»Meinst du, daß wir dann trotz allem heiraten könnten?«

»Ich kann es mit meiner Familie besprechen. Vielleicht fällt ihnen etwas ein. Aber ich brauche Zeit.«

»Du *mußt* dir etwas einfallen lassen, Jamie.«

»Was ist dieser Alastair McCrae für ein Mensch?«

»Er ist bestimmt ein sehr guter Mensch, angenehm, sympathisch, ausnehmend höflich und ritterlich. Ich glaube, es dürfte möglich sein, ihn hinzuhalten. Aber ich tu's nicht gern. Es ist so unaufrichtig, weil mir doch klar ist, daß ich ihn nicht heiraten werde.«

»Ich weiß, ich weiß. Aber es geht nicht anders. Ich finde bald einen Ausweg. Wir werde heiraten, aber in meiner Lage – als mittelloser Student – muß ich gründlich darüber nachdenken.«

»Natürlich. Ich wünschte, Alastair McCrae würde eine andere

finden. Ich wünschte, er würde sich hoffnungslos verlieben und mich völlig vergessen.«

»Wir dürfen die Hoffnung nicht aufgeben«, sagte Jamie.

Zillah wollte wissen, was wir besprochen hatten, und ich erzählte es ihr.

»Er ist nicht gerade ein tapferer Ritter, nicht?« meinte sie. »Ich hatte gedacht, er werde dich auf der Stelle nach Gretna Green entführen.«

»Es hätte keinen Sinn, Zillah. Wo sollten wir leben?«

»Hat er nicht eine Unterkunft in der Stadt?«

»Dort ist nur für *einen* Platz.«

»Die Liebe kennt keine Grenzen. Jeder ist seines Glückes Schmied.«

»Ach, Zillah, du mußt es aus seiner Sicht betrachten.«

»Das tue ich doch. Er hat ja recht, wenn er praktisch denkt. Aber ich dachte, er werde sich von der romantischen Seite der Geschichte hinreißen lassen.«

»Ich bin sicher, daß *du* immer praktisch denkst.«

»Unter *allen* Umständen?« Es klang, als frage sie sich das selbst.

»Unter *allen* Umständen«, bestätigte ich. Dann erzählte ich ihr von Jamies Vorschlag, Alastair McCrae keine definitive Antwort zu geben.

»Ein kluger Plan«, meinte sie. »Alastair wird Verständnis haben. Er wird sagen, daß er warten wird. Dein Vater wird besänftigt sein. Er wird denken, du bist zur Vernunft gekommen und möchtest deinen Stolz wahren, indem du dir ein bißchen Zeit läßt. Und in der Zwischenzeit machen wir weiter wie bisher und hoffen, daß sich eine Lösung findet.«

Alastair machte mir einen überaus würdevollen Heiratsantrag. »Ich bin nun seit fünf Jahren Witwer, Davina«, begann er, »und gedachte nie wieder zu heiraten. Doch als ich Sie auf Gleeson sah, da sagte ich mir: ›Es ist Zeit, dir wieder eine Frau zu nehmen.‹ Wollen Sie mich heiraten?«

Ich rückte ein wenig von ihm ab; er sah mich zärtlich an und fuhr fort: »Sie finden, ich habe mich zu früh erklärt.«

»Wir kennen uns wirklich nicht sehr gut.«

»Für mich genügt es.«

»Ich hatte keine Ahnung, daß Sie... hm... so empfinden«, schwindelte ich.

»Nein, natürlich nicht. Meine liebe Davina, verzeihen Sie, daß ich mich so zeitig erkläre, aber ich wollte Sie wissen lassen, wie sehr ich Sie schätze. Was sagen Sie?«

Was konnte ich sagen? Es war schwer genug, die Wahrheit nicht herauszuschreien: *Ich werde Sie nie heiraten. Ich bin mit Jamie verlobt, er wird mich heiraten, sobald er dazu in der Lage ist.* Doch das durfte ich nicht sagen. Es stand so viel auf dem Spiel. Jamie brauchte Zeit, und mein Vater könnte mich in seinem Zorn vor die Türe setzen. Das mußte ich um jeden Preis verhindern.

Ich zwang mich zu sagen: »Ich kann nicht... noch nicht... bitte.«

»Natürlich, ich verstehe. Ich habe Sie so plötzlich damit überfallen. Sie brauchen Zeit zum Nachdenken. Meine liebe Davina, selbstverständlich lasse ich Ihnen Zeit. Und während Sie nachdenken, fasse ich mich in Geduld. Ich werde versuchen, Sie zu überzeugen, welch ein Segen eine Heirat für uns beide sein wird.«

»Sie sind sehr gütig und verständnisvoll, Mr. McCrae.«

»O bitte, sagen Sie Alastair zu mir – und gütig und verständnisvoll beabsichtige ich für den Rest unseres Lebens zu sein.«

Es war leichter, als ich gedacht hatte, wenngleich ich mich verachtete für das, was ich tat.

Alastair ging ins Studierzimmer meines Vaters hinauf, und als ich mich in mein Zimmer begab, hörte ich seine ersten Worte, bevor die Türe sich schloß.

»Davina war etwas erschrocken. Ich fürchte, ich war ein bißchen voreilig. Es wird schon werden. Sie braucht nur Zeit.«

Ich konnte mir das zufriedene Gesicht meines Vaters vorstellen. Es war nicht ungewöhnlich für ein junges Mädchen, ein gewisses Zaudern an den Tag zu legen, und obwohl ich ihm bewiesen hatte, daß ich nicht ganz die fügsame, naive Tochter war, für die er mich einst gehalten hatte, sah er mich doch von nun an wieder wohlwollender an.

Mein Ausbruch war unverzeihlich, und daß ich ihn in einer kompromittierenden Situation ertappt hatte, würde immer zwischen uns stehen. Doch wenn ich mich seinen Wünschen fügte und Alastair McCrae heiratete, würde ihn das bis zu einem gewissen Grade versöhnen.

Zillah bestand darauf, daß Vater sich schonte. Sie verbot ihm kurzerhand auszugehen, wenn sie befand, daß er nicht in der Verfassung dafür sei.

Er protestierte, ließ sich jedoch ihre Zuwendung offensichtlich gerne gefallen. »Du machst einen Invaliden aus mir«, murrte er in gespieltem Ärger.

»Nein, nein. Ich pflege dich, bis du wieder gesund und stark bist. Halte noch ein Weilchen aus. Sei nicht ungeduldig wie ein ungezogener kleiner Junge. Bald wirst du wieder ganz gesund sein.«

Zillah ging nun häufiger aus, manchmal mit mir, manchmal ließ sie sich von Hamish kutschieren. Sie sagte, sie wolle einkaufen oder einfach durch die herrliche Altstadt fahren. Sie meinte beiläufig, Hamish sei recht amüsant.

Eines Tages ging ich aus irgendeinem Grund in die Küche. Mrs. Kirkwell unterhielt sich dort mit Ellen, als Hamish hereinkam.

»Ratten«, sagte er.

»Was soll das heißen?« wollte Mrs. Kirkwell wissen.

»Ratten im Stall. Ich hab' eine gesehen, schwarz und fast so groß wie eine Katze.«

»Was du nicht sagst!« Mrs. Kirkwell setzte sich und machte ein erschrockenes Gesicht.

»Ist im Stall rumgelaufen«, sagte Hamish, »rotzfrech. Hat mich einfach angeguckt, richtig unverschämt. Ich hab' einen Stein nach ihr geworfen, und sie hat mich bloß böse angeglotzt.«

»Das gefällt mir nicht«, sagte Mrs. Kirkwell. »Hoffentlich kommen sie nicht in meine Küche.«

»Nur keine Aufregung, Mrs. Kirkwell. Ich weiß, wie man die Biester los wird.«

»Und wie geht das?« fragte ich.

»Mit Arsen, Miss.«

»Arsen!« rief Mrs. Kirkwell. »Das ist ja Gift!«

»Und ob! Und das geb' ich den Ratten. Ich werd' die ganze Bande vergiften, darauf können Sie sich verlassen.«

»Woher nehmen Sie das Arsen?« fragte ich.

Er grinste mich an und zwinkerte mit den Augen. »Ich hol's mir bei Henniker.«

»Verkaufen die das so einfach über den Ladentisch?«

»Ja. Man muß sagen, wofür man es braucht, und sich in ein Buch eintragen. Das ist alles.«

»Man kann es von Fliegenfängern gewinnen«, sagte ich unbedacht.

»Fliegenfänger!« rief Mrs. Kirkwell. »O ja. Ich erinnere mich an den Fall. Hab' vergessen, wer es war. Eine Frau hat ihren Mann ermordet. Hat Fliegenfänger in Wasser eingeweicht oder so. Damit hat sie sich verraten. Sie sagte, sie habe die Fliegenfänger überbrüht, um ein Mittel für ihre Haut zu erhalten.«

»O ja«, sagte ich. »Manche Damen machen es so.«

»Es wundert mich, daß Sie sich in solchen Sachen auskennen, Miss Davina. Und was dich angeht, Hamish Vosper, schaff mir die Dinger vom Hals. Ratten, also wirklich! Ich möchte sie nicht in meiner Küche sehen, das kann ich dir sagen!«

»Ich hab' kapiert«, sagte Hamish und tippte sich an die Stirn. »Überlassen Sie die Ratten nur mir.«

Alastair McCrae kam weiterhin zum Essen zu uns, und wir gingen zum Essen zu ihm. Sein elegantes Stadthaus in einem ruhigen

Viertel war unserem recht ähnlich. Es war sehr behaglich, geschmackvoll eingerichtet und mit der erforderlichen Anzahl Dienstboten ausgestattet.

Mein Vater war zufrieden. Ich glaube, er hatte sich ein wenig mit der Tatsache abgefunden, daß ich einiges von seinem Leben wußte, was er lieber geheimgehalten hätte. Aber er meinte, ich sei, wie er sich auszudrücken pflegte, »zur Vernunft gekommen«.

Zillah dachte dasselbe, das verrieten mir die Blicke, die sie mir zuwarf. Ich schämte mich, weil ich diese Farce aufrechterhielt. Damit betrog ich mich selbst, Jamie, Alastair, jedermann. Ich redete mir immer wieder ein, daß es sein müsse. Es war Jamies Vorschlag gewesen. Ich mußte doch an unsere gemeinsame Zukunft denken. Das war wichtiger als alles andere.

Jamie hatte sich verändert. Die Leichtigkeit war aus unserer Beziehung verschwunden. Jamie war nachdenklich geworden, ein wenig melancholisch. Der Gedanke an meine Zusammenkünfte mit Alastair und an das falsche Spiel, zu dem ich gezwungen war, war ihm verhaßt. »Aber was sollen wir machen?« fragte er. »Diese vermaledeite Armut. Wäre ich doch nur so reich wie Alastair McCrae.«

»Vielleicht wirst du es eines Tages sein, Jamie, und dann lachen wir über dies alles.«

»Ja, nicht wahr? Aber noch bin ich so arm wie eine Maus in der Kirche meines Vaters. Spricht dieser Alastair mit dir vom Heiraten?«

»Nein. Er ist wirklich sehr gütig. Er denkt, daß ich mit der Zeit einverstanden sein werde, ihn zu heiraten. Er findet, ich sei sehr jung, jünger als ich tatsächlich bin. Er will warten, bis ich bereit bin. Ach, es ist alles so schrecklich. Ich wollte, ich könnte fortgehen von zu Hause. Ich weiß nicht, was es ist, aber…«

»Aber mit Zillah verstehst du dich gut, nicht wahr?«

»Ja. Sie ist mir ein Trost, nur habe ich nicht immer das Gefühl, sie gut zu kennen. Ich glaube, sie ist eine Schauspielerin durch und durch, und ich weiß nie, wann sie mir etwas vormacht.«

»Sie ist eine gute Seele. Es wundert mich nicht, daß dein Vater so an ihr hängt.«

»Ach, Jamie, was sollen wir nur tun?«

»Abwarten. Etwas wird sich finden. Uns wird schon was einfallen.«

Wir versuchten uns aufzuheitern, indem wir besprachen, was wir tun würden, sobald wir imstande wären, etwas zu unternehmen, doch die Fröhlichkeit war dahin. An ihre Stelle war eine ängstliche Spannung getreten, die wir nicht abschütteln konnten, sosehr wir uns auch bemühten.

Als ich am nächsten Tag ausgehen wollte, um mich mit Jamie zu treffen, begegnete ich Ellen in der Diele. »Gut, daß ich Sie sehe, Miss Davina«, sagte sie. »Sie gehen aus? Ich möchte Sie nicht gerne belästigen, aber könnten Sie vielleicht...« Sie zögerte, runzelte die Stirn.

»Was, Ellen?«

»Ich würde ja selber gehen, aber ich kann im Moment nicht weg, und ich möchte nicht, daß Mrs. Kirkwell es erfährt. Sie würde sich schrecklich aufregen. Ich hab' Hamish gefragt, aber es ist ihm ausgegangen, und er sagt, ich soll es besorgen. Er würde mir dann zeigen, wie man es benutzt.«

»Worum handelt es sich, Ellen?«

»Als ich heute morgen draußen vor der Küchentür an den Mülleimer ging und den Deckel abnahm, ist eine Ratte rausgesprungen.«

»Ach du liebe Zeit!«

»Ja. Ich bin froh, daß *ich* sie gesehen habe, und nicht Mrs. Kirkwell. Ich hab's Hamish erzählt, aber er kann heute nicht in die Apotheke gehen. Er muß sich für Mr. Glentyre bereithalten. Aber er sagt, man müsse sofort etwas tun. Er hat schon zwei, drei im Stall getötet und meint, sie weichen jetzt anderswohin aus. Er sagt, Ratten sind schlau.«

»Mrs. Kirkwell wird entsetzt sein.«

»Ja, Hamish sagt, man muß sofort handeln, sonst hat man sie im Nu im Haus. Und Ratten vermehren sich schnell. Ich dachte, weil Sie sowieso ausgehen, könnten Sie vielleicht bei Henniker reinschauen und etwas Arsen besorgen.«

»Man verlangt einfach Arsen... so ohne weiteres?«

»Ja. Für einen Sixpence Arsen. Sie werden gefragt, wofür Sie es brauchen, und Sie sagen: für die Ratten. Dann müssen Sie sich in ein Buch eintragen, glaube ich.«

»Selbstverständlich besorge ich es.«

»Oh, danke. Erzählen Sie's niemandem. Wenn es Mrs. Kirkwell zu Ohren kommt, kriegt sie einen Anfall.«

»Ist gut. Keine Bange, ich sage nichts.«

»Sobald Sie zurück sind, tu' ich's in den Mülleimer.«

Ich ging geradewegs in die Apotheke. Hinter dem Ladentisch stand ein junger Mann. Er lächelte mich an.

»Ich möchte für einen Sixpence Arsen«, sagte ich.

Er sah mich leicht verwundert an. »Oh, Miss, ich muß Sie fragen, wofür Sie es brauchen. Das ist Vorschrift.«

»Natürlich. Wir haben Ratten im Hof. Sie waren zuerst im Stall und kommen nun näher ans Haus.«

»Es wird seine Wirkung nicht verfehlen. Aber da es ein Gift ist, muß ich Sie bitten, sich in das Buch einzutragen.«

»Selbstverständlich.«

Er nahm ein Buch mit einem roten Einband aus einer Schublade. Ein aufgeklebtes Etikett trug die Aufschrift: »Henniker's Giftverkaufsregister«.

»Verkaufen Sie viel Arsen?« fragte ich.

»Nein, Miss. Aber es wird gerne für Ungeziefer und dergleichen genommen. Es macht den Biestern sicher den Garaus. Es heißt, es sei auch gut für die Haut – und daß die Damen es dafür verwenden. Männer nehmen es auch.« Er sah mich vielsagend an. »Man sagt, es gibt Kraft.«

»Kraft?«

»Wenn sie nicht mehr ganz jung sind... Sie verstehen schon.«

Er schlug das Buch auf, trug das Datum und meinen Namen nebst Anschrift ein, die ich ihm nannte. »Arsen im Wert von Sixpence für Ungeziefer im Hof. Unterschreiben Sie hier, Miss.« Ich verließ die Apotheke mit einem kleinen Päckchen in meiner Rocktasche.

Zu Hause erwartete mich Ellen schon. Verstohlen nahm sie das Päckchen entgegen. »Ich hab' keine Ratten mehr gesehen«, sagte sie. »Ich streu' das Zeug sofort.«

Ein paar Tage später erzählte mir Ellen, es habe bestens gewirkt. Sie habe keine Ratte mehr gesehen, und Mrs. Kirkwell habe keine Ahnung, daß die Biester so nahe gewesen seien. Sie bat mich noch einmal eindringlich, nichts zu sagen.

Es war am selben Tag. Zillah war, wie so oft, in der Kutsche ausgefahren. Gewöhnlich war sie vor fünf Uhr zurück, um sich zum Abendessen umzukleiden, was bei ihr beileibe kein schnelles Unterfangen war.

Ich fand, mein Vater sei seit seinem letzten Krankheitsanfall schwächer geworden. Zillah war derselben Ansicht. Wenn er nach Hause kam, wirkte er oft sehr erschöpft. Dann ließ er sich nicht lange überreden, seine Mahlzeiten in seinem Zimmer einzunehmen. Zillah aß dann natürlich bei ihm.

An besagtem Tag wurde es immer später, aber Zillah war noch nicht zurück. Ich ging zum Stall: Die Kutsche war nicht da. Mrs. Kirkwell war sich unschlüssig, ob sie das Essen auftragen solle. Der Herr werde es in seinem Zimmer einnehmen, doch er erwarte, daß Mrs. Glentyre ihm dabei Gesellschaft leiste. »Man muß es ihm sagen, daß sie noch nicht zurück ist«, meinte Mrs. Kirkwell. »Das machen am besten Sie, Miss Davina.«

Ich ging in Vaters Zimmer. Er saß, zum Abendessen angekleidet, in einem Sessel. »Bist du's, meine Liebe?« fragte er erleichtert.

»Nein«, erwiderte ich, »ich bin's nur.«

»Was gibt's?«

»Zillah ist noch nicht zurück.«

»Wo ist sie?«

»Ich dachte, sie sei einkaufen.«

»Mit der Kutsche?«

»Ja.«

»Sie kann doch um diese Zeit unmöglich noch einkaufen?«

»Nein.«

»Aber wo ist sie dann?«

Er hielt die Armlehnen seines Sessels umklammert und richtete sich halb auf. Er sah elend aus. Er hatte abgenommen, und unter seinen Augen lagen dunkle Schatten. Ich erinnerte mich an Mrs. Kirkwells Bemerkung, es sei nicht gut, wenn alte Männer junge Frauen heiraten.

In diesem Moment vernahm ich das Geräusch von Wagenrädern. Ich lief ans Fenster. »Da ist sie!«

»Gott sei Dank«, sagte mein Vater.

Kurz darauf kam Zillah ins Zimmer gestürmt. »Meine Lieben, war das Abenteuer! Habt ihr euch schon gewundert, wo ich bleibe? Die Kutsche ist zusammengekracht. Hamish hat versucht, sie zu reparieren. Dafür hätte er irgendwas gebraucht, ich weiß nicht, was. Er wollte mir eine Droschke besorgen, damit ich nach Hause fahren könnte, aber wir waren etwas außerhalb, weil ich unbedingt Arthur's Seat besichtigen wollte, und da war keine Droschke zu bekommen. Na ja, irgendwie hat er die Kutsche dann doch zusammengeflickt, so daß sie wenigstens bis zu Hause hielt. Und deswegen hab' ich mich so schrecklich verspätet.«

»Ich habe mir Sorgen gemacht«, sagte mein Vater.

»Ach, wie süß von dir!« Sie zauste ihm die Haare. »Aber jetzt bin ich ja da. Und wir zwei werden ganz gemütlich zusammen essen. Du entschuldigst uns, Davina?«

»Aber natürlich.« Ich ging hinunter und nahm ein einsames Mahl ein.

Am nächsten Nachmittag sprach Miss Appleyard vor. Zillah war nicht ausgegangen. Ich glaube, sie war noch ein wenig erschüttert wegen des Kutschenunfalls vom Vortag. Sie und ich waren im Salon, als Miss Appleyard gemeldet wurde.

Wir kannten sie nur flüchtig. Früher pflegten sie und meine Mutter nach dem Gottesdienst ein paar Worte zu wechseln. Ich hatte sagen hören, sie sei eine boshafte Klatschbase, eine Frau, die von Skandalen zehrt. Meine Mutter hatte einmal gesagt, von dieser Person halte man sich am besten fern. Weshalb kommt sie uns besuchen? fragte ich mich.

»Sie fragt nach Mr. Glentyre«, verkündete Bess.

»Weiß sie denn nicht, daß er um diese Zeit in der Bank ist?« fragte Zillah. »Ich denke, du führst sie am besten herein.«

Miss Appleyard trat in den Salon. Als sie uns sah, machte sie ein verlegenes Gesicht. »Ich wollte zu *Mr.* Glentyre.«

»Guten Tag, Miss Appleyard«, sagte ich.

Sie nickte mir zu und sah dann Zillah an – ziemlich gehässig, wie ich fand. »Ich wollte Mr. Glentyre sprechen«, wiederholte sie.

»Geht es um Bankgeschäfte? Er ist um diese Zeit in der Bank anzutreffen«, erklärte Zillah, während sie Miss Appleyard kühl musterte.

»Aber ich weiß, daß er häufig zu Hause ist.«

Woher weiß sie das? Aber sie gehört ja wohl zu den Frauen, die sich gerne in anderer Leute Angelegenheiten mischen, dachte ich.

»Können wir etwas für Sie tun?« erkundigte sich Zillah.

Miss Appleyard biß sich auf die Lippen, als habe sie eine schwere Entscheidung zu treffen. »Ich werde ein Wörtchen mit Mrs. Glentyre reden«, verkündete sie mit einem bedeutsamen Blick auf mich.

Ich sagte: »Ich lasse Sie allein.«

Miss Appleyard nickte zustimmend. Ich ging hinaus, neugierig, was das alles zu bedeuten hatte. Gut zehn Minuten später hörte ich Miss Appleyard das Haus verlassen, und ich kehrte zu Zillah ins Zimmer zurück. Sie saß auf dem Sofa und starrte vor sich hin. Sie wirkte verstört.

»Was wollte sie?« fragte ich.

»Sie war entrüstet wegen irgendwelcher ›Machenschaften‹. Ich weiß eigentlich gar nicht, wovon sie redete. Blöde alte Schachtel!«

»Sie hat dich ja ganz aus der Fassung gebracht.«

»Ach was. Ich kann bloß solche Weiber nicht ausstehen. Sie stecken ihre Nasen in anderer Leute Angelegenheiten und sind nur auf Ärger aus.«

»Warum wollte sie Vater sprechen?«

»Ach, es ging irgendwie um Geld. Ich weiß es nicht genau. Um jemanden in der Bank. Ich bin froh, daß dein Vater nicht zu Hause war. Er hat keine große Geduld in solchen Sachen.«

»Sie fand offensichtlich, es sei zu anstößig für meine Ohren.«

»Blödes altes Klatschweib! Wie spät ist es? Ich denke, ich gehe nach oben, nehme ein Bad und mache mich fertig. Sagst du Bescheid, daß man mir heißes Wasser bringt?«

»Sicher. Ist wirklich auch alles in Ordnung?«

»Natürlich – was denkst du denn?« Sie klang ein wenig gereizt, was für sie sehr ungewöhnlich war. Ich fragte mich, aus welchem Grund Miss Appleyards Besuch sie so aufgeregt hatte.

Ich ließ sie allein und sah sie erst beim Essen wieder, das wir an diesem Abend gemeinsam im Speisezimmer einnahmen.

Mein Vater gab sich huldvoll. Seine Besorgnis am Vorabend, als Zillah so spät zurückgekehrt war, hatte ihm zweifellos wieder einmal klargemacht, wieviel sie ihm bedeutete.

Sie bemerkte, er sehe müde aus, und wenn es am nächsten Morgen nicht besser sei, werde sie darauf bestehen, daß er den Tag in seinem Zimmer verbringe.

Er fügte sich achselzuckend und sah sie zärtlich an.

Welche Veränderung sie bei ihm bewirkte! Bei ihr war er ein anderer Mensch.

Sie hielt Wort. Das heißt: Am nächsten Tag bestand sie darauf, daß er zu Hause blieb. »Ihm fehlt weiter nichts«, sagte sie. »Er braucht bloß Ruhe.«

Am späten Vormittag klopfte Ellen an meine Zimmertür. »Miss Davina, ich muß Sie sprechen«, sagte sie. »Ich habe schlechte Nachrichten.«

»Schlechte Nachrichten?« wiederholte ich.

Sie nickte. »Von meiner Kusine. Meine Mutter ist schwer krank... sie hat nicht mehr lange zu leben. Ich muß zu ihr.«

»Selbstverständlich, Ellen.«

»Ich fahre noch heute, wenn ich darf, Miss. Um halb drei geht ein Zug nach London. Wenn ich den nehmen könnte...«

»Haben Sie schon mit Mrs. Glentyre gesprochen?«

»Sie ist beim Herrn oben. Ich wollte ihr natürlich Bescheid sagen, aber ich dachte, ich sag's Ihnen und frag', ob's recht ist.«

»Ich gehe zu ihr und sage ihr, daß Sie sie sprechen möchten. Unterdessen packen Sie Ihre Sachen. Hamish kann Sie zum Bahnhof bringen.«

»O danke, Miss Davina. Jetzt ist eine große Last von mir genommen.«

Ich ging zum Elternschlafzimmer und klopfte an. Zillah öffnete die Türe. Ich warf einen Blick auf meinen Vater, der im Morgenrock in seinem Sessel saß.

»Ellen hat schlechte Nachrichten«, sagte ich. »Ihre Mutter ist schwer krank. Sie muß noch heute nach London. Sie möchte dich sprechen.«

»Ach du meine Güte. Arme Ellen. Ich geh' sofort zu ihr. Wo ist sie?«

»In ihrem Zimmer, sie packt gerade.«

Ich entfernte mich, und sie drehte sich um und sagte etwas zu meinem Vater.

Ellen fuhr am Nachmittag ab.

An diesem Abend aß ich mit meinem Vater und Zillah. Er war im Morgenrock, doch Zillah hatte darauf bestanden, daß er ins Speisezimmer komme. Es werde ihm guttun, hatte sie gemeint.

»Sie behandelt mich wie ein Kind«, sagte mein Vater. Aber er schien damit einverstanden.

Zillah plauderte während des Essens lebhaft wie immer. Der Ruhetag schien meinem Vater gutgetan zu haben. »Das werden wir von nun an öfter machen«, verkündete Zillah.

Als wir mit dem Essen fertig waren, gelüstete es meinen Vater nach dem Glas Portwein, das er stets nach den Mahlzeiten zu sich nahm. Mr. Kirkwell war nicht da. Er pflegte sich nach dem letzten Gang zu entfernen und erst wieder zu erscheinen, wenn der Portwein serviert werden sollte. Heute waren wir offenbar früher fertig als sonst.

Ich sagte: »Ich hole dir den Portwein, Vater«, und ging zur Anrichte. In der Karaffe war nur noch wenig Wein. Während ich ein Glas einschenkte, kam Mr. Kirkwell herein.

»Ah«, sagte er, »Sie sind schon beim Portwein. Ich bitte um Verzeihung. Ich hatte festgestellt, daß die Karaffe fast leer war, und für den Fall, daß es nicht reichen sollte, habe ich eine neue Flasche aus dem Keller geholt. Ich habe sie in eine Karaffe umgefüllt. Hier ist sie. Ist noch genug Wein in Ihrer, Miss Davina?«

»Ja«, sagte ich, »möchtest du ein Glas, Zillah?«

»Heute abend nicht.«

Mr. Kirkwell sah mich fragend an. Ich schüttelte den Kopf. Er stellte die volle Karaffe neben die leere.

Als mein Vater seinen Portwein ausgetrunken hatte, sagte Zillah: »Wir ziehen uns zurück. Gute Nacht, Davina. Ich möchte nicht, daß dein Vater sich überanstrengt.«

Wieder warf er ihr diesen zugleich verzweifelten und liebevollen Blick zu.

Ich sagte gute Nacht und ging in mein Zimmer.

Es muß gegen zwei Uhr morgens gewesen sein, als es an meiner Türe klopfte. Ich sprang aus dem Bett, und Zillah kam herein. Sie war im Nachthemd, die Haare offen, barfüßig.

»Dein Vater«, sagte sie, »ist sehr krank. Ihm ist furchtbar übel, und er hat große Schmerzen. Ich denke, wir sollten nach Dr. Dorrington schicken.«

Ich tastete nach meinen Pantoffeln, zog meinen Morgenrock an und ging mit Zillah ins Elternschlafzimmer. Mein Vater lag mit aschfahlem Gesicht im Bett, er atmete schwer, seine Augen waren glasig. Er schien arge Schmerzen zu haben.

»Das ist wieder so ein schlimmer Anfall«, stellte ich fest.

»Schlimmer als die vorigen, glaube ich. Wir müssen den Doktor rufen.«

»Ich wecke Mr. Kirkwell. Er kann den Doktor holen. Um diese Nachtzeit können wir schwerlich ein Mädchen schicken.« Ich ging zum Zimmer der Kirkwells, klopfte und trat sogleich ein. Mr. Kirkwell war bereits dabei, aus dem Bett zu steigen.

»Es tut mir leid, daß ich Sie wecken muß«, sagte ich. »Mr. Glentyre ist sehr krank.«

Mr. Kirkwell, leicht verlegen, weil ich ihn im Nachthemd sah, schlüpfte hastig in seinen Morgenrock. Als wir hinausgingen, erhob sich Mrs. Kirkwell rasch, um uns zu folgen.

Mr. Kirkwell warf nur einen Blick auf meinen Vater und sagte dann, er werde sich rasch anziehen und den Arzt holen.

Mrs. Kirkwell hatte sich unterdessen zu uns gesellt. Sie konnte nichts tun – sowenig wie wir anderen.

Die Zeit schien uns lang, bis wir die Kutsche hörten, die Mr. Kirkwell und den Arzt brachte. Aber da war mein Vater schon tot.

Unter Anklage

Mit jener Nacht fing der Alptraum an. Die folgenden Wochen erscheinen mir heute, in der Erinnerung, ganz unwirklich. Ich hatte das Gefühl, in eine Welt des Horrors eingetreten zu sein. Dr. Dorrington war lange bei meinem Vater geblieben, und als er endlich herauskam, machte er ein sehr ernstes Gesicht. Er sagte nichts zu mir, sondern ging an mir vorbei, als habe er mich nicht gesehen. Er wirkte tief erschüttert.

Ich erfuhr bald, warum.

Kaum war er fort, da stürzte Zillah in mein Zimmer. Sie war ganz durcheinander und stammelte: »Er... hm... er meint, es könnte Gift gewesen sein.«

»Gift?«

»Er muß es genommen haben, oder...«

»Oder?«

»...es wurde ihm verabreicht.«

»Mein Vater soll vergiftet worden sein?«

»Der Doktor sagt, er werde eine Obduktion anordnen. Und eine gerichtliche Untersuchung.«

»Aber... warum? Er war doch krank. Sein Tod kam nicht unerwartet.«

Sie sah mich ängstlich an und schüttelte den Kopf. Dann sagte sie: »Wir haben nichts zu befürchten.« Nach einem eindringlichen Blick auf mich fügte sie hinzu: »Oder doch?«

»Aber das ist ja furchtbar! Warum... warum?«

»Es ist die übliche Prozedur, wenn jemand unter ungeklärten Umständen stirbt.«

»Es ist schrecklich«, sagte ich.

Sie legte sich zu mir ins Bett. Wir schliefen wenig in dieser Nacht und sprachen kaum. Sie war wohl ebenso in ihre entsetzlichen Gedanken vertieft wie ich in meine.

Am nächsten Tag holten sie den Leichnam meines Vaters ab. Die Zeitungen brachten dicke Schlagzeilen: *Mysteriöser Tod eines Edinburgher Bankiers. Autopsie der Leiche.*

Man redete überall darüber. Unser Haus war in der Stadt zum Gegenstand des allgemeinen Interesses geworden. Von meinem Fenster aus erspähte ich Passanten – es waren sehr viel mehr als sonst –, die stehenblieben, einen Blick aufs Haus warfen und zu den Fenstern starrten. Die Dienstboten flüsterten miteinander. Ich hatte das Gefühl, daß sie uns verstohlen beobachteten.

»Es ist schrecklich«, sagte Zillah. »Ich wünschte, sie würden sich beeilen und uns das Schlimmste wissen lassen. Ich halte diese Spannung nicht mehr aus.«

Der Tag der gerichtlichen Untersuchung wurde festgesetzt. Sämtliche Hausbewohner mußten anwesend sein. Viele sollten als Zeugen vernommen werden.

Die Dienstboten befanden sich in einem Zustand nervöser Spannung. Ihnen war bange zumute, dennoch genossen sie die Aufregung, im Mittelpunkt des Dramas zu stehen.

Dr. Dorrington sagte als erster aus. Er habe den Verdacht auf Gift gehabt, als er zu Mr. Glentyre kam und ihn tot vorfand. Danach wurden die beiden Ärzte befragt, die die Obduktion vorgenommen hatten. Dr. Dorrington habe recht gehabt, Mr. Glentyres Leichnam weise Spuren von Arsen auf. Sie hatten eine schwere Entzündung des Magens und anderer Eingeweide festgestellt, die auf ein scharfes Gift zurückzuführen sei. Leber und Mageninhalt befanden sich unterdessen zur weiteren Untersuchung in versiegelten Phiolen, doch es bestand nach Maßgabe beider Ärzte kein Zweifel, daß der Verstorbene Arsen in mehreren Dosen eingenommen habe oder daß es ihm verabreicht worden sei, vermutlich in Portwein, und daß dieses Gift die Todesursache sei.

Die Versammelten verharrten in Schweigen.

Man hatte eine ganze Menge herausgefunden. Es war bekannt, daß ich bei Henniker für einen Sixpence Arsen gekauft hatte. Der junge Mann, der mich bedient hatte, war mit seinem rot eingebundenen Buch erschienen, und darin standen mein Name und das Kaufdatum. Zuvor hatte er einem anderen Mitglied unseres Hauses, Hamish Vosper, für einen Sixpence Arsen verkauft. Man wollte wissen, wofür Hamish es gekauft habe. Hamish gab an, er habe es zur Bekämpfung der Ratten im Stall benötigt. Mrs. Vosper bestätigte, sie habe die Tiere ebenfalls gesehen. Sie habe auch gesehen, wie Hamish das Gift auslegte. Sie fügte hinzu, ihr habe die Vorstellung, Gift in ihrer Umgebung zu haben, nicht gefallen, doch die Ratten hätten ihr noch weniger behagt. Ein Stalljunge hatte die Ratten ebenfalls gesehen und Hamish beim Auslegen des Giftes beobachtet.

Dann kam ich an die Reihe. Man wollte wissen, wozu ich Arsen gekauft hatte. Ich erklärte, draußen vor der Küche seien Ratten gewesen. Eine sei im Mülleimer gesichtet worden. Wer außer mir die Ratte noch gesehen habe? Ich erklärte, daß nicht ich sie gesehen habe, sondern Ellen Farley, die mich auch gebeten habe, das Gift zu besorgen, weil sie an dem betreffenden Tag nicht abkömmlich war. Diese Ellen Farley arbeite nicht mehr im Hause. Wohin sie gegangen sei? Ich wußte es nicht, und ich konnte mich nicht mehr genau erinnern, an welchem Tag das war. Ich dachte, es war einen Tag – oder waren es zwei Tage? –, bevor mein Vater starb.

Ich sah die ungläubigen Blicke und spürte das Mißtrauen des Untersuchungsrichters.

Man fragte mich nach Schwierigkeiten mit meinem Vater. Ich sei mit einem Studenten verlobt gewesen, nicht wahr? Und habe mir gleichzeitig von einem Herrn aus Edinburgh den Hof machen lassen?

»Hm, ganz so ist es nicht. Wir sind nur heimlich verlobt.«

»Aber Ihnen gefiel es, zwei Eisen im Feuer zu haben?«

»So kann man das nicht sagen.«

»Ihr Vater hat gedroht, Sie zu enterben, wenn Sie Ihren Studenten heiraten?«

»Hm, tja...«

»War es so?«

»Ich denke schon.«

»Hat er unmißverständlich geäußert, daß die Beziehung mit dem Studenten enden müsse? Hatten Sie eine Auseinandersetzung?«

Sie wußten natürlich längst alles. Sie stellten die Fragen nur, um mich in eine Falle zu locken.

Hamish Vosper sagte aus, er habe nichts von Ratten in der Nähe der Küche gewußt. Sie hätten welche im Stall gehabt, und er sei ihnen mit Arsen zu Leibe gerückt. Ob er alles Arsen für die Ratten verbraucht habe? Ja. Man bekomme nicht gerade viel für einen Sixpence, und die Ratten seien sehr groß gewesen.

»Und Sie haben nie etwas davon gehört, daß sie auch in der Nähe des Hauses waren. Haben Sie Ellen Farley geraten, Arsen für die Ratten zu besorgen?«

Er machte ein bestürztes Gesicht und schüttelte den Kopf.

»Haben Sie mit Ellen Farley über Ratten gesprochen?«

»Nein, soweit ich mich erinnere. Ich habe sie nur einmal in der Küche erwähnt, und Mrs. Kirkwell war sehr aufgebracht.«

»War Miss Glentyre zugegen, als Sie die Ratten erwähnten?«

»Ja... ja, sie war dabei.«

Ich hatte das Gefühl, daß alle anklagend zu mir hinsahen. Zillah, die neben mir saß, drückte mir beruhigend die Hand.

Sie sah schön aus. Sie war ziemlich blaß, ihre adrett geflochtenen roten Haare lugten ein wenig unter dem schwarzen Hut hervor. Sie wirkte schrecklich traurig – die trauernde Witwe.

Man fragte Zillah nach dem Portwein. Ihr Mann habe nach dem Abendessen immer ein Glas getrunken, sagte sie. Er habe auch stets eine Flasche im Schlafzimmer gehabt, und wenn er nicht müde gewesen sei, habe er ein Glas getrunken. Das mache ihn schläfrig, habe er gesagt.

»Hat er an dem Abend, als er starb, Portwein getrunken?«

»Nicht im Schlafzimmer. Er war sehr müde. Und dann ist ihm übel geworden.«

»Aber nach dem Abendessen hat er ein Glas getrunken.«

»Ja.«

»War irgend etwas Besonderes mit dem Wein?«

»Etwas Besonderes? Ich… hm… ich verstehe nicht. Oh… die Karaffe war fast leer. Mr. Kirkwell, der Butler, kam mit einer frisch gefüllten herein.«

Mr. Kirkwell wurde in den Zeugenstand gerufen. Er schilderte, wie er festgestellt habe, daß nur noch wenig Wein in der Karaffe war, und daher hinuntergegangen sei, um eine neue Flasche zu holen. Als er zurückkam, hätte ich den Wein bereits eingeschenkt und meinem Vater das Glas gereicht.

»Was geschah mit dem Rest in der Karaffe?«

»Den habe ich weggeschüttet. Es war etwas Bodensatz darin, und ich dachte, den würden die Herrschaften nicht mögen«, antwortete Mr. Kirkwell.

»Wo ist die Karaffe?«

»Im Schrank. Wenn die Karaffen leer sind, werden sie gespült und weggestellt, bis wir sie wieder brauchen.«

Das Untersuchungsgericht kam einstimmig zu dem Schluß, daß mein Vater durch Verabreichung von Arsen gestorben war, und beantragte eine Anklage wegen Mordes gegen eine oder mehrere unbekannte Personen.

Als wir in der Kutsche nach Hause fuhren, weit zurückgelehnt, um nicht gesehen und erkannt zu werden, waren Zillah und ich wie gelähmt. Wir sagten nichts. Unsere Gedanken waren zu entsetzlich, um in Worte gefaßt zu werden.

Eine kleine Menschentraube hatte sich auf der Straßenseite gegenüber unserem Haus versammelt. Als die Kutsche hielt und wir ausstiegen, rückten die Leute etwas näher. Während wir zur Türe gingen, hörte ich eine Stimme »Mörderin« rufen. Es war furchtbar.

Wir zogen uns, jede für sich, in unsere Zimmer zurück. Ich legte mich aufs Bett und ging in Gedanken alles durch, was geschehen und was in dem bedrückenden Gerichtssaal gesagt worden war.

Wie war es dazu gekommen? Durch eine Folge von Ereignissen, die, zusammengefügt, ein Verdachtsmoment ergaben. Meine Beziehung zu Jamie. Was Jamie jetzt wohl dachte? Er würde bestimmt nicht an mir zweifeln. Mein Streit mit meinem Vater, der Wortwechsel, den die Dienstboten mit angehört hatten. Das simple Einschenken von einem Glas Portwein. Und dann natürlich das Belastendste von allem, der Kauf des Arsens. Es schien, als seien böse Geister am Werk, die mich zu vernichten trachteten und deswegen die scheinbar unbedeutendsten Handlungen in solche von größter Wichtigkeit verwandelten. Und wo war Ellen Farley, die hätte aussagen können, daß sie mich gebeten hatte, das Arsen zu kaufen? Ich konnte wahrhaftig glauben, ein böswilliges Schicksal habe die Krankheit ihrer Mutter bewirkt, damit Ellen verschwand, als es so wichtig für mich war, daß sie meine Aussage bestätigte.

Was hatten sie angedeutet? Daß ich Arsen gekauft hatte, um meinen Vater zu töten? Und alles nur, weil er gedroht hatte, mich zu enterben, wenn ich Jamie heiratete?

Mir war übel, und ich hatte große Angst.

An diesem Abend schrieb ich Lilias einen Brief. Unser Briefwechsel hatte mir stets Trost gebracht. Lilias hatte sich unterdessen mit ihrem Schicksal abgefunden und sich an das Dorfleben gewöhnt. Eine ihrer Schwestern war Gouvernante geworden, und Lilias war daheim in ihre Fußstapfen getreten.

Nun waren wir durch eine ähnliche Situation noch enger miteinander verbunden: Wir standen beide unter falschem Verdacht; denn ich war überzeugt, daß das Gericht der Meinung sei, ich hätte meinen Vater ermordet. Du übertreibst, versuchte ich mich zu beruhigen. Das können sie unmöglich von dir denken! Doch die böse Stimme in mir wollte nicht schweigen.

Ich schilderte Lilias die Einzelheiten, auch den Streit mit meinem Vater, seine Drohung, mich zu enterben.

…das Geld ist mir wirklich einerlei, Lilias. Und Jamie macht sich auch nichts daraus. Wir wollen doch nur zusammensein. Und wir wollten heiraten, sobald er ein wohlbestallter Rechtsanwalt wäre. Wir wollten in Edinburgh wohnen und eine Menge Kinder haben. So wünschte ich es mir. Doch nun ist da diese entsetzliche Geschichte… Und Ellen ist nicht da, um meine Aussage zu bestätigen. Käme sie doch nur zurück! Ansonsten weiß ich nicht, wer mich von diesem Verdacht entlasten soll. Ich fühle mich so hilflos, so verloren – wie in einer Schlangengrube…

Ja, es war tröstlich, Lilias zu schreiben. Es war fast, als redete ich mit ihr. Ich versiegelte den Brief, um ihn anderntags abzuschicken. Ich ging zu Bett, doch ich konnte nicht einschlafen. Szenen aus dem Gerichtssaal blitzten ständig vor meinen Augen auf. Ich hörte die Stimmen – die Fragen, die Antworten, die mir wie Verrat erschienen.
Zwei Tage später wurde ich auf Anordnung des Staatsanwalts unter der Anklage, meinen Vater ermordet zu haben, verhaftet.

In der schlimmen Zeit, die nun folgte, habe ich mir oft gesagt: Wenn dies nicht geschehen wäre, hätte ich Ninian Grainger nie kennengelernt.
Man brachte mich in einem geschlossenen Wagen fort. Mehrere Passanten sahen mich das Haus verlassen. Ich spürte ihre Erregung. Ich, Davina Glentyre, Tochter eines angesehenen Edinburgher Bankiers, stand unter Anklage, den Vater ermordet zu haben.
Wie war es dazu gekommen? Es begann, als Zillah zu uns kam – nein, schon früher, als Lilias entlassen wurde; denn ohne Lilias' Entlassung wäre Zillah nicht gekommen. Mein Vater hätte nicht

wieder geheiratet. Ich würde Lilias erzählt haben, daß ich das Arsen gekauft hatte. Vielleicht wäre sie mit mir zur Apotheke gegangen. Warum hatte ich es niemandem erzählt – vielleicht Zillah oder Jamie?

Man brachte mich in eine kleine Zelle. Und dort besuchte mich Ninian Grainger. Er war ein großer, sehr schlanker Mann von etwa achtundzwanzig Jahren. Er strahlte Autorität aus und gab mir, was ich damals am meisten brauchte: Zuversicht.

»Ich heiße Ninian Grainger«, stellte er sich vor. »Ihre Stiefmutter hat mich mit Ihrer Verteidigung beauftragt.«

Er war von Anfang an wohltuend freundlich, und bald schon spürte ich das Mitgefühl, das er mir entgegenbrachte – dem jungen Mädchen, das des Mordes angeklagt war, ohne sich recht in dieser Welt auszukennen. Er sagte, von dem Augenblick an, als er mich zum erstenmal gesehen habe, sei er von meiner Unschuld überzeugt gewesen. Dieses Vertrauen brauchte ich in dieser entsetzlichen Zeit mehr als alles andere, und ich werde es ihm nie vergessen.

Ich war sicher, daß er sich in seinem Auftreten sehr von den meisten anderen Advokaten unterschied. Er gab mir nicht nur Zuversicht – auch das beängstigende Gefühl, allein in einer feindlichen Welt zu sein, schwand allmählich. Schon nach unserer ersten Begegnung ging es mir etwas besser. Da er mir auch ein wenig von sich erzählte, war es fast wie eine Unterhaltung zwischen zwei Menschen, die im Begriff sind, Freunde zu werden. Sein Vater war der Seniorpartner der Kanzlei Grainger und Dudley. Eines Tages würde sie Grainger, Dudley & Grainger heißen.

»Ich bin seit fünf Jahren in meinem Beruf ... seit meinem Examen. Erinnern Sie sich an den Fall Orland Green? Nein, sicher nicht. Es sah sehr finster aus für Mrs. Orland Green, aber ich habe sie freibekommen, und darauf darf ich stolz sein. Ich erzähle Ihnen das alles, damit Sie nicht denken, man habe Ihnen einen blutigen Anfänger geschickt. Und nun zu den Fakten. Wir müssen die Leute von Ihrer Unschuld überzeugen. Sie werden eine Erklärung abgeben müssen. Über diese Erklärung möchte ich mit Ihnen sprechen. Leider haben Sie das Arsen gekauft, und diese Ellen Farley ist nicht da, um Ihre Geschichte zu bestätigen. Es würde uns ungeheuer helfen, wenn wir sie finden könnten. Ein Jammer, daß sie verschwunden ist. Aber keine Bange, wir werden sie finden… Wie lange ist sie bei Ihnen gewesen?«

»Ich weiß nicht genau, ob sie vor oder nach Zillah kam. Kurz vorher, glaube ich.«

»Zillah – das ist Ihre Stiefmutter? Eine sehr attraktive Frau. Ich weiß nicht, welchen Eindruck sie vor Gericht machen wird. Sie wird eine Hauptzeugin sein. Aber wir müssen diese Ellen Farley finden. Sie haben das Arsen gekauft und ihr gegeben, und damit war die Sache für Sie erledigt.«

»Ich weiß, daß sie mit dem Zug nach London gefahren ist. Hamish Vosper hat sie zum Bahnhof gebracht.«

»London ist eine große Stadt, aber es ist von größter Wichtigkeit, daß wir sie finden. Und nun erzählen Sie mir von dem Studenten.«

Ich schilderte ihm alles, wie Jamie und ich uns in den Gassen begegnet waren, bis zu Alastair McCraes Heiratsantrag.

»Sie haben Mr. McCrae nichts von Ihrer Verlobung mit dem Studenten erzählt?«

»Nein. Ich hatte Angst vor der Reaktion meines Vaters, und Jamie sagte, wir brauchten Zeit.«

»Ich verstehe. Und das war der Stand der Dinge, als Ihr Vater an Arsenvergiftung starb?« Mr. Grainger machte ein ernstes Gesicht. Ich sah ihm an, daß er dachte, es sehe sehr finster für mich aus. »So«, sagte er dann, »wir werden Ihre Erklärung ausarbeiten. Wir werden schlicht und einfach die Fakten präsentieren. Das wichtigste ist, Ellen Farley zu finden. Zunächst werde ich Ihre Stiefmutter aufsuchen.«

Er erhob sich, lächelte mich an und gab mir die Hand.

»Sie glauben mir, nicht wahr?«

Er sah mich ernst an und erwiderte: »Ich glaube Ihnen, und ich hole Sie hier heraus. Keine Angst!«

Während ich auf meinen Prozeß wartete, sah ich Ninian Grainger häufig. Er gab mir mehr Halt als irgend jemand sonst, und es bedeutete mir sehr viel, daß er an meine Unschuld glaubte. Doch als ich meine Erklärung zu den Umständen betrachtete, die zu der Tragödie geführt hatten, sah ich selbst, daß vieles auf meine Schuld hinzuweisen schien.

Die aber mußte erst bewiesen werden. Und ich wartete auf meinen Prozeß, der zwei Monate nach meiner Verhaftung beginnen sollte. Jeder zu Ende gegangene Tag war eine Erleichterung, weil damit die Verhandlung näher rückte; ich konnte es nicht erwarten, alles hinter mir zu haben.

Ich durfte Besuch bekommen, aber ich war nie mit meinen Besuchern allein. Eine Frau mit stechenden Augen saß wachsam in einer Ecke und beobachtete mich die ganze Zeit. Sie war nicht gerade unfreundlich, aber unpersönlich. Ich wußte nicht, ob sie mich für eine Mörderin hielt oder für das unschuldige Opfer eines unseligen Schicksals. Sie sorgte bis zu einem gewissen Grade für mein leibliches Wohl, aber sie war ohne Herzlichkeit. Ich sah sie allmählich wie einen leblosen Gegenstand, und das hatte sein Gutes, da es mir dadurch möglich wurde, freier mit meinen Besuchern zu sprechen.

Zillah war voller Anteilnahme. »Eine schreckliche, schreckliche Geschichte«, sagte sie. »Aber es muß gut ausgehen, Davina. Dein sehr netter Anwalt meint das auch. Er war mehrmals bei mir. Er setzt alles daran, Ellen zu finden.«

»Aber London ist eine große Stadt«, zitierte ich Ninian Grainger.

»Ja, leider. Mr. Grainger ist dort gewesen. Er hat eine Anzeige in die Zeitung gesetzt, um Ellen vielleicht so auf die Spur zu kommen. Er wird alles tun, um deinen Freispruch zu erwirken. Natürlich, er möchte sich beweisen. Doch das ist es nicht allein. Er glaubt wirklich an deine Unschuld.«

»Zillah, was gibt's zu Hause?«

»Es ist entsetzlich. Sie rennen nach draußen, um die Zeitungen zu holen, sobald sie die Jungen auf der Straße hören. Sie hoffen immer auf Neuigkeiten.«

»Hast du Jamie gesehen?«

»Er war bei uns zu Hause, vollkommen verzweifelt. Ich denke, er wird dich besuchen kommen. Er wußte nicht, ob es richtig sei. Die Geschichte hat ihn sehr mitgenommen.«

»Wen nicht?«

»Ich wünschte, ich könnte etwas tun.«

»Man wird dir eine Menge Fragen stellen, Zillah.«

»Ich weiß. Ich habe Angst davor.«

»Ich sehne es herbei. Das Warten ist fürchterlich. Ich möchte es hinter mich bringen, auch wenn …«

»Sprich es nicht aus«, sagte Zillah. »Ich kann's nicht ertragen.«

Wir saßen uns vorschriftsmäßig an einem Tisch gegenüber, und die Wärterin saß in ihrer Ecke.

Zillah nahm meine Hände. »Ich denke die ganze Zeit an dich«, sagte sie. »Es muß alles gut werden. Es *muß*. Alle müssen erkennen, daß du so etwas unmöglich tun konntest.«

Jamie kam mich besuchen. Er schien ein anderer Mensch zu sein. Jeglicher Frohsinn war von ihm gewichen. Er war bleich und hatte Schatten unter den Augen.

»Davina!« sagte er.

»O Jamie, ich bin so froh, daß du gekommen bist.«

»Es ist schrecklich.«

»Ja.«

»Wie wird es ausgehen?«

»Wir müssen abwarten. Der Anwalt ist sehr zuversichtlich.«

Er legte die Hand an die Stirn, so daß seine Augen bedeckt waren. »Davina, man erzählt sich die schlimmsten Sachen.«

»Ich weiß.«

»Du hast Arsen gekauft. Du hast dich in das Buch eingetragen, mit Datum und allem, und kurz danach ist dein Vater gestorben.«

»Jamie, ich habe alles erklärt.«

»Die Leute sagen...«

»Ich kann mir denken, was sie sagen, aber Ninian Grainger wird beweisen, daß sie unrecht haben. Er wird ihnen die Augen öffnen, so daß sie die Wahrheit sehen.«

»Wird ihm das gelingen?«

»Natürlich, Jamie. Ich glaube, du denkst auch... daß ich es getan habe.«

Er zögerte ein wenig zu lange, ehe er widersprach.

»Und deine Familie?« fragte ich. »Was denken sie?«

Er biß sich auf die Unterlippe und antwortete nicht.

»Ich nehme an, es ist nicht gut für einen Pastor, in so eine Sache verwickelt zu sein, und sei es nur aus der Ferne.«

»Oh«, sagte er nach einer Pause, »das ist für niemanden gut, nicht wahr?«

»Es tut mir leid, Jamie, es tut mir so leid, dich da hineingezogen zu haben.«

Er sagte: »Man wird mich bei der Verhandlung als Zeuge vernehmen. Alle reden darüber. Meine Kommilitonen... sie denken, ich weiß etwas. Es ist schrecklich.«

»Ja, uns beiden ist Schreckliches zugestoßen. Aber Mr. Grainger ist sicher, daß es gut ausgehen wird.«

»Die Leute werden sich aber immer daran erinnern, nicht?«

Ich starrte ihn entsetzt an. Daran hatte ich bisher noch nicht gedacht. Ich glaubte, sobald Ninian Grainger das Gericht von meiner Unschuld überzeugt hätte, sei der Fall erledigt. Ich würde nach Hause zurückkehren, Jamie heiraten, und die ganze Geschichte sei nur noch wie ein Traum... und kein ständig wiederkehrender Alptraum.

Jamie hatte sich verändert. Er war distanziert, nicht mehr der warmherzige Liebende, den ich gekannt hatte. Was immer er sagte, er hatte einen Zweifel in seinem Herzen. Ich wich vor ihm zurück. Er merkte es, aber er konnte seine wahren Gefühle nicht verbergen. Sein Zweifel hing zwischen uns wie eine Wolke, und mich traf die bittere Erkenntnis, daß seine Liebe zu mir nicht stark genug war, um diese Prüfung zu ertragen. Jamies Besuch hatte mich noch trauriger gemacht.

Alastair McCrae besuchte mich nicht. Ich vermute, er gratulierte sich dazu, nicht so tief in die Angelegenheit verwickelt zu sein, daß das Schlaglicht der Öffentlichkeit sich auch auf ihn richtete; und er sorgte dafür, daß es dabei blieb.

Mein Fall wurde vor dem Obersten Zivilgericht verhandelt. Ich war wie betäubt. Der Gerichtssaal war überfüllt, und ich fühlte die prüfenden Blicke aller Anwesenden auf mir. Ich war von Ninian Grainger auf das vorbereitet worden, was ich zu erwarten hatte. Ich würde an der Schranke stehen, der Staatsanwalt würde die Klage vortragen, danach würde die Verteidigung sich bemühen, den Beweis zu erbringen, daß die Anklage zu Unrecht erhoben worden sei.

Ich war so aufgewühlt, daß meine Gefühle unmöglich zu beschreiben sind. Sie wechselten von einer Minute zur anderen. Unschuld ist die beste Verteidigung. Sie macht Mut. Wenn man die Wahrheit sagt, wird sie sich behaupten. An diesem Gedanken versuchte ich mich die ganze Zeit zu orientieren. Die Wahrheit ist der größte Verbündete.

Ich sah mir die Geschworenen an, die über mein Schicksal entscheiden würden, und ihre Gesichter gaben mir Zuversicht.

Selbst jetzt, nachdem ich wochenlang auf diesen Tag gewartet hatte, besaß das Ganze etwas Unwirkliches. Ich, Davina Glentyre, das junge Mädchen, das mit seiner Mutter zur Kirche gegangen war, stand nun vor Gericht, des Mordes an meinem Vater angeklagt.

Es war still im Gerichtssaal, als die Anklage verlesen wurde. »Davina Scott Glentyre, Gefangene im Gefängnis von Edinburgh, auf Veranlassung des Advokaten Ihrer Majestät sind Sie angeklagt, den Gesetzen dieses Landes und jedes anderen ordentlich regierten Reiches zuwidergehandelt zu haben. Die gemeine, verbrecherische Verabreichung von Arsen oder anderen Giften zum Zwecke der Ermordung ist ein abscheuliches Verbrechen und muß schwer geahndet werden. Sie, Davina Scott Glentyre, haben sich besagten Verbrechens schuldig gemacht...«

Es folgten detaillierte Angaben, die gegen mich sprachen. Am schwerwiegendsten war natürlich der Kauf des Arsens mit meinem Eintrag in das Giftregister.

Dann wurden die Zeugen aufgerufen.

Dr. Dorrington schilderte, wie Mr. Kirkwell, der Butler, ihn in den frühen Morgenstunden geholt hatte. Er sei nicht überrascht gewesen, da Mr. Glentyre seit einigen Monaten an Gallenanfällen litt. Er habe vermutet, es handle sich auch diesmal um einen solchen, vielleicht ernster als die vorhergehenden, und habe es eigentlich für unnötig befunden, daß man ihn zu dieser Stunde rief. Als er jedoch ins Haus kam, sei er erschüttert gewesen, Mr. Glentyre tot vorzufinden.

»Haben Sie ihn untersucht?«

»Ja, aber ich sah sofort, daß ich nichts mehr für ihn tun konnte.«

»Hatten Sie einen Verdacht auf Gift?«

»Ich fand seinen plötzlichen Tod etwas ungewöhnlich.«

Es folgten weitere Ärzte. Dr. Camrose, Professor der Chemie an der Universität, hatte bestimmte Organe des Verstorbenen untersucht und eindeutige Spuren von Arsen gefunden. Der nächste Arzt, der aufgerufen wurde, bestätigte diesen Befund. Er sagte, die letzte Dosis, die zum Tode geführt habe, sei offensichtlich in Portwein genommen worden. Doch die Arsenspuren im Körper wiesen darauf hin, daß das Gift über längere Zeit genommen worden sei.

Es folgte eine Reihe wissenschaftlicher Aussagen, die außer den Fachleuten wohl niemand verstand; jedenfalls war auch ihnen zu entnehmen, daß mein Vater an Arsenvergiftung gestorben war und das Gift in kleineren Mengen über einen längeren Zeitraum zu sich genommen hatte.

Die Ärzte wurden gefragt, ob es eine verbreitete Gepflogenheit sei, Arsen zu nehmen.

»Man sagt ihm verjüngende Kräfte nach«, erwiderte einer. Er kenne Männer, die es aus diesem Grunde nähmen. Auch Frauen nähmen es hier und da, weil es gut für die Haut sein solle. Es sei allerdings eine gefährliche Prozedur.

Schließlich traten die Leute, die ich kannte, in den Zeugenstand. Ich beobachtete sie aufmerksam. Es war seltsam für mich, sie in dieser Situation zu sehen, aber ich nahm an, es war noch seltsamer für sie, mich vor Gericht zu sehen – in einem Mordprozeß!

Nie würde man auf den Gedanken verfallen, daß einem selbst so etwas zustoßen könnte. Und nun waren wir alle hier, Menschen, die sich seit Jahren kannten, einfache, gewöhnliche Menschen, hier, im Mittelpunkt eines Dramas, und ganz Schottland sah uns zu, und vielleicht würde es auch jenseits der Grenze bekannt. Es ging um mein Leben!

Mr. Kirkwell wurde darüber befragt, wie er am frühen Morgen von mir geweckt worden war und eiligst den Doktor geholt hatte.

»Sind Sie in das Zimmer gegangen, wo Mr. Glentyre im Sterben lag?«

»Ja, Sir.«

»Erschien es Ihnen merkwürdig, daß Mr. Glentyre so krank war?«

»Er hatte schon ein, zwei derartige Anfälle gehabt. Ich dachte, dies sei auch so einer, nur schlimmer.«

Mrs. Kirkwell trat nach ihrem Mann in den Zeugenstand.

»Mrs. Kirkwell, Sie waren besorgt wegen der Ratten, die in der Nähe des Hauses aufgetaucht waren, nicht wahr?«

»Ja, Sir. Sie waren im Stall. Ich hatte nie welche im Haus, Sir.«

»Haben Sie welche in der Nähe des Hauses gesehen?«

»O nein. Das hätte ich nicht ertragen. Ratten in der Nähe meiner Küche! Gräßliche Geschöpfe. Ekelhaft. Hamish sagte mir, sie seien im Stall. Aber er hat ihnen mit Arsen den Garaus gemacht.«

»War jemals die Rede davon, Arsen zu besorgen, weil er sie in der Nähe der Küchentür gesehen hatte?«

»Davon ist mir nichts zu Ohren gekommen, Sir. Ich wußte nicht, daß sie im Mülleimer waren. Ich wäre außer mir gewesen, wenn ich es gehört hätte, das kann ich Ihnen sagen.«

»Sie hätten sich also zweifellos erinnert. Jetzt möchte ich, daß Sie etwas weiter zurückdenken. Ein junger Mann, ein Mr. James North, verkehrte im Haus, nicht wahr?«

»Ja. Er war ein-, zweimal da. Er war in Miss Davina verliebt.«

»Und Mr. Glentyre wollte von dem jungen Mann nichts wissen. Ist das wahr?«

»Ich glaube nicht, daß er was gegen ihn hatte, aber er war arm, nicht gerade das, was Mr. Glentyre für sie im Sinn hatte.«

»Und gab es eine Szene?«

»Nun ja, Sir, ich war zufällig mit Bess – das ist ein Hausmädchen – auf der Treppe. Die Tür vom Studierzimmer ging auf. Ich hörte sie schreien, und Miss Davina stürmte heraus. Er wollte sie enterben, wenn sie Mr. North heiratete.«

»Und Miss Davina – war sie verärgert?«

»Oh, schrecklich. Sie hat ihn angeschrien. Sie sagte, er könne sie ruhig enterben. Sie werde es sich trotzdem nicht anders überlegen… oder so ähnlich.«

Ninian erhob sich und sagte: »Haben Sie die privaten Gespräche Ihres Brotherrn oft belauscht, Mrs. Kirkwell?«

»Nein, Sir. Ich war bloß zufällig…«

»Bloß zufällig zur Stelle, als Miss Davina aus dem Studierzimmer stürmte – ich glaube, so sagten Sie – und in ihr Zimmer rannte. Wann haben Sie alle die Äußerungen gehört? Es können nur wenige Sekunden gewesen sein. Und doch wollen Sie in dieser Zeit gehört haben, daß Mr. Glentyre sie enterben wollte und sie sagte, es sei ihr gleichgültig.«

»Ich hab's nun mal gehört.«

»Ich nehme an, Sie haben Stimmen gehört, und später haben Sie sich eingebildet, diese Worte vernommen zu haben.«

»Nein, nein.«

Ninian lächelte und sagte: »Keine weiteren Fragen.«

Mit rotem Gesicht und entrüsteter Miene ging Mrs. Kirkwell an ihren Platz zurück.

Hamish kam als nächster an die Reihe. Er sah nicht ganz so unbekümmert drein wie sonst. »Ich bin Hamish Vosper«, sagte er, »der Kutscher des verstorbenen Mr. Glentyre. Anfang dieses Jahres sah ich eine Ratte im Stall. Ich habe in Hennikers Apotheke für einen Sixpence Arsen gekauft und bin so in einer Woche drei Ratten losgeworden.«

»Haben Sie es vor den Dienstboten in der Küche erwähnt?«

»Ja.«

»Vor Mrs. Kirkwell und den Mädchen? War noch jemand anwesend, als Sie über die Wirksamkeit von Arsen sprachen?«

Er sah zu mir hinüber und zögerte.

»War Miss Glentyre zugegen?«

»Hm, ja.«

»Hat sie Interesse bekundet?«

»Ich... ich kann mich nicht erinnern.«

»Hat das Hausmädchen Ellen Farley Ihnen erzählt, daß sie eine Ratte in der Nähe der Küche im Mülleimer gesehen hatte?«

»Nein.«

»Hat Miss Farley überhaupt mit Ihnen über Ratten gesprochen?«

»Nicht daß ich wüßte. Wir haben nicht viel miteinander geredet. Sie war nicht sehr gesprächig.«

»Sind Sie ganz sicher, daß sie Ihnen nichts davon erzählt hat, daß sie eine Ratte aus dem Mülleimer springen sah?«

»Wenn sie's getan hat, kann ich mich nicht daran erinnern.«

»Keine weiteren Fragen.«

Ninian erhob sich. »Mr. Glentyre war mit Ihren Diensten als Kutscher zufrieden?«

Hamish warf sich in die Brust. »O ja, er hielt große Stücke auf mich.«

»So große, daß Sie die Stelle Ihres Vaters einnahmen?«
»O... ja.«
»Ausgezeichnet«, sagte Ninian. »Und Sie waren natürlich stolz auf Ihre Tüchtigkeit?«
Hamish strahlte. Ich sah ihm an, daß er die Szene genoß.
»Sie gehen gerne abends mit Ihren Freunden aus?« fuhr Ninian fort.
»Was ist schon dabei?«
»Ich stelle hier die Fragen, bitte merken Sie sich das. Es ist nichts dabei, es sei denn, Sie benutzen die Kutsche der Glentyres für diese Ausflüge – ohne Erlaubnis Ihres Brotherrn.«
Hamish errötete.
»Haben Sie das gelegentlich getan?« hakte Ninian nach.
»Ich... ich kann mich nicht erinnern.«
»Sie können sich nicht erinnern? Dann will ich Ihnen versichern, daß Sie es getan haben, und ich kann dafür Beweise beibringen. Aber Sie haben kein gutes Gedächtnis. Sie haben es vergessen. Könnten Sie auch vergessen haben, daß Ellen Farley Ihnen gegenüber erwähnte, sie habe eine Ratte im Mülleimer gesehen, und daß Sie ihr empfahlen, Arsen einzusetzen, das sich als wirksam erwiesen hatte?«
»Ich... ich...«
»Keine weiteren Fragen.«
Es war Ninian gelungen, Zweifel an der Verläßlichkeit von Hamishs Aussagen in die Köpfe der Geschworenen zu säen; und Hamish war immerhin ein Hauptzeuge.
Zillah machte vor Gericht einen guten Eindruck. Ich hatte jedoch das Gefühl, daß die Zillah im Zeugenstand nicht dieselbe Zillah war, die ich kannte. Sie sah sogar anders aus. Ganz in Schwarz, mit bleichem Gesicht, das Haar unter dem schwarzen Schleierhut schlicht frisiert, bot sie das Bild der jungen, schönen und einsamen Witwe, die, plötzlich des liebenden Gatten beraubt, verwirrt in eine grausame Welt hinaussieht, die ihr mit einem Schlag den Ehemann genommen und ihre Stieftochter auf die Anklagebank gebracht hat.

Sie war eine exzellente Schauspielerin und genoß es wie alle Leute ihres Faches, vor einem Publikum aufzutreten. Andererseits spielte sie die Rolle so gut, daß man es ihr nicht anmerkte – sie wirkte vollkommen echt.

Ich glaube, sie hatte meinen Vater wirklich gern gehabt. Sie war immer sehr liebevoll zu ihm gewesen; seine Krankheit schien sie ernstlich zu bekümmern. Sie hatte ihn die letzten Monate seines Lebens glücklich gemacht. Und doch hatte ich meine Zweifel...

Der Richter war sichtlich von ihr eingenommen – ebenso, denke ich, das ganze Gericht. Ihre Schönheit wurde durch die Schlichtheit ihres Kleides und ihr still-tragisches Auftreten noch mehr hervorgehoben.

»Mrs. Glentyre«, sprach der Richter mit sanfter Stimme, »können Sie uns schildern, was in jener tragischen Nacht geschah?«

Sie berichtete, daß ihr Mann sich tags zuvor nicht wohl gefühlt hatte, weswegen sie darauf bestanden habe, daß er zu Hause blieb.

»War er sehr krank?«

»Überhaupt nicht. Ich dachte einfach, er sollte einen Tag ausruhen.«

»An diesem Abend trank er nach dem Essen ein Glas Portwein?«

»Ja.«

»Der Wein befand sich in einer Karaffe auf der Anrichte?«

»Ja.«

»Ihre Stieftochter, Miss Davina Glentyre, erbot sich, den Port einzuschenken?«

»Ja. Daran war nichts Ungewöhnliches. Mr. Kirkwell, der Butler, war ja nicht im Zimmer.«

»Gewöhnlich war er aber zugegen?«

»Hm... ja, meistens. Aber er war gegangen, um eine neue Karaffe zu holen.«

»Sie haben an diesem Abend keinen Wein getrunken?«

»Nein.«

»Und Ihre Stieftocher auch nicht?«

»Keine von uns. Wir trinken selten Wein.«

»Dann bekam allein Mr. Glentyre sein Glas aus der Karaffe, aus der Miss Glentyre einschenkte?«

»Ja.«

»Wußten Sie, daß zwischen Ihrem Gatten und seiner Tochter eine Auseinandersetzung stattgefunden hatte wegen ihres Entschlusses, einen jungen Mann zu heiraten?«

»Ja, aber ich dachte, es sei nichts Ernstes.«

»Er hatte aber gedroht, sie zu enterben.«

»Ich dachte, das sei bloß eine kleine Meinungsverschiedenheit gewesen, die sich bald legen würde.«

»Hat er mit Ihnen darüber gesprochen?«

Sie hob die Schultern. »Kann sein, daß er es erwähnt hat.«

»Wünschte er, daß sie einen anderen heiratete?«

»Eltern haben immer Pläne für ihre Kinder. Ich meine, es war alles noch ziemlich unklar.«

»Hat Ihre Stieftochter mit Ihnen über diese Angelegenheit gesprochen?«

»O ja. Wir sind gute Freundinnen. Ich habe mich bemüht, ihr eine Mutter zu sein.«

»Eher eine Schwester, stelle ich mir vor«, sagte der Richter lächelnd, womit er sich gestattete, sie seine Bewunderung ein wenig spüren zu lassen. »Und Sie haben mit ihr über diese Sache gesprochen? Hat sie etwas davon gesagt, daß sie über ihren Vater verbittert war?«

»Nein, überhaupt nicht. Ich habe sie überzeugt, daß am Ende alles gut werden würde. Eltern sind oft mit den Heiratsabsichten ihrer Kinder nicht einverstanden.«

Dann war Ninian an der Reihe, Zillah zu befragen. »Sie und Ihre Stieftochter wurden rasch gute Freundinnen?«

»O ja.«

»Soviel ich weiß, kamen Sie ursprünglich als Gouvernante.«

»Das stimmt.«

»Und binnen kurzem haben Sie den Herrn des Hauses geheiratet.«

Ich merkte, daß sie das Gericht auf ihrer Seite hatte. Es war zauberhaft romantisch und die natürlichste Sache der Welt, daß der Herr des Hauses von ihren Reizen hingerissen war. Eine glückliche Fügung für die Gouvernante, aber ach, wie tragisch war ihr Glück plötzlich zu Ende gegangen!

»Wir haben gehört, daß im Leichnam Ihres Mannes Spuren von Arsen gefunden wurden. Haben Sie eine Ahnung, wie es dahinein geraten ist?«

»Ich kann nur sagen, er muß es selbst genommen haben.«

»Sie haben gehört, daß manche Leute Arsen für bestimmte Zwecke nehmen. Halten Sie es für möglich, daß Ihr Mann zu diesen Leuten gehörte?«

»Hm... möglich ist es.«

»Warum sagen Sie das?«

»Er hat mir einmal erzählt, daß er vor einiger Zeit kleine Dosen Arsen genommen habe.«

Spannung lag über dem Gerichtssaal. Alle sahen Zillah an. Auch ich war ergriffen. Mein Vater... er hatte Arsen genommen!

»Hat er gesagt, zu welchem Zweck?«

»Er meinte, er fühle sich danach besser. Dann sagte ihm jemand, daß es gefährlich sei, und darauf hat er es wohl gelassen.«

»Hat er Ihnen gesagt, woher er das Arsen bekam?«

»Ich habe ihn nicht danach gefragt. Er fuhr manchmal ins Ausland. Dort hätte er es sich beschaffen können. Er war vor ein paar Jahren geschäftlich auf dem Festland. Da könnte er es besorgt haben.«

»Hat er das gesagt?«

»Nein. Ich habe nicht daran gedacht, ihn zu fragen. Ich war nur verwundert, daß er es genommen hatte.«

»Das könnte ein wichtiger Beweis sein. Warum haben Sie es vorher nicht erwähnt?«

»Es ist mir erst wieder eingefallen, als Sie gefragt haben.«

»Sind Sie beim Tod Ihres Gatten nicht auf den Gedanken gekommen, daß er das in seinem Körper gefundene Arsen freiwillig genommen haben könnte?«

»Nein… erst jetzt.«

»Und jetzt glauben Sie, es sei möglich?«

»O ja.«

Es war sehr still im Gerichtssaal. Ich hatte das Gefühl, daß sie log. Ich konnte nicht glauben, daß mein Vater Arsen genommen hatte. Es stimmte, daß er vor ein paar Jahren geschäftlich im Ausland gewesen war. War es möglich, daß er sich das Arsen damals beschafft hatte? Was wußte ich denn von seinem Geheimleben? Vieles hatte sich mir unlängst enthüllt, aber es gab wohl noch eine Menge, wovon ich keine Ahnung hatte.

Ich spürte Ninians Erregung.

Der Staatsanwalt hatte noch weitere Fragen an Zillah. »Falls Ihr Mann einen heimlichen Vorrat Arsen im Haus hatte, wo würde er es aufbewahrt haben?«

»Das weiß ich nicht. Er hatte ein Schränkchen, wo er bestimmte Arzneien verwahrte.«

»Haben Sie dort jemals Arsen gesehen?«

»Ich schaue fast nie hinein. Ich hatte keinen Grund dazu. Ich glaube nicht, daß er es mit ›Arsen‹ beschriftet hätte, wenn es dort gewesen wäre.«

»Ist das Schlafzimmer nach Mr. Glentyres Tod nicht untersucht worden?«

»Ich glaube doch.«

»Dabei wurde kein Arsen gefunden. Wenn er es genommen hätte, wäre es da nicht merkwürdig, daß sich im Zimmer keine Spur davon fand?«

»Das weiß ich nicht.«

Der Staatsanwalt war verblüfft, und ich sah Ninians triumphierende Miene. Ich hätte froh sein sollen, da die Möglichkeit bestand, daß mein Vater Selbstmord begangen hatte. Aber war es auch wahr? Hatte Zillah in dem Versuch, mich zu retten, diese Geschichte erfunden?

Der erste Tag war vorüber. Ich ahnte, daß noch viele folgen würden.

An diesem Abend kam Ninian mich besuchen. Er war in Hochstimmung. »Das war der Durchbruch«, sagte er. »Hierauf müssen wir aufbauen. Wenn wir beweisen können, daß er das Zeug selbst genommen hat, haben wir die Lösung. Es ist plausibel. Ein nicht mehr junger Mann, verheiratet mit einer schönen jungen Frau. Natürlich will er seine Körperkräfte steigern. Er möchte wieder jung sein, und so greift er zu diesem Mittel.«

»Ich kann nicht glauben, daß mein Vater Arsen genommen hat.«

»Man weiß nie, was ein Mensch alles tut. Wenn wir nur diese Ellen Farley finden könnten, auf daß sie bestätigt, daß sie Sie gebeten hat, das Arsen zu kaufen. Dann wären Sie sofort von jedem Verdacht gereinigt und könnten nach Hause enteilen. Wenn ich nur eine Ahnung hätte, was aus der Frau geworden ist. Es ist nicht leicht, jemanden in London aufzuspüren, zumal wenn man so wenige Informationen hat. Wäre es eine Kleinstadt oder ein Dorf, hätten wir sie längst gefunden. Man sucht natürlich nach ihr. Aber ich hatte mir gedacht, daß irgend etwas ans Licht kommen werde. Ihre Stiefmutter war eine großartige Zeugin. Ich habe das Gefühl, daß sie Ihnen unbedingt helfen will.«

»Ja, das glaube ich auch.«

Er nahm meine Hände und hielt sie fest. »Kopf hoch«, sagte er. »Wir werden es schaffen.«

Ich dachte: Zillah ist meine Freundin, und doch weiß ich nie, was in ihr vorgeht. Dagegen wußte ich nur zu gut, was in Jamie vorging. Seine Liebe war nicht stark genug, um dieser Prüfung standzuhalten.

Am nächsten Tag wurde Jamie als Zeuge vernommen.

»Sie haben Miss Glentyre zufällig auf der Straße kennengelernt?« wurde er gefragt.

»Ja. Sie hatte sich verlaufen.«

»Aha. Und sie wandte sich an Sie um Hilfe?«

»Hm... ich sah, daß sie sich verirrt hatte.«

»Sie brachten sie nach Hause und verabredeten sich zu einem Wiedersehen?«

»Ja.«

»Und dann haben Sie sich verlobt?«

»Nicht offiziell.«

»Weil Sie als Student außerstande waren, eine Frau zu ernähren?«

»Ja.«

»Was hat Miss Glentyre Ihnen über ihren Vater erzählt?«

»Daß er ihr verboten hat, sich mit mir zu treffen.«

»Aber sie tat es weiterhin?«

»Ja.«

»Hielten Sie das für anständig?«

»Ich fand es bedenklich.«

»Es war Ihnen zuwider, Mr. Glentyre zu hintergehen?«

»Ja.«

»Aber Miss Glentyre beharrte darauf?«

Ninian war aufgesprungen. »Einspruch«, sagte er. »Miss Glentyre konnte den Zeugen nicht zum Stelldichein zwingen. Er mußte aus freien Stücken hingehen.«

»Eine energische junge Dame«, sagte der Richter. »Aber der Mann war verliebt. Das Gericht wird berücksichtigen, daß er aus freien Stücken zu den Verabredungen gegangen ist, wie Mr. Grainger feststellt.«

Die Befragung wurde fortgesetzt. »Was haben Sie vorgeschlagen, wie Sie die Sache handhaben wollten?«

»Wir sollten warten, bis ich meine Ausbildung beendet habe.«

»Das wäre frühestens in zwei Jahren?«

»Ja. Miss Glentyre schlug vor, daß wir durchbrennen.«

Ich sah das Bild vor mir, das sich der Ankläger von mir machte: eine energische junge Frau, die genau weiß, was sie will, und entschlossen ist, es sich zu verschaffen, auch wenn dies bedeutet, dem Wunsch ihres Vaters zuwiderzuhandeln und mit ihrem Liebhaber durchzubrennen… oder aber ihren Vater zu ermorden.

»Und Sie haben diesem Vorschlag nicht zugestimmt?«

»Ich wußte, daß er sich nicht verwirklichen ließ.«

»Weil Sie kein eigenes Geld besaßen. Alles, was Sie hatten, kam von Ihrer Familie, und sollte Miss Glentyre enterbt werden, wie ihr Vater gedroht hatte, dann hätte sie auch nichts gehabt.«

Mir wurde übel. Ich betete, er möge aufhören. Ich wußte, Jamie bedauerte längst, daß wir uns je begegnet waren, und das war eine sehr grausame Erkenntnis für mich.

Dann war es an Ninian, Jamie zu vernehmen. »Haben Sie mit Miss Glentyre vom Heiraten gesprochen, bevor Sie wußten, daß ihr Vater gegen die Verbindung war?«

»Ja.«

»Glauben Sie, daß sie, weil es ihr gleichgültig war, ob Sie arm oder reich sein würden, ihre Treue beweisen wollte, indem sie bereit war, ein paar Jahre Mühsal auf sich zu nehmen, bevor Sie in Ihrem Beruf Fuß fassen konnten?«

»Ja, das nehme ich an.«

Das war alles, was er von Jamie wissen wollte, und ich fragte mich, ob wir das durch Zillahs Aussage gewonnene Terrain wieder verloren hatten.

Zwei weitere Tage zogen sich hin. Das Kommen und Gehen der Zeugen hielt an. Es kamen noch mehr Ärzte zu Wort, deren wissenschaftliche Begriffe ich zwar nicht verstehen konnte, doch ich fühlte, daß es nicht gut für mich stand.

Über Ellens Aufenthaltsort war immer noch nichts zu erfahren.

Doch dann geschah etwas Erfreuliches. Ninian besuchte mich,

und ich sah ihm gleich an, daß er aufgeregt war. Er setzte sich mir gegenüber und lächelte. »Wenn sich das bestätigt«, sagte er, »haben wir gewonnen. Danken Sie Gott für die göttliche Zillah.«

»Was ist geschehen?«

»Sie hat ein zerknülltes Blatt Papier gefunden, hinten in einer Schublade, wo Ihr Vater Socken und Taschentücher aufbewahrte. Ein Blatt weißes Papier mit den Resten eines Siegels. Sie hat das Blatt auseinandergefaltet. Es war leer, unbeschrieben, doch sie glaubt ein paar Körnchen Pulver darauf entdeckt zu haben.

»Pulver?«

Er grinste mich an und nickte. »In der Schublade ihres Mannes! Sie dachte sofort... Sie wissen, was sie dachte. Kluge Frau. Sie brachte es zur Polizei. Es wird jetzt analysiert.«

»Was hat das zu bedeuten?«

»Wenn das Papier das enthielt, was wir hoffen, besteht die sehr große Wahrscheinlichkeit, daß Ihr Vater die Dosis, die ihm den Tod brachte, selbst eingenommen hat.«

»Wann werden wir es wissen?«

»Sehr bald. O Davina... Miss Glentyre... sehen Sie denn nicht, was das bedeutet?«

Selten habe ich einen Menschen so überglücklich gesehen wie meinen Verteidiger in diesem Augenblick, und inmitten meiner wirren Gedanken fragte ich mich, ob er in alle seine Fälle soviel Gefühl investiere.

Von da an ging alles sehr schnell. Dr. Camrose wurde noch einmal in den Zeugenstand gerufen. Es bestand kein Zweifel, daß das Papier Arsen enthalten hatte.

Zillah wurde abermals aufgerufen. »Können Sie sich erklären, warum dieses Blatt Papier nicht früher zutage gefördert wurde?«

»Es steckte ganz hinten in der Schublade.«

»Können Sie erklären, warum es übersehen wurde, als man das Zimmer durchsuchte?«

»Ich nehme an, weil die Untersucher nicht gründlich genug waren.«

Im Gerichtssaal kam Heiterkeit auf.

Zillah fuhr fort: »Sie wissen doch, wie Gegenstände sich in Kommoden verklemmen können? Es lag ja nicht richtig in der Schublade. Es war eingeklemmt, zwischen der oberen und der unteren Schublade, wenn Sie verstehen, was ich meine.«

Sie schenkte dem Fragesteller ein reizendes Lächeln, worauf er ein Grunzen hören ließ. Aber mit nichts konnte er den Eindruck, den sie auf das Gericht gemacht hatte, verwischen.

Ninian sagte, er habe keine Fragen.

Jetzt hatte die Stimmung umgeschlagen. Es war Zeit für die Plädoyers der Anklage und der Verteidigung.

Der Staatsanwalt redete sehr lange. Er führte alle Fakten auf, die gegen mich sprachen. Da war zunächst das Verschwinden der unauffindbaren Ellen Farley, das äußerst verdächtig schien. Dann die Tatsache, daß ich heiraten wollte und mein Vater mich zu enterben drohte. Darin sah er das Motiv für einen Mord.

Als der Tag mit diesem Plädoyer endete, hatte ich das Gefühl, alles habe sich gegen mich gewendet.

Ninian kam zu mir. »Sie sehen besorgt aus«, sagte er.

»Sind Sie nicht besorgt?«

»Nein. Ich bin sicher, daß Sie bald frei sein werden.«

»Was macht Sie so sicher?«

»Die Erfahrung.«

»Morgen...«, begann ich bange.

»...sind wir an der Reihe. Sie werden sehen.« Er nahm meine Hand und führte sie an seine Lippen. Wir sahen uns ein paar Sekunden fest an.

»Dies bedeutet mir mehr als alles andere«, sagte er.

»Ich weiß. Der Fall hat viel Aufmerksamkeit erregt. Wenn Sie gewinnen, ist Ihnen die Partnerschaft in der Kanzlei sicher.«

»Vielleicht. Aber das hatte ich nicht gemeint.« Dann ließ er meine Hand los. »Jetzt schlafen Sie gut«, fuhr er fort. »Ich habe veranlaßt, daß man Ihnen ein leichtes Beruhigungsmittel gibt. Bitte nehmen Sie es. Sie brauchen es. Sie haben Schweres durchgemacht, und wir nähern uns dem Ende. Und denken Sie daran: Wir werden gewinnen.«

»Sie sind so sicher.«

»Absolut. Es kann nichts schiefgehen. Zugegeben, am Anfang sah es finster aus. Aber jetzt läuft alles zu unseren Gunsten! Schlafen Sie gut! Wir sehen uns morgen im Gerichtssaal. Ich verspreche Ihnen, Sie werden nicht mehr lange hier sein.«

Beim Einschlafen dachte ich an ihn...

Am nächsten Tag war er großartig. Seine Redegewandtheit riß die Geschworenen mit. Er war so zuversichtlich.

»Meine Damen und Herren Geschworenen, können Sie diese junge Frau verurteilen, die so eindeutig unschuldig ist?« Er rollte alles von vorne auf. Ich hatte einen jungen Mann kennengelernt. Die meisten jungen Frauen begegnen irgendwann einem jungen Mann. Ich wurde vom Strom der jungen Liebe mitgerissen. Ich war bereit, durchzubrennen und auf mein Erbe zu verzichten. Ist das die Einstellung einer Frau, die einen kaltblütigen Mord planen kann?

Er ließ sich ausführlich über meinen Vater aus. Ein Mann, der in heftiger Liebe zu der jungen Frau entbrennt, die als Gouvernante ins Haus gekommen ist. Sie ist viele Jahre jünger als er. Was tut ein Mann unter solchen Umständen? Wer kann es ihm verdenken, daß er versucht, seine Jugend zurückzugewinnen? Er hat zugegeben, Arsen genommen zu haben. Wahrscheinlich hat er es sich im Ausland verschafft. Er hat es probiert, und als er erfuhr, daß es gefährlich sei, hörte er auf, es einzunehmen. Dann aber heiratete er die junge Frau. Sagen wir, er hat irgendwo noch etwas von dem Gift aufbewahrt. Er findet es und probiert es aufs neue. Er hat ein, zwei Krankheitsanfälle, die eindeutig auf das eingenommene Arsen zurückzuführen sind. Das schreckt ihn jedoch nicht ab, und an jenem fatalen Abend nimmt er den Rest aus dem Päckchen. Er ist sich nicht klar, wieviel es ist. Es ist tatsächlich eine sehr große Dosis. Er zerknüllt das Papier und steckt es in die Schublade, wo es sich zwischen zwei Laden verklemmt, so daß es bei der Durchsuchung übersehen wird.

»Sie, meine Damen und Herren Geschworenen, werden mir beipflichten, daß dies die plausible Erklärung ist für das, was in jener Nacht geschah.

Meine Damen und Herren Geschworenen, vor sich sehen Sie ein junges Mädchen. Wer unter Ihnen selbst Töchter hat, denke an die eigene Tochter. Oder denken Sie an die Tochter einer befreundeten Familie, die Sie ins Herz geschlossen haben. Stellen Sie sich vor, sie ist in einer Kette von Ereignissen gefangen, auf die sie keinen Einfluß hat, und sieht sich plötzlich – wie dieses junge Mädchen – vor Gericht des Mordes angeklagt.

Sie haben die Beweisführung gehört. Wenn Sie auch nur den Schatten eines Zweifels haben, können Sie dieses junge Mädchen nicht schuldig sprechen. Sie ist keine Verbrecherin, sondern das Opfer merkwürdiger Umstände.

Sie sind aufmerksam und klug, und wenn Sie über die Beweise nachdenken, wenn Sie alles abwägen, was wir in dieser Verhandlung gehört haben, werden Sie sich sagen: ›Wir können nur einen Spruch fällen: Nicht schuldig.‹«

Es folgte das Resümee des Richters. Es schloß mit der Feststellung, daß der Verstorbene das Arsen vielleicht im Ausland erworben hatte, weshalb es unmöglich sei, den Kauf festzustellen. Hatte er den Rest in dem Päckchen gefunden, die Menge falsch eingeschätzt und sich somit – aus Versehen – das Leben genommen? »Das ist es, was Sie zu entscheiden haben, und nur, wenn Sie überzeugt sind, daß es nicht so war und das Arsen durch die Angeklagte aus der fast leeren Karaffe, in die sie es hineingetan hatte, verabreicht wurde – nur dann dürfen Sie die Angeklagte schuldig sprechen.«

Die Geschworenen gingen hinaus, um über ihren Spruch zu befinden.

Ich wurde nach unten gebracht. Die Zeit verging so schleppend! Nach einer Stunde berieten die Geschworenen immer noch.

Was würde mit mir geschehen? Konnte dies das Ende sein? Würde man mich zum Tode verurteilen? Das war die Strafe für Mord. Ich fragte mich, wie viele unschuldige Menschen man schon in den Tod geschickt hatte.

Man würde mich wieder in den Gerichtssaal bringen. Ninian würde dasein, die Kirkwells, Bess, Jamie, das ganze Personal. Und Zillah. Wenn man mich für nicht schuldig befände, hätte ich ihr mein Leben zu verdanken. Jamie hatte mir deutlich gezeigt, daß das, was er für mich empfand, nicht wahre, immerwährende Liebe war.

Angenommen, Ninian hatte recht, und ich käme frei? Was dann? Wohin ich auch käme, die Leute würden sagen: »Das ist Davina Glentyre. Glaubst du, sie hat es doch getan?«

Selbst wenn ich als freier Mensch aus dem Gerichtssaal ginge, würde diese Erinnerung mich nie mehr loslassen.

Die Geschworenen beratschlagten zwei Stunden. Die Stunden kamen mir wie Tage vor.

Als ich den Saal wieder betrat, spürte ich die atemlose Spannung. Die Geschworenen waren hereingekommen. Der Richter fragte sie, ob sie einen Spruch gefällt hätten und diesen dem Gericht mitteilen wollten.

Ich hielt den Atem an. Es entstand eine lange Pause. Dann hörte ich eine deutliche Stimme: »Schuldbeweis nicht erbracht.«

Es war still im Saal. Ich sah Ninians Gesicht. Eine Sekunde zeigte es einen zornigen Ausdruck, dann wandte er sich mir lächelnd zu.

Der Richter sagte mir, daß ich mich entfernen dürfe.

Ich war frei – doch ich würde mein Leben lang mit dem Makel »Freispruch aus Mangel an Beweisen« behaftet sein.

LAKEMERE

Das Pfarrhaus

Ich lag in meinem Bett. Das Haus schien in beklemmende Stille gehüllt, die nur von flüsternden Stimmen unterbrochen wurde. *Sie haben sie freigesprochen. Aber – ist sie doch schuldig? Ihre Unschuld wurde nicht bewiesen.*
Diese Worte gingen mir unaufhörlich durch den Kopf. Wie sehr hatte ich mir gewünscht, der Obmann der Geschworenen würde »Nicht schuldig« sagen, statt dessen hatte er gesagt: »Schuldbeweis nicht erbracht.«
»Der Fall ist erledigt. Du bist frei«, hatte Zillah gejubelt.
Doch ich wußte, ich würde niemals frei sein. Schuldbeweis nicht erbracht. Freispruch aus Mangel an Beweisen. Diese Worte würden mich Jahr um Jahr verfolgen. Die Leute würden sich immer daran erinnern. »Davina Glentyre«, würden sie sagen, »habe ich den Namen nicht schon mal irgendwo gehört? O ja, sie war das Mädchen, das seinen Vater ermordet hat. Oder hat sie es nicht getan? Sie wurde aus Mangel an Beweisen freigesprochen.«
Welch grausamen Spruch hatten die Geschworenen gefällt. Ein Stigma, das man ein Leben lang mit sich trägt.
In Gedanken war ich noch immer im Gerichtssaal. Ich konnte den Bildern in meinem Kopf nicht entfliehen. Und ich hörte Ninian Graingers Stimme: Leidenschaftlich, zärtlich, zornig, gefühlvoll appellierte sie an die Vernunft und Menschlichkeit der Geschworenen. Er war großartig gewesen, und ich verdankte ihm mein Leben... ihm und natürlich Zillah. Als es vorbei war,

hatte er kurz meine Hand gedrückt, während Triumph aus seinem Gesicht sprach.

Mein Fall stellte natürlich einen Erfolg für ihn dar; denn waren die Geschworenen auch nicht zu dem Spruch gekommen, den er sich gewünscht hatte – ein halber Sieg war es dennoch. Es hatte finster für mich ausgesehen, und wir konnten uns glücklich schätzen, daß der Spruch »Schuldbeweis nicht erbracht« lautete. Ninian Grainger konnte stolz sein auf meinen Fall, der ihn in seinem beruflichen Aufstieg einen großen Schritt weiterbrachte.

Ich war froh, jetzt allein zu sein. Ich wollte die anderen im Haus nicht sehen. Sie würden taktvoll sein, doch ich würde ihre Gedanken lesen können. »Hat sie es getan? Wie soll man das wissen? Aber sie haben sie freigesprochen, aus Mangel an Beweisen.«

Aus Mangel an Beweisen! Es war wie das Läuten einer Totenglocke.

Wieder mußte ich daran denken, wie Zillah mich vor Stunden nach Hause gebracht hatte. Sie hatte Hamish Vosper angewiesen, mit der Kutsche auf uns zu warten.

»Ich wußte, daß es gut ausgehen würde«, sagte sie. »Und ich wollte dich, so schnell ich konnte, von da wegbringen.«

Wir saßen dicht nebeneinander. Sie hielt meine Hand, drückte sie hin und wieder beruhigend und murmelte sanfte Worte. »Alles wird gut. Ich bin bei dir, Liebes, und ich sorge für dich.«

Alles kam mir so fremd und unwirklich vor. Sogar die Straße schien verändert.

»Fahren Sie nicht vor dem Haus vor, Hamish«, sagte Zillah. »Fahren Sie direkt zum Stall. Vielleicht lungern Leute auf der Straße herum.«

Ja, dachte ich, um einen Blick auf die junge Frau zu werfen, die um ein Haar wegen Mordes zum Tode verurteilt worden wäre. Wer vermag zu sagen, ob sie es nicht doch verdient hatte? Ihre Unschuld an dem Mord ist nicht erwiesen...

»Da mögen Sie recht haben«, sagte Hamish unbekümmert. »Fahren wir zum Stall.«

Dann stieg ich aus der Kutsche und betrat das Haus durch die Hintertür. Mr. und Mrs. Kirkwell waren sichtlich verlegen. Wie empfängt man eine Person, die soeben noch wegen Mordverdachts vor Gericht stand und heimgekommen ist, nachdem man sie aus Mangel an Beweisen freigesprochen hat? Mrs. Kirkwell konnte sich zu einem »Schön, daß Sie wieder da sind, Miss Davina« aufraffen. Mr. Kirkwell nickte, Jenny und Bess starrten mich bloß an. Ich war für sie ein anderer Mensch geworden.

Zillah übernahm das Kommando. »So, Liebes, wir bringen dich auf der Stelle in dein Zimmer. Ich schicke dir eine Mahlzeit hinauf. Du mußt etwas essen und brauchst Ruhe, damit du wieder zu Kräften kommst; du bist von der Tortur stärker geschwächt, als du glaubst.«

In meinem Zimmer angekommen, schloß sie die Türe und sah mich an. »Am Anfang ist es schwer«, sagte sie. Und sie wiederholte noch einmal: »Aber es wird alles gut.«

»Sie wissen nicht, was sie zu mir sagen sollen. Sie glauben, ich habe es getan, Zillah.«

»Aber nein. Sie können nur ihre Gefühle nicht ausdrücken. Sie freuen sich sehr, daß du wieder da bist und die leidige Geschichte vorbei ist.«

Die Tage kamen mir unendlich lang vor. Ich mochte mein Zimmer nicht verlassen. Ich konnte die Tortur nicht ertragen, Menschen zu begegnen und ihre Gedanken zu lesen. Zillah war oft bei mir. Sie brachte mir die Mahlzeiten und plauderte, während ich aß. »Sprich darüber, wenn du möchtest«, sagte sie. »Vielleicht hilft es dir. Ich habe immer gewußt, daß du unschuldig bist. Ich wünschte, sie hätten einen eindeutigen Spruch gefällt. Dem aufgeblasenen alten Richter und den blöden Geschworenen hätte doch klar sein müssen, daß du keiner Fliege was zuleide tun kannst.«

Zillah hatte sich merklich verändert. Ich fand, sie hielt sich weniger zurück als früher. Ihre Ausdrucksweise war kecker, das Rot ihrer Lippen leuchtender. Sie färbte sich die Wangen korallenrot. Sie wirkte so zufrieden, als hätte sie einen Triumph errungen.

Wenn sie von meinem Vater sprach, überzog eine melancholische Maske ihr Gesicht. »Er war so ein goldiger alter Herr und so lieb zu mir. Er hat immer wieder gesagt, daß er in seinem Leben nie so glücklich war wie mit mir.«

Ich konnte mich nicht enthalten, ziemlich scharf zu erwidern: »Er war sehr glücklich mit meiner Mutter. Er hat sie geliebt.«

»Natürlich, Liebes. Aber das war etwas anderes. Und als sie tot war, suchte er ein bißchen Trost. Er fand mich… und das in seinem Alter. Oh, ich kenne die Männer. Er hatte einfach nicht damit gerechnet, das alles noch einmal zu erleben, und das gewisse Etwas… falls du verstehst, was ich meine. Es ist mir ein Trost, daß ich imstande war, ihm soviel zu geben. Und er hat eine Menge für mich getan.«

»Du hast ihn sehr verändert.«

»Er sagte immer, ich habe ihn wieder jung gemacht. Das war lieb von ihm. Aber der Wunsch, jung zu sein, hat ihn bewogen, das furchtbare Zeug zu nehmen.«

Ich schauderte.

»Wir wollen nicht mehr davon sprechen, Liebes«, sagte sie. »Aber wenn ich daran denke, wie ich das zerknüllte Stück Papier gefunden habe, kann ich nur sagen, so ein Glück! Das hat das Blatt gewendet. Du bist freigekommen.«

»Aus Mangel an Beweisen«, murmelte ich.

»Mach dir nichts draus! Du bist hier. Du bist frei. Der Fall ist erledigt. Sie können ihn nicht wieder aufrollen.«

Ich aber dachte: Ich werde niemals wirklich frei sein!

Wenn ich mit Zillah einkaufen fuhr, kutschierte uns Hamish Vosper. Der Blick, mit dem er mich ansah, war beinahe verschwörerisch. Hamish war unbekümmert und benahm sich etwas vertraulicher als früher. Da war mir die Verlegenheit der anderen Dienstboten doch allemal lieber.

Ich schrieb Lilias einen Brief. Ihr konnte ich am leichtesten anvertrauen, wie mir zumute war. Ihre Antwort war mir ein Trost.

Meine liebste Davina,
ich fühle so sehr mit Dir. Ich habe natürlich in der Zeitung über den Fall gelesen und war im Geiste während des ganzen Prozesses bei Dir. Als ich den Urteilsspruch hörte, war ich unendlich erleichtert. Ich wünschte, er wäre eindeutiger ausgefallen, aber wenigstens bist Du jetzt frei.

Ich habe versucht, mir ein Bild davon zu machen, wie es bei Euch aussehen mag, seit die zweite Frau Deines Vaters im Hause ist. Den Zeitungen zufolge hat ihre Aussage die Wende in dem Fall herbeigeführt. Sie scheint sehr sympathisch zu sein und äußerst attraktiv – so meldet es jedenfalls die Presse.

Wir haben uns so lange nicht gesehen. Ich kann mir vorstellen, wie durcheinander Du sein mußt, und da ist mir der Gedanke gekommen, daß Du vielleicht gerne eine Weile fortmöchtest. Du könntest hierher kommen, wenn Dir das zusagt. Wir könnten ausgiebig miteinander reden. Das Pfarrhaus ist geräumig; in dieser Hinsicht gäbe es also keine Probleme. Aber Du darfst nicht den Komfort erwarten, den Du daheim gewöhnt bist. Was ich Dir bieten kann, sind Trost, Liebe und Mitgefühl... und mein Glaube an Deine Unschuld. Überlege es Dir. Es hat keine Eile. Sobald Du bereit bist, schreib mir, daß Du kommen wirst.

In Gedanken bin ich stets bei Dir.

In Liebe
Lilias

War das ein lieber Brief! Ich weinte ein wenig, dann las ich ihn wieder und wieder.

Ich dachte über Lilias' Vorschlag nach. Es würde mir guttun, fortzukommen aus diesem Haus, dem Schauplatz des Geschehens. In der Abgeschiedenheit des Pfarrhauses könnte ich mit Lilias über die Zukunft sprechen; mir war klargeworden, daß ich nicht ewig in diesem Zustand verharren konnte. Ich mußte mit einem Menschen reden, der mich gut kannte. Ich brauchte Rat, und wer konnte ihn mir besser geben als Lilias?

Ich erzählte Zilliah von der Einladung.

»Ich finde, es ist eine gute Idee«, sagte sie. »Du hast Lilias gern, nicht wahr? Ihr versteht euch. Dein Vater sagte, sie war eine typische Gouvernante... bis sie der Versuchung erlag.«

»Sie ist nie in Versuchung geraten«, rief ich entrüstet. »Es war ein schrecklicher Irrtum. Sie war unschuldig.«

»Ich habe nur wiederholt, was dein Vater gesagt hat. Die Ärmste. Sie hatte vielleicht Geldsorgen. Gouvernanten haben es schwer. Ich kann verstehen, daß manch eine in Versuchung gerät. Ich bin schließlich selbst Gouvernante gewesen.«

»Zillah, Lilias hat nicht gestohlen. Sie hatte nichts mit den vermaledeiten Perlen zu tun.«

»Du mußt es ja wissen. Aber dein Vater schien zu glauben, daß...«

Wütend setzte ich zu einem neuerlichen Protest an, doch Zillah hob die Hand. »Schon gut. Du weißt es sicher am besten. Sie war schließlich deine Freundin, nicht? Du bist süß, und ich hab' dich lieb – ehrlich. Manche andere Stiefmutter würde sagen, du solltest nicht zu einer Person gehen, die unter Verdacht steht...«

»Ich stehe selbst unter Verdacht, Zillah.«

»Eben. Deshalb finde ich, es wird dir guttun fortzugehen.« Sie legte ihren Arm um mich. »Ich sehe dir an, daß du es gerne möchtest. Schreib ihr, daß du kommst.«

»Zillah, ich versichere dir, Lilias ist niemals imstande, etwas zu stehlen.«

»Daran habe ich nicht eine Sekunde gezweifelt. Fahr zu ihr. Übrigens, ich muß dir etwas sagen. Ich überlege schon seit ein paar Tagen, wie ich es dir beibringen soll. Es handelt sich um deinen Vater und... hm... um Geld. Er wollte mich unbedingt gut versorgt sehen und hat mir fast alles vermacht, das Haus, Wertpapiere und so weiter. Der Gute, er sagte immer, wie dankbar er mir sei. Dir wollte er gar nichts hinterlassen. Er meinte, wenn du Alastair McCrae heiratest, bist du bestens versorgt, und wenn du Jamie wählst, bekommst du eben nichts. Ich sagte ihm, das sei nicht recht. Wenn er dir nicht auch etwas hinterlassen würde, könnte ich das Erbe nicht annehmen. Ich habe ihm so lange zugeredet, bis ich ihm meinen Standpunkt klargemacht hatte. Er hat dir etwas vermacht. Der Anwalt schätzt, daß es dir ungefähr vierhundert Pfund jährlich einbringt. Alles übrige geht an mich.«

»Ich... ich verstehe.«

Sie drückte meine Hand. »Dies ist dein Heim, Liebes, und das soll es bleiben, solange du willst. Vierhundert im Jahr! Ein ganz hübsches Sümmchen. So stehst du jedenfalls nicht mittellos da. Und ich bin ja auch noch hier. Ich möchte alles mit dir teilen.«

Ich erwiderte nichts. Ich war nicht überrascht. Natürlich hatte er ihr alles vermacht. Er hatte sie angebetet. Und für mich blieb immerhin genügend Geld, um mein Auskommen zu haben.

Ich dachte über einen Besuch bei Lilias nach. Nur eines ließ mich zögern: Man hatte in Lakemere von dem Fall gehört. Was würden die Pfarrkinder von Lilias' Vater denken, wenn ihr Pastor eine Frau bei sich aufnahm, die womöglich eine Mörderin war? Er war ein guter Mensch, er hatte Kitty Obdach gewährt und ihr eine Stellung besorgt, aber ich durfte nicht riskieren, daß er und seine Familie meinetwegen in Verruf gerieten.

»Was ist?« fragte Zillah besorgt, als ich einige Zeit nichts sagte.

»Ich kann nicht zu Lilias«, erklärte ich. »Die Leute in Lakemere werden von dem Fall gehört haben. Es wäre unangenehm für meine Gastgeber.«

»Wenn's weiter nichts ist«, sagte Zillah. »Du änderst einfach deinen Namen. Hier, wo man dich kennt, geht das natürlich nicht. Aber in der Fremde ist es ohne weiteres möglich.« Sie erwärmte sich zusehends für das Thema. Ihre Augen blitzten. »Es ist allerdings ratsam, einen Namen mit deinen alten Initialen zu wählen. Man kann nie wissen, ob sie nicht irgendwo auftauchen, und dann könntest du einiges erklären müssen. Bleib bei D. G.«

»Das ist eine großartige Idee.«

»Beim Theater ändern viele Leute ihren Namen. Manchmal verlangt es die Kunst... wenn es nicht aus anderen Gründen nötig ist. Überlegen wir mal. Davina. So einen Namen würden die Leute sich merken. Wie wär's mit Diana?«

»Gut.«

»Diana. Jetzt brauchen wir einen Nachnamen, der mit G beginnt.«

»Wie wäre es mit Grey? Diana Grey?«

»Du nimmst meinen Nachnamen an; so hieß ich, bevor ich Mrs. Glentyre wurde. Das klingt gut. Diana Grey. So wirst du heißen, solange du bei den Pfarrersleuten bist. Das ist besser für sie und für dich.«

»Ich schreibe sofort an Lilias.«

Meine allerliebste Lilias,
ich möchte sehr gerne zu Euch kommen, doch es wäre nicht recht von mir, als die zu kommen, die ich bin. Ich hoffe, Dein Vater wird es nicht als betrügerisch empfinden, aber zum einen möchte ich vor mir selbst fliehen, ein anderer Mensch sein. Und zum zweiten will ich nicht, daß meinetwegen bei Euch geklatscht wird. Daher habe ich beschlossen, als Diana Grey zu kommen.
Zillah hielt es für ratsam, meine Initialen zu behalten. Ich werde kommen, wenn Ihr mit dieser Täuschung einverstanden seid. Ich würde es nicht ertragen, ständig in der Angst zu

leben, die Leute könnten sich plötzlich an meinen Fall erinnern.

Bitte schreib mir, ob Du einverstanden bist, dann packe ich
meinen Koffer und komme sofort.

Ich hoffe, bald von Dir zu hören.

In Liebe,
Diana

Ich versiegelte den Brief und stellte zu meiner Überraschung fest,
daß meine Stimmung sich merklich gebessert hatte.

Ich ging in die Diele und legte den Brief auf das Silbertablett, wo
aufzugebende Post gesammelt und von Mr. Kirkwell aufs Post-
amt gebracht wurde. Plötzlich schreckte mich das laute Schlagen
einer Türe auf, dem sogleich klappernde Schritte folgten. Ich war
nicht erpicht auf eine Begegnung mit jemandem vom Personal,
deshalb schlich ich ins Wohnzimmer und lehnte die Türe an.

Die Schritte kamen die Treppe herunter. Ich spähte hinaus und
sah zu meinem Erstaunen Hamish Vosper. Sein Gesicht war puterrot und wutverzerrt. Er stürmte durch die Diele und zur Hintertür hinaus.

Was hatte er in der oberen Etage des Hauses gemacht? Hatte Zillah nach ihm geschickt, weil sie die Kutsche wünschte? Aber
doch nicht um diese Zeit!

Es war sehr merkwürdig.

Meine Gedanken kehrten jedoch gleich zu Lilias zurück. Ich war
gespannt, was sie zur Änderung meines Namens zu sagen hatte.
Es war zunächst nur für den Besuch gedacht, doch ich spielte bereits mit der Idee, mit einem anderen Namen ein neues Leben zu
beginnen. Das hieße, Edinburgh zu verlassen. Aber wo sollte ich
hin? Auch darüber wollte ich mit Lilias reden.

Während ich ungeduldig auf Antwort wartete, hatte ich schon
zu packen begonnen. Ich war sicher, Lilias würde schreiben, ich
solle bald kommen.

Dann erhielt ich Besuch.

Bess kam in mein Zimmer. »Ein Herr möchte Sie sprechen, Miss Davina. Ich habe ihn in den Salon geführt.«

Wer konnte das sein? Jamie, um mir zu sagen, daß er mich trotz allem liebe und bereit sei, alles mit mir zu ertragen? Alastair McCrae?

»Wer ist es?« fragte ich.

»Mr. Grainger, Miss.«

Ich schauderte vor Aufregung. War es möglich? Was konnte er wollen? Was ihn betraf, war der Fall doch ein für allemal erledigt. Ich eilte hinunter in den Salon.

Mr. Grainger erhob sich, und während er meine Hand nahm, sah er mir forschend ins Gesicht.

»Miss Glentyre, wie geht es Ihnen?«

»Ganz gut, danke. Und Ihnen?«

»Danke, gut. Aber es ist… hm… ein bißchen schwierig, wie?«

»Ja. Deswegen möchte ich für eine Weile fort.«

»Ah, das wäre das beste.«

»Ich besuche meine frühere Gouvernante.«

»Wo wohnt sie?«

»In England. Lakemere, in der Grafschaft Devonshire.«

»Ich glaube, Devonshire ist sehr reizvoll.«

»Ich werde in einem Pfarrhaus wohnen. Miss Milne ist eine Pfarrerstochter.«

»Das klingt ideal.«

Ich hatte die Gewohnheit, mich ihm anzuvertrauen, beibehalten. Als wir um mein Leben kämpften, hatte er mir eingeschärft, daß ich nichts zurückhalten dürfe, daß jede scheinbar unbedeutende Kleinigkeit von äußerster Wichtigkeit sein könne. Und so sagte ich nun: »Ich denke daran, meinen Namen zu ändern, um meine Gastgeber nicht in Verlegenheit zu bringen. Lilias' Vater ist so ein guter Mensch. Er hat Kitty sehr geholfen, als…« Ich hielt inne.

»Kitty?«

Darauf erzählte ich ihm die Geschichte von Kitty und Hamish, und daß der Bursche hatte bleiben dürfen, weil er ein guter Kutscher war. »Lilias' Vater hat Kitty aufgenommen, als sie nicht wußte, wohin. Und er war natürlich gütig und verständnisvoll, als Lilias nach Hause kam.«

»Was war mit Lilias?«

War ich dabei, zu weit zu gehen? Er war nicht mehr mein Rechtsbeistand, der alles über mich wissen mußte. Sein Beruf machte es ihm zur zweiten Natur, sich überall Informationen zu verschaffen. Sollte ich lieber schweigen? Dennoch erzählte ich ihm die Geschichte von Lilias und der Halskette. Er hörte mit ernster Miene zu.

»Hatte jemand von außerhalb Zugang zum Haus?« erkundigte er sich.

»Nein. Nur das Personal. Warum sollte jemand die Kette genommen und in Lilias' Zimmer gelegt haben? Wenn einer sie gestohlen hätte, dann doch gewiß, um sie zu behalten. Sie ist sehr wertvoll.«

»Es scheint, daß jemand einen Groll gegen Lilias hegte.«

»Aber wer? Sie hatten alle nicht viel mit ihr zu tun, und niemand hatte etwas gegen sie.«

»Jemandem war daran gelegen, daß sie entlassen wurde.«

»Aber warum denn nur?«

»Das ist eben das Rätsel. Und der armen Lilias ist es bislang nicht gelungen, ihre Unschuld zu beweisen?«

»Nein, sowenig wie...«

Er berührte sachte meine Hand. »Für die Geschworenen stand so gut wie fest, daß Ihr Vater das Arsen selbst genommen hat.«

»Aber warum dann...?«

»Weil der Schatten eines Zweifels bestand.«

»Und ich werde für den Rest meines Lebens...«

»Sie dürfen nicht darunter leiden. Sie müssen darüber hinwegkommen. Gehen Sie in dieses Pfarrhaus. Lassen Sie mir Ihre Anschrift da. Wir können in Verbindung bleiben.«

»Aber für Sie ist der Fall doch erledigt.«

»Ein Fall wie dieser ist für mich nie erledigt. Der Spruch der Geschworenen gefällt mir nicht. Er hätte ›Nicht schuldig‹ lauten müssen. Ich werde immer hoffen, daß eines Tages die Wahrheit ans Licht kommt.«

»Sie glauben nicht wirklich, daß mein Vater sich selbst getötet hat?«

»Es ist die wahrscheinlichste aller Möglichkeiten, aber der Schatten eines Zweifels bleibt bestehen.« Er hob die Schultern. »Lassen Sie mir auf jeden Fall Ihre Anschrift da.«

Ich gab ihm Lilias' Adresse, und er steckte den Zettel in seine Brieftasche.

Zillah kam herein. Ninian erhob sich, reichte ihr zur Begrüßung die Hand und lächelte sie herzlich an. Sie lächelte strahlend zurück. Obwohl an ihre Schönheit gewöhnt, war ich von neuem verblüfft. Sie schien in Gesellschaft von Männern aufzublühen – wie eine Blume im Regen. »Sie waren großartig vor Gericht«, sagte sie. »Ich kann Ihnen gar nicht genug danken für das, was Sie für Davina getan haben.«

»Ich bin Ihnen zu Dank verpflichtet. Ihre Aussage hat die Wende herbeigeführt.«

Sie setzte sich ihm gegenüber, so daß ihr Rücken dem Licht zugekehrt war, als wollte sie nicht allzu deutlich gesehen werden. Sie gab sich ehrerbietig, tat, als bewundere sie ihn, was ihm offensichtlich gefiel. Es schien ihm nicht in den Sinn zu kommen, daß es gespielt sein könnte. Sie verwickelte ihn sofort in ein Gespräch, bei dem es vor allem um meine Absicht ging, unter falschem Namen zu verreisen. Er bestätigte ihr, daß er diese Idee für gut halte.

Dann fragte sie mich: »Davina, Liebes, hast du unserem Gast eine Erfrischung angeboten?«

»Nein. Wir haben uns unterhalten, und...«

Sie sah mich mit mildem Vorwurf an.

»Das ist sehr freundlich von Ihnen«, sagte Ninian rasch. »Aber ich muß gehen. Ich wollte mich nur nach Miss Glentyres Befinden erkundigen.«

»Wie lieb von Ihnen! Sie sind so mitfühlend und verständnisvoll. Es war ein großes Glück für Davina, Sie zum Verteidiger zu haben.«

Sie plauderten noch ein wenig, dann erhob er sich zum Gehen.

Ich war enttäuscht von ihm. Er war sichtlich von Zillahs Reizen beeindruckt. Ich hätte nicht gedacht, daß er ihnen so leicht erliegen würde.

Als er fort war, schlug Zillahs Stimmung unvermittelt um.

»Warum um alles in der Welt ist er einfach hier hereingeschneit?«

»Er wollte sich nur erkundigen, wie es mir geht.«

»Besucht er alle seine ehemaligen Mandanten?«

»Er betrachtet diesen Fall als etwas Besonderes.«

»Ich finde, er ist ziemlich naseweis. Der Fall sollte für ihn erledigt sein.«

»Ihm wäre es lieber gewesen, der Spruch hätte ›Nicht schuldig‹ gelautet.«

»Hätten wir uns das nicht alle gewünscht?«

»Du hast dich offenbar sehr gut mit ihm verstanden.«

Ein selbstgefälliges Lächeln huschte über ihr Gesicht. »Nun ja, jetzt ist alles vorbei, und wir müssen es vergessen, Liebes.«

Als ob ich das jemals könnte!

Lilias' Antwort war eingetroffen.

Liebe Davina,
ich erwarte Dich. Wir können verstehen, daß Du Deinen Namen ändern möchtest. Diana Grey. Hab keine Angst, außer meinem Vater, meiner Schwester Jane und mir wird es niemand wissen. Wir wollen alles tun, um Dir zu helfen. Liebe Davina – nein, ich muß anfangen, Dich auch in Gedanken Diana zu nennen –, liebe Diana, sei versichert, ich habe die

Meinen davon überzeugt, daß Du ebenso unter falschem Verdacht standest wie ich. Unsere Familie hält fest zusammen, und wir haben absolutes Vertrauen zueinander.

Es scheint mir ein merkwürdiges Zusammentreffen, daß wir beide fälschlich beschuldigt wurden. Es ist fast, als wohne ein böser Geist in Eurem Haus. Das ist natürlich Unsinn, aber es kommt mir trotzdem seltsam vor. Oh, wir werden uns so viel zu erzählen haben! Ich freue mich auf Dich.

Du hast eine lange Reise vor Dir. Du mußt zuerst nach London und dort die Eisenbahn nach Westen nehmen. Wir wohnen etwa fünf Kilometer von Tinton Crawley entfernt. Ich werde Dich mit dem Einspänner am Bahnhof abholen. Ich kann es kaum erwarten.

In Liebe,
Lilias

PS.: Ich füge Instruktionen für die Reise bei, darunter auch die Anschrift des Hotels in London, wo ich übernachtet habe. Es ist klein und ruhig und liegt in Bahnhofsnähe.

Schon als der Zug aus dem Bahnhof von Edinburgh dampfte, war mir, als sei eine schwere Last von mir abgefallen. Ich hatte einen Graben zwischen die Gegenwart und die alptraumhafte Vergangenheit gezogen.

Während wir der Grenze entgegeneilten, warf ich ängstliche Blicke auf meine Mitreisenden, denn ich hatte plötzlich die Befürchtung, daß mich jemand erkennen könnte. Mein Bild war in mehreren Zeitungen abgebildet gewesen, und eines, eine »künstlerische Impression«, hatte mich besonders entsetzt. Die Skizze war ähnlich genug, so daß ich gut zu erkennen war, doch dem Künstler war es gelungen, mein Gesicht zu einer hinterlistigen Fratze zu verzerren. Als das Bild entstand, war alle Welt überzeugt gewesen, daß ich meinen Vater ermordet hatte, und der Künstler hatte meine Züge den vermeintlichen Tatsachen angepaßt.

Mir gegenüber saß ein junges Paar, vielleicht auf Hochzeitsreise; die zwei waren vollkommen miteinander beschäftigt. Von ihnen hatte ich nichts zu befürchten, auch nicht von dem Mann, der aufmerksam seine Zeitung las. Aber eine geschwätzige Frau in einer Ecke wollte unbedingt mit jemandem reden und wandte sich an mich. Sie war auf dem Weg zu ihrer verheirateten Tochter und freute sich auf das Wiedersehen mit ihren Enkelkindern. Sie fragte mich mehrmals nach meinem Ziel, aber nur nebenbei. Mit den Gedanken war sie bei dem bevorstehenden Besuch, und ich atmete freier.

In London übernachtete ich in dem Hotel, das Lilias mir empfohlen hatte. Ich schlief nicht sehr gut, aber das machte mir nichts aus. Ich war unterwegs zu Lilias.

Als ich am nächsten Morgen am Bahnhof Paddington in den Zug stieg, nahm das Gefühl der Erleichterung mit jeder Minute zu. Ich saß in einer Ecke des Abteils und sah auf die grüne Landschaft hinaus. Die Natur war hier schon etwas weiter fortgeschritten als im rauhen Norden. Meine Mitreisenden waren angenehme Leute, und man unterhielt sich ein wenig. Ich merkte, daß niemand die leiseste Ahnung hatte, wer ich war; ich war einfach überempfindlich gewesen.

Der Zug dampfte westwärts, die Landschaft wurde immer grüner und üppiger. Ich erhaschte einen Blick auf die See. Ich sah kleine, um Kirchen gescharte Dörfer, wie Lilias sie mir oft beschrieben hatte; und als ich die fruchtbare rote Erde sah, von der sie erzählt hatte, da wußte ich, daß wir in Devonshire waren.

Ich war endlich am Ziel. Als wir in den Bahnhof einfuhren und ich Lilias auf dem Perron sah, war ich glücklicher, als ich es seit Beginn des Alptraums gewesen war.

Wir rannten aufeinander zu und fielen uns in die Arme. Dann hielt sie mich auf Armeslänge von sich. »Es ist so schön, dich zu sehen. Und du siehst besser aus, als ich gedacht hatte. Komm, der Wagen wartet.«

Der Bahnhofsvorsteher lächelte uns zu. »Oh, Jack«, sagte Lilias,

»könnten Sie Jim rufen, damit er das Gepäck in den Wagen lädt?«

»Aber gewiß doch, Miss Lilias. Jim, Jim! He, Jim! Gepäck für Miss Lilias!« Er lächelte mich an. »Und Sie, Miss, werden Sie lange in Lakemere bleiben?«

»Ich... hm...«

»Wir hoffen, daß Miss Grey eine lange Zeit bei uns verbringen wird«, sagte Lilias. Sie nahm meinen Arm. »Zu Hause sind sie schon ganz gespannt auf dich.«

Dann rumpelten wir über Feldwege, die so schmal waren, daß die Hecken uns beinahe streiften. »Wir sind bald da«, sagte Lilias nach einer Weile. »Schau, dahinten kannst du den Kirchturm sehen. Unsere Kirche gehört zu den ältesten der Umgebung. Sie ist über siebenhundert Jahre alt, ein vollendetes Beispiel für die normannische Architektur, wie es in den Reiseführern heißt. O ja, wir bekommen oft Fremdenbesuch. Nicht zuletzt wegen der herrlichen Buntglasfenster. Mein Vater ist sehr stolz darauf. Ich muß aufpassen, daß er dich nicht damit langweilt. Jane und ich sagen ihm dauernd, daß er von seiner geliebten alten Kirche geradezu besessen ist.«

Als wir näher kamen, sah ich die grauen Mauern der Kirche, den Friedhof mit den alten Grabsteinen, von denen manche schief zwischen den Eiben und Zypressen standen.

»Einige Bäume sind mehrere hundert Jahre alt«, erklärte Lilias. »Sie haben viele Pfarrer kommen und gehen sehen. Jemand sagte mir einmal, sie sind ein Symbol der Ewigkeit, und deswegen werden sie so gerne auf Kirchhöfen gepflanzt. Ländliche Überlieferung! Mach dich darauf gefaßt, daß du von meinem Vater viel darüber zu hören bekommst. So, da wären wir. Das ist das Pfarrhaus.«

Es war ein großes Gebäude aus demselben grauen Stein wie die Kirche, davor gepflegter Rasen, umgeben von Blumenbeeten. An der Türe stand ein Mann, den ich sogleich als Lilias' Vater erkannte, und bei ihm eine Frau, unverkennbar ihre Schwester

Jane. Sie kamen zu uns, als Lilias den Wagen zum Stehen brachte.

»Da sind wir«, rief Lilias. »Der Zug war ausnahmsweise pünktlich. Und das ist... Diana.«

Meine Hände wurden mit kräftigem Griff gepackt, und ich blickte in das lächelnde, gütige Gesicht von Reverend George Milne. »Willkommen, willkommen, meine Liebe«, sagte er. »Wir freuen uns sehr, daß Sie da sind.«

»Und das ist Jane«, sagte Lilias.

Jane sah Lilias sehr ähnlich, und ich wußte, daß ich sie schon aus diesem Grunde gern haben würde. Ihre Begrüßung war ebenso herzlich wie die ihres Vaters. Ich sagte, ich freue mich sehr, sie beide kennenzulernen. Dies sei ein friedliches Fleckchen. Die Blumen seien herrlich.

»Damit hast du Janes Herz schon erobert«, sagte Lilias. »Sie liebt den Garten über alles.«

»Und das ist ein Glück«, erwiderte Jane. »Jemand muß sich doch darum kümmern. Wenn er dir überlassen bliebe, wäre er eine Wildnis. Kommt herein. Das Abendessen ist fast fertig. Wir können in einer halben Stunde essen. Lilias kann Ihnen Ihr Zimmer zeigen, und Daisy bringt Ihnen warmes Wasser.«

»Danke«, sagte ich. Ich fühlte mich sogleich sehr wohl. Ich war in eine neue Rolle geschlüpft. Wenn ich mich erst an meinen neuen Namen gewöhnt hätte, würde ich die Vergangenheit endgültig abschütteln können.

Wir traten in die Diele. Die Möbel waren auf Hochglanz poliert. Auf einem Tisch stand eine große Vase mit sorgfältig arrangierten Blumen in wunderbarer Farbzusammenstellung.

Lilias bemerkte meinen Blick. »Das macht Jane«, sagte sie. »Sie füllt das ganze Haus mit Blumen.«

»Sie sind bezaubernd«, sagte ich. »O Lilias, hier werde ich glücklich sein.«

»Wir werden unser Bestes tun, damit du dich wohl fühlst«, erwiderte sie. Ich folgte ihr eine Treppe hinauf. »Wir haben dich im ersten Stockwerk untergebracht«, sagte Lilias. »Man muß den Kopf einziehen, wenn man diese Zimmer betritt. Die Menschen müssen damals, als dieses Haus gebaut wurde, kleiner gewesen sein als heute.« Sie öffnete eine Türe, und ich folgte ihr in ein geräumiges, aber ziemlich dunkles Zimmer, das nur ein einziges, bleiverglastes Fenster hatte. Die Einrichtung bestand aus einem Bett in einer Ecke, Frisierkommode, Spiegel, einem Waschtischchen sowie einem großen Kleiderschrank, der fast eine ganze Wand einnahm.

»So, da wären wir«, sagte Lilias. »Es ist nicht zu vergleichen mit deinem Heim in Edinburgh, aber...«

»Es ist reizend«, erwiderte ich. »Ich kann dir gar nicht sagen, wie froh ich bin, hier bei dir und deiner Familie zu sein.« Ich trat ans Fenster. Es sah auf den Friedhof hinaus. Mein Blick fiel auf die wackligen Grabsteine, die uralten Eiben und Zypressen. Es war eine faszinierende Aussicht.

Lilias trat neben mich. »Hoffentlich findest du es nicht unheimlich. Ich habe dir dieses Zimmer gegeben, weil es etwas größer ist als die anderen Gästezimmer. Und der Kirchhof gibt einem ein friedliches Gefühl, wenn man ihn erst kennt. Das hat meine Schwester Emma jedenfalls immer gesagt. Du weißt ja, sie ist inzwischen verheiratet... Sie hat mir eine Nichte und einen Neffen beschert, dann habe ich noch zwei Neffen, das sind die Kinder von Grace, die mit einem Pastor verheiratet ist. Emma sagte immer, wenn es hier Gespenster geben sollte, dann könnten es nur liebe sein.«

Die Türe wurde von einer Frau mittleren Alters geöffnet, die einen Krug mit heißem Wasser hereinbrachte. Lilias stellte sie als Daisy vor.

»Nett, daß Sie da sind, Miss«, begrüßte mich Daisy. »Hoffentlich haben Sie einen angenehmen Aufenthalt.«

»Danke«, murmelte ich.

Als sie gegangen war, sagte Lilias: »Daisy ist unser Leben lang bei uns gewesen. Sie kam, als meine Eltern geheiratet haben, und dieses Haus ist ihr Heim genauso wie unseres. Manchmal kommt vormittags noch ein Mädchen, um beim Putzen zu helfen. Jane ist eine vorzügliche Hausfrau. Ohne sie wüßte ich nicht, wie wir zurechtkommen sollten. Ich bin ein ziemlich unzulänglicher Ersatz für Alice. Zur Hausarbeit tauge ich einfach nicht. Dafür gehe ich einkaufen und mache mich bei karitativen Veranstaltungen nützlich – Basare und alles, was zu den Aufgaben einer Landpfarrei gehört.«

»Was mich am meisten berührt, ist der Friede hier. Ich wünschte nur, ich wäre unter anderen Umständen gekommen! Doch es ist sinnlos, Vergangenes ändern zu wollen.«

»Nein, ändern können wir es nicht, aber wir werden die Vergangenheit überwinden. Das haben wir beide nötig. Wir müssen vergessen, was geschehen ist. Wir können uns jedenfalls darum bemühen... Jetzt lasse ich dich allein, und du kannst dich waschen und umziehen, wenn du magst. Findest du den Weg nach unten?«

»Bestimmt.«

Sie ging hinaus. Ich wusch mich und zog mich um. Ich hatte das gute Gefühl, daß es richtig gewesen war, hierherzukommen.

Die Tage vergingen, und ich gewöhnte mich an meine neue Identität. Ich stutzte nicht mehr, wenn ich mit »Diana« angeredet wurde. Ich sah mich in ein neues Leben versetzt. Jane und ich freundeten uns rasch an. Jane war ganz anders als Lilias – keine Träumerin, sondern äußerst praktisch veranlagt, was auch nötig war, um einen Pfarrhaushalt mit den Mitteln eines sicherlich nicht üppigen Gehalts zu führen. Ich wollte etwas zum Haushaltsgeld beisteuern, doch mein Angebot wurde strikt abgelehnt. Jane und Daisy wirtschafteten so geschickt, daß von Entbehrung nichts zu spüren war. Die Mahlzeiten waren einfach, aber schmackhaft.

Der Pfarrer war einer der zufriedensten Menschen, denen ich je begegnet bin. Vollkommen selbstlos ging er im Dienste an seinen

Mitmenschen auf. Er war überall beliebt, und seine kleinen Schwächen sah man ihm gerne nach. Lilias konnte sich glücklich schätzen, seine Tochter zu sein. Ich verglich ihn unwillkürlich mit meinem Vater und dachte an seinen Zorn über meine Freundschaft mit Jamie, an Kittys überstürzte Entlassung und daran, wie Zillah nachts in sein Schlafzimmer geschlichen war.

Doch ich durfte weder an meinen Vater noch an Jamie denken. Jamie hatte mich im Stich gelassen. Seine Liebe war den Strapazen nicht gewachsen gewesen, und er hatte sich bei den ersten Anzeichen von Schwierigkeiten zurückgezogen. Das hatte mich zutiefst verletzt. Doch die schrecklichen Begleitumstände hatten die Bedeutung dieses Schlages gemindert.

Gleich am ersten Tag erfuhr ich, daß Major Jennings, der einen Reitstall besaß, ein guter Freund der Pfarrersfamilie war. Da er wußte, daß Lilias gerne ritt, es sich aber nicht leisten konnte, hatte er sie gefragt, ob sie ihm helfen wolle, seine Pferde auszubilden. Lilias hatte das Angebot nur zu gerne angenommen, und so kam es, daß sie recht häufig Gelegenheit zum Reiten hatte.

»Ich helfe beim Striegeln und beim Ausmisten der Ställe«, sagte sie. »Ich liebe Pferde. Manchmal, wenn Not am Mann ist, gebe ich auch Reitunterricht. Wie steht es mit dir? Möchtest du reiten? Hier hättest du die Möglichkeit.«

»Eine großartige Idee! Ich bezahle für meine Reitstunden, und du kannst mich unterrichten.«

Lilias machte ein verwundertes Gesicht, und ich erklärte rasch: »Das ist kein Problem. Mein Vater hat mir etwas Geld hinterlassen. Ich habe ein kleines Einkommen, bin also nicht ausgesprochen arm. Das Haus und den Großteil seines Vermögens hat er allerdings Zillah vermacht.«

Lilias meinte nachdenklich: »Es ging alles so schnell. Das kommt mir merkwürdig vor. Kaum war ich fort, kam sie ins Haus, und kurz darauf hat sie deinen Vater geheiratet. Es ist fast, als sei es eine abgekartete Sache gewesen.« Sie zögerte und blickte ins Leere. »Ich rede Unsinn«, fuhr sie fort. »Laß uns heute vormittag zu Jennings gehen und sehen, ob es sich einrichten läßt, daß du ab und zu reitest. Die Jennings' werden dir gefallen. Der Major hat eine Frau und eine Tochter namens Florence. Sie arbeiten alle mit den Pferden.«

»Was habt ihr sonst noch für Nachbarn?«

»Zunächst das Gutshaus.«

»Ich weiß, davon hast du mir erzählt. Wohnte da nicht der junge Mann, den du heiraten wolltest?«

»Ja. Charles Merrimen.«

»Ist er noch dort?«

»O ja. Ich gehe ihn oft besuchen. Er sitzt die meiste Zeit im Rollstuhl. Er ist so ein lieber Mensch.«

»Werde ich ihn kennenlernen?«

»Natürlich. Dann sind da noch die Ellingtons in Haus Lakemere. Sie haben hier das Sagen, sie sind die reichen Wohltäter des Dorfes. Kitty ist bei ihnen beschäftigt. Oh, ich hatte Kitty ganz vergessen! Wenn du sie triffst, muß sie vorbereitet sein, nicht wahr, damit sie nicht herausplatzt, daß sie dich...«

Es war, als hätte plötzlich eine Wolke die Sonne bedeckt. Die Hochstimmung verflog. Würde es immer so sein? Mußte ich stets damit rechnen, daß mich jemand erkennen würde?

Ich hörte Nanny Grants Stimme, als ob sie gestern zu mir gesprochen hätte: »Lügen haben kurze Beine.«

Trotz allem fühlte ich mich in der harmonischen Atmosphäre des Pfarrhauses geborgen. Morgens beim Aufwachen fragte ich mich gespannt, was der Tag bringen werde. Ich stellte mich ans Fenster und sah auf den Kirchhof hinaus. Die alten Grabsteine vermittelten Frieden: Die Menschen, die darunter lagen, hatten keine Sorgen mehr.

Auch Lilias' Gesellschaft übte eine heilsame Wirkung auf mich aus. Ihr konnte ich mein Herz ausschütten. Es tat so gut, ihr meine kummervollen Gedanken anzuvertrauen. Ich erzählte ihr, wie tief mich Jamies Verrat verletzt hatte.

»Gut, daß es so gekommen ist«, meinte sie. »Daß er dich im Stich ließ, als du ihn am meisten brauchtest, ist der Beweis, daß er nicht der richtige Partner für dich war. Er mag dich gern gehabt haben… ein wenig, aber sich selbst hatte er doch lieber. Besser gar nicht heiraten als den Falschen. Du warst jung, unerfahren und einsam, du hattest deine Mutter verloren, du und ich waren auseinandergerissen worden, dein Vater hatte wieder geheiratet, und du wußtest nicht recht, was du von deiner Stiefmutter halten solltest. Ich glaube, du warst reif, dich zu verlieben. Verliebt in die Liebe, wie man so sagt. Und darüber ist nicht so schwer hinwegzukommen wie über die wahre Liebe.«

Ja, Lilias war mir wirklich ein Trost.

Und ich ging reiten. Major Jennings war ein jovialer Herr im mittleren Alter, die Haut gegerbt vom jahrelangen Dienst in Indien; als er heimkam, hatte er den Reitstall eingerichtet, den er mit Hilfe seiner Frau und seiner Tochter betrieb. Mrs. und Mr. Jennings waren beide lebhafte, fröhliche Menschen. Sie waren stets von vier großen, anhänglichen Hunden umringt.

Als ich zum erstenmal mit Lilias zu ihnen kam, wurden wir in ein behagliches, aber ziemlich abgewohntes Zimmer mit mehreren Pferdebildern an den Wänden geführt. Mrs. Jennings servierte Tee. Währenddessen kam Florence Jennings herein, eine großgewachsene Frau um die Dreißig, mit üppigen roten Haaren und vielen Sommersprossen. Sie war im Reitkostüm. Ich entdeckte bald, daß sie dieses Habit fast alle Tage trug.

»Meine Tochter Florence«, stellte Mrs. Jennings vor. »Pferde sind unsere Leidenschaft, und Florence ist von uns allen am meisten in sie vernarrt, nicht wahr, Flo?«

Das Zimmer enthielt viel Zierat aus Messing und geschnitztem Holz sowie zwei Benares-Tische – die Jennings' hatten sich ein wenig indisches Flair ins Haus geholt.

Die Hunde kamen herein, um uns zu beschnuppern, einer freundlich mit dem Schwanz wedelnd, einer neugierig, die übrigen zwei eher mißtrauisch.

»Schluß jetzt, Tiffin. Du auch, Rajah. Das sind liebe Freundinnen.« Der Befehlston in der Stimme bewirkte, daß sich die Hunde sofort zurückzogen.

Mrs. Jennings und Florence vernahmen mit Interesse, daß ich gerne reiten würde, aber erst wenige Reitstunden gehabt hatte. »Sie werden bald eine gute Reiterin sein«, versicherte mir Florence. »Das habe ich im Gefühl. Aus langjähriger Erfahrung. Sie dürfen Ihr Tier nur nicht spüren lassen, daß Sie nervös sind, sonst macht es mit Ihnen, was es will. Es muß von Anfang an merken, daß Sie die Oberhand haben. Wenn Sie es dann noch ein wenig streicheln, frißt es Ihnen aus der Hand.«

Lilias erklärte, sie halte es für eine gute Idee, wenn sie mich unterrichtete, worauf Mrs. Jennings sich auf den Schenkel klopfte und meinte, das sei genau das richtige.

Somit wurde ich von Lilias unterwiesen, und nach drei, vier beschwerlichen Tagen war ich auf dem besten Wege, eine gute Reiterin zu werden.

Lilias nahm mich auch mit zum Gutshaus, wo ich Charles Merrimen kennenlernte. Er war mir sofort sympathisch. Es hatte fast etwas Heiligmäßiges, wie er sich mit seiner Behinderung abfand, und es war offensichtlich, daß ihn und Lilias eine innige Zuneigung verband. Sein Vater, der Gutsherr, war ein ziemlich verschlossener, würdevoller Herr. Die Vorfahren der Familie hatten das Gutshaus seit Jahrhunderten bewohnt. Charles' älterer Bruder David lebte mit seiner Frau und zwei Söhnen gleichfalls im Haus.

Wenn Charles und Lilias geheiratet hätten, hätten Lilias und ich uns nie kennengelernt. Das bewog mich, über die Gesetze des Zufalls nachzugrübeln.

Ich begleitete Lilias noch ein paarmal, wenn sie Charles besuchte, doch ich erkannte bald, daß es besser war, die beiden allein zu lassen. Sie erzählte mir, daß sie ihm Gibbons *Geschichte des Verfalls und Untergangs des Römischen Reiches* vorlese und er es sehr genieße. So entschuldigte ich mich, und da Lilias und ich uns stets verstanden hatten, akzeptierte sie meinen Entschluß, nicht mitzukommen.

Dann traf eine Einladung von Haus Lakemere ein.

»Mrs. Ellington betrachtet sich als Patronin des Dorfes«, erklärte Lilias. »Ich glaube, sie ist der Meinung, daß die Merrimens ihren Pflichten ziemlich lasch nachkommen. Mrs. Ellington dagegen ist sehr rührig. Sie gehört zu den Frauen, die sich einbilden, besser zu wissen, was gut für die Leute ist, als diese selbst. Das verrückte ist, daß sie es wirklich oft besser weiß. Wir sind bei ihr zum Tee eingeladen. Wenn du ihr gefällst, wird sie die Einladung wiederholen. Übrigens, wir müssen Kitty verständigen, bevor wir hingehen – für den Fall, daß wir ihr in die Arme laufen. Am liebsten wäre mir, ich könnte sie unter einem Vorwand hierherbestellen. Mal sehen. Ich werde Jane fragen. Vielleicht fällt ihr etwas ein.«

Jane hatte eine Idee: »Vater sagte einmal, sie sei nicht konfirmiert. Sie möchte es aber, und Mrs. Ellington ist natürlich auch dafür. Bestell sie unter dem Vorwand hierher, daß wir mit ihr über ihre Konfirmation sprechen wollen.«

Eine Botschaft wurde überbracht, und einen Tag vor unserem Besuch in Haus Lakemere kam Kitty zu uns. Wir verabredeten, daß ich unsichtbar bleiben sollte, bis Lilias mit ihr gesprochen hatte.

Ich erspähte sie von meinem Fenster, als sie eintraf. Sie war fülliger geworden und wirkte zufriedener. Das Leben hier tat ihr offensichtlich gut.

Bald darauf kam Daisy in mein Zimmer und richtete mir aus, Lilias wolle mich im Salon sehen. Als ich hinunterkam, lief Kitty zu mir und umarmte mich. Dann wich sie zurück, wohl etwas erschrocken über ihre Kühnheit. Ich küßte sie auf die Wange und sagte: »Schön, dich zu sehen, Kitty.«

»O Miss... hm, Miss... ich werde nie vergessen, was Sie und Miss Lilias für mich getan haben.«

»Bist du glücklich in Haus Lakemere?«

»O ja. Es gefällt mir sehr gut.«

»Denk daran, sie heißt jetzt Miss Diana«, sagte Lilias. »Miss Diana Grey. Es ist wichtig, Kitty, daß du es nicht vergißt.«

»Oh, bestimmt nicht, Miss.«

Lilias schickte Kitty anschließend zu ihrem Vater ins Vikariat, auf daß er sie über ihre Konfirmation berate. Lilias nahm es mit der Wahrheit sehr genau und bemühte sich nach Möglichkeit, daran festzuhalten.

Ich konnte eine gewisse ängstliche Spannung nicht abschütteln, als wir im Einspänner nach Haus Lakemere fuhren, obwohl ich mich bemühte, meine Furcht zu unterdrücken, und mir sagte, ich dürfe nicht jedesmal nervös werden, wenn ich eine neue Bekanntschaft machen sollte.

Lilias erklärte mir: »Da sie sich als Patronin des Dorfes sieht, möchte Mrs. Ellington alles wissen, was vorgeht. Sie interessiert sich ganz besonders für die Kirche. Ich glaube, sie hält es für ihre Pflicht, auf meinen Vater aufzupassen. Sie achtet seine Güte, mißbilligt aber seine Unbeholfenheit in praktischen Dingen. Sie betrachtet ihn mit einer Mischung aus Zuneigung und Verzweiflung. Sie bewundert seine christlichen Tugenden und beklagt seine Weltfremdheit. Sie wird bestimmt versuchen, dich zu bewegen, ihr während deines Aufenthalts in Dorfangelegenheiten zur Hand zu gehen.«

»Ich hätte nichts dagegen. Gibt es auch einen Mr. Ellington?«

»O ja. Er ist sehr reich. Er pendelt ständig zwischen hier und Exeter hin und her und ist auch oft in London. Er mischt sich nie in Mrs. Ellingtons Angelegenheiten – er stellt nur die Mittel zur Verfügung, die es ihr ermöglichen, ihre guten Werke zu verrichten. Es heißt, im Geschäftsleben sei er ein Löwe und im häuslichen Kreis ein Lamm. Dann ist da noch Miss Myra Ellington – die Frucht dieser Ehe. Sie ist nett, aber sehr still und in sich gekehrt, was bei dieser Mutter seltsam erscheinen mag. Ich glaube, sie ist sehr gut situiert. Ihr Großvater soll ihr den Großteil seines Vermögens hinterlassen haben. Dadurch dürfte sie ziemlich unabhängig sein.«

»Ja. Ich nehme an, viele Frauen heiraten nur, um versorgt zu sein.«

»Das ist leider wahr. Nun, Miss Ellington braucht an so etwas nicht zu denken. Aber ich habe von Kitty gehört, daß sie sich sehr für einen Mann interessiert, der zur Zeit in ihrem Hause zu Gast ist.«

»Ich nehme an, in einem Dorf ist es schwer, etwas geheimzuhalten, sosehr man sich auch bemüht...«

Lilias sah mich streng an. »Du darfst nicht ständig denken, daß alle Welt nur deinen Fall im Kopf hat. Das war bloß eine kurzlebige Sensation. Die Leute vergessen schnell, was sie nicht persönlich berührt.«

Haus Lakemere war ein eindrucksvolles, elegantes Gebäude aus dem 18. Jahrhundert. Marmorstufen führten zu einem Säulengang. Inmitten des mit Blumenbeeten gesäumten Rasens war ein großer Teich mit einer Statue in der Mitte, die offenbar Aphrodite darstellen sollte.

Ein Hausmädchen führte uns in den Salon, wo Mrs. und Miss Ellington uns erwarteten.

Mrs. Ellington, die in einem thronähnlichen Sessel saß, streckte ihre Hand aus. »Oh, Lilias, wie nett, Sie zu sehen.«

Miss Ellington hatte sich erhoben und trat neben ihre Mutter.

»Das ist Miss Diana Grey«, sagte Lilias.

Sie reichte mir die Hand. Ich ergriff sie und hätte beinahe einen Knicks gemacht, denn Mrs. Ellington hatte entschieden etwas Königliches. »Sehr erfreut. Willkommen in Lakemere, Miss Grey. Dies ist meine Tochter.« Wir gaben uns die Hand.

»Wie schön, daß Sie kommen konnten«, murmelte Miss Ellington, worauf ich erwiderte, es sei sehr freundlich von Mrs. Ellington gewesen, mich einzuladen.

Ich musterte die reiche Miss Ellington. Sie war groß gewachsen und ziemlich knochig. Sie hatte etwas Linkisches und war nicht gerade schön zu nennen, wogegen ihre Mutter in jungen Jahren recht hübsch gewesen sein mußte. Und doch besaß Miss Ellington eine gewisse Anziehungskraft. Das lag an der Sanftheit ihrer großen braunen Augen – die an die Augen eines Spaniels erinnerten.

»Wie ich höre, wohnen Sie im Pfarrhaus, Miss Grey«, sagte Mrs. Ellington. »Was halten Sie denn von unserem Dörfchen?«

»Ich kenne noch nicht viel, aber was ich gesehen habe, finde ich reizend.«

Ein Hausmädchen kam mit einem Teewagen herein, auf dem alles, was man zum Tee braucht, gedeckt war, dazu dünn geschnittene, belegte Brote und ein Sandkuchen.

»Danke, Emma«, sagte Mrs. Ellington. »Du kannst gehen. Wir bedienen uns selbst. Miss Grey – Sahne, Zucker?«

Miss Ellington reichte mir die Tasse.

Ein paar Minuten später ging die Türe auf, und ein Mann schaute herein. Er blieb auf der Schwelle stehen und zeigte Überraschung und Zerknirschung. »Oh, Verzeihung. Ich hatte keine Ahnung, daß Sie Besuch haben. Ich möchte nicht stören.«

»Kommen Sie herein, Roger«, sagte Mrs. Ellington herzlich. »Sie stören durchaus nicht. Mr. Lestrange wohnt zur Zeit bei uns«, erklärte sie zu mir gewandt. »Kommen Sie, ich mache Sie mit unseren Gästen bekannt.«

Er war groß und kräftig gebaut. Ich schätzte ihn auf Ende Dreißig. Er sah bemerkenswert gut aus. Seine Hautfarbe ließ vermuten, daß er sich in einem Land mit wärmerem Klima aufgehalten hatte. Seine strahlendblauen Augen bildeten einen lebhaften Kontrast zu seinen fast schwarzen Haaren. Er trat ins Zimmer und sah mich aufmerksam an.

»Wir kennen uns schon«, sagte Lilias.

»Ganz recht, aber... hm...« Er lächelte mich an.

Miss Ellington stellte mich vor: »Das ist Miss Grey. Sie wohnt im Pfarrhaus.«

»Sehr erfreut.«

»Nehmen Sie Platz, Roger«, sagte Mrs. Ellington. »Myra, meine Liebe, Roger möchte sicher eine Tasse Tee.«

Während Myra den Tee servierte, sagte Mrs. Ellington zu mir:
»Mr. Lestrange kommt aus Südafrika. Er ist nur vorübergehend
in England und für ein Weilchen unser Gast. Er und mein Mann
haben geschäftlich miteinander zu tun.«

»Ich komme eben vom Reiten«, sagte er, indem er uns der Reihe
nach anlächelte. »Die Landschaft hier ist großartig. Und Sie sind
auch hier zu Besuch, Miss Grey? Woher kommen Sie?«

»Aus Schottland.«

»Ein schönes Land. Aus welcher Gegend?«

»Aus... hm... Edinburgh.« Ich merkte, wie ich leicht errötete.
Ich mußte meine Ängste bezwingen. Es ging nicht an, daß mir jedesmal unbehaglich wurde, wenn mir jemand Fragen über
meine Herkunft stellte.

»Und aus welchem Teil Südafrikas kommen Sie, Mr. Lestrange?« fragte ich rasch.

»Aus einer Stadt namens Kimberley. Vielleicht haben Sie davon
gehört.«

»Wer hätte nicht von Kimberley gehört?« sagte Mrs. Ellington.
»Ihre Diamanten haben sie berühmt gemacht.«

»Vielleicht berüchtigt«, erwiderte er lächelnd. »O ja, kein Zweifel, Diamanten haben uns in die Schlagzeilen gebracht.«

»Mr. Lestrange ist an einer der größten Diamantengesellschaf-
ten der Welt beteiligt«, verkündete Mrs. Ellington stolz.

»Ach was«, sagte er lachend, »es gibt noch mehr davon.«

»Sie sind zu bescheiden, Roger«, meinte Mrs. Ellington beinahe
liebevoll.

»Es muß sehr aufregend sein, Diamanten zu finden«, sagte ich.

»Allerdings, und es kann ein heilloses Durcheinander erzeugen.
Diamanten, Gold... wir hatten von beidem unser Teil. Die Leute
stellen sich vor, das Zeug liegt in der Erde und wartet nur darauf,
gehoben zu werden.«

»Ich stelle mir vor, wenn es gefunden ist, macht es erst einmal
eine Menge Arbeit«, sagte Lilias. »Wenn die Leute von Diaman-
tenfunden sprechen, denken sie gleich an Armbänder und
Ringe.«

»Das stimmt. Und auf jeden Fund kommen unendlich viele Enttäuschungen. Ich freue mich, daß ich zu denen gehöre, die Glück gehabt haben.«

»Wohnen Sie direkt in Kimberley?« fragte ich.

»Ja. Ich habe ein ziemlich großes Haus in der Stadt. Nach dem Tod meiner Frau dachte ich daran umzuziehen. Aber ich bin viel auf Reisen und hatte einfach noch nicht die Zeit dazu.«

Es folgte ein kurzes Schweigen als Achtungsbezeugung für seine verstorbene Frau; als er ihren Tod erwähnte, klang seine Stimme ziemlich bewegt. Er biß sich auf die Lippen, dann lächelte er uns strahlend an, und Miss Ellington sagte rasch: »Es ist bestimmt interessant, in einem *neuen* Land zu sein. Hier bei uns ist alles so uralt.«

»Ich würde Afrika nicht gerade als neu bezeichnen«, erwiderte Mr. Lestrange. »Aber hier haben Sie soviel, das an eine nicht allzu ferne Vergangenheit erinnert, zum Beispiel Ihre normannischen Kirchen und so manches schöne Wohnhaus.«

»Das Klima ist bestimmt sicher ganz anders als hier bei uns«, meinte Lilias.

»Und ob. Das Klima in Kimberley soll angeblich sehr gesund sein.«

»Das sieht man Ihnen auf den ersten Blick an«, sagte Mrs. Ellington.

»Werden Sie lange in England bleiben?« fragte ich.

»Bis meine Geschäfte abgeschlossen sind. Ich bin versucht, die Abreise hinauszuzögern. Sie haben keine Ahnung, wie man mich hier verwöhnt.«

»Es ist uns ein Vergnügen, Sie bei uns zu haben«, sagte Mrs. Ellington, »nicht wahr, Myra?«

Miss Ellington stimmte aus vollem Herzen zu.

»Sie bringen Abwechslung in unser eintöniges Leben«, fuhr Mrs. Ellington fort. »Ab und zu wohnen Freunde meines Mannes bei uns.« Sie richtete die Augen zur Decke. »Aber diesmal macht es Myra und mir besonders große Freude, und wir werden unser Bestes tun, um Sie zur Verlängerung Ihres Aufenthaltes zu bewegen, Roger.«

Ich beobachtete Myra Ellington. Seit Mr. Lestrange hereingekommen war, war eine Veränderung mit ihr vorgegangen. Ihre Spanielaugen wanderten oft zu ihm. Sie findet ihn unwiderstehlich, dachte ich.

Er war anders als alle Männer, die ich bisher kennengelernt hatte. Ich hätte gern mehr über ihn gewußt. War er in Südafrika geboren, oder war er auf der Suche nach Diamanten dorthin ausgewandert? Er entsprach so gar nicht meinem Bild von einem Buren. Dem Namen nach hätte er Franzose sein können. Als sich die Holländer, deren Nachkommen sich als Buren bezeichnen, in Afrika ansiedelten, schlossen sich ihnen Hugenotten an, die aus Frankreich geflohen waren. Ich glaubte mich jedenfalls zu erinnern, davon gehört zu haben.

Aber französisch sah Mr. Lestrange auch nicht aus. Wie dem auch sei, durch seine Ankunft gestaltete sich die Teegesellschaft interessanter, als ich mir vorgestellt hatte. Statt der erwarteten Gespräche über Dorfangelegenheiten wurde uns ein spannender Einblick in eine Welt geboten, von der ich bislang kaum etwas wußte. Mrs. Ellington ließ zu, daß Mr. Lestrange das Wort führte, was mich verwunderte; aber sie war wohl ebenso von ihm beeindruckt wie ihre Tochter. Er war ein lebhafter Plauderer und genoß es offensichtlich, so aufmerksame Zuhörerinnen zu haben. Er erwähnte kurz die Schönheit der Landschaft, die oft zerklüftet, majestätisch, ehrfurchtgebietend sei; er sprach von den Tieren – Löwen, Leoparden, Panthern, Giraffen, Büffeln, Rhinozerossen und Hyänen. Ich fühlte mich in eine neue Welt versetzt, weit fort von allen Ängsten und Alpträumen, die mich hierzulande nicht loslassen wollten.

»Es klingt, als sei es das Paradies«, bemerkte Myra Ellington.

»Es hat auch eine Kehrseite«, sagte Mr. Lestrange wehmütig.

»Man kann Löwen sehen, die einen schönen Hirsch anfallen, man sieht den Schrecken der armen Kreatur, wenn sie ihr Schicksal erkennt. So ist die Natur. Jedes Tier muß für sich selbst sorgen. Alle müssen ständig wachsam sein. Eben noch rennen sie umher, freuen sich ihres Lebens und der Freiheit. Sie sehen den mächtigen Feind nicht, der den Moment abpaßt, um zum Sprung anzusetzen. Mit einemmal sind sie hilflos. Sie blicken dem Tod ins Gesicht.«

»Es klingt entsetzlich«, sagte Myra schaudernd.

»So ist nun mal die Natur.«

»Gottlob sind wir nicht wie die Tiere im Dschungel«, sagte Lilias.

»Auch Menschen müssen manchmal der Gefahr ins Auge sehen«, entfuhr es mir.

Roger Lestrange sah mich aufmerksam an. »Sehr richtig, Miss Grey. Wir befinden uns alle in einer Art Dschungel. Der unsere ist natürlich anders, aber die Gefahren sind ebenso vorhanden.«

»Welch makabres Gespräch!« rief Mrs. Ellington. »Mr. Ellington kommt morgen nach Hause. Das wird Sie gewiß freuen, Roger. Dann müssen Sie sich nicht mehr soviel mit uns langweiligen Frauen abgeben.«

»Sie sind alles andere als langweilig! Ich verspreche Ihnen, daß ich Ihre reizende Gesellschaft weiterhin suchen werde.«

Es dauerte nicht lange, bis sich das Gespräch wieder Südafrika zuwandte. Während dieser Teestunde erfuhr ich mehr über dieses Land als in meinem ganzen bisherigen Leben.

Roger Lestrange meinte, er sehe Unruhen heraufziehen. Die Buren lehnten die britische Verwaltung in Südafrika ab. Seit die Briten ins Land gekommen seien, herrsche Unzufriedenheit. Die Briten seien gewillt, den Schwarzen gewisse Rechte einzuräumen, nachdem sie die Befreiung von der Sklaverei erwirkt hatten. Das war gegen den Willen der Farmer, die dadurch ihre kostenlosen Arbeitskräfte verloren. Im »Großen Treck«, der von 1835 bis 1843 dauerte, verließen die Buren mit ihren Familien und ihrem Vieh die Kapkolonie und siedelten sich auf ihrem Zug nach Norden in Transvaal an.

Er erzählte von Cecil Rhodes, der Rhodesien gegründet hatte und am liebsten ganz Afrika unter britische Verwaltung gestellt hätte. Diesen Traum teilte er mit einem Mann namens Leander Starr Jameson, dessen berühmter Feldzug zwei Jahre zuvor in einer Katastrophe geendet hatte.

Wir hatten alle von dem sogenannten Jameson Raid gehört, wußten aber nicht mehr genau, worum es dabei gegangen war.

»Jameson war ein Heißsporn«, sagte Roger Lestrange, »eigentlich erstaunlich, denn er war Arzt. Er stammte aus Ihrer Heimatstadt. Sagten Sie nicht, Sie kommen aus Edinburgh? Er hat dort Medizin studiert und eröffnete eine Praxis in Kimberley, wo er sich mit Cecil Rhodes anfreundete. Es gab eine Menge Reibereien zwischen der Uitlander Partei – das sind jene Siedler, die keine Buren sind, die meisten sind Engländer – und der Burenregierung. Der Präsident war Stephanus Johannes Paulus Krüger, gewöhnlich Ohm Krüger genannt. Sie haben sicher von ihm gehört.«

»Allerdings«, sagte Mrs. Ellington grimmig. »Dieser ganze Ärger mit dem Gratulationsschreiben, das der deutsche Kaiser ihm schickte.«

»Ja, wegen des Jameson Raid. Rhodes und Jameson hatten gemeinsam geplant, die Buren westlich von Johannesburg zu überraschen. Dann sah Rhodes ein, daß der Plan nicht gelingen konnte, und blies die ganze Sache ab. Aber, wie gesagt, Jameson war ein Heißsporn; er glaubte, allein handeln und siegen zu können, und machte weiter. Als er nach Krugersdorp westlich von Johannesburg kam, wurde er von einer starken Burenstreitmacht überrascht, überwältigt und gefangengenommen. Der Jameson Raid schlug fehl. Rhodes und die britische Regierung lehnten die Verantwortung dafür ab. Es war eine Katastrophe.«

»Und hätte fast zum Krieg zwischen uns und Deutschland geführt«, sagte Mrs. Ellington. »Mein Mann war über diese Aussicht entsetzt. Es hätte nicht viel gefehlt. Wir fanden, wir müßten diesen gräßlichen Kaiser in die Schranken weisen.«

»Die britische Regierung«, fuhr Roger Lestrange fort, »war jedoch der Meinung, die Vorgänge in Südafrika lohnten einen Krieg mit Deutschland nicht, und so verzogen sich die Wolken.«

»Ich hätte gern gesehen, daß diesen anmaßenden Deutschen eine Lektion erteilt würde«, sagte Mrs. Ellington.

»Die Lage ist explosiv«, fuhr Roger Lestrange fort. »Rhodes und Krüger beobachten sich scharf. Der Jameson Raid mag nicht zum Ziel geführt haben, aber vergessen ist er nicht.«

»Ich möchte gerne einmal nach Südafrika«, sagte Myra Ellington.

Roger Lestrange lächelte sie an. »Vielleicht läßt es sich eines Tages machen.«

Mrs. Ellington hatte nun offenbar doch das Gefühl, daß ihr die Gesprächsführung zu lange entglitten war, und sie wechselte resolut das Thema. Sie sprach vom Dorf und dem Fest, bis zu dem es zwar noch einige Wochen hin sei, das jedoch einer gründlichen Planung bedürfe. »Ob Sie dann noch bei uns sein werden, Miss Grey?«

»Dianas Pläne sind im Moment noch ungewiß«, erklärte Lilias.

»Nun ja. Aber falls Sie noch hier sind... würden Sie dann wohl einen Stand übernehmen?«

»Mit dem größten Vergnügen«, versicherte ich.

»Werden Sie uns auch helfen, Roger?«

»Ich glaube nicht, daß ich einen guten Standverkäufer abgebe.«

»Oh, wir finden schon eine Beschäftigung für Sie.«

Lilias sah auf ihre Uhr. Es war halb sechs, wie ich mit einem Blick auf meine eigene feststellte. Zeit für uns, aufzubrechen. Wir dankten Mrs. Ellington und verabschiedeten uns. Mr. Lestrange und Myra Ellington begleiteten uns zum Wagen.

Als wir aus der Zufahrt fuhren, fragte mich Lilias: »Na, wie fandest du es?«

»Sehr interessant. Er hat so spannend von Südafrika erzählt. Ich glaube, Myra Ellington hat ihn sehr gern.«

»Den Eindruck habe ich auch. Es wäre schön für sie, wenn er sie heiraten würde.«

»Ob sie von zu Hause fortgehen würde?«

»Nun, wir werden sehen.«

Tags darauf erhielt ich einen Brief von Zillah. Es war bereits der zweite. Sie schien sich wirklich etwas aus meinen Gefühlen zu machen und sie zu verstehen.

Meine liebe, liebe Davina,
ich habe einen Moment überlegt, ob ich Dich Diana nennen soll, doch ich finde, das geht ein bißchen zu weit. Aber vielleicht wäre es doch angebracht, für den Fall, daß der Brief jemand anderem in die Hände fällt. Du wirst ihn vernichten müssen, sobald Du ihn gelesen hast – das hört sich ziemlich dramatisch an.
Wie geht es Dir? Ich denke sehr viel an Dich. Ich bin sicher, Du hast recht daran getan, fortzugehen und Dich Diana zu nennen. Du wirst Dich besser fühlen, ruhiger werden.
Hier ist es sehr seltsam ohne Dich. Die Leute sind anders. Aber da sie sich nie viel aus mir gemacht haben, ist mir ihr Verhalten eigentlich einerlei. Ich sage mir dauernd, ich muß Davina dies und das erzählen – und dann bist Du nicht da.
Schreib mir doch bitte, wie es Dir geht. Übrigens, Dein Ninian Grainer ist zweimal hiergewesen. Das ist sehr außergewöhnlich! Und ein bißchen aufdringlich, finde ich. Über eine entsprechende Andeutung von mir ist er achselzuckend hinweggegangen. Er bringt mich dazu, von mir zu erzählen. Er ist sehr neugierig. Fragen zu stellen ist ihm anscheinend zur zweiten Natur geworden. Er hört sehr aufmerksam zu. Vielleicht sollte ich mich erkundigen, was er damit bezweckt! Aber es ist immerhin eine Abwechslung.
Neulich hat er mich abends zum Essen ausgeführt. Ich bin sicher, daß er erwartete, ich würde ihn hereinbitten, als er mich

nach Hause brachte. So sind die Männer! Vielleicht sollte ich ihm einfach die Tür weisen! Doch dann fällt mir ein, daß er Dich so gut verteidigt hat, und dafür bin ich ihm unendlich dankbar.

Ich denke, ich gehe für eine Weile nach London. Ich muß einfach mal weg von hier.

Schreib bald. Ich denke viel an Dich.

In Liebe,
immer Deine Zillah

Mit dem Brief in der Hand lehnte ich mich zurück. Ich dachte an Ninian Grainger. Er hatte mich enttäuscht. Ich hatte geglaubt, er habe etwas für mich übrig, doch nun ließ er sich offenbar von Zillah betören. Ich erinnerte mich, wie er nach dem Urteilsspruch meine Hände nahm, wie ich gerührt den Jubel in seinem Gesicht sah. Das hatte mich aufgerichtet, trotz des empfindlichen Schlags, den mir Jamies Verrat versetzt hatte. Ich hatte mich in dem Glauben gewiegt, daß Ninians hingebungsvolle Fürsorge von ganz anderem Gewicht sei als das schwache Gefühl, das Jamie für mich empfunden haben mußte.

Ich durfte freilich nicht vergessen, daß ich mich damals in einem hysterischen Zustand befand. Vor Gericht war es um mein Leben gegangen. Ich hätte erkennen müssen, daß Ninian und mich nichts weiter verband als die Beziehung zwischen einem Advokaten und seiner Mandantin, deren Fall, sofern er ihn gewann, seinen Ruf erheblich fördern könnte. Das war alles, ich aber hatte darin den Beginn einer tiefen Freundschaft gesehen, die vielleicht zu mehr führen könnte. Ich war so naiv, so unerfahren. Sobald meine attraktive Stiefmutter die Szene betrat, war ich für ihn uninteressant geworden. Und nun machte er ihr wahrhaftig den Hof! Ich war empört und bitter enttäuscht. Der Gedanke an ihn und Zillah ging mir nicht aus dem Kopf. Es berührte mich stärker, als ich für möglich gehalten hätte.

Lilias bemerkte meine Niedergeschlagenheit und gab sich große

Mühe, mich für die Dorfangelegenheiten zu interessieren. Ich konnte inzwischen passabel reiten; das sorgte für Ablenkung. Wir ritten oft aus, und so lernte ich einige Leute aus dem Dorf kennen.

Von einer Pfarrerstochter wurde erwartet, daß sie die Bewohner von Zeit zu Zeit besuchte, insbesondere die gebrechlichen. Da Jane mit der Hausarbeit voll ausgelastet war, fiel diese Aufgabe Lilias zu, die ihre Sache sehr gut machte. »Sie wollen dich alle kennenlernen. Manche alten Leute können ihr Haus nicht mehr verlassen, und ein neues Gesicht im Dorf erregt immer Neugierde.« So kam es, daß ich auch bei ihr war, als sie Mrs. Dalton einen ihrer regelmäßigen Besuche abstattete. Auf dem Weg zu den Leuten klärte sie mich ein wenig über sie auf, so daß ich eine Vorstellung hatte, was mich erwartete. »Mrs. Dalton ist eine interessante alte Dame. Sie ist über achtzig und hat ihr ganzes Leben in diesem Dorf verbracht. Sie hat sechs Kinder geboren – vier Töchter und zwei Söhne. Zwei von ihren Kindern sind ausgewandert, eins nach Amerika, eins nach Neuseeland, und es schmerzt sie, daß sie ihre Enkelkinder und deren Eltern nie sieht. Sie schreiben aber, und es ist jedesmal ein großer Tag, wenn sie Post von ihnen bekommt. Bald kennt das ganze Dorf den Inhalt des Briefes. Mrs. Dalton ist eine unermüdliche Klatschbase und Skandallieferantin. Sie hat ja nichts anderes zu tun, da sie sich kaum bewegen kann. Fast den ganzen Tag sitzt sie in ihrem Sessel und sieht aus dem Fenster. Zwei Töchter und eine Schwiegertochter wohnen in der Nähe und kümmern sich abwechselnd um sie – in dieser Hinsicht ist sie gut versorgt. Aber sie hat gerne Besuch, und ein Strom von Besuchern geht ständig bei ihr ein und aus. Ein Enkelkind kommt jeden Tag und liest ihr die Zeitung vor; später erzählt sie dann ihren Besuchern, was sie gehört hat. Sie ist klug und klagt nicht, solange sie nur genug Leute bewegen kann, mit ihr zu plaudern.«

»Ich bin sehr gespannt auf sie. Es macht mir Spaß, all die Leute kennenzulernen. Das Leben hier ist ganz anders, als ich es gewohnt bin.«

»Oh, Eliza Dalton wird dich amüsieren.«

Wir gingen über den Anger zu dem Häuschen. Die Türe war nicht verriegelt. Lilias klopfte, öffnete und ging hinein. »Guten Morgen, Mrs. Dalton. Kommen wir ungelegen?«

»Oh, sind Sie das, Miss Lilias? Kommen Sie nur herein. Ich bin allein.«

»Ich habe Miss Grey mitgebracht, die bei uns wohnt.«

»So, so, Sie sind Miss Grey.« Mrs. Dalton musterte mich eingehend. »Freut mich, Sie kennenzulernen. Ich hab' schon alles über Sie gehört.«

Wieder befiel mich dieses Unbehagen, das ich sofort zu unterdrücken versuchte.

»Rücken Sie Ihren Stuhl näher, damit ich Sie sehen kann.«

»Und wie geht es Ihnen, Mrs. Dalton?« erkundigte sich Lilias.

»Ach, das Rheuma kommt und geht. Mal ist es besser, mal schlimmer.«

»Und was macht die Familie?«

»Charley hat jetzt ein eigenes Stück Land. Bis nach Neuseeland hat er müssen, um es zu kriegen. Er meint, dort kommt man schneller ran als hier. Seine Tochter heiratet demnächst. Und ich kann nicht bei der Hochzeit meiner Enkelin dabeisein ... wie finden Sie das?«

»Sehr bedauerlich«, sagte Lilias. »Aber zum Glück haben Sie ja viele Angehörige in Ihrer Nähe.«

»Ich denk' immer an die, die weit weg sind. Aber ich kann mich nicht beklagen, meine Töchter sorgen gut für mich. Bloß Olive – das ist meine Schwiegertochter«, erklärte sie, an mich gewandt, »die kommt rein und flitzt wieder raus wie der Blitz. Putzen tut sie prima. Aber wissen Sie, was sie sagt? ›Keine Zeit zum Hinsetzen und Schwätzen, Ma. Hab' zu Haus so viel zu tun.‹«

»Das muß man verstehen«, meinte Lilias beschwichtigend. »Aber Sie bekommen ja sonst viel Besuch.«

»O ja, ja, alle kommen mich besuchen.« Sie wandte sich an mich, die Augen in ihrem runzligen Gesicht funkelten neugierig.

»Es ist nett von Ihnen, daß Sie mich besuchen. Sagen Sie, was halten Sie von unserem Dorf?«

»Es ist sehr interessant.«

»Kennen Sie schon viele Leute hier?«

»Einige.«

»Und woher kommen Sie? Daß Sie nicht aus Devonshire sind, das hört man.«

»Ich bin aus Schottland.«

»Oh.« Sie sah mich ein wenig mißtrauisch an. »Das ist weit weg.«

»Mit der Eisenbahn ist es gar keine so lange Reise.«

»Ich bin nie in so einem neumodischen Ding gesessen.« Lilias lachte. »Eisenbahnen gibt es schon eine Reihe von Jahren, Mrs. Dalton.«

»Ich hab' die ganzen Jahre bloß im Sessel gesessen. Man kann nicht rumlaufen, wenn einen das Rheuma plagt. Und davor mußte ich meine Kinder aufziehen.«

»Aber Sie sehen die Welt – die Welt von Lakemere – vom Fenster aus.«

»Da war doch dieser Mordfall in Edinburgh. War es Edinburgh?«

»Edinburgh, ja, das ist die Hauptstadt von Schottland«, sagte Lilias. »Wie macht sich die kleine Clare in der Schule?«

»Sie kommt gut mit. Es stand viel darüber in der Zeitung.« Mein Herz schlug so heftig, daß ich dachte, sie könnte es hören. Lilias warf mir einen besorgten Blick zu. Dann sagte sie: »Dies war ein gutes Obstjahr, Mrs. Dalton.«

»Ist das wahr? Dieser Mord in Schottland, er war gräßlich. Edinburgh… da ist es gewesen. Wo Sie herkommen. Sie wurde freigesprochen.«

»Ist der Doktor heute hiergewesen?« fragte Lilias.

»Ach, er sagt, er kann nicht viel für mich tun. Ich muß damit leben, sagt er. In meinem Alter ist immer irgendwas. Er kommt, wann er Lust hat, guckt mich kurz an und sagt: ›Viel Ruhe – so-

viel wie möglich.‹ War doch sonnenklar, oder? Sie hatte ihre
Gründe. Geht hin und kauft das Zeug. Und der eigene Vater!
Diese Frau – sie war schön, ja? Schätze, sie hat das alles erfun-
den. Er hätte Arsen genommen, damit er wieder ein richtiger
Mann wird! Hat man so was schon gehört!«

»So«, sagte Lilias, die sehr unruhig geworden war. »Wir müssen
jetzt wirklich gehen. Wir haben noch mehrere Besuche zu machen.«

»Sie sind doch erst höchstens fünf Minuten hier. Ich wollte Ihnen noch von Mrs. Mellishs Untermieter und ihrer Tochter erzählen. Oh, jetzt hätte ich die große Neuigkeit fast vergessen.
Noch ist es nicht bekanntgemacht. Bald wird es im ganzen Dorf
herum sein. Was glauben Sie, was es ist?«

»Ich habe keine Ahnung«, sagte Lilias kühl.

»In Haus Lakemere tut sich was. Er ist sehr stattlich, finden Sie
nicht? Alles ist, wie es sich ziemt. Mrs. Ellington ist bestimmt
froh. Ich muß sagen, für Miss Myra wird es aber auch Zeit. Sonst
wird sie noch eine alte Jungfer. Hat bestimmt schon gedacht, sie
wird sitzenbleiben. Dann kommt er daher, dieser reiche, gutaus-
sehende Witwer. Kein Wunder, daß sie froh sind im Haus Lakemere. Heute abend wird es bekanntgegeben.«

»Woher wissen Sie das?« fragte Lilias.

»Mrs. Eddy hat's mir erzählt, und als Haushälterin von denen
muß sie's ja wissen. Sie war vorhin hier. War gerade 'ne Minute
weg, als Sie gekommen sind. Sie geben heute abend eine Gesellschaft. Es ist alles besiegelt. Bald wird es bei denen eine Hochzeit
geben. Dieser Mr. Lestrange wird nach Südafrika zurückwollen.
Mit seiner Braut. Miss Myra geht nach Afrika.« Mrs. Dalton zog
ein Gesicht. »Besser sie als ich. Keine zehn Pferde brächten mich
in so eine ferne Gegend.«

»Seien wir froh, daß die Pferde nicht gebraucht werden«, sagte
Lilias. Mrs. Daltons Erwähnung vom Mord an meinem Vater
hatte sie sehr erschreckt, und ich wußte, sie wünschte, wir hätten
diesen Besuch nicht gemacht.

Als wir unsere Pferde losbanden, sagte Lilias: »So eine alte Klatschbase!«

»So wird es immer sein, Lilias. Ich muß mich damit abfinden. Wenigstens wußte sie nicht, wer ich bin.«

»Nein. Es war eine gute Idee, deinen Namen zu ändern.«

Auf dem Heimritt sprachen wir nicht viel. Für mich war dieser Vorfall ein neuerliches Zeichen, daß es mir nie gelingen würde, der Vergangenheit zu entfliehen.

Ein Posten in der Fremde

Als ich ins Pfarrhaus zurückkehrte, wartete ein Brief auf mich, adressiert an Miss Diana Grey. Gespannt eilte ich damit in mein Zimmer und öffnete ihn. Er war von Ninian Grainger.

Liebe D.,
verzeihen Sie mir diese Anrede, aber Sie kennen den Grund. Ich habe sehr viel über Sie nachgedacht und möchte wissen, wie Sie zurechtkommen. Es war sehr klug von Ihnen, zu verreisen, und ich hoffe, Sie werden sich von Ihrem schlimmen Erlebnis erholen. Ich habe mich ein paarmal mit Ihrer Stiefmutter getroffen. Sie scheint alles erstaunlich gut verkraftet zu haben.
Bitte schreiben Sie mir, wie es Ihnen geht. Mit der Versicherung meiner Anteilnahme verbleibe ich

Ihr sehr ergebener
Ninian Grainger

Es war der Brief eines Anwalts an eine Mandantin, deren Fall für ihn von besonderem Interesse war. Wie töricht war ich gewesen, mir einzubilden, daß er, weil er mir während jener Zeit soviel bedeutete, tiefere Gefühle für mich hegte.
Ich war noch ganz erschüttert von der Begegnung mit Mrs. Dalton, als ich mich hinsetzte, um ihm zu antworten.

Lieber Mr. Grainger,
vielen Dank für Ihren Brief. Für Ihre Anteilnahme bin ich Ihnen sehr verbunden. Ich habe von meiner Stiefmutter gehört, daß Sie sich getroffen haben.

Hier sind alle sehr freundlich zu mir und auf mein Wohlergehen bedacht. Aber es wäre gelogen, wenn ich behaupten
würde, daß alles zum besten stehe.

Ich muß mich damit abfinden, daß es nicht genügt, einen
neuen Namen anzunehmen. Jedesmal wenn irgend etwas aus
meinem früheren Leben zur Sprache kommt, und sei es noch
so geringfügig, erfaßt mich Unbehagen. Wenn ich auf die
Frage nach meiner Herkunft Edinburgh nenne, habe ich
Angst, mit dem Fall in Verbindung gebracht zu werden. Miss
Milne und ich sind gerade von einem Besuch bei einem Pfarr-
kind ihres Vaters zurückgekehrt. Als die alte Frau hörte, daß
ich aus Edinburgh komme, kam sie tatsächlich auf den Mord
zu sprechen. Verzeihen Sie, daß ich Ihnen dies schreibe. Es ist
erst heute geschehen, und ich bin aus diesem Grunde noch
ganz erschüttert.

Die grausame Wahrheit ist, daß es immer so sein wird. Ich
muß damit leben, und das erfüllt mich mit Furcht.

Sie haben jedoch für mich getan, was Sie konnten, und dafür
werde ich Ihnen immer dankbar sein.

Ihre D. G.

Sobald ich den Brief abgeschickt hatte, bereute ich es. Was
würde er von so einem hysterischen Erguß halten? Ich hätte mich
nicht so freimütig mitteilen dürfen – und ich hätte es wohl auch
nicht getan, wenn Mrs. Daltons Bemerkungen mich nicht so aufgewühlt hätten.

Ich staunte, als ich schon nach wenigen Tagen Antwort erhielt.

Liebe D.,

Ihr Brief hat mich sehr bekümmert. Ich kann Ihre vertrackte
Situation so gut verstehen. Es hilft nichts zu sagen, daß dergleichen nicht wieder geschehen wird, auch wenn damit zu
rechnen ist, daß derartige Vorfälle mit den Jahren immer sel-
tener werden.

Mein Vater erinnert sich eines Falles aus seiner Anfangszeit, eine junge Dame, die in einer ähnlichen Lage war wie Sie. Sie ist ins Ausland gegangen und hat dort geheiratet, und von da an ging es ihr wieder besser. Sie hat die Vergangenheit hinter sich lassen können.

Eine solche Möglichkeit sollten auch Sie vielleicht in Betracht ziehen. Sehen wir der Tatsache ins Auge, daß Ihr Fall viel Aufsehen erregt hat. Es wurde ausführlich darüber berichtet, doch ist es kaum wahrscheinlich, daß er außerhalb der Britischen Inseln von großem Interesse war.

Sie sollten es sich überlegen, ob Sie nicht irgendwo in einem anderen Land ein neues Leben beginnen wollen, wie es die Mandantin meines Vaters höchst erfolgreich getan hat.

Eine Freundin meiner Familie, eine Mrs. Crown, ist bei einer Gesellschaft tätig, die vor gut zwanzig Jahren gegründet wurde. Zweck dieser Gesellschaft ist es, auswanderungswilligen Frauen, die zu Hause keine Arbeit finden oder ihre Heimat aus sonstigen Gründen verlassen wollen, eine Stellung im Ausland zu verschaffen, vornehmlich in den Kolonien – Australien, Neuseeland, Südafrika –, aber auch in Amerika. Besagte Mandantin meines Vaters ist mit Hilfe dieser Gesellschaft nach Amerika gegangen. Er bekommt noch heute gelegentlich Post von ihr. Sie hatte eine Stellung als Gouvernante angetreten, welches in einem solchen Falle die häufigste Gepflogenheit ist, doch es werden auch andere Beschäftigungen angeboten.

Die Gesellschaft streckt einer Bewerberin Geld vor, das sie später in Raten zurückzahlt, um die Reise und den Unterhalt in der ersten Zeit zu bestreiten, bis sie sich eingelebt hat.

Denken Sie gründlich über diese Idee nach. So etwas kann nicht übereilt entschieden werden. Wenn Sie jedoch zu dem Schluß gelangen, dies könnte ein Ausweg aus Ihren Schwierigkeiten sein und Sie von Ihrer ständigen Furcht, erkannt zu werden, befreien, dann werde ich Ihnen ein Gespräch mit

Mrs. Crown vermitteln. Das Kontor der Gesellschaft befindet sich in London. Wenn der Vorschlag Ihnen zusagt, lassen Sie es mich wissen. Vorerst alles Gute!

Immer Ihr
Ninian Grainger

Ich las den Brief mehrmals. Ich wußte nicht, was ich davon halten sollte. Es war mir nie in den Sinn gekommen, das Land zu verlassen. Es käme einer Flucht gleich.

Meine Nachdenklichkeit fiel Lilias auf, und sie fragte mich, ob etwas passiert sei. Ich erzählte ihr von Ninian Graingers Brief und seinem Vorschlag, ins Ausland zu gehen. Sie war sprachlos.

»Also, ich... darauf wäre ich nie gekommen«, meinte sie schließlich. »Das muß man sich gut überlegen.« Dann versank auch sie in nachdenkliches Schweigen.

Wenn ich später zurückdachte, hatte ich das Gefühl, daß das Schicksal mir meinen Entschluß diktierte und rings um mich alles so fügte, um mir meinen Weg vorzuzeichnen. Es war wie ein Puzzlespiel, bei dem sich ein Teil zum andern fügt...

Das Hauptgesprächsthema im Dorf war die bevorstehende Hochzeit von Myra Ellington mit Roger Lestrange. Die Vorbereitungen mußten in aller Eile getroffen werden, da die baldige Rückkehr des Bräutigams nach Südafrika notwendig geworden war.

Es ging das Gerücht, daß er ein Kind in Südafrika habe. Schön, dann konnte Myra ihm eine Mutter sein. So hatte alles seine Ordnung.

Lilias und ich sprachen oft über Ninian Graingers Vorschlag. Bisweilen war ich geneigt, dem Beispiel vieler junger Gouvernanten zu folgen, dann wieder schreckte mich diese Vorstellung ab. Ich war furchtbar unsicher. Wie Lilias gesagt hatte – einen solchen Schritt mußte man sich gut überlegen.

Eines Morgens, als wir beim Frühstück saßen, wurde eine Botschaft von Haus Lakemere überbracht. Mrs. Ellington wünsche Lilias und mich an diesem Vormittag um elf Uhr dreißig zu sprechen. Sie könne nur wenig Zeit erübrigen, aber es sei wichtig, und wir sollten doch bitte möglichst pünktlich sein.

Lilias verzog das Gesicht. »Madam befehlen. Das kommt mir sehr ungelegen. Ich habe der alten Mrs. Edge versprochen, ihr etwas von Janes selbstgemachtem Wein zu bringen. Sie sagt, er erwecke sie zu neuem Leben.«

»Können wir ihn ihr nicht ein andermal bringen?«

»Ach, sie ist so einsam. Sie wartet bestimmt schon sehnsüchtig auf uns. Es ist gerade noch Zeit, ihn vorbeizubringen, wenn wir gleich von dort zu Mrs. Ellington gehen.«

Gesagt, getan. Wir lieferten also den Wein ab, wobei Lilias ständig auf die Uhr schaute. Mrs. Edge war enttäuscht, doch Lilias erklärte ihr, daß Mrs. Ellington uns zu sprechen wünsche – und wir wüßten ja alle, wie beschäftigt Mrs. Ellington zur Zeit sei.

Wir stellten unsere Pferde im Stall der Ellingtons ein und wurden in den Salon geführt. Mrs. Ellington saß an ihrem Sekretär und hatte Papiere vor sich liegen.

»Ah, Lilias«, sagte sie, »und Miss Grey. Sehr freundlich, daß Sie gekommen sind. Ich habe schrecklich viel zu tun... mit den Einladungen und so weiter. Einige Gäste werden bei uns im Haus übernachten. Ich werde Sie beide natürlich auf dem Empfang sehen. Sie haben ja keine Ahnung, was ich alles am Hals habe. Plötzlich muß alles ganz schnell gehen. Wenn wir nur mehr Zeit hätten. Doch was sein muß, muß sein.«

»Aber Sie sind bestimmt sehr froh, Mrs. Ellington«, meinte Lilias.

»Ich wäre es, wenn ich sicher sein könnte, daß an dem großen Tag alles klappt.«

»Es wird bestimmt nichts schiefgehen«, sagte Lilias.

»Nein, Gott bewahre. Aber ich wollte mit Ihnen über das Dorffest sprechen. Deswegen habe ich Sie hergebeten. Meine größte

Sorge ist das Treffen der Theatergruppe. Wie Sie wissen, findet es gewöhnlich bei uns im Hause statt, aber diesmal kann ich sie unmöglich hier gebrauchen. Das Treffen ist morgen... Ich weiß, das ist sehr kurzfristig, aber könnten Sie es vielleicht im Pfarrhaus abhalten? Sie haben Platz genug, und...«

»Selbstverständlich«, sagte Lilias.

Mrs. Ellington strahlte sie an. »Ich habe die Besetzungsliste hier. Morgen beginnen die Proben. Die Leute müssen verständigt werden, daß sie sich im Pfarrhaus einfinden sollen.«

»Ich werde dafür sorgen, daß alle Bescheid wissen.«

»Haben Sie vielen Dank. Über die Verteilung der Verkaufsstände reden wir später, dafür habe ich jetzt keine Zeit mehr. Danke, daß Sie gekommen sind.«

Wir wurden gnädig entlassen und begaben uns zum Stall.

»Es wäre nicht nötig gewesen, uns herzubestellen«, sagte Lilias. »Sie hätte mir die Besetzungsliste schicken können.«

»Ich glaube, es macht ihr einfach Spaß, furchtbar beschäftigt zu wirken.«

Kitty stand vor dem Stall und schwätzte mit einem Burschen. Ich mußte an Hamish denken und wie sie das Opfer seiner Begierde geworden war. Manche Menschen ändern sich wohl nie. Kitty erinnerte mich auch ein wenig an Zillah. Beide schienen in der Gegenwart von Männern aufzublühen.

Als der Mann uns bemerkte, ging er in den Stall und holte unsere Pferde. In diesem Moment kam Roger Lestrange herbeigeritten.

»Oh, guten Morgen, Miss Milne, Miss Grey. Sind Sie eben gekommen?«

»Nein«, erwiderte Lilias. »Wir wollen gerade fort.«

»Wie schade!« Er lächelte uns herzlich an. Ein sehr attraktiver Mann! Ich konnte verstehen, warum die Leute im Dorf Myra für einen Glückspilz hielten. Bald würde sie mit ihrem reizenden Gatten in ein fremdes Land ziehen. Und ich wollte vielleicht ebenfalls fort. Aber meine Abreise würde weniger erfreulich sein.

»Wir müssen weiter«, sagte Lilias und saß auf.

Und dann wußte ich kaum, wie mir geschah. Ich wollte gerade aufsitzen, als mein Pferd sich plötzlich umdrehte. Schon lag ich auf der Erde, den Fuß noch im Steigbügel. Das Pferd setzte sich in Bewegung, zum Glück nur langsam. Trotzdem wurde ich über den Boden geschleift.

»Miss Davina!« Das war Kittys Stimme – schrill, laut, für alle vernehmlich.

Das Ganze dauerte nur wenige Sekunden. Roger Lestrange packte mein Pferd und brachte es zum Halten. Mein Fuß wurde befreit, und ich stand unverletzt auf. Er legte einen Arm um mich und sah mich fest an. »Alles in Ordnung?«

Ich konnte nicht antworten. Ich hatte noch den markerschütternden Schrei im Ohr: »Miss Davina!«

Lilias machte ein sehr erschrockenes Gesicht. Sie stand neben mir und nahm jetzt meinen Arm. »Wie fühlst du dich?« fragte sie. »War das ein Schrecken! Wie ist das passiert?«

»Das Pferd hat sich in die falsche Richtung bewegt«, sagte Roger Lestrange. »Sie hätten ihm das nicht erlauben dürfen.«

»Miss Grey hat erst unlängst reiten gelernt«, erklärte Lilias.

Roger Lestranges blaue Augen musterten mich eindringlich. »Sie sind nicht verletzt, das ist die Hauptsache. Das Pferd war ein bißchen übermütig. Es hat gespürt, daß Sie ihm nicht ganz gewachsen sind, und deshalb wollte es Ihnen einen Streich spielen. Pferde sind manchmal ausgelassen, nicht wahr, John?«

»O ja, Sir«, sagte John. »Miss, schauen Sie her, wenn Sie so aufsitzen, kann das nicht passieren.«

»Ende gut, alles gut«, sagte Roger Lestrange. »Meinen Sie, daß Sie heimreiten können, Miss Grey?«

»Ich muß.«

»So ist's recht. Nur nicht aufgeben. Ein wenig streicheln, damit das Tier merkt, daß Sie ihm verzeihen, und schon sind Sie wieder Freunde, stimmt's, John?«

»Ja, Sir.«

Ich saß ziemlich zittrig auf, doch ich dachte nicht an die Gefahr, in der ich mich befunden hatte, sondern an den durchdringenden Schrei: »Miss Davina!«

Lilias und ich ritten schweigend zum Pfarrhaus. Wir brauchten nicht zu reden. Jede wußte, was die andere dachte.

Ich ging sofort in mein Zimmer, setzte mich ans Fenster und sah auf den Friedhof hinaus.

»Davina«, hatte Ninian Grainger einmal gesagt, »ein ungewöhnlicher Name.« Was, wenn Roger Lestrange etwas gemerkt hatte? Und wenn er sich erinnerte, daß ich aus Edinburgh kam? Lilias klopfte und kam herein.

»Er muß es gehört haben«, sagte ich.

»Vermutlich ist es ihm gar nicht aufgefallen.«

»Es war ganz laut und deutlich.«

»Es ist Kitty herausgerutscht, weil sie Angst um dich hatte. Ich glaube nicht, daß jemand etwas gemerkt hat. Wir waren alle viel zu besorgt um dich.«

Da sagte ich aus einem plötzlichen Impuls heraus: »Ich werde Ninian Grainger schreiben und ihn bitten, mir ein Gespräch mit Mrs. Crown zu vermitteln.«

»Du kannst dir ja unverbindlich anhören, was sie zu sagen hat. Das verpflichtet dich zu nichts.«

»Ich habe mich entschlossen. Ich kann nicht hierbleiben, immer darauf gefaßt, daß so etwas geschieht wie heute morgen. Wie Kitty mein Name entschlüpfen konnte, kann es jederzeit wieder geschehen. Ich werde die Möglichkeit nutzen, ins Ausland zu gehen.«

»Ich verstehe.« Lilias ließ mich allein. Ich schrieb Ninian Grainger einen Brief.

Lieber Mr. Grainger,
    ich habe eine Weile gebraucht, um einen Entschluß zu fassen, und ich bin auch jetzt noch nicht ganz sicher, ob ich diesen großen Schritt wagen will. Aber heute hat es wieder so einen

Vorfall gegeben, und ich bin zu dem Schluß gekommen, daß ich mich zumindest mit Mrs. Crown treffen und einige Einzelheiten besprechen muß.

Ich weiß es sehr zu schätzen, daß Sie soviel Mühe auf sich nehmen, um mir zu helfen.

In Dankbarkeit,
Ihre D.

Ich gab den Brief auf. Damit war der erste Schritt getan.

Als ich am Abend zu Bett gehen wollte, kam Lilias zu mir. Sie war im Morgenrock und trug eine Kerze. »Ich dachte, du schläfst vielleicht schon«, sagte sie.

»Ich kann nicht schlafen. Ich muß über so vieles nachdenken.«

»Ich habe mir überlegt...«

»Was?«

Nach kurzem Zögern sagte sie ruhig: »Ich komme vielleicht mit dir.«

Ich war von Jubel überwältigt. Das würde alles ändern. Was ich in furchtsamer Spannung erwogen hatte, könnten wir nun in freudiger Aufregung planen. Zu zweit würden sich alle Schwierigkeiten leichter bewältigen lassen, und wenn zudem die zweite Person die allerbeste Freundin ist...

»Lilias! Ist das dein Ernst?«

»Ich denke darüber nach, seit ich von dieser Gesellschaft gehört habe. Weißt du, es ist nicht der Zweck meines Daseins, Leute wie Mrs. Dalton zu besuchen und mich von Mrs. Ellington herumkommandieren zu lassen. Ich möchte wieder unterrichten, das ist meine Berufung.«

»O Lilias, hast du dir das wirklich gut überlegt?«

»Von allen Seiten. Alice könnte wieder herkommen. Sie unterrichtet ohnehin nicht gerne, auch wenn sie so tut, als stehe alles zum besten. Ich kenne sie. Sie würde bestimmt zurückkommen, wenn ich fortginge.«

»Und Charles Merrimen?«

»Es ist längst aus zwischen uns. Wir versuchen nur, etwas lebendig erscheinen zu lassen, was im Grunde nicht mehr existiert. Vorlesen können ihm auch andere. Wir reden über die Bücher, die ich ihm vorlese – wir könnten so weitermachen, bis einer von uns stirbt. Mir ist klargeworden, wenn es wahre Liebe wäre, hätten wir längst geheiratet. Es ist ähnlich wie mit dir und Jamie. Eine Zeitlang ist etwas da, aber es ist ein zu schwaches Pflänzchen.«

»Du warst ja auch viele Jahre fort von ihm, die ganze Zeit, als du bei mir warst.«

»Und wenn ich es recht bedenke, waren das die ergiebigsten Jahre meines Lebens. Man muß realistisch sein. Wir müssen unser Leben in die Hand nehmen. Ich möchte wieder unterrichten, das ist mein größter Wunsch. Und ich will weg von der Vergangenheit, genau wie du. Ja, wenn du fortgehst, komme ich mit dir.«

»O Lilias, wie wunderbar! Wenn du bei mir bist, werde ich mit allem fertig.«

Wir redeten bis spät in die Nacht. Und die nächsten Tage warteten wir ungeduldig auf Ninians Antwort. Endlich traf sie ein. Er teilte mir mit, daß Mrs. Crown mir schreiben wolle. Ich würde gewiß demnächst von ihr hören.

Ihr Schreiben kam alsbald. Der Briefkopf nannte die Gesellschaft für auswanderungswillige Damen mit einer Adresse in London. Mrs. Crown freue sich, mich am 5. Juni gegen 15 Uhr zu empfangen.

Das war in einer Woche.

Wir stiegen in dem kleinen Hotel ab, das Ninian uns empfohlen hatte. Es lag nicht weit von dem Sitz der Gesellschaft entfernt. Zur festgesetzten Zeit stiegen wir die Treppe zu Mrs. Crowns Kontor hinauf. Sie begrüßte uns an der Türe – eine Frau mittleren Alters mit frischem Gesicht und freundlichem Lächeln.

»Miss Grey, Miss Milne, nehmen Sie Platz.« Wir setzten uns,

und sie fuhr fort: »Sie möchten also auswandern und als Gouvernanten arbeiten.« Sie erkundigte sich nach unserer Berufserfahrung. Von Lilias' einschlägigen Erfahrungen war sie sichtlich angetan, meinte aber, auch für mich als gebildete junge Dame werde es nicht schwierig sein, eine Stellung zu finden. »Viele unserer Siedler bedauern, daß es keine guten Schulen für ihre Kinder gibt, und sehen ein, daß es nötig ist, eine Gouvernante anzustellen. Unsere Gesellschaft tut, was sie kann, um den Ausreisewilligen eine Stellung zu vermitteln, aber in den fernen Ländern ist es oft schwierig, und viele fahren auf eigene Faust hin und suchen sich Arbeit. Die beliebtesten Länder sind Australien, Amerika und Neuseeland. Und Südafrika.«

»Mr. Grainger hat mir vom Zweck Ihrer Gesellschaft berichtet«, sagte ich.

»Ah ja. Mr. Grainger senior hält große Stücke auf uns und hat uns mit großzügigen Spenden bedacht. Soviel ich weiß, Miss Grey, verfügen Sie über ein kleines eigenes Einkommen.«

»Das ist richtig.«

»Und Sie würden von uns keine finanzielle Unterstützung für Ihre Reisekosten benötigen?«

»So ist es.«

»Wir würden Ihnen natürlich trotzdem bei den Vorkehrungen für Ihre Überfahrt helfen. Und Sie, Miss Milne...«

»Ich kann das Geld für meine Reise leider nicht aufbringen.«

»Ich würde Miss Milne gerne helfen«, sagte ich. »Doch leider bin ich nicht vermögend genug, um ihre und meine Fahrt zu bezahlen.«

»Das ist kein Problem. Wir strecken Ihnen den nötigen Betrag vor, Miss Milne, und wenn Sie eine Anstellung haben, zahlen Sie es uns nach und nach zurück.«

»Ich mache nicht gerne Schulden«, sagte Lilias.

»Das kann ich verstehen. Aber bisher konnten alle unsere Klientinnen ihren Verpflichtungen nachkommen. Wir brauchen keine Angst zu haben... und Sie auch nicht. Sie müssen sich nur noch entschließen, in welches Land Sie gehen.«

»Wir haben gehört, Australien soll ähnlich wie England sein«, erklärte ich.

»In den Städten vielleicht. Es kommt darauf an, wo Sie beschäftigt sind. Es wäre gut, wenn Sie jemanden kennen würden, der Verbindungen nach Australien hat. Aber nach einer Stellung müßten Sie sich dort unter Umständen selber umsehen.«

»Das könnte beschwerlich sein«, meinte Lilias.

»Es ist kein leichtes Unterfangen«, bestätigte Mrs. Crown. »Ich möchte Ihnen ein paar Briefe zeigen, die wir erhalten haben. Sie werden Ihnen einen Eindruck von den Schwierigkeiten und Erfolgen vermitteln.« Sie führte uns in einen kleinen Raum, dessen Wände mit Regalen voller Ordner gesäumt waren, und gab uns Briefe von Frauen zu lesen, denen die Gesellschaft geholfen hatte. Es waren Briefe aus Australien, Südafrika, Neuseeland und den Vereinigten Staaten von Amerika. Sie waren sehr aufschlußreich. Die meisten Schreiberinnen hatten ohne weiteres Arbeit gefunden, einige hatten allerdings kein Glück gehabt. Dennoch hatten die wenigsten ihren Entschluß bereut, England zu verlassen.

Wir verbrachten mehr als eine halbe Stunde mit dem Lesen dieser Briefe. »Nun wissen Sie ungefähr, was Sie zu erwarten haben«, sagte Mrs. Crown abschließend. »Was meinen Sie dazu?«

Lilias dachte nüchterner als ich und war vielleicht deshalb nicht ganz so sicher. Es mochte auch daran liegen, daß ihr Drang, vor der Vergangenheit zu fliehen, nicht so stark war wie der meine. Außerdem war sie nicht glücklich bei dem Gedanken, sich Geld leihen zu müssen. Und so sagte sie: »Können Sie uns noch eine kleine Bedenkzeit geben?«

»Selbstverständlich. Die Entscheidung liegt bei Ihnen.«

»Wir müssen uns überlegen, wohin wir wollen. Es ist sehr schwer, einen Entschluß zu fassen, wenn man nichts oder nur sehr wenig über diese Länder weiß. Bis in einer Woche können wir uns aber entschieden haben, nicht wahr, Diana?«

Ich bejahte.

Wir verließen das Kontor der Gesellschaft, übernachteten noch einmal in unserem Hotel und kehrten dann ins Pfarrhaus zurück.

Wir hatten aus unserem Vorhaben kein Geheimnis gemacht. Lilias' Vater und ihre Schwester waren sogleich unterrichtet worden. Sie hatten Verständnis dafür, daß Lilias fortwollte. Wohl stimmte der Gedanke an den Abschied sie traurig, dennoch taten sie nichts, um Lilias zum Bleiben zu bewegen. Nicht so Daisy. Sie war der festen Überzeugung, daß in fremden Ländern Heiden lebten, und die Vorstellung, daß Lilias dorthin reisen werde, entsetzte sie. Und da sie eine rechte Klatschtante war, wußte bald das ganze Dorf von unseren Plänen. Somit gab es in Lakemere in diesem Sommer zwei aufregende Ereignisse: die Vermählung von Myra Ellington mit Roger Lestrange und die eventuell bevorstehende Abreise der Pfarrerstochter ins Ausland.

Das alljährliche Dorffest fand stets im Juni statt, und da man im Gutshaus die diesbezüglichen Pflichten nicht ernst nahm, stand der Park von Haus Lakemere für diesen Anlaß zur Verfügung. Das warf in diesem Jahr allerdings Probleme auf, weil eine Woche später die Hochzeit stattfinden sollte.

Es war jedoch wider Mrs. Ellingtons Natur, sich vor ihren Pflichten zu drücken, und so ungelegen es auch kam: Das Fest mußte auf gewohnte Weise vonstatten gehen.

Wir wurden alle zur Arbeit herangezogen. Ich hatte nichts dagegen, lenkte es mich doch ein wenig von meinen Gedanken ab, die sich nicht so sehr darum drehten, *ob* wir ins Ausland gehen, sondern vielmehr, *wohin* wir auswandern sollten.

Wenn Lilias und ich allein waren, sprachen wir unaufhörlich darüber, doch mir schien, daß wir uns dabei ständig im Kreis bewegten. Lilias' Zweifel konzentrierten sich auf den Umstand, daß wir Arbeit finden müßten, sobald wir ankämen, für welches Land wir uns auch entschieden. Sie fürchtete, daß es uns viel-

leicht nicht gleich gelingen würde, und schon würde sie tief ver-
schuldet sein – eine Situation, die sie in Schrecken versetzte. Vergebens wies ich sie darauf hin, daß ich etwas eigenes Geld hätte,
das ich gerne mit ihr teilen werde. Es war zwecklos. Ich fürchtete
schon, sie könnte zu dem Schluß kommen, es sei voreilig von ihr
gewesen, mir zu sagen, daß sie mitkommen wolle, und es sich anders überlegen.

Die Arbeit für das Fest half mir über diese Tage der Unsicherheit
hinweg. Ich war für den Trödelstand zuständig, der hauptsächlich mit Gegenständen bestückt war, die man geschenkt bekommt, in einer Schublade verstaut und nie benutzt; irgendwann werden sie dann hervorgeholt und weiterverschenkt, und
der neue Besitzer verfährt damit ebenso wie seine Vorgänger.
Aber es war alles für einen guten Zweck – an normannischen
Kirchen gab es schließlich ständig etwas zu reparieren.

Der Festtag war warm und sonnig, und die Buden konnten zum
Glück auf dem Rasen aufgestellt werden. Bei Regen wären sie in
der geräumigen Halle aufgebaut worden. Ich stand an meinem
Verkaufsstand und bediente gelegentlich einen Käufer. Auch
Roger Lestrange kam herangeschlendert. »Guten Tag, Miss
Grey. Wie geht das Geschäft?« Er lächelte mich mit diesem for-
schenden Ausdruck an, der mir jedesmal leichtes Unbehagen bereitete, aber mein Gefühl kam vermutlich daher, daß ich Geheimnisse hatte.

»Schleppend.«

»Was empfehlen Sie mir zu kaufen?«

»Hier, das niedliche Schweinchen.«

»Nicht gerade mein Lieblingstier.«

»Schauen Sie, es hat einen Schlitz im Rücken. Da können Sie Ihre
Pennymünzen einwerfen.«

»Sehr praktisch!«

»Hier ist ein Pillendöschen mit einem hübschen Bild auf dem
Deckel.«

»Reizend«, sagte er und sah mich dabei an.

»Und hier ist eine kleine Statue. Die Venus von Milo.«
»Ungleich reizvoller als das Schwein, und für ein Pillendöschen
habe ich keine Verwendung. Ich nehme die Venus.«
Als ich sie ihm überreichte, berührten sich unsere Hände. Er lä-
chelte. »Ich habe gehört, Sie wollen das Land verlassen?«
»Das stimmt.«
»Kein leichter Entschluß für eine junge Dame!« Wieder dieser
fragende Blick.
Aus Furcht, rot zu werden, nahm ich mich zusammen. Ich mußte
diese schreckliche Angst vor Entdeckung überwinden.
»Miss Milne wird Sie begleiten, wie ich höre«, fuhr er fort. »Wo
soll es denn hingehen?«
»Wir haben uns noch nicht entschieden.«
»Oh?« Er machte ein verwundertes Gesicht.
»Wir haben uns erkundigt. Es gibt mehrere Möglichkeiten. Au-
stralien, Amerika, lauter ferne Länder.«
»Und was gedenken Sie dort zu tun?«
»Einer Frau in unserer Lage bleibt nur eines: eine Stellung antre-
ten.«
»Wie üblich als Gouvernante? Aber das können Sie doch auch
hier.«
»Uns reizt der Gedanke, in die Ferne zu reisen.«
Er nickte. »Das hat etwas für sich... für Abenteuerlustige. Aber
Sie sagen, Sie haben sich noch nicht entschieden. Dann haben Sie
keine Stellung in Aussicht?« Er hob die Augenbrauen. »Ich muß
schon sagen, Sie sind wirklich abenteuerlustig. Warum versu-
chen Sie es nicht in Südafrika? Es ist ein schönes Land. Und gute
Lehrkräfte sind spärlich gesät. Es gibt eine Schule in Kimber-
ley... Vielleicht ist es nicht gerade Ihre Absicht, an einer Schule
zu unterrichten, aber es läge auf Ihrer Linie.«
Eine Frau war an den Stand getreten und hatte ein Döschen mit
Nähnadeln und Zwirn in die Hand genommen. »Wieviel kostet
das?«
Zögernd wandte ich mich von Roger Lestrange ab, der die Au-

genbrauen hob und lächelte. Ich fürchtete, er könne fortgehen, dabei hätte ich gerne noch mehr über die Schule gehört. Auf den Gedanken, an einer Schule zu unterrichten, waren wir bisher nicht gekommen. Während ich das Geld von der Kundin entgegennahm, überlegte ich, ob für eine Schule denn nicht qualifizierte Lehrkräfte gebraucht würden.

Die Frau entfernte sich.

»Ja«, fuhr Roger Lestrange fort, »die Schule in Kimberley mußte kürzlich schließen. Es war niemand mehr da, um sie zu leiten. Bietet es sich da nicht an, daß...?«

»Es könnte interessant sein.«

Wieder trat jemand an den Stand.

»Das Geschäft läuft ja jetzt ganz flott«, meinte Roger Lestrange. Er blieb aber stehen. Der Kunde nahm ein paar Gegenstände in die Hand, kaufte einen gläsernen Aschenbecher und ging wieder.

»Wir müssen uns unbedingt unterhalten«, sagte Roger Lestrange.

»Mit Miss Milne«, erwiderte ich. »Können Sie ins Pfarrhaus kommen? Hier ist es unmöglich.«

»Morgen vormittag würde es gehen. Sagen wir, um zehn?«

»Das wäre sehr liebenswürdig von Ihnen. Oh, da kommt schon wieder jemand. Leben Sie wohl, bis morgen.«

Ich merkte kaum, was ich verkaufte. Ich konnte es nicht erwarten, Lilias die Neuigkeit zu berichten. Und als sie sie dann erfuhr, war sie genauso aufgeregt wie ich.

Am nächsten Morgen um zehn Uhr kam Mr. Lestrange pünktlich mit dem Glockenschlag ins Pfarrhaus. Wir hatten ihn schon gespannt erwartet und führten ihn in das Empfangszimmer, wo Lilias' Vater sich die Klagen seiner Pfarrkinder anzuhören pflegte.

»Je mehr ich darüber nachdenke, um so idealer scheint es mir«, sagte Roger Lestrange. »Wir brauchen Lehrkräfte für die Schule. Die bisherige Lehrerin hat aus Altersgründen aufgehört, und bis zu meiner Abreise hatten sie noch keine Nachfolgerin gefunden. Deshalb mußte die Schule einstweilen schließen. Ich habe dem für diese Dinge verantwortlichen Herrn geschrieben und den Brief gestern abend abgeschickt. Hoffentlich halten Sie das nicht für voreilig, aber ich dachte, es könne nicht schaden, sich nach dem Stand der Dinge zu erkundigen. Ich denke, er wird sich freuen, jemanden zu finden, um die Schule wieder öffnen zu können.«

»Wir würden zusammenarbeiten«, sagte Lilias mit leuchtenden Augen.

»Es ist wirklich ideal. Ich nehme an, Sie, Miss Milne, würden die Schulleiterin sein, da Sie älter und erfahrener sind...«
Er sah mich entschuldigend an, und ich sagte rasch: »Aber natürlich.«

»Wenn Ihnen dieser Gedanke nicht zusagt, können Sie es selbstverständlich jederzeit woanders versuchen, aber ich dachte mir, der Vorschlag sei besser, als ins gänzlich Ungewisse zu reisen.«

»Es ist sehr freundlich von Ihnen, Mr. Lestrange«, sagte Lilias ernst, und ich pflichtete ihr bei. Es war wunderbar, zu sehen, wie ihre Besorgnis der Freude darüber wich, daß uns der Weg geebnet wurde.

»Das Gehalt ist, glaube ich, augenblicklich nicht sehr hoch. Nicht allzu viele junge Menschen streben nach Bildung. Manche Leute halten sie leider nicht für notwendig. Es hängt davon ab, wie viele Schüler Sie um sich scharen können. Anfangs mögen es nur wenige sein, aber Sie könnten die Schule allmählich erweitern. Wohnen können Sie im Schulhaus, die Unterkunft ist im Posten inbegriffen. Man wird sich sicherlich bald mit Ihnen in Verbindung setzen.«

»Wir wissen gar nicht, wie wir Ihnen danken sollen«, sagten wir einstimmig.
Er sah mir einen Moment in die Augen und lächelte. »Ich hoffe nur, es läßt sich auch gut an, so daß ich Ihren Dank verdiene«, sagte er.

Lilias war ganz begeistert von der Aussicht, daß wir zusammen an einer Schule arbeiten würden. »Es ist ideal«, meinte sie, und ich stimmte ihr zu.

Dennoch, die Heimat zu verlassen bedeutete eine große Umwälzung in unserem Leben, und da ich nun wußte, daß die Abreise näher rückte, beschlichen mich doch hie und da Bedenken. Um mich zu beruhigen, setzte ich mich gerne auf eine Bank auf dem Kirchhof, wo es so still war und ich Frieden fand.

Eines Tages saß ich wieder dort, als Roger Lestrange hinzukam.

»Guten Tag, Miss Grey. Ich wollte gerade ins Pfarrhaus zu Ihnen und Miss Milne, und nun treffe ich Sie hier beim Betrachten der Landschaft. Ich möchte Ihnen die Anschrift der Schule geben. Ich denke, wir werden bald hören, daß man sich freuen wird, Sie zu empfangen.«

»Es ist sehr freundlich, daß Sie sich soviel Mühe machen.«

Ich nahm den Zettel entgegen, warf einen Blick auf die Anschrift und steckte ihn in die Tasche.

»Es ist friedlich hier bei den Toten«, sagte er. »Sitzen Sie oft hier?«

»Ja. Ich liebe diese Stille.«

»Ich hoffe, es wird Ihnen in Südafrika gefallen.«

»Wir müssen uns an den Gedanken gewöhnen. Wir hatten uns fast für Australien entschieden und schon viel darüber gelesen.«

»Und nun haben Sie sich auf Südafrika umgestellt. Ich glaube, Sie werden nicht enttäuscht sein. Wie bald wollen Sie aufbrechen, nachdem Sie Nachricht von der Schule haben?«

»So bald wie möglich.«

»Myra und ich reisen in nicht allzu ferner Zukunft. Nach der Hochzeit und den Flitterwochen, und nachdem ich noch ein paar Geschäfte getätigt habe. Vielleicht können wir mit demselben Schiff fahren.«

»Das wäre sehr angenehm.«

»Wenn Sie hier sitzen, machen Sie sich dann Gedanken über die Toten?«

»Ja. Das bleibt nicht aus, nicht wahr?«

»Man liest die Namen auf den Grabsteinen, so gut es geht. Viele sind schon ziemlich unleserlich geworden. Wenn man bedenkt, daß manche Leute schon hundert Jahre hier ruhen!«

»Manche sogar noch länger.«

»Malen Sie sich aus, wie sie gelebt haben, ihre Kümmernisse und ihre Freuden, und wie sie gestorben sind?«

»Ja.«

»Und denken Sie dann an die Verstorbenen, die Sie gekannt haben...?«

Ich schwieg. Ungeachtet dessen, daß er soviel Mühe auf sich genommen hatte, um uns zu helfen, war ich vor ihm auf der Hut. Ich hatte das Gefühl, daß alles, was er sagte und tat, tiefere Beweggründe hatte. Er wußte, daß ich aus Edinburgh kam; er war dabeigewesen, als Kitty meinen wahren Namen rief.

»Wir alle haben Menschen gekannt, die schon tot sind«, fuhr er fort, »viel zu früh gestorben.«

Mein Herz schlug sehr schnell. Ich rückte von ihm ab, weil er sich ganz dicht neben mich gesetzt hatte. »Ich finde solche Gedanken an einem Ort wie diesem ganz natürlich«, beeilte ich mich zu sagen.

»Ich habe meine Frau verloren. Sie ist sehr jung gestorben.«

»Das tut mir leid.«

»Es war ein tragischer, unerwarteter Tod. Das macht den Verlust um so schwerer erträglich.«

»Ja«, sagte ich ruhig. »Ist es lange her?«

»Zwei Jahre.«

»Das muß sehr traurig für Sie gewesen sein.«

Er nickte. »Ich dachte, ich würde nie wieder heiraten wollen.«

»Ich hoffe, daß Sie jetzt mit Miss Ellington glücklich werden.«

»Danke. Wissen Sie, ich habe ein Kind...«

»Ja, das habe ich gehört.«

»Paul. Er ist nach Krüger genannt, dem großen Mann in Südafrika, den seine Mutter sehr bewunderte. Natürlich konnte sie dem Kind nicht den vollen Namen geben. Der hätte ein wenig zu bombastisch geklungen: Stephanus Johannes Paulus. So begnügte sie sich schlicht mit Paul. Wäre das Kind ein Mädchen geworden, hätte es bestimmt Paula geheißen. Das geschieht öfter, daß man einen männlichen Namen in einen weiblichen umwandelt und umgekehrt.«

Warum sagte er das? Ich hieß Davina; mein Vater hatte David geheißen. Es war fast, als wolle er etwas andeuten. Der Mann war mir unheimlich, und ich bedauerte, daß er es war, von dem wir Hilfe annehmen mußten.

Ich fragte rasch: »Wie alt ist der Junge?«

»Neun, bald zehn.«

»Sie freuen sich bestimmt, wenn Sie wieder bei ihm sein können.«

»Ich freue mich zurückzukehren, ja. Ich werde ein neues Leben anfangen. Es ist sinnlos, in der Vergangenheit zu leben, nicht wahr? Das müssen wir uns klarmachen.«

Er sah mich eindringlich an. Ich erhob mich. »Ich muß gehen«, sagte ich. »Lilias... Miss Milne wird sich über die Adresse der Schule freuen. Ich kann Ihnen gar nicht sagen, wie dankbar wir Ihnen sind.«

»Es war mir ein Vergnügen«, sagte er. »Und seien Sie beide versichert, ich werde dasein, wenn Sie mich brauchen.« Er drückte mir die Hand. »So«, fuhr er fort, »Sie haben mir den Gang ins Pfarrhaus erspart. Es war nett, auf dem Kirchhof mit Ihnen zu plaudern, Miss Grey.«

Ich kehrte ins Pfarrhaus zurück und bemühte mich, das Unbehagen abzuschütteln, das das Gespräch in mir hervorgerufen hatte.

Ich schuldete Ninian Grainger einen Dankesbrief für all die Mühe, die er auf sich genommen hatte, und ich mußte ihm von unseren Fortschritten berichten.

Lieber Mr. Grainger,
Miss Milne und ich sind Ihnen dankbar für Ihre Hilfe. Wir waren bei Mrs. Crown und werden sie hoffentlich bald abermals aufsuchen.

Es traf sich zu unserem Glück, daß ein Mr. Lestrange aus Südafrika, der geschäftlich hier zu tun hat und in dem Gutshaus in unserer Nachbarschaft zu Gast ist, uns seine Hilfe angeboten hat. Er kennt eine Schule, an der Miss Milne und ich vielleicht zusammen arbeiten können. Wir warten nur noch auf die Bestätigung aus Kimberley. Noch einmal vielen Dank für Ihre Hilfe.

Ihre D.

Zillah schrieb ich natürlich auch. Sie schrieb zurück, sie bedaure, daß ich fortgehen wolle, könne aber meine Beweggründe verstehen.

... Dein Mr. Lestrange scheint ein Schatz zu sein. Ich würde ihn gerne kennenlernen. Dein Mr. Grainger besucht mich immer wieder. Ich möchte wissen, warum! Südafrika scheint mir sehr weit weg zu sein. Ich werde auf jeden Fall kommen, um Dich zu verabschieden. Das genaue Datum Deiner Abreise steht wohl noch nicht fest? Gib mir Bescheid, sobald Du es weißt.

In Liebe
Deine Zillah

Der Tag der Hochzeit war gekommen. Ich ging zur Kirche, wo Lilias' Vater Myra Ellington und Roger Lestrange zu Mann und Frau erklärte. Anschließend gingen wir zu dem Empfang, zu dem Mrs. Ellington uns freundlicherweise eingeladen hatte, und bald darauf brach das Brautpaar in die Flitterwochen auf. Myra sah sehr glücklich aus, und ich sagte zu Lilias, ich hoffe inständig, daß es so bleibe.

»Das hört sich an, als hättest du Zweifel«, meinte Lilias.

»Findest du? Nun ja, es heißt, die Ehe ist zuweilen wie eine Lotterie. Man muß das richtige Los ziehen.«

Das Paar war noch auf Hochzeitsreise, als wir einen Brief aus Südafrika erhielten. Der Absender war ein Mr. Jan van der Groot. Er schrieb, er freue sich, von Mr. Roger Lestrange zu hören, daß wir beabsichtigten, nach Südafrika zu kommen, um zu unterrichten. Früher habe es an der Schule nur eine Lehrerin gegeben, da es eine sehr kleine Schule sei. Aber wenn wir bereit seien, uns das Gehalt zu teilen, sei Platz für uns beide, denn die Wohnung im Schulgebäude sei groß genug. Man werde alles für uns vorbereiten.

Wir lasen den Brief zusammen.

»Ein Gehalt für uns beide«, sagte Lilias.

»Es ist deins. Ich habe mein eigenes Geld. Es wird genügen.«

»Es ist ein bißchen enttäuschend...«

»Aber nein, Lilias. Wir werden zusammensein. Es ist die Chance für einen neuen Anfang.«

»Aber das Geld... Und ich muß die Reisekosten zurückerstatten...«

»Keine Sorge. Es wird klappen. Wir werden die Schule erweitern, Lilias. Es ist eine Herausforderung, ein Ausweg.«

Ihre Bedenken verflogen. Es war nicht ganz das, was wir uns erhofft hatten, aber jedenfalls besser, als daß wir uns selbst nach einer Stellung umsehen müßten.

Von da an ging alles sehr schnell. Wir suchten Mrs. Crown noch einmal auf und teilten ihr mit, daß wir uns für Südafrika entschieden hatten, wo bereits eine Anstellung auf uns wartete.

»Ich gratuliere!« sagte Mrs. Crown. »Sie haben Glück gehabt. Wir werden Ihre Schiffspassage so bald wie möglich buchen.«

Sie hielt Wort. Wir sollten mit der *Queen of the South* nach Kapstadt und dann über Land nach Kimberley fahren.

KIMBERLEY

Der Aufbruch

Der Termin der Abreise rückte näher. In einer knappen Woche sollten wir uns einschiffen. Auf Anraten von Mrs. Crown hatten wir den Großteil unseres Gepäcks bereits zum Hafen geschickt, und nach den aufreibenden Vorbereitungen der letzten Tage war nun Ruhe eingekehrt. Es gab nur noch wenig zu tun.

Lilias und ich saßen im Garten und besprachen wohl zum hundertstenmal Punkt für Punkt, was vor der Abreise noch zu erledigen sei. Wir überlegten, ob wir alles, was wir unterwegs brauchten, in das Handgepäck gepackt hatten. Einen Tag bevor wir uns einschifften, wollten wir das Pfarrhaus verlassen und in einem Hotel in Hafennähe übernachten, das Mrs. Crown uns empfohlen hatte. Zillah hatte alles, was ich von meiner Habe mitnehmen wollte, von Edinburgh direkt an den Hafen geschickt, so daß mir die schmerzliche Rückkehr in meine Heimatstadt erspart blieb. Jetzt war alles erledigt, und uns blieb weiter nichts zu tun, als zu warten.

Wie wir so dasaßen, kam Jane heraus. »Ein junger Herr möchte dich sprechen, Diana«, sagte sie. »Sein Name ist Mr. Grainger.«

Ich spürte, wie ich errötete und innerlich vor Freude glühte. Alles, was ich hervorbrachte, war: »Oh, er ist gekommen...«

Lilias sagte rücksichtsvoll: »Ihr werdet euch allein unterhalten wollen. Ich gehe hinein. Führ ihn heraus, Jane. Es ist so schön hier draußen.«

Ninian kam. Er nahm meine Hände und hielt sie fest. »Ich mußte Sie einfach noch einmal sehen, bevor Sie abreisen«, sagte er.

»Das ist sehr freundlich von Ihnen.«

»Sie wagen einen großen Schritt. Ich bin froh, daß Miss Milne mit Ihnen geht.«

»Ja, das ist ein großes Glück für mich. Und stellen Sie sich vor, Mr. Lestrange und seine junge Frau fahren mit demselben Schiff wie wir.«

»Dann werde ich die beiden vielleicht kennenlernen. Ich bin nämlich gekommen, um Sie zum Schiff zu begleiten.«

»Oh!« Ich war erstaunt und erfreut. Doch fand ich es eigenartig, daß er nach wie vor solches Interesse an mir bekundete. Ich gestand es mir ungern ein, aber einer der Gründe, weshalb ich es bedauerte, England zu verlassen, war der, daß ich Ninian nie wiedersehen würde. Das war gewiß sehr töricht von mir, und ich sagte mir unentwegt, daß ich für ihn nichts weiter sei als ein interessanter Fall, der ihm einigen Nutzen gebracht hatte.

»Ich bin im *Royal Oak* abgestiegen«, fuhr er fort. »Ich dachte, ich könnte mit Ihnen zum Hafen fahren und Ihnen vielleicht behilflich sein.«

»Eine reizende Idee!«

»Ich fühle mich für Sie verantwortlich. Schließlich habe ich Sie mit Mrs. Crown zusammengebracht.«

»Es war das Beste, was Sie tun konnten.«

»Das will ich hoffen.«

Daisy kam mit Kaffee heraus. »Miss Jane meint, den könnten Sie gebrauchen«, sagte sie. Sie stellte das Tablett auf ein Tischchen unter einem Baum, und wir zogen unsere Stühle heran. Für einen Augenblick war ich glücklicher, als ich seit langem gewesen war; doch dann schoß mir der Gedanke durch den Kopf: Ich gehe fort, fort aus dem alten Leben, fort aus *seinem* Leben.

Er sah mir zu, als ich den Kaffee einschenkte. Ich hätte gerne gewußt, was er dachte und was ihn wirklich bewogen haben mochte, den weiten Weg hierherzukommen, um mich vor meiner Abreise noch einmal zu sehen.

Er sagte unvermittelt: »Falls sich das Unternehmen als Fehl-schlag erweisen sollte... falls Sie aus irgendeinem Grunde wie-der nach Hause möchten, lassen Sie es mich wissen. Ich werde al-les tun, um Ihre Rückkehr in die Wege zu leiten.«

»Sie sind so gut zu mir. Und alles bloß, weil Sie mich verteidigt haben.«

»Das Urteil war ungerecht. So etwas nagt an mir.«

»Gewiß.«

»Eines Tages vielleicht...«

Ich wartete. Er zuckte die Achseln. »Das hat es schon gegeben. Die Wahrheit kann noch nach Jahren ans Licht kommen.«

Wir sprachen sodann von jungen Frauen, die von zu Hause fort-gegangen waren, um in der Fremde zu arbeiten, so wie Lilias und ich es jetzt vorhatten. Dann erkundigte er sich eingehend nach Roger Lestrange, und ich erzählte ihm alles, was ich über ihn wußte.

Er blieb zum Abendessen. Ich merkte, daß er einen guten Ein-druck auf die Pfarrersfamilie machte.

Als er ins Hotel zurückgekehrt war, sagte Lilias: »Ein reizender Mensch! Und wie nett von ihm, sich so um dich zu kümmern.«

An diesem Abend war ich sehr glücklich. Nachts träumte ich, daß ich England verließ – Ninian stand am Pier. Plötzlich hob er die Arme und rief laut: »Geh nicht! Geh nicht fort!« Da wußte ich, daß ich nicht gehen durfte, daß es falsch war, fortzugehen. Ich versuchte, über Bord zu springen, doch jemand hielt mich fest und sagte: »Du kannst nicht zurück. Keiner von uns kann zurück. Es ist zu spät.« Es war Roger Lestrange.

Am nächsten Tag erhielt meine Freude über Ninian Graingers Fürsorge einen Dämpfer. Daisy kam vormittags in mein Zimmer und sagte: »Sie haben Besuch, Miss Grey. Im Wohnzimmer.«

Ich ging hinunter in der Erwartung, Ninian zu sehen. Doch es war Zillah.

Sie war noch schöner, als ich sie in Erinnerung hatte. Sie trug ein schwarzes Seidenkleid mit einer grünen Schleife am Hals und einen schwarzen Hut mit einer grünen Feder, die zu ihren Augen hinunterwippte und so die Aufmerksamkeit auf deren Farbe lenkte.

»Mein Liebes!« rief sie und umarmte mich. »Ist das schön, dich zu sehen! Ich mußte einfach kommen. Ich werde dich zum Schiff begleiten. Ich wohne im *Royal Oak*.«

»Oh«, sagte ich verdutzt.

Sie lachte, ein wenig geziert. »Was glaubst du, wer dort abgestiegen ist? Dein Mr. Grainger. Na ja, es ist ja wohl das einzige Hotel am Platze, oder? Und ich konnte nicht erwarten, daß man mich im Pfarrhaus einquartiert. Ich hoffe, du freust dich, mich zu sehen. Ich bin über die ganze Geschichte nicht sehr froh, mußt du wissen. Du wirst so weit fort sein. Ich hatte gehofft, wir könnten zusammenbleiben. Hoffentlich war deine Entscheidung das richtige für dich.«

»Ich muß auf alle Fälle weg von hier«, sagte ich. »Und dieser Weg ist so gut wie jeder andere.«

»Es ist so traurig. Aber wir müssen aus allem das Beste machen, nicht wahr? Ich bin sehr gespannt auf deine Freundin Lilias. Was mag sie mir gegenüber empfinden? Ich habe schließlich ihren Platz im Hause eingenommen.«

»Du wirst sie mögen. Sie ist ein wunderbarer Mensch.«

»Oh, hoffentlich geht alles gut auf eurer Reise.«

Sie meinte es gut, und es war lieb von ihr, sich die Mühe zu machen hierherzukommen. Doch sie hatte eine Illusion in mir zerstört. Erst jetzt wurde mir klar, wie tief mich Ninians Kommen bewegt hatte. Ich war sehr töricht gewesen. Es hatte mich so glücklich gemacht, daß er aus lauter Besorgnis um mich geglaubt hatte, persönlich herkommen zu müssen. Ich hatte das lächerliche Gefühl gehabt, er bereue es, mich mit Mrs. Crown zusammengebracht zu haben, und werde mich bitten, mein Vorhaben aufzugeben und mit ihm nach Edinburgh zurückzukehren, wo wir gemeinsam den Beweis erbringen würden, daß ich mit dem Tod meines Vaters nichts zu tun hatte.

Es war naiv von mir, die Hand nach jemandem auszustrecken, der sich um mich kümmerte und die bittere Leere füllte, die Jamie hinterlassen hatte.

Du mußt den Tatsachen ins Auge sehen, ermahnte ich mich. Du gehst fort, fort aus dem alten Leben, fort von allen, die du kennst – außer Lilias. Er ist gekommen, weil *sie* kam. Du hast dich einmal in die Irre führen lassen, von Jamie. Paß auf, daß es nie wieder geschieht.

Am nächsten Tag sprach ich ausführlich mit Ninian. Er schien über das Land, in das ich zu gehen gedacht, soviel zu wissen wie ich. Zillah war auch zugegen.

Am Tag bevor wir nach Tilbury aufbrachen, ging ich morgens ins Dorf, um ein paar letzte Besorgungen zu machen. Ninian wollte mich begleiten. Zillah kam im selben Moment dazu und schloß sich uns an.

Auf dem Rückweg vom Dorf trafen wir Roger Lestrange, der ein großes graues Pferd aus dem Stall der Ellingtons ritt. Er lüftete den Hut. »Miss Grey. Ah, Einkäufe in letzter Minute. Alles zum Aufbruch bereit?«

Ich machte sie miteinander bekannt, und ich spürte Ninians Interesse. Er hatte sich ja so eingehend nach Roger Lestrange erkundigt und alles hören wollen, was ich über ihn wußte. Ich bemerkte, daß Mr. Lestrange Zillah anerkennend musterte, während sie die verführerische Miene aufsetzte, die sie für attraktive Männer bereithielt.

»Wir begleiten das liebe Kind zum Schiff«, sagte Zillah. »Es ist sehr traurig für mich.«

»Gewiß«, erwiderte er mit sanfter Stimme.

Ninian sagte: »Ich habe gehört, Sie sind aus Südafrika.«

»Ja, dort ist jetzt meine Heimat. Ich kehre auf der *Queen of South* zurück.«

»Freuen Sie sich auf Ihr Zuhause?« fragte Zillah.

Er sah sie fast verschmitzt an. »Oh, man könnte zum Bleiben versucht sein, doch leider...« Er zuckte die Achseln. »Wir sehen uns an Bord, Miss Grey.«

»So, das ist also Roger Lestrange«, sagte Ninian, als Roger weitergeritten war.

»Er scheint ein sehr interessanter Mann zu sein«, setzte Zillah hinzu.

Dann kehrten wir ins Pfarrhaus zurück, und am nächsten Tag brachen wir über London nach Tilbury auf, um uns auf der *Queen of South* einzuschiffen.

Sobald ich an Bord trat, überkam mich ein Gefühl, als hätte ich einen unwiederbringlichen Verlust erlitten. Melancholie erfüllte mich, und ich war überzeugt, daß keine noch so aufregenden neuen Erfahrungen sie zerstreuen konnten. Ich hatte Ninian für immer Lebewohl gesagt. Jetzt gab es kein Zurück.

Ninian und Zillah waren mit uns zum Hafen gekommen. So könne sie, meinte Zillah, die letzten Stunden bei mir sein. Sie betonte unentwegt ihre Betrübnis über meine Abreise, doch ich wurde das Gefühl nicht los, daß sie in Wahrheit ziemlich erleichtert war.

Ich konnte kurze Zeit mit Ninian allein sein. Ich glaube, Lilias sorgte dafür, indem sie Zillah ablenkte. Das besserte meine Stimmung ein wenig, da ich das Gefühl hatte, daß es auch Ninians Wunsch war, mit mir ungestört zu sein.

Er sprach ernst über meine Zukunft. »Sie dürfen Ihr Fortgehen nicht als dauerhaft ansehen. Sie werden zurückkommen. Aber ich glaube, für eine Weile ist es so das beste. Doch Sie müssen mir etwas versprechen.«

»Was?«

»Daß Sie mir schreiben und alles erzählen werden, so unbedeutend es auch scheinen mag. Ich möchte es wissen. Es könnte sich als wichtig erweisen.«

»Bin ich immer noch ein ›Fall‹ für Sie?«

»Ein ganz besonderer Fall. Bitte, es ist mir Ernst. Geben Sie mir Ihr Wort.«

»Ich werde Ihnen schreiben«, versprach ich.

»Berichten Sie mir von der Schule, von den Lestranges und wie sich alles anläßt.«

Ich nickte. »Und Sie schreiben mir, was sich zu Hause tut?«

»Bestimmt.«

»Sie klingen so ernst.«

»Es ist mir sehr wichtig. Und noch eins. Wenn Sie nach Hause zurückwollen, lassen Sie es mich wissen. Ich werde dann alles arrangieren und baldmöglichst eine Schiffspassage für Sie buchen.«

»Es ist tröstlich, zu wissen, daß Sie so besorgt um mich sind.«

»Selbstverständlich bin ich besorgt um Sie... Davina.« Ich sah ihn erschrocken an.

»Ich kann mich nicht an den anderen Namen gewöhnen«, sagte er. »Für mich sind Sie immer Davina.«

»Jetzt kann es ja niemand hören.«

»Eines Tages werden Sie zurückkommen.«

»Da bin ich nicht so sicher.«

»Doch«, beharrte er, »Sie müssen.«

Die Erinnerung an dieses Gespräch spendete mir später immer wieder Trost.

Wir waren an Deck, als das Schiff ablegte. Rings um uns tuteten die Sirenen. Auf dem Kai drängten sich Freunde und Verwandte, die gekommen waren, um die Passagiere zu verabschieden. Es war eine bewegende Szene. Manche weinten, andere lachten, als das Schiff langsam aus seinem Ankerplatz glitt.

Lilias und ich winkten, bis wir Ninian und Zillah nicht mehr sehen konnten.

Den ersten Tag an Bord der *Queen of South* werde ich nie vergessen. So viele Unannehmlichkeiten hatte ich mir nicht träumen lassen. Wir mußten die Kabine, die nichts war als ein Verschlag mit vier Schlafkojen, zwei oberen und zwei unteren, mit zwei Fremden teilen. Es gab nur einen einzigen kleinen Kleiderschrank für die vier Passagiere. Ein Bullauge war nicht vorhan-

den. Wir waren von vielen ähnlichen Kabinen umschlossen, und
der Lärm ringsum schien nie ein Ende zu nehmen. Wir lagen am
hinteren Ende des Schiffes; Barrieren hinderten uns am Verlassen dieses Bereiches.

Die Mahlzeiten wurden an langen Tischen eingenommen. Die
Verpflegung war annehmbar, doch unter solchen Bedingungen
machte das Essen keinen Spaß, und Lilias und ich hatten wenig
Appetit.

Unser Schiffsbereich war überfüllt. Man mußte sich in Gemeinschaftsräumen waschen, was nicht einfach war, weil man kaum
für sich sein konnte.

»Kannst du das bis Kapstadt aushalten?« fragte ich etwas unsicher Lilias.

»Wir müssen einfach«, erwiderte sie.

Bald wurde das Wetter rauh, eine zusätzliche Tortur. Die zwei
Frauen, die die Kabine mit uns teilten, lagen in ihren Kojen.
Auch Lilias war es übel. Sie wußte nicht recht, ob sie sich aufs
Deck wagen oder in ihre Koje zurückziehen sollte. Schließlich
entschied sie sich zu letzterem, und ich ging allein auf Deck. Ich
wankte bis zu der Trennungsbarriere und setzte mich. Beim Betrachten der sich hebenden und senkenden grauen Wellen fragte
ich mich, worauf ich mich da eingelassen hatte. Die Zukunft erschien mir düster. Was erwartete uns in dem Land, in das wir
fuhren? Ich war feige gewesen. Ich hätte zu Hause bleiben und
mich allem stellen sollen. Die Leute würden sagen: Wenn sie
wirklich unschuldig wäre, hätte sie doch nichts zu befürchten!
Ich hätte den Kopf hoch tragen, hätte allem, was da kam, trotzen
und mich nicht hinter einem falschen Namen verstecken sollen.

Und nun war ich hier. Ich fühlte mich äußerst unbehaglich, als
ich auf dem turbulenten Meer in eine ungewisse Zukunft getragen wurde.

Ein Mann erschien auf der anderen Seite der Barriere. »Guten
Tag«, sagte Roger Lestrange. Er blickte über den Trennungszaun zu mir herüber. »Sie trotzen den Elementen?«

»Ja. Sie auch?«

»Sie finden es unangenehm, nicht wahr?«

»Ja. Sie nicht?«

»Es geht so. Nichts gegen das, was sein könnte – das kann ich Ihnen versichern.«

»Ich bin nicht erpicht darauf, es zu erleben.«

»Ich habe Sie beim Einschiffen gar nicht gesehen. Haben Ihre Freunde Sie verabschiedet?«

»Ja.«

»Wie nett. Wie gefällt Ihnen die Reise... abgesehen vom Wetter?«

Als ich schwieg, beantwortete er seine Frage selbst: »Nicht gut, oder?«

»Es ist nicht gerade luxuriös.«

»Ich hatte keine Ahnung, daß Sie auf diese Weise reisen würden.«

»Wir auch nicht. Aber es sollte so billig wie möglich sein. Miss Milne hat eine Heidenangst, sich zu verschulden. Wie geht es Mrs. Lestrange?«

»Sie liegt darnieder. Das Wetter behagt ihr nicht.«

»Wem behagt es schon? Sie tut mir leid.«

»Wir werden es bald hinter uns haben, und dann ist es schnell vergessen.«

Ich war während des Gesprächs aufgestanden. Ein Windstoß warf mich an die Reling.

»Haben Sie sich verletzt?« fragte Roger Lestrange.

»Nein, es ist nichts passiert.«

»Ich denke, Sie sollten nach unten gehen«, fuhr er fort. »Der Wind kann tückisch sein. Bei diesem Wetter sollte man sich lieber nicht an Deck aufhalten.« Er setzte ein gequältes Lächeln auf. »Ich bedaure, Sie nicht zu Ihrer Kabine begleiten zu können.«

»Sie haben recht«, sagte ich. »Ich gehe hinunter. Auf Wiedersehen.«

»Au revoir«, sagte er.

Und ich wankte in die Kabine.

Noch am selben Tag legte sich der Wind. Lilias und ich waren allein in der Kabine. Den beiden anderen Frauen ging es besser, und sie waren hinausgegangen, um frische Luft zu schöpfen.

Ein Steward kam in unsere Kabine. »Ich habe Anweisung, Ihnen beim Umzug zu helfen.«

»Umzug?« riefen wir wie aus einem Munde.

»Ein Irrtum, nehme ich an. Sie sind in der falschen Kabine. Bitte packen Sie Ihre Sachen.«

Verwirrt gehorchten wir. Er nahm unser Gepäck und hieß uns ihm zu folgen. Er führte uns durch das Schiff und brachte uns in eine Kabine, die uns im Vergleich zu jener, die wir soeben verlassen hatten, geradezu herrschaftlich erschien. Sie enthielt zwei Kojen, die tagsüber als Sofas dienten, einen geräumigen Kleiderschrank, ein Waschbecken und ein Bullauge.

Wir waren sprachlos.

»Da wären wir«, sagte der Steward, und damit verließ er uns.

Wie trauten unseren Augen nicht. Der Gegensatz war ungeheuer. Lilias setzte sich auf ein Bett. Sie sah aus, als breche sie gleich in Tränen aus, was bei ihr sehr ungewöhnlich war.

»Was hat das zu bedeuten?« fragte sie.

»Sie haben einen Fehler gemacht. Man hätte uns nicht zu den Auswanderern stecken sollen.«

»Aber wir sind doch Auswanderer.«

»Schon… aber jetzt sind wir hier. Ist es nicht herrlich? Ich glaube, in der anderen Kabine hätte ich es nicht mehr lange ausgehalten.«

»Doch, das hättest du wohl… wenn du gemußt hättest.«

»Reden wir nicht mehr davon. Freuen wir uns lieber.«

»Ich möchte wissen, wie das gekommen ist«, grübelte Lilias.

»Wir werden es zweifellos erfahren.«

Wir fragten den Zahlmeister. Er sagte uns bloß, ihnen sei ein Irrtum unterlaufen, und wir waren so erleichtert, daß wir die Sache nicht weiter verfolgten. Wir wußten nur, daß wir den Rest der Reise, sofern es das Wetter zuließ, in einem Komfort zurücklegen konnten, den wir nicht zu erhoffen gewagt hatten.

Wir waren nun häufig mit den Lestranges zusammen. Und im Laufe der Reise lernte ich Myra näher kennen.

Sie war sehr zurückhaltend und, im Gegensatz zu ihrer Mutter, ziemlich schüchtern. Ich fragte mich oft, ob der enge Kontakt zu dieser resoluten Dame sie so scheu gemacht hatte; denn in Gegenwart einer solchen Persönlichkeit werden auch Menschen mit dem stärksten Selbstvertrauen sich ihrer Unzulänglichkeiten bewußt. Ich faßte allmählich Zuneigung zu Myra. In Gegenwart ihres Gatten war sie ziemlich schweigsam und sprach eigentlich nur, wenn sie angesprochen wurde. Oft beendete er einen Satz mit: »So ist es doch, meine Liebe, nicht wahr?«, als bemühe er sich, sie in das Gespräch mit einzubeziehen. »Ja, ja, Roger, durchaus«, erwiderte sie dann unweigerlich.

»Sie ist vollkommen unterwürfig«, bemerkte Lilias.

»Ich glaube, sie möchte ihm gefallen. Er ist immer so liebevoll und höflich zu ihr.«

»Schön, wenn er absoluten Gehorsam will, muß sie ihm sehr gefallen«, entgegnete Lilias trocken.

Die nüchtern veranlagte Lilias mochte Myra als eine Frau ohne Eigeninitiative abtun, die damit zufrieden ist, sich von ihrem Ehemann beherrschen zu lassen; ich aber entdeckte hinter dieser Haltung durchaus Charakter, und weil Myra spürte, wie ich zu ihr stand, verriet sie mir etwas mehr von sich, als sie anderen Leuten offenbarte.

Unser erster Anlaufhafen war Teneriffa. Da es nicht anging, daß zwei Damen allein einen Landausflug unternahmen, schlug Roger Lestrange uns vor, ihn und seine Frau zu begleiten. Wir nahmen das Angebot gerne an.

Es war ein angenehmer Tag. Unter Roger Lestranges Führung

machten wir eine Fahrt durch die Stadt und ein Stück weit ins Land hinein. Wir genossen die linde Luft und bewunderten die bunten Blumen und blühenden Sträucher, bestaunten die Weihnachtssterne, die wild am Wegesrand wuchsen, die Bananenplantagen und die Berge.

Roger Lestrange war ein amüsanter und kundiger Begleiter. Als wir zum Schiff zurückkehrten, bedankte sich Lilias für den Ausflug und erklärte, es sei ein Glück für uns, mit ihm und seiner Frau zu reisen. Ich konnte ihr nur beipflichten. Myra meinte daraufhin: »Es ist uns ein Vergnügen, Sie bei uns zu haben.« Ich war froh, daß sie so empfand, denn mir war im Laufe des Tages der Gedanke durch den Kopf geschossen, daß wir vielleicht störten. Schließlich hatten die beiden gerade erst die Flitterwochen hinter sich, und Jungvermählte sind bekanntlich am liebsten allein.

Vor der Westküste Afrikas war das Wetter warm und das Meer glatt, und das Leben an Bord war sehr vergnüglich. Lilias und ich waren gar nicht mehr darauf erpicht, daß die Tage rasch vergingen. Nach unserem Kabinenwechsel in einen anderen Schiffsbereich fanden wir das Dasein sehr angenehm.

Wir lernten auch interessante Leute kennen. Denn Roger Lestrange war ein gefragter Gesellschafter. Er war mit dem Kapitän befreundet, den er von früheren Reisen kannte, und als seine Freunde wurden auch wir in seinen Kreis aufgenommen.

Es machte Spaß, an Deck zu sitzen, über das kaum bewegte Wasser zu blicken, die in der Ferne springenden Delphine zu beobachten und die fliegenden Fische, die über die klare Wasserfläche glitten.

Eine solche Stimmung förderte Vertraulichkeiten, und Myra gewährte mir nach und nach einen Einblick in ihre Kindheit. »Es wäre anders gekommen, wenn ich mich schneller entwickelt hätte«, sagte sie eines Tages zu mir. »Aber ich war in allem langsam. Ich fing spät an zu laufen und zu sprechen. Ich war von Anfang an eine Enttäuschung. Meine Mutter wollte, daß ich überragend sei, weniger an Klugheit als an Schönheit, ein gesellschaftlicher Erfolg. Sie wissen ja, wie das ist... Sie wollte alles in die Hand nehmen und wünschte sich Enkelkinder, für die sie dann später Pläne machen könnte.«

»Jeder Mensch muß sein Leben selber in die Hand nehmen.«

»Damit wollte Mutter sich nie abfinden. Sie verstand es so gut, alles zu gängeln, und so wollte sie natürlich auch über mich bestimmen. Es war mein Glück, daß ich meine Großeltern hatte, die Eltern meines Vaters. Ich verbrachte einen großen Teil meiner Kindheit bei ihnen. Ich war glücklich dort. Es kümmerte sie nicht, ob ich klug oder schön war. Sie liebten mich so, wie ich war. Mutter sagte, sie würden mich verwöhnen. Es war ihr nicht recht, daß ich soviel mit ihnen zusammen war, aber da sie Leute von Rang und sehr reich waren, fand sie sich damit ab. Als ich vierzehn war, starb meine Großmutter.« Myras Stimme zitterte ein wenig. »Danach war ich oft mit Großpapa allein. Er hätte es gerne gehabt, wenn ich zu ihm gezogen wäre. Aber das konnte Mutter nicht zulassen. Mein Platz sei bei ihr daheim, sagte sie; doch ich war immer noch sehr oft bei ihm. Wir lasen zusammen, oder wir saßen im Garten und spielten Ratespiele. Als er später im Rollstuhl saß, schob ich ihn durch den Garten. Mutter meinte, das sei kein Leben für ein junges Mädchen, aber ich war gerne bei ihm. Eine gesellschaftliche Saison in London war ein Muß für mich; Mutter bestand darauf, und Vater pflichtete ihr bei. Die Saison war ein Fehlschlag. Ich bekam keinen einzigen Heiratsantrag. Bald darauf gab Mutter auf, und ich durfte zu Großpapa ziehen. Er sagte: ›Laß dich nicht herumschubsen. Tu, was du willst. Und heirate bloß keinen Mann, nur weil sie dir sagen, daß du es sollst. Das ist der größte Fehler, den ein Mädchen begehen kann... oder, was das betrifft, ein Mann.‹ Er war ein wunderbarer Mensch. Ich war vierundzwanzig, als er starb. Ich war untröstlich. Auf einmal war ich sehr reich. Er hatte mir alles vermacht. Daraufhin änderte Mutter ihr Verhalten. Sie fand, jetzt müsse ich unbedingt einen Ehemann bekommen, aber als sie anfing, etwas in die Wege zu leiten, hielt ich ihr entgegen:

›Großpapa hat gesagt, ich soll nie heiraten, bloß weil die anderen es sagen. Ich soll nur heiraten, wenn ich es selbst will.‹«

»Ich glaube, Ihr Großvater war ein weiser Mann«, sagte ich.

»O ja. Aber ich rede nur von mir. Erzählen Sie mir von sich.«

Wieder überkam mich dieses starre Gefühl. Ich hörte mich sagen: »Ach, da gibt es nicht viel zu erzählen. Ich hatte eine Gouvernante, eben Lilias, und später... zog ich zu ihr ins Pfarrhaus.«

»Und Ihre Eltern?«

»Sie sind tot.«

»Und jetzt müssen Sie diese Stellung in Südafrika antreten?«

»Ich muß es eigentlich nicht. Ich wollte einfach etwas tun. Ich habe ein kleines Einkommen, nicht viel, aber es genügt.«

»Haben Sie je daran gedacht zu heiraten?«

»Ja, einmal. Aber es ist nichts daraus geworden.«

»Das tut mir leid.«

»Es braucht Ihnen nicht leid zu tun. Ich bin jetzt überzeugt, daß es so das beste war.«

»Wirklich? Sie sehen zuweilen ein wenig traurig aus.«

»O nein, nein. Es ist vorbei. Unsere Familien waren nicht einverstanden, und...«

»Wie schade!«

»Wir waren nicht füreinander bestimmt. Sonst hätten wir doch auf jeden Fall geheiratet, nicht wahr?«

»Ich fand den Rechtsanwalt sehr nett, der Sie besuchen kam. Er schien sehr besorgt um Sie zu sein. Und Ihre Stiefmutter... sie ist sehr schön, nicht wahr? Wenn ich es recht bedenke...« Sie lachte freudlos. »Sie hat alles, was ich nicht habe.«

»Sie sind nett, so wie Sie sind, Myra. Sie dürfen sich nicht selbst so herabsetzen.«

»Und Sie sind nett, weil Sie das sagen. Aber erzählen Sie mir von diesem Anwalt. Kennen Sie ihn aus Edinburgh?«

»Ja.«

»Er war wohl ein Freund Ihrer Familie?«

»Das könnte man sagen.«

Ich mußte die Richtung ändern, in die sich das Gespräch bewegte, deswegen sagte ich rasch: »Und für Sie hat sich alles zum Guten gewendet.«

»Ja. Mein Großvater hatte recht. Wenn ich einen Mann geheiratet hätte, den meine Mutter mir aussuchte, hätte ich Roger nicht.«

»Und jetzt sind Sie vollkommen glücklich?«

»Nun ja...«

»Sie sind es nicht?«

Sie zögerte, sah mich nachdenklich an und beschloß dann, sich mir anzuvertrauen. »Manchmal habe ich Angst.«

»Wovor?«

»Er ist so vornehm, nicht wahr? Manchmal frage ich mich, ob ich gut genug für ihn bin. Was sieht er in mir? Wenn er nicht selbst reich wäre, würde ich denken, es sei mein Geld...«

Ich lachte sie aus. »Myra, so dürfen Sie nicht denken. Er hat Sie geheiratet, nicht wahr? Er liebt *Sie,* nicht Ihr Geld.«

»Es ist so schwer zu glauben. Er ist einfach wunderbar. Wenn er aber das Geld gebraucht hätte...«

»Hören Sie auf, Myra!« Ich lachte wieder, und sie lachte mit. Ich war so erleichtert. Da hatte ich gedacht, sie habe Angst vor *ihm,* dabei fürchtete sie lediglich, sie sei nicht attraktiv genug für ihn.

Ich mußte endlich das absurde Gefühl überwinden, daß irgend etwas an Roger Lestrange unheimlich sei.

Die Tage vergingen mit erschreckender Geschwindigkeit. Bald würden wir unser Ziel erreichen, und dieses traumhafte, idyllische Leben, das wir einige Wochen genossen hatten, würde der Wirklichkeit weichen müssen. Wir würden uns mit unserer Schule zu befassen haben. Aber wir schoben diese Gedanken immer wieder fort. Lilias meinte, es habe keinen Zweck, etwas zu planen, bevor wir an Ort und Stelle seien.

In zwei Tagen sollten wir Kapstadt erreichen. Roger Lestrange hatte vorgeschlagen, wir könnten mit ihm und Myra zusammen nach Kimberley fahren. Es sei eine lange Reise, die er schon mehrmals unternommen habe, und er könne uns behilflich sein und uns zu unserem neuen Heim begleiten. Wir nahmen sein Angebot gerne an.

»Es war wirklich ein großes Glück für uns, mit demselben Schiff zu reisen wie die Lestranges«, sagte Lilias. »Ohne sie wäre es nicht halb so interessant gewesen.«

Wir ahnten nicht, wieviel wir Roger Lestrange zu verdanken hatten, ich aber sollte es bald erfahren.

Am Abend ging ich wie so oft an Deck. Ich liebte es, unter dem samtenen Himmel zu sitzen, an dem die Sterne heller strahlten als daheim. Die Luft war warm, und hier war kaum ein Mensch. Es war der vollkommene Friede.

Bald wird die schöne Zeit vorbei sein, dachte ich, und was erwartet uns dann? Aber Myra und Roger Lestrange werden nicht weit entfernt sein; es ist gut, in einem fremden Land Freunde zu haben.

Wie ich da saß, hörte ich leichte Schritte auf dem Deck, und noch bevor ich aufsah, wußte ich, wer da kam.

»Guten Abend. Genießen Sie die Sternennacht? Darf ich?« Roger Lestrange zog einen Stuhl heran und setzte sich zu mir.

»Ist es nicht wunderschön?« fragte ich.

»Mehr als das. Es ist zauberhaft. Ich frage mich, warum es nicht mehr Leute genießen. Doch das hat sein Gutes. Es verschafft uns Gelegenheit, uns in Ruhe zu unterhalten. Wie fühlen Sie sich? Wir sind bald da.«

»Daran hatte ich gerade gedacht, als Sie kamen.«

»Es ist ein Wagnis, nicht wahr? Aber keine Bange! Wir sind in Ihrer Nähe.«

»Sie freuen sich bestimmt, nach Hause zu kommen.«

»Ich habe die Reise genossen.«

»Das kann ich mir denken. Sie haben Myra kennengelernt.«

»Ja, und Sie... und Miss Milne. Es war sehr aufschlußreich. Es ist immer interessant, Menschen kennenzulernen, finden Sie nicht auch?«

»O ja, natürlich.«

»Sie und Myra scheinen sich sehr gut zu verstehen.«

»Ja. Ich habe sie sehr gern.«

»Das ist gut. Sie ist ziemlich scheu. Ich bin froh, daß Sie sich angefreundet haben.« Und dann sagte er: »Ich konnte den Gedanken an Sie beide da unten im Zwischendeck nicht ertragen. Ich bin froh, daß ich Sie daraus errettet habe. Froh um meinet-, wie um Ihretwillen.«

»Uns errettet?«

»Ich könnte Sie doch nicht da unten lassen, nicht wahr?«

»Sie meinen, Sie...«

»Schauen Sie, es war nichts. Vergessen Sie es.«

»Aber... man sagte uns, es sei ein Irrtum gewesen. Wir dachten...«

»Ich bestand darauf, daß man Sie nicht aufklärte.«

»Dann waren Sie es, der...«

»Ich habe Ihren Umzug veranlaßt. Ich habe die Differenz bezahlt, damit Sie die Reise etwas komfortabler genießen konnten.«

Ich errötete. »Aber... wir werden Ihnen das Geld zurückzahlen.«

»Das kommt nicht in Frage.«

»Lilias...«

»Lilias braucht nichts davon zu wissen. Sie würde sich verpflichtet fühlen, es mir zurückzuzahlen. Das wäre für sie genauso schlimm, wie wenn sie es der Gesellschaft zurückzahlen müßte. Und wir wissen doch, wie sehr sie es haßt, sich zu verschulden.«

Ich schwieg einen Moment, dann sagte ich: »Aber ich kann es Ihnen zurückzahlen.«

»Ich werde mich weigern, es anzunehmen.«

»Aber Sie müssen es annehmen.«

»Warum? Es war ein kleines Geschenk. Es war nichts. Und Ihre Gesellschaft war mir und Myra ein Vergnügen, das uns entgangen wäre, wenn wir auf verschiedenen Seiten der Barriere gereist wären.«

»Das war sehr lieb von Ihnen, aber Sie müssen mir gestatten, zumindest meinen Anteil des Geldes zurückzuzahlen.«

»Das werde ich nicht zulassen.«

»Ich kann es nicht annehmen.«

»Meine liebe D… Diana, Sie haben es schon angenommen.«

»Aber…«

»Kein Aber, bitte. Denken Sie an Lilias' Stolz. Sie muß in dem Glauben gelassen werden, daß es bei der Zuweisung der Kabinen ein Mißverständnis gab. Ich hätte es Ihnen auch nicht sagen sollen. Es ist mir herausgerutscht. Vielleicht wollte ich Sie auf diese Weise nur wissen lassen, daß ich Ihnen helfen möchte. Sie wagen schließlich einen großen Schritt, und ich war es, der Ihnen vorschlug, nach Südafrika zu gehen. Ich wünsche Ihnen so sehr, daß Sie Erfolg haben.«

»Sie sind sehr gütig, und ich bin Ihnen dankbar. Aber es wäre mir lieber, wenn…«

»Würden Sie mir einen Gefallen tun? Sprechen Sie nicht mehr davon. Ihre Gesellschaft war mir und Myra ein Vergnügen. Somit hatten wir alle eine angenehme Reise.« Er legte seine Hand auf meine. »Bitte betrachten Sie es auf diese Weise… und kein Wort mehr über die Sache.«

Ich hätte es mir denken können. Wir hatten so wenig für die Passage bezahlt. Wir waren in diesen Dingen gänzlich unerfahren. Es war sehr nett von ihm, dermaßen besorgt zu sein. Ich mußte versuchen, es so zu sehen. Doch die Offenbarung bereitete mir schon wieder dieses leichte Unbehagen.

Noch zwei Tage, und wir würden unseren Zielhafen erreichen. Die Spannung war überall auf dem Schiff zu spüren. Lilias und mich ergriff eine ungeheure Aufregung, die zuweilen von ängstli-

chen Vorahnungen überlagert wurde, und dann traf uns schlag-
artig die Erkenntnis, daß wir ziemlich unbekümmert beschlossen hatten, alles hinter uns zu lassen, was uns vertraut war, und
ein vollkommen neues Leben zu beginnen.

Jetzt fragten wir uns, wie es mit unserem Rüstzeug für diese Aufgabe bestellt sei, und wir wurden sehr nachdenklich. Wir saßen
schweigend und sahen aufs Meer, und jede wußte von der anderen, daß ihre Gedanken sich auf ähnlichen Bahnen bewegten.

Roger Lestrange merkte, was wir empfanden, und bemühte sich
ständig, unsere Befürchtungen zu zerstreuen. Es werde alles gut.
Er werde in der Nähe sein. Wir dürften nicht vergessen, daß wir
Freunde hätten.

Ich erinnere mich lebhaft an den sonnigen Tag, als wir auf dem
Deck saßen und auf das aquamarinblaue Meer hinaussahen.
Kaum eine Bewegung störte die Ruhe des Meeres. Roger und
Myra hatten sich zu Lilias und mir gesellt. Arme Myra! Sie sah
dem neuen Leben wohl genauso bange entgegen wie Lilias und
ich.

Der Kapitän kam auf seinem täglichen Rundgang bei uns vorüber. »Guten Tag«, sagte er. »Schön ist es heute. Jetzt sind wir
bald da.«

»An einem Tag wie heute kann es einem fast leid tun«, sagte Roger.

Der Kapitän lächelte. Seine Augen ruhten auf Lilias, Myra und
mir. »Und die jungen Damen besuchen Südafrika zum erstenmal?«

»Ja«, sagte Lilias.

»Sie hätten sich eine günstigere Zeit aussuchen können, finden
Sie nicht auch, Mr. Lestrange?«

»Es wird sich vermutlich verziehen«, sagte Roger.

»Nein, diesmal scheint es etwas ernster zu sein.«

»Ach, es hat schon öfter Unruhen gegeben.«

»O ja, es brodelt seit Jahren, aber ich denke, jetzt kommt es zum
Siedepunkt.«

»Unruhen?« fragte ich.

»Der Kapitän spricht von Krüger. Er führt sich zur Zeit ziemlich brutal auf.«

»Es braut sich schon seit geraumer Zeit zusammen«, sagte der Kapitän. »Aber nach dem Jameson Raid ist es immer schlimmer geworden.«

»Warum das alles?« fragte ich.

»Ganz einfach«, sagte Roger. »Cecil Rhodes wünscht ein britisches Südafrika. Krüger will, daß es den Afrikaandern gehört. Es wird nichts geschehen. Krüger wird es nicht wagen, zu weit zu gehen.«

»Warten wir's ab«, sagte der Kapitän. »Aber ich muß jetzt weiter. Wir sehen uns später.«

Als er fort war, fragte ich Roger: »Was meint der Kapitän mit Unruhen?«

»Hm... es läuft zwar nicht alles glatt, aber es wird nichts passieren. Machen Sie sich keine Sorgen!«

»Ich würde gerne mehr über diese Sache wissen.«

»Selbstverständlich. Sie werden ja dort leben. Da ist es ganz natürlich, daß Sie im Bilde sein möchten.«

»Der Kapitän schien sehr besorgt zu sein«, meinte Lilias.

»Also, um es kurz zu machen«, sagte Roger, »das Gerangel um die Macht hält seit einiger Zeit an, aber als Diamanten und Gold im Lande gefunden wurden, siedelten sich Leute aus anderen Ländern an, überwiegend britische Staatsbürger. Infolgedessen veränderte sich die Bevölkerungsstruktur, und die Neuankömmlinge, von den Afrikaandern Uitlanders – Ausländer – genannt, wollten bei der Verwaltung des Landes eine dominierende Rolle spielen. Paul Krüger war Präsident von Transvaal, und er sah voraus, was kommen würde.«

»Ich glaube, er ist ein sehr starker Führer«, meinte Lilias.

»Das ist er allerdings. Er erkannte sogleich, daß, wenn die Uitlanders das Stimmrecht bekämen, die Afrikaander in der Minderzahl wären, was katastrophale Folgen für sie hätte. Sie waren

den Engländern gegenüber mißtrauisch, die der schwarzen Bevölkerung von Anfang an eine andere Haltung entgegenbrach-
ten. Als die Sklaverei im Britischen Empire abgeschafft wurde,
wollten die Engländer sie auch in Südafrika verbieten. Das
konnten die Buren nicht zulassen, weil sie dann ihre Arbeitskräfte für ihre Farmen verloren hätten. Und der Konflikt dauert
an. Der Grund für die gegenwärtige Angst ist Krügers Verfügung, daß kein Uitlander bei den Präsidentenwahlen eine
Stimme hat und nur diejenigen, die mindestens seit vierzehn Jahren im Lande leben und mindestens vierzig Jahre alt sind, den
Volksraad, das Parlament, wählen können.«

»Das scheint mir aber kaum gerecht, wenn sich diese Uitlanders
doch im Lande angesiedelt haben.«

»Sehr richtig. Außerdem sind viele von ihnen reich geworden.
Sie leisten einen beachtlichen Beitrag zu den Finanzen des Landes, und doch verweigert man ihnen das Wahlrecht. Man kann
nicht erwarten, daß Männer wie Cecil Rhodes und Jameson diesen Zuständen tatenlos zusehen.«

»Dann besteht also die Gefahr großer Unruhen?« fragte Lilias
bange.

»Wie gesagt, die Zwistigkeiten sind nicht neu. Sie werden ohne
Zweifel bereinigt werden. Im Moment sind, soviel ich weiß, Verhandlungen zwischen Joseph Chamberlain, dem Kolonialminister, und Jan Smuts, Krügers jungem Bevollmächtigten, im
Gange. Da ich die ganze Zeit fort war, habe ich nur durch die
englische Presse von den Vorgängen erfahren.«

»Wir haben kaum Zeitung gelesen«, sagte Lilias. »Seit wir beschlossen haben, nach Südafrika zu gehen, gab es so viel anderes
zu tun.«

»Ich an Ihrer Stelle würde es vergessen.«

»Aber wenn es diesen Konflikt zwischen den Afrikaandern und
den Uitlanders gibt, zu denen wir ja auch gehören, werden sie
uns dann nicht feindlich gesinnt sein?«

»Meine Liebe, Ihnen wird niemand feindlich gesinnt sein, verlas-

sen Sie sich darauf. Nein, nein. Die Leute werden froh sein, daß
Sie gekommen sind, um ihren Kindern Wissen zu vermitteln.
Man wird Sie herzlich willkommen heißen. Und ich bin ja auch
in Ihrer Nähe. Haus Riebeeck liegt nicht weit vom Schulhaus. So
bin ich notfalls schnell bei der Hand.«
Gewiß erwartete er von uns die Versicherung, daß wir vollkommen beruhigt seien, doch die konnte ich ihm – und ich bin sicher,
Lilias erging es ebenso – nicht aufrichtig geben. Wir fragten uns
mit ziemlicher Beklemmung, was uns bevorstehen mochte.

Kapstadt war schön. Ich wünschte, wir hätten etwas bleiben
können, um die Stadt gründlich zu erkunden. Die Sonne war
wohltuend, die Menschen wirkten friedlich. Nach dem, was ich
von Roger und dem Kapitän gehört hatte, hatte ich mit einem
feindseligen Empfang seitens der Bürger gerechnet. Wir waren
Uitlanders, und unter der hiesigen Bevölkerung war eine Auseinandersetzung im Gange. Doch davon war nichts zu sehen.
Ich bestaunte den majestätischen Tafelberg und die Tafelbucht.
»Ein herrliches Land!« Lilias stimmte mir zu. Wir lächelten uns
an. Wir hatten beide das Gefühl, daß alles gutgehen werde.
Die lange Eisenbahnfahrt durch das Buschland nahm uns ganz
gefangen, obschon sie etwas anstrengend war – 870 Kilometer
von Kapstadt nach Kimberley. Roger hatte uns vorgewarnt, daß
die Fahrt 30 Stunden dauern werde. »Ein Glück für Sie, daß Sie
nicht im Ochsenkarren fahren müssen«, fügte er hinzu.
Wir mußten ihm dankbar sein. Während der ganzen Reise er-
wirkte er mit seinem gebieterischen Gehabe die beste und zuvor-
kommendste Bedienung, die somit auch uns zuteil wurde.
Endlich erreichten wir Kimberley. Roger Lestrange bestand darauf, uns zum Schulhaus zu begleiten, bevor er sich mit Myra zum
Haus Riebeeck begab.
Als wir durch die Stadt fuhren, blickten Lilias und ich aufmerksam aus dem Kutschenfenster. »Es ist eine blühende Stadt«, erklärte Roger. »Sie wächst sehr schnell, vor allem dank der Dia-

manten. Sie liegt übrigens an der direkten Route von Kapstadt nach Transvaal.« Stolz deutete er auf einige Sehenswürdigkeiten, das Rathaus, das Justizgebäude sowie den Botanischen Garten.

Lilias und ich wechselten erleichterte Blicke. Als wir von den Unruhen im Lande hörten, hatten wir gedacht, daß wir in Australien oder Neuseeland wohl besser aufgehoben wären. Aber was wir hier sahen, war sehr erfreulich.

Die Kutsche hielt vor einem kleinen weißen Gebäude, das von der Straße zurückgesetzt in einem Hof stand.

»Das Schulhaus«, verkündete Roger.

Noch während er sprach, ging die Türe auf, und ein Mann erschien. Er mochte Anfang Dreißig sein und hatte ein frisches Gesicht. Er lächelte.

»Mr. John Dale«, sagte Roger. »John, darf ich vorstellen: die neuen Lehrerinnen.«

»Sie sind Miss Milne und Miss Grey?« Der junge Mann sah von einer zur anderen.

»Das ist Miss Grey«, sagte Lilias. »Ich bin Miss Milne.«

Er gab zuerst ihr und dann mir die Hand.

»Und das ist meine Frau«, stellte Roger Lestrange Myra vor.

John Dale reichte auch Myra die Hand. »Willkommen in Kimberley«, sagte er. »Ich hoffe, Sie werden hier glücklich sein, Mrs. Lestrange.«

Roger lächelte wohlwollend. »Wir haben eine weite Reise hinter uns. Meine Frau und ich wollen nach Hause. Kann ich die Damen Ihrer Obhut überlassen, John?«

»Aber gewiß.« Er wandte sich zu uns: »Bitte kommen Sie herein. Ich nehme Ihr Gepäck.«

»So«, sagte Roger, »wir verlassen Sie nun.«

Wir dankten ihm aufrichtig für alles, was er für uns getan hatte.

»Wir sehen uns bald. Wir möchten doch hören, wie Sie zurechtkommen, nicht wahr, Myra?«

»O ja, ja. Bitte besuchen Sie uns bald«, sagte Myra.

»Aber das tun sie ganz bestimmt, meine Liebe«, warf Roger ein.
»Wir sind ja ganz in der Nähe. Du wirst sie nicht verlieren. Und
jetzt geht's nach Hause. Sie sind bei John gut aufgehoben. Au revoir.«

Wir waren in die Diele getreten. John Dale brachte unser Gepäck
herein und stellte es hin. »So«, sagte er. »Jetzt muß ich Ihnen erst
einmal erklären, wer ich bin. Ich bin Mitglied des Stadtrates. Wir
bemühen uns sehr um die Schulbildung unserer Kinder. Die
Schule ist sehr klein, wie Sie sehen werden. Wir hatten nie mehr
als zwanzig Schüler. Es ist schwierig, Lehrerinnen zu bekommen, die bleiben. Bis vor kurzem hatten wir Miss Groot. Sie war
zwanzig Jahre hier. Dann wurde sie zu alt; seitdem haben sich einige Lehrerinnen beworben, aber letzten Endes war keine wirklich an der Schule interessiert. Als Mr. Lestrange uns von Ihnen
schrieb, waren wir sehr froh. Ich hoffe, es wird Ihnen hier gefallen.«

»Und ich hoffe, Sie werden mit uns zufrieden sein«, sagte Lilias.

»Sie sind zu zweit...«

Er zögerte, und Lilias erklärte rasch: »Ja, wir wissen, daß Sie nur
eine Lehrerin benötigen.«

»Nun, Tatsache ist, daß wir gerne zwei Lehrerinnen hätten, aber
dafür reichen die Mittel nicht. Wenn wir mehr Schüler hätten,
dann könnten wir auch mehr Lehrerinnen bezahlen. Aber das
Schulgeld, das wir erheben, ist nicht hoch, und die Schule wird
eigentlich von der Stadt getragen... Manchmal hat es den Anschein, daß nicht jedermann der Schulbildung die Achtung ent-
gegenbringt, die ihr gebührt.«

»Wir verstehen«, sagte Lilias. »Wir wollten zusammensein und
sind bereit, gemeinsam hier zu arbeiten.«

Seine Miene war immer noch besorgt. Dann sagte er: »Oh, fast
hätte ich es vergessen. Sie müssen müde und hungrig sein. Ich
habe eine Flasche Wein und etwas zu essen mitgebracht. Möchten Sie gleich essen, oder soll ich Ihnen zuerst das Haus zeigen?«

»Zeigen Sie uns das Haus, und vielleicht können wir uns den Reiseschmutz abwaschen. Dann können wir in aller Gemütlichkeit essen und uns unterhalten, wenn es Ihnen recht ist.«

»Ausgezeichnet. Auf dem Ölofen können wir Wasser erhitzen. Ich setze es auf, und bis es heiß ist, führe ich Sie herum.«

Was wir sahen, gefiel uns. Es gab einen großen Raum mit einem langen Tisch und Stühlen sowie einem geräumigen Schrank. Wir öffneten ihn und fanden Bücher und Schiefertafeln darin. »Das Klassenzimmer«, stellte Lilias anerkennend fest.

Außer dem Klassenzimmer gab es im Erdgeschoß noch zwei kleine Zimmer und eine Küche mit einer Hintertür, die zu einem kleinen Garten führte. Beim Anblick der üppig wachsenden Sträucher stieß Lilias einen Freudenschrei aus.

John Dale lächelte, sichtlich erleichtert über unsere freudige Anerkennung.

Lilias sagte: »Wir hatten keine Ahnung, was uns erwartete.«

»Und Sie befürchteten wohl das Schlimmste?« fragte er.

»Mit so etwas Schönem hatten wir jedenfalls nicht gerechnet, nicht wahr, Diana?«

Oben befanden sich vier kleine Zimmer, einfach, aber behaglich möbliert. »Zwei Schlafzimmer, ein Arbeitszimmer, dann bleibt immer noch eins übrig«, sagte Lilias. Sie trat ans Fenster und sah auf die Straße. Dann drehte sie sich mit leuchtenden Augen zu mir um. »Ich möchte aus diesem Haus eine blühende Schule machen«, sagte sie.

»Das wird Ihnen gewiß gelingen«, erwiderte John Dale. »Unterdessen dürfte das Wasser heiß sein. Ich bringe es Ihnen herauf.«

»Wir helfen Ihnen«, sagte Lilias. Ich hatte sie selten so aufgeregt gesehen.

Unten hatte John Dale den Tisch gedeckt. Es gab kaltes Huhn, knuspriges Brot, eine Flasche Wein und köstliche Birnen. »Ein reizendes Willkommen haben Sie uns bereitet«, sagte Lilias.

»Sie sollen wissen, wie froh wir über Ihr Kommen sind«, erklärte John Dale. »Lassen Sie mich Ihnen etwas über die Stadt und ihre Einwohner erzählen.«

»Wir sind sehr gespannt.«

»Ich denke, das Klima wird Ihnen zusagen, wenngleich es Ihnen im Sommer vielleicht ein bißchen zu heiß sein wird.«

»Darauf sind wir vorbereitet«, sagte ich.

»Kimberley verdankt seinen Aufschwung den Diamanten, wie Ihnen vielleicht bekannt ist. Vor 1871 war es mehr oder weniger ein Dorf. Und dann haben die Funde alles verändert. Kimberley und Diamanten gehören zusammen. Die meisten von uns hier sind auf die eine oder andere Art in diesem Geschäft. Wer nicht direkt mit den Funden zu tun hat, bearbeitet sie für den Verkauf oder vermarktet sie.«

»Sie auch?« fragte Lilias.

»Ja. Ich arbeite im Kontor einer der größten Firmen.«

»Ist das Mr. Lestranges Firma?«

»O nein. Als er vor einigen Jahren nach Kimberley kam, kaufte er Anteile einer anderen Gesellschaft. Kurz darauf heiratete er und erwarb das Haus Riebeeck. Es ist eine der feinsten Residenzen in der Stadt... Sagen Sie, wann gedenken Sie die Schule zu eröffnen?«

»Es gibt keinen Grund zu warten«, sagte Lilias. »Geben Sie uns ein paar Tage, um uns einzurichten und festzustellen, wie viele Schüler wir haben und was uns an Lehrmaterial zur Verfügung steht.«

»Selbstverständlich. Könnten Sie Montag anfangen? Dann hätten Sie den Rest dieser Woche und das Wochenende für die Vorbereitungen.«

»Und die Schüler?«

»Bis jetzt sind es ungefähr zehn. Es werde aber sicher noch mehr.«

»Wie alt?«

»Unterschiedlich.« Er sah Lilias besorgt an. »Wird das die Sache erschweren?«

»Kaum, und da wir zu zweit sind, können wir vielleicht zwei Klassen bilden. Aber wir werden sehen.«

»Ich werde bekanntmachen, daß die Schule am Montag beginnt. Ich bin so froh. Schulbildung ist unentbehrlich. Ich wünschte, alle Leute hier würden mir beipflichten.«

»Die Birnen sind köstlich«, sagte ich.

»Bei uns wächst das beste Obst der Welt.«

»Das Land ist so schön!« sagte Lilias. »Uns kommt es vor wie das Gelobte Land.«

Er lachte. »Das werde ich mir merken. Trinken wir darauf, daß sich Ihr erster Eindruck als wahr erweisen wird.«

Als er gegangen war und wir in unserem Schulhaus allein waren, waren Lilias und ich uns einig, daß es ein wundervoller Anfang unseres neuen Lebens gewesen war.

Der Schatz von Kimberley

Es folgte eine erfüllte, erfreuliche Woche. Nie hatte ich Lilias so aufgeregt gesehen. »Immer wenn ich mir überlegt habe, was ich am liebsten tun möchte, habe ich mir etwas wie das hier vorgestellt«, verkündete sie. »Es ist, als würde ich eine neue Schule gründen: *meine* Schule.«

Sie sah die vorhandenen Bücher durch und stellte Listen über das Lehrmaterial zusammen, das sie gerne anschaffen würde. John Dale, der uns oft besuchte, teilte ihre Begeisterung. Er wollte sich im Stadtrat umhören, ob man ihr das Gewünschte genehmigen würde.

»Er ist ein starker Verbündeter«, meinte Lilias. »Ein Glück für uns, daß wir ihn haben!«

Am festgesetzten Tag trafen die Kinder ein, vierzehn insgesamt, im Alter zwischen fünf und fünfzehn Jahren. Das waren nicht viele, dennoch mehr, als wir erhofft hatten. Lilias beschloß, daß ich die Fünf- bis Siebenjährigen unterrichten sollte – es waren sechs – und sie die älteren. Ich besetzte mit meinen Schülern das eine Ende des großen Klassenzimmers und sie mit ihren das andere.

Es war ein eigenartiges Gefühl, vor den Kindern zu stehen, die mich interessiert musterten. Ich empfand es als große Herausforderung und hoffte, daß ich sie zufriedenstellend meistern würde. Es ließ sich recht gut an; ich begann den Unterricht mit dem Abc und mit Kinderreimen.

Wenn die Kinder nach Hause gegangen waren, besprachen wir die Ereignisse des Tages. Lilias war in ihrem Element; was mich betraf, war ich nicht so sicher. Lilias war zum Unterrichten berufen; meine Fähigkeiten auf diesem Gebiet mußten hingegen erst erprobt werden.

»Du wirst es schon schaffen«, beruhigte sie mich. »Denk nur immer daran, daß du die Geduld nicht verlieren darfst. Laß sie niemals merken, daß du unsicher bist, sonst hast du den Kampf verloren; denn ein Kampf ist es gewissermaßen. Sie beobachten dich genauso aufmerksam wie du sie. Du mußt das richtige Maß an Autorität zeigen. Sei liebevoll. Hab Geduld. Aber laß sie stets spüren, daß du die Oberhand hast.«

In der ersten Woche dachte ich an kaum etwas anderes als an die Bewältigung meiner Aufgabe. Die Tage vergingen schnell. Der Tagesplan mußte strikt eingehalten werden. Wir unterrichteten den ganzen Vormittag. Die Kinder kamen um neun und gingen um zwölf. Dann kochten wir uns in der kleinen Küche ein leichtes Mahl und aßen. Um zwei kehrten die Kinder zurück und blieben bis vier.

Unterdessen kannte man uns schon in der Stadt. Die Ladenbesitzer waren sehr nett zu uns. Die Stadtbewohner waren sichtlich froh, daß die Schule wieder geöffnet war.

Ein Mädchen in meiner Klasse erregte mein besonderes Interesse – sein trauriges Gesichtchen ließ mich nicht los. Es hieß Anna Schreiner und war fünf Jahre alt. Ihre Mutter brachte sie jeden Morgen zur Schule und holte sie wieder ab, wie es die meisten Eltern der kleineren Kinder taten. Anna war ein stilles Kind, das sich immer abseits von den anderen hielt. Wenn man sie ansprach, antwortete sie meist einsilbig. Sie lächelte fast nie. Ihre Mutter war jung und hübsch, blond, blauäugig und recht drall. Ich hatte den Eindruck, daß Anna über etwas nachgrübelte, das ihr nicht aus dem Sinn ging.

Eines Tages schrieben die Kinder die Buchstaben ab, die ich an die Tafel geschrieben hatte. Sie waren so vertieft, daß außer dem Kratzen der Griffel auf den Schiefertafeln kaum ein Laut zu hören war. Ich ging umher, betrachtete ihre Arbeiten, machte hier und da eine Bemerkung. Dann kam ich zu Anna. Sie schrieb eifrig, ihre Buchstaben waren alle tadellos. Ich setzte mich neben sie. »Das machst du sehr gut«, sagte ich. Sie lächelte nicht. Sie malte einfach weiter ihre Buchstaben.

»Geht es dir gut, Anna?« Sie nickte. »Gehst du gerne zur Schule?« Sie nickte schwach. »Bist du hier glücklich?« Wieder ein Nicken. So kam ich nicht weiter.

Ich beobachtete sie mit ihrer Mutter. Annas Gesicht leuchtete nicht auf, wenn sie ihre Mutter sah. Sie lief nur zu ihr und nahm ihre Hand, dann gingen sie zusammen fort.

»Kinder sind nun mal verschieden«, sagte Lilias, als ich ihr von meinem Interesse an Anna erzählte. »Sie ist eben ein ernstes Kind.«

»Ihre Mutter ist sehr hübsch. Ob Anna das einzige Kind ist?«

»John Dale wird es vermutlich wissen. Frag ihn, wenn er das nächste Mal kommt.«

John Dale brachte uns oft Lebensmittel und Wein, wie er es am ersten Tag getan hatte, und dann veranstalteten wir ein gemeinsames »Picknick«, wie er zu sagen pflegte. Als ich ihn nach Anna Schreiner fragte, sagte er: »Das arme Kind. Sie lebt in ständiger Furcht. Sie bildet sich vermutlich ein, daß die Pforten der Hölle sich weit auftun, um sie zu verschlingen, wenn sie auch nur fünf Minuten zu spät zur Schule kommt.«

»Ihre Mutter sieht eigentlich ganz fröhlich aus.«

»Greta? O ja, sie *war* einmal ein fröhliches Geschöpf. Ich verstehe nicht, warum sie den alten Schreiner geheiratet hat. Es gab allerdings Gerüchte...«

»Gerüchte?«

»Vermutlich alles Verleumdung.«

»Mr. Dale«, warf Lilias ein, »es hilft uns beim Unterrichten, wenn wir etwas über die Herkunft der Kinder wissen.«

»Schön, ich will Ihnen erzählen, was ich weiß. Piet Schreiner ist ein furchteinflößender Mensch. Kalvinist. Puritaner. Es gibt einige von seiner Sorte in der Stadt und auch überall im Land. Die Buren sind stark puritanisch geprägt. Schreiner ist fanatischer als die meisten. Man kann sich gut vorstellen, wie er beim ›Großen Treck‹ mitzog. Er arbeitet schwer, nennt sich ehrenwert und gottesfürchtig. Es ist traurig, daß ein Mann mit solchen tugendhaften Eigenschaften in der Ausübung seines Glaubens seinen Mitmenschen das Leben so schwermacht. Für einen wie ihn scheint alles, was die Menschen tun, in der Sünde zu wurzeln. Ich nehme an, er selbst ist ständig auf der Hut davor.«

»Und er ist Annas Vater?«

»So hat es zumindest den Anschein. Einige sagen jedoch, daß er es nicht ist.«

»Inwiefern?« fragte Lilias.

»Schreiner ist gut zwanzig Jahre älter als Greta. Sie war einst ein hübsches Mädchen, das zur Leichtlebigkeit neigte. Ihre Eltern waren sehr streng mit ihr, und ich nehme an, das trug dazu bei, daß Greta erst recht gerne herumstreunte und Dinge tat, die die Leute schockierten. Ihre Familie war eng mit Schreiner befreundet. Er ist Laienprediger in der kleinen Kirche, die sie besuchen. Ob Greta ihn geheiratet hat, weil sie in Schwierigkeiten war, vermag ich nicht zu beschwören, aber einen anderen Grund kann ich mir nicht denken.«

»Dann ist Schreiner also nicht Annas Vater...«

»Er bezeichnet sich als ihren Vater. So ist es beurkundet. Das Mädchen heißt rechtmäßig Anna Schreiner. Tatsächlich haben Schreiner und Greta ziemlich überstürzt geheiratet. Kein Mensch hatte damit gerechnet, daß er überhaupt jemals heiraten würde, schon gar nicht ein so junges Mädchen. Es gab viel Gerede deswegen. Wie dem auch sei, sie haben geheiratet, das leichtlebige junge Mädchen und der um vieles ältere, unheilverkündende Prediger. Es war eine kurzlebige Sensation. Es wurde soviel darüber geredet wie damals, als Ben Curry den Blauen Diamanten fand, der ihn zum Millionär machte. Das war vor mehr als fünf Jahren. Die Leute vergessen es schnell. Nur hin und wieder fällt es ihnen wieder ein.«

»Und das kleine Mädchen lebt bei seiner leichtlebigen Mutter und diesem fanatisch frommen Mann, der vielleicht nicht sein Vater ist.«

»Die arme Kleine. Ich glaube, sie hat es nicht leicht.«

»Ich muß versuchen, ihr irgendwie zu helfen«, sagte ich.
»Lassen Sie es nicht auf eine Auseinandersetzung mit dem alten
Schreiner ankommen«, warnte John. »Gottesfürchtige Männer
können teuflisch werden, wenn sie gegen die Feinde der Gerechten kämpfen – und das sind alle, die nicht auf ihrer Seite sind.«
Von da an befaßte ich mich noch eingehender mit Anna Schreiner, doch sosehr ich mich auch bemühte, es war unmöglich, sie
zum Sprechen zu bringen. Sie war fleißiger als die anderen Kinder und ging dann still mit ihrer hübschen Mutter nach Hause.
Wie mag ihr gemeinsames Leben aussehen? fragte ich mich immer wieder.

An unserem zweiten Sonntag in Kimberley waren Lilias und ich
zum Mittagessen ins Haus Riebeeck eingeladen. Myra hatte uns
am Mittwoch nachmittag um halb fünf nach Schulschluß besucht. »Ich dachte, ich würde in den Unterricht hereinplatzen,
wenn ich früher käme«, sagte sie. »Nun, wie ist es Ihnen bisher
ergangen?«
»Sehr gut«, erklärte Lilias begeistert. »Wir sind angenehm über-
rascht.«
»Großartig. Wie ich höre, ist die Schule ein voller Erfolg.«
»Das ist etwas verfrüht gesagt«, warnte Lilias, aber sie war den-
noch hoch erfreut. »Von wem haben Sie das gehört?«
»Von Mrs. Prost, unserer Haushälterin. Sie gehört zu den
Frauen, die stets über alles im Bilde sind.«
»Es ist nützlich, so jemanden um sich zu haben«, bemerkte ich.
»Und wie geht es Ihnen?«
»Oh...« Ein kurzes Zögern. »Sehr gut, wirklich.«
»Fühlen Sie sich wohl in Ihrem neuen Haus?«
»Es ist ein sehr großes Haus, man kann sich leicht darin verlau-
fen. Die Dienstboten sind fast alles Einheimische. Man kann sich
schwer verständlich machen.«
»Aber diese Mrs. Prost wird sich doch sicher um alles küm-
mern?«

»O ja. Ich bin gekommen, um Sie für Sonntag zum Mittagessen einzuladen. Sie können nur sonntags, nicht wahr?«

»Ja«, sagte Lilias, »sonntags geht es am besten.«

»Roger möchte alles über die Schule hören. Er meint, inzwischen dürften Sie sich eingelebt und eine Meinung gebildet haben.«

»Die Leute waren sehr nett zu uns. Und Mr. Dale ist uns geradezu unentbehrlich geworden, nicht wahr, Diana?«

Ich bestätigte, daß er uns vom Augenblick unserer Ankunft an unter seine Fittiche genommen habe.

»Die Leute sind so froh, daß die Schule wieder eröffnet ist«, sagte Myra. »Sie kommen doch zum Essen zu uns, nicht wahr?«

»Aber natürlich«, erwiderte ich. »Es wird uns ein Vergnügen sein, nicht wahr, Lilias?«

Als Myra fort war, sagte ich zu Lilias: »Ich habe das Gefühl, daß mit dieser Ehe etwas nicht stimmt.«

Lilias lachte. »Du mit deinen Einbildungen! Zuerst die kleine Anna Schreiner und jetzt die Lestranges. Du hast einfach zuviel Phantasie und läßt ihr freien Lauf. Du liebst dramatische Ereignisse, und wenn nichts passiert, bringst du einfach etwas in Gang.«

»Vielleicht hast du recht. Trotzdem...«

Die praktisch veranlagte Lilias konnte mich nur anlächeln. Und weil ich sie gerne glücklich sehen wollte, lächelte ich zurück.

Das Haus Riebeeck war eine stattliche Villa in der Stadt, doch sobald man das Tor passierte und das Grundstück betrat, hätte man sich meilenweit von der Nachbarschaft entfernt wähnen können. Die Zufahrt war wohl vierhundert Meter lang. Das Laubwerk war so üppig, daß man das Gefühl hatte, mitten auf dem Land zu sein. Bunt blühende Sträucher standen dicht an dicht. Feuerbäume und Weihnachtssterne sorgten für zusätzliche Farbtupfer. Nie werde ich den ersten Anblick vergessen, als wir durch diese Pflanzenpracht auf das weiße Haus zugingen.

Es war ein imposantes Gebäude im holländischen Stil. Eine Treppe führte zu einer Veranda mit großen Kübeln, die von den wuchernden Pflanzen fast verdeckt wurden.

Das große Haus hatte zahlreiche Fenster und gehörte zu den Gebäuden, die eine eigene »Persönlichkeit« besitzen. Lilias lachte darüber, als ich später davon sprach. Die nüchterne Lilias sah alles mit absoluter Klarheit – so, wie es war.

Auf mich wirkte das Haus von vornherein abweisend. Das mochte daran liegen, daß ich mich in Gegenwart von Roger Lestrange nie recht wohl fühlte. Auch glaubte ich zu ahnen, daß Myra nicht so glücklich war, wie sie hätte sein sollen, und daß ihr ebenso unbehaglich zumute war wie mir.

Wir wurden von Mrs. Prost empfangen. »Sie müssen Miss Milne und Miss Grey sein«, sagte sie. Sie hatte kleine, helle Augen, und ihre Blicke schossen unermüdlich hin und her. Die hellbraunen Haare trug sie geflochten um den Kopf gewunden. Ich hatte den Eindruck, daß ihr wenig entging. »Kommen Sie herein«, fuhr sie fort. »Ich melde Mrs. Lestrange, daß Sie da sind.«

»Es freut uns, Sie kennenzulernen, Mrs. Prost«, sagte Lilias.

»Willkommen in Kimberley. Wie ich höre, macht sich die Schule gut.«

»Es ist noch zu früh, um das zu sagen«, meinte Lilias vorsichtig.

»Doch im Augenblick läßt sich alles gut an.«

»Das freut uns alle sehr.«

Da erschien Myra auch schon. »Ich dachte, ich hätte Sie kommen hören.«

Mrs. Prost stand aufmerksam dabei, als Myra uns begrüßte. »Das Essen wird um ein Uhr serviert, Mrs. Lestrange«, sagte sie.

»Danke, Mrs. Prost.« Dann wandte sich Myra wieder an uns. »Kommen Sie herauf. Roger ist im Salon. Er ist so gespannt auf Ihre Neuigkeiten.« Sie führte uns durch eine große Halle mit weißen Wänden und leuchtendroten Vorhängen, dann eine Treppe hinauf zu einem Zimmer in der ersten Etage. Sie öffnete die Türe und verkündete: »Sie sind da.«

Es war ein großer Raum mit hohen Fenstern. Ich mußte sogleich an ein Gemälde eines holländischen Meisters denken. Der Fußboden war mit zartfarbigen Fliesen belegt, die den Eindruck von Kühle vermittelten. Später bemerkte ich das schwere Mobiliar im Barockstil, den verschnörkelten Tisch mit der Einlegearbeit aus Ebenholz, die mit Schnitzereien verzierte Säulenvitrine. Doch vorerst war keine Zeit, sich umzusehen, denn Roger Lestrange hatte sich erhoben und kam uns mit ausgestreckten Händen entgegen. »Miss Milne, Miss Grey, welche Freude!« Er ergriff unsere Hände und lächelte herzlich. »Wie lieb von Ihnen, daß Sie gekommen sind. Ich habe schon von Ihrem Erfolg gehört. Das ist besonders erfreulich, da mir der Dank der Stadtbewohner gewiß sein wird, weil *ich* Sie hierhergebracht habe.« Dann sah er Myra auffordernd an, und sie sagte hastig: »Nehmen Sie Platz. Das Essen wird gleich serviert.«

»Wie finden Sie unser Haus?« fragte Roger.

»Was wir bisher gesehen haben, ist sehr beeindruckend«, erwiderte Lilias.

»Nach dem Essen werden Sie alles sehen, dann können Sie Ihr Urteil abgeben.«

»Es wirkt so abgelegen, obwohl es mitten in der Stadt ist«, sagte ich.

»Es freut mich, daß Sie diesen Eindruck haben. Einerseits ist es aus geschäftlichen Gründen gut, in der Stadt zu wohnen, andererseits gefällt mir die Illusion, abseits zu liegen. Das ist mit ein Grund, weswegen ich dieses Haus gekauft habe.«

»Oh. Ich hatte gedacht, es sei seit Jahren im Familienbesitz.«

»O nein. Ich habe es mit allem Drum und Dran gekauft, inklusive der Möbel. Es gehörte einer alten holländischen Familie, die seit hundert Jahren hier ansässig war. Doch die Entwicklung der Dinge gefiel ihnen nicht, sie haben alles verkauft und sind nach Holland zurückgekehrt. Das kam mir sehr gelegen. Wir – meine erste Frau und ich – suchten ein Haus, und dieses war genau das richtige. Wir zogen einfach ein und übernahmen alles so, wie es war, Möbel, Mrs. Prost und, glaube ich, fast das gesamte Personal. Wie viele es waren, kann Ihnen Mrs. Prost genauer sagen.«

»Hat es Ihnen nichts ausgemacht, einfach den Besitz von Fremden zu übernehmen?«

»Nicht im geringsten. Wir fanden es bequem, ich und Margarete – meine erste Frau.«

Ich sah Myra leicht zusammenzucken. Was mochte das zu bedeuten haben? Bedeutete es überhaupt etwas? Erging ich mich wieder in Phantastereien?

Zum Essen begaben wir uns in einen anderen Raum, der ähnlich wie der Salon mit Fliesenboden, einem schweren Tisch und ebensolchen Stühlen ausgestattet war. Roger Lestrange nahm an einem Ende der Tafel Platz, Myra am anderen. Lilias und ich setzten uns einander gegenüber.

Beim Essen sagte Roger: »Ich habe eine Bitte an Sie. Es geht um Paul, meinen Sohn. Er wird augenblicklich von einem Hauslehrer unterrichtet. Ich frage mich, ob es angebracht ist, ihn nach England auf eine Schule zu schicken. Das ist ein großer Einschnitt für ihn, und ich bin nicht sicher, ob er schon bereit dafür ist. Ich dachte daran, ihn für eine Weile in Ihre Schule zu schicken, wenn Sie ihn aufnehmen könnten.«

Lilias sagte eilfertig: »Aber mit dem größten Vergnügen!«

»Sie müssen ihn unbedingt kennenlernen, bevor Sie gehen.«

Während leichtfüßige einheimische Dienstboten das Essen auftrugen, machte Roger Lestrange ein paar Bemerkungen über das Wetter. Ich merkte Lilias an, daß sie ungeduldig war, mehr über Paul zu hören. »Ist er nicht zu jung, um nach England geschickt zu werden?« fragte sie.

»O nein. Er ist neun. Ist das nicht genau das Alter, in dem in England die Jungen ins Internat kommen?«

»Ja, aber für ihn würde es bedeuten, in die Fremde zu gehen, fern von seiner Heimat.«

»Ich glaube nicht, daß es ihm etwas ausmachen würde. Was meinst du, meine Liebe?«

Myra bestätigte, daß es Paul wohl nichts ausmachen werde.
»Er ist ein merkwürdiges Kind«, fuhr Roger fort. »Er geht uns
aus dem Weg, seit wir wieder hier sind.« Er warf Myra einen
Blick zu, der sie verlegen machte, als sei es ihre Schuld, daß der
Junge ihnen aus dem Weg ging. Vielleicht hatte er etwas gegen
seine Stiefmutter? Wie dem auch sei, Myra schien die Schuld bei
sich zu suchen.
»Sie werden es ja selbst sehen.« Er runzelte die Augenbrauen
und sah uns besorgt an. »Wissen Sie«, fuhr er fort, »ich frage
mich ernsthaft, ob es klug von Ihnen war, in dieses Land zu kommen.«
»Wieso?« fragte ich erstaunt. Auch Lilias sah ihn fragend an.
»Die Entwicklung der Dinge gefällt mir nicht. Seit ich zurück
bin, sehe ich deutlicher, was hier vorgeht.«
»Nämlich?«
»Krüger ist unnachgiebig. Zwischen ihm und Chamberlain gibt
es wirklich Ärger.«
»Chamberlain?«
»Joseph Chamberlain ist der Kolonialminister. Der Ursprung
der Schwierigkeiten reicht bis zum Beginn des Jahrhunderts zurück... seit die Briten Napoleons holländischen Verbündeten
das Kap entrissen haben. Ich glaube, ich habe schon erwähnt,
daß es Ärger gab, als die Briten die Bedingungen für die einheimischen Bediensteten verbessern wollten und Gesetze erließen,
um sie gegen Grausamkeiten zu schützen. Seitdem schwelen
Feindseligkeiten zwischen Buren und Engländern.«
»Aber gegen uns persönlich scheinen sie nichts zu haben.«
»O nein. Nur die Führer gehen sich gegenseitig an die Kehle. Die
Leute hier machen uns nicht verantwortlich für die ›Arroganz
unserer Führer‹, wie sie sich ausdrücken.«
»Wir haben uns schon mit einer Anzahl Buren angefreundet«,
sagte ich. »Sie waren alle ganz besonders nett zu uns.«
»Es ist ein Streit zwischen zwei Staaten. Aber es könnte zum gro-
ßen Knall kommen. Einen zweiten ›Großen Treck‹ wird es nicht
geben. Diesmal würden sie bleiben und um ihr Land kämpfen.«

»Was hat es mit dem ›Großen Treck‹ auf sich?« fragte Lilias.

»Das ist schon fast fünfzig Jahre her, doch die Erinnerung daran ist noch wach. Die von den Briten aufgezwungenen Bedingungen hatten den Buren ihre Sklavenarbeiter genommen, und sie konnten auf dem Land nicht mehr existieren. Deshalb versammelten sie ihre Familien und ihr Hab und Gut und zogen mit ihren Ochsenkarren durch das Land. Das Leben war hart. Sie waren ein fleißiges Volk, streng religiös und selbstgerecht, wie es solche Leute häufig sind, und sie glaubten fest daran, daß alle, die ihre Denkweise nicht teilten, auf dem Weg in die Hölle seien. Sie wollten nichts weiter, als mit ihren Sklaven und ihren Grundsätzen in Frieden gelassen werden, arbeiten und ihren Lebensunterhalt verdienen. Nachdem sie nun von den afrikanischen Stämmen – den Zulus, den Ndebele und den Matabele – unter Druck gesetzt und durch die Gesetze der Briten gegen die Sklaverei am Verdienen ihres Unterhaltes gehindert wurden, was blieb ihnen da anderes übrig, als vor ihren Herrschern in ein anderes Land zu fliehen? Daher der Große Treck über Land. Sie zogen bis Natal und wurden in Transvaal ansässig.«

»Das waren sehr mutige Leute«, sagte Lilias.

»Ja, Mangel an Courage kann man ihnen nicht vorwerfen. Und dann wurden Diamanten gefunden. Und Gold. Das hat das Land entscheidend geprägt. Die Leute strömten herbei, und Rhodes und Jameson träumten von einem britischen Afrika. Sie überredeten Lobengula, den König der Matabele, ihnen Schürfrechte einzuräumen, und wie Sie wissen, ist jenes Land heute Rhodesien, eine britische Kolonie. Doch zwischen Krüger und Chamberlain gibt es Ärger.«

»Und das bedeutet Ärger zwischen Engländern und Buren«, sagte Lilias.

»Einmal sah es so aus, als würden die Deutschen den Buren zu Hilfe kommen, und es war unwahrscheinlich, daß die Briten einen Krieg mit Deutschland riskieren würden. Mit Südafrika allein ist es etwas anderes. Und davor haben die Leute Angst.«

»Wäre es nicht besser, einen Kompromiß zu schließen?« fragte Lilias.

»Die Buren sind kein Volk, das sich freiwillig auf einen Kompromiß einläßt.«

»Würde er ihnen denn nicht durch die Macht der Engländer einfach aufgezwungen?« fragte ich.

»Das könnte sein, doch ich glaube, sie wollen es darauf ankommen lassen. Das ist der Haken bei der Sache: das Wahlrecht, das Krüger in Transvaal einführen will. Die Uitlanders sind den Buren zahlenmäßig überlegen, deswegen kann er ihnen das Stimmrecht nicht geben... Aber ich verderbe Ihnen nur das Essen mit diesem Thema, dabei wollte ich doch, daß es ein erfreuliches Mahl würde. Es macht uns sehr glücklich, Sie hier zu haben, nicht wahr, Myra?«

»O ja, gewiß«, bestätigte sie herzlich.

»Verzeihen Sie, daß ich etwas zur Sprache brachte, das man besser auf sich beruhen ließe.«

»Nein, nein, wir möchten über die Vorgänge Bescheid wissen«, sagte Lilias.

»Aber machen wir uns keine Sorgen. Bislang herrscht Frieden. Niemand wünscht Krieg. Er wäre verheerend für das Land und würde kaum jemandem nützen.«

»Und doch ist ständig irgendwo Krieg«, sagte Lilias.

Roger seufzte. »Das ist die Natur des Menschen... Sie müssen das Land unbedingt näher kennenlernen. Sie werden es eindrucksvoll, schön, oft ehrfurchtgebietend finden.«

Im weiteren Verlauf des Gesprächs stellte sich heraus, daß er erst seit sechs oder sieben Jahren in Südafrika war. Als ich ihm erzählte, daß ich ihn bei unserer ersten Begegnung für einen Nachfahren der hugenottischen Siedler in Südafrika gehalten hatte, sagte er, er sei tatsächlich französischer Abkunft. Seine Familie sei zur Zeit des Edikts von Nantes nach England gekommen. Er habe den größten Teil seines Lebens in England verbracht.

»Sie wissen sehr gut über Ihre Wahlheimat Bescheid«, sagte ich.

»Ich bin stets begierig, alles zu erfahren, was ich kann.« Er sah mich fest an. »Über alles«, fügte er hinzu.

Ich spürte, daß ich errötete, und das ärgerte mich. Warum konnte ich nicht damit aufhören, immer zu argwöhnen, daß jemand meinem Geheimnis auf der Spur war?

Als wir fertig gegessen hatten, kam ein Bote zu Mr. Lestrange mit der Bitte, er möge unverzüglich einen Geschäftsfreund aufsuchen, da etwas Wichtiges vorgefallen sei, zu dem er augenblicklich Stellung nehmen müsse.

»Ich bin untröstlich«, sagte er, »ausgerechnet jetzt! Zu schade, daß ich Sie verlassen muß.«

»Wir sollten vielleicht auch gehen«, meinte ich.

»O nein!« rief Myra. »Sie müssen Paul kennenlernen, und ich möchte Ihnen noch das Haus zeigen.«

»Bitte laufen Sie nicht weg, nur weil *ich* gehen muß«, sagte Roger. »Wir müssen das Essen bald wiederholen, um meinen verfrühten Aufbruch wiedergutzumachen. Au revoir.«

Ich hatte den Eindruck, daß Myra erleichtert war, als er ging. Mit seiner Abwesenheit schien sie eine gewisse Würde anzunehmen. Sie fürchtet sich doch vor ihm, dachte ich.

Ich war gespannt auf Paul Lestrange und wußte, Lilias war es ebenso. Dabei hatten wir ganze verschiedene Interessen: Lilias würde ihn als Schüler einschätzen, für mich dagegen war er Beteiligter eines mysteriösen Dramas. Ich wurde den Gedanken nicht los, daß mit diesem Haus etwas nicht stimmte und daß Myra es wußte und deswegen verängstigt war.

Paul war groß für sein Alter und sah Roger überhaupt nicht ähnlich. Seine Haare waren flachsblond, seine Augen blaugrau, und er sah aus, als sei er beständig vor etwas auf der Hut.

»Paul«, sagte Myra, »das sind die Damen, die die Schule eröffnet haben, Miss Milne und Miss Grey.«

Er näherte sich uns linkisch und gab uns beiden die Hand.

Lilias sagte: »Wir haben soeben erfahren, daß du vielleicht zu uns kommst.«

Er erwiderte: »Ich gehe nach England auf die Schule.«

»Ja, das haben wir auch gehört. Aber es steht noch nicht fest, nicht wahr?«

»Nein.«

»Würdest du gerne so lange zu uns kommen, bis alles geregelt ist?«

»O ja, gerne.«

»Ab wann?« fragte ich.

»Ich weiß nicht.«

»Warum fängst du nicht morgen an, mit Beginn der neuen Woche?« fragte Lilias.

»Ich hab' nichts dagegen.«

Er war unverbindlich, vorsichtig. Aber wenigstens schienen wir ihm nicht zu mißfallen.

Myra sagte: »Ich zeige Miss Milne und Miss Grey jetzt das Haus und den Garten. Möchtest du mitkommen?«

Zu meiner Verwunderung sagte er ja.

Ich fragte mich, ob Lilias wohl denselben Eindruck von ihm hatte wie ich. Ziemlich in sich gekehrt. Schwer zu ergründen. Ein wenig mißtrauisch gegen uns.

Der Rundgang durchs Haus begann. In der ersten Etage gab es mehrere Zimmer, alle ähnlich denen, die wir schon gesehen hatten. Die verschnörkelte Wendeltreppe führte vom Dach bis zum Keller. Die schweren Möbel waren überall, und ich hatte das Gefühl, daß sie über viele Jahre liebevoll zusammengetragen worden waren.

»Du hast nicht immer hier gewohnt, nicht wahr?«

»O nein. Wir sind hierhergezogen, kurz nachdem sie geheiratet haben.«

Ich war verdutzt. »Wer hat geheiratet?«

»Meine Mutter – und er.«

»Aber…?«

Myra fragte: »Wie gefallen Ihnen die Vorhänge? Sehen Sie sich die Stickerei an.«

Lilias befühlte den Stoff, aber ich unterhielt mich weiter mit Paul. Ich hatte den Eindruck, daß er reden wollte.

»Sie dachten, er ist mein Vater«, sagte er. »Ist er aber nicht. Er will, daß die Leute es denken, aber er ist es nicht. *Er ist es nicht.*«

Myra sagte: »Der Stoff ist aus Amsterdam, glaube ich. Man erkennt es an der Stickerei.«

Ich sagte zu Paul: »Dann ist Mr. Lestrange nicht dein Vater?«

Er schüttelte heftig den Kopf. »Mein Vater ist tot. Er ist in einer Diamantenmine verunglückt. Das war, bevor...«

Ich entfernte mich mit ihm ein Stückchen von Myra und Lilias.

»Das habe ich nicht gewußt«, sagte ich. »Mr. Lestrange spricht immer von dir, als wäre er dein Vater.«

»Nein, mein Vater ist gestorben, und dann hat meine Mutter ihn geheiratet. Ich bin nicht sein Sohn. Ich habe einen richtigen Vater. Bloß daß er tot ist.«

»Das tut mir leid.«

Er preßte die Lippen zusammen und hielt den Kopf aufrecht.

Myra sagte gerade: »Paul interessiert sich sehr für das Haus, nicht wahr, Paul?«

»Ja«, erwiderte Paul. »Zeigen wir ihnen jetzt die Treppe?«

»Da kommen wir beizeiten hin.«

»Und das Modellhaus?«

»Natürlich.«

»Das Treppenhaus ist sehr elegant«, sagte ich.

»O nein, nicht das«, sagte Paul, »das andere.«

»Oh, ihr habt zwei Treppen?«

»Ja«, sagte er und preßte abermals die Lippen zusammen.

Bald kamen wir zu der Treppe. Sie führte von der Halle in die zweite Etage. Es war eine Hintertreppe, die vermutlich von den Dienstboten benutzt wurde. Sie war von einem grünen Läufer bedeckt, der von Messingstangen gehalten wurde.

»Das ist sie«, sagte Paul.

Ich konnte nichts Ungewöhnliches daran entdecken. Sie war

nicht zu vergleichen mit der Wendeltreppe, auf der wir hinuntergestiegen waren. Ich nahm an, es war natürlich, daß es in einem
solchen Haus zwei Treppen gab.

»Interessant«, sagte ich ohne Überzeugung, doch Paul betrachtete sie mit leuchtenden Augen, und Myra war sichtlich unwohl
in ihrer Haut. Ich hatte das unheimliche Gefühl, daß wir vor etwas standen, das für Lilias und mich nicht sichtbar war.

Und dann standen wir vor dem Modellhaus. Einem großen Puppenhaus nicht unähnlich, befand es sich in einer kleinen Kam-
mer, die ausschließlich seiner Unterbringung diente; es reichte
vom Fußboden bis zur Decke.

Ich sah mit einem Blick, daß es eine genaue Nachbildung der
Villa war. Es enthielt sämtliche Zimmer, die zwei Treppenhäu-
ser, die schweren Möbel, alles im Miniaturformat.

»Das ist das größte Puppenhaus, das ich je gesehen habe«, sagte
ich.

»Das ist kein Puppenhaus«, widersprach Paul. »Es ist nicht für
Kinder.«

»Nein«, sagte Myra. »Roger hat es mir erklärt. Es ist ein alter
Brauch, der seinen Ursprung in Deutschland hat und von den
Holländern übernommen wurde. Sie hängen so sehr an ihren
Häusern, daß sie Modelle davon anfertigen lassen, exakte Ko-
pien. Wenn Möbel entfernt werden, entfernt man sie auch aus
dem Modell, und wenn neue kommen, wird eine kleine Kopie
davon angefertigt.«

»Eine ausgefallene Idee!« meinte Lilias. »Davon habe ich noch
nie gehört.«

»Heute wird es nicht mehr gemacht«, erklärte Myra. »Aber die
Leute, die vorher hier wohnten, haben den Brauch befolgt. Sie
glaubten wohl, es bringe Unglück, von einem alten Brauch abzu-
lassen. Doch allmählich verblaßt er. Es ist eine Marotte, über die
sich die Menschen amüsieren, meint Roger.«

Paul war offensichtlich stolz auf das Modell. »Sie haben es mit
offenen Türen gesehen«, sagte er. »Es ist, als würde man die

Front des Hauses wegnehmen. Nur so kann man reingucken,
nicht? Hier drin kann man alles sehen. In richtigen Häusern
kann man nicht sehen, was drinnen ist. Dieses Haus hat keine
Türen, es ist ganz offen. Darum hat es die Inschrift nicht, die
über der Türe von unserem Haus steht. Sie haben sie nicht gesehen, weil sie ganz überwuchert ist. Ich glaube, manche Leute
sind froh darüber. ›Das Auge Gottes sieht alles‹, steht da. Auf
holländisch. Die meisten Leute hier verstehen es. Aber es ist
überwuchert. Doch das kann Gott nicht davon abhalten, alles zu
sehen, nicht wahr?« Er schenkte mir sein seltenes Lächeln.
»Nein, sicher nicht«, sagte ich.
»Gefällt Ihnen das Modellhaus?«
»Ich finde es bezaubernd. So etwas habe ich noch nie gesehen.«
Das schien den Jungen zu freuen.
Danach gingen wir in den Garten. Er war sehr weitläufig. Der
Bereich um das Haus war in Rasen, Blumenbeete und schmale
Pfade aufgeteilt, doch eine große Fläche hatte man wild wachsen
lassen, ein ideales Reich für ein Kind in Pauls Alter. Er wurde
ganz aufgeregt, als wir uns diesem Teil näherten.
»Ich denke, wir sollten umkehren«, sagte Myra. »Hier kann
man sich verlaufen. Es ist der reinste Dschungel.«
»Bloß bis zum Wasserfall«, bat Paul. »Ich pass' schon auf, daß
ihr euch nicht verlauft!«
»Ein Wasserfall?« fragte ich.
»Es ist eine Art Miniaturwasserfall«, erklärte Myra. »Dort fließt
ein Bach... ein ziemlich reißender Bach. Es ist ein Nebenarm eines weiter entfernten Flusses. Er fließt von einer Anhöhe und bildet einen kleinen Wasserfall. Er ist sehr hübsch.«
Es war, wie sie es beschrieben hatte, nur daß es eher ein Strom als
ein Bach war. Er war fast zwei Meter breit und von einer wacke-
ligen Holzbrücke überspannt. Es war wirklich ein hübsches Bild,
wie das Wasser von der Anhöhe herabstürzte und einen kleinen
Wasserfall bildete.
Paul freute sich, als wir den Anblick bewunderten.

»Und nun«, sagte Myra, »müssen wir zurück ins Haus.«

»Ach, bloß noch bis zu den Rondavels«, bat Paul.

»Rondavels? Was ist das?« fragte ich.

»Da wohnen die Dienstboten«, erklärte er.

»Das sind Eingeborenenhütten«, sagte Myra, »rund und mit Stroh gedeckt.«

Wir waren zu einer Lichtung gekommen, und da sah ich sie. Es müssen etwa zwanzig gewesen sein. Es sah aus wie ein Eingeborenendorf. Kleine Kinder spielten im Gras, und vor einer Türe saß eine alte Frau.

Wir blieben stehen.

»Es ist wie eine kleine Siedlung«, sagte Myra. »Sie können nicht alle bei uns im Haus wohnen. Sie sind zu viele, und sie würden es auch gar nicht wollen. Sie möchten nach ihrer eigenen Fasson leben.«

Ein Junge, ungefähr in Pauls Alter, kam herbeigelaufen und blieb lächelnd vor Paul stehen. Paul klopfte ihm auf die Schulter.

»Das ist Umgala, nicht?« fragte Myra.

»Ja«, erwiderte Paul.

Der Junge hatte seine Hand über Pauls gelegt. Paul nickte dem Jungen zu, und der Junge nickte zurück. Ein Ritual. Keiner von beiden sprach.

»Komm jetzt, Paul«, sagte Myra. Und zu uns: »Die Leute haben es bestimmt nicht gern, wenn wir hier eindringen.«

Gehorsam wandte Paul sich ab.

»Der arme Umgala«, sagte Myra. »Er ist taubstumm… Seine beiden Eltern arbeiten bei uns.«

Wir machten uns auf den Rückweg.

»Wie kannst du dich mit dem Jungen verständigen?« fragte ich Paul.

»So.« Paul fuchtelte mit den Händen.

»Das ist bestimmt schwierig.«

Er nickte.

»Seine Eltern sind sehr tüchtig«, sagte Myra. »Luban, seine Mutter, arbeitet im Haus und Njuba, sein Vater, im Garten.«

»Es muß schrecklich sein, so geboren zu sein«, sagte Lilias.

»Aber er scheint nicht unglücklich zu sein. Er hat sich gefreut, Paul zu sehen.«

»Ja, Paul hat Freundschaft mit ihm geschlossen, nicht wahr, Paul?«

»Ja«, sagte Paul.

»Das war alles sehr interessant«, murmelte Lilias.

Langsam wanderten wir zum Haus zurück, und kurz danach brachen wir auf.

Wieder im Schulhaus, sprach Lilias ausführlich über alles, was wir gesehen hatten. Sie war begeistert, daß wir einen neuen Schüler bekommen sollten. »Ich hatte keine Ahnung, daß Mr. Lestrange nicht der Vater des Jungen ist«, sagte sie.

»Er hat immer so von ihm gesprochen, daß der Eindruck entstehen mußte, er sei sein Vater. Er kann nicht sehr lange mit seiner ersten Frau verheiratet gewesen sein. Hattest du auch das Gefühl, daß Myra sich vor etwas fürchtet?«

»Myra hat sich schon immer vor ihrem eigenen Schatten gefürchtet. Sogar der Junge scheint ihr Angst einzuflößen. Sie ist schlicht und einfach ein furchtsamer Mensch.«

»Ich bin gespannt darauf, Paul näher kennenzulernen.«

»Ich auch. Er ist bestimmt ein interessanter Schüler.«

»Es ist sicher nicht leicht, Zugang zu ihm zu finden. Er scheint mir eine makabre Obsession zu haben.«

»Inwiefern?«

»Das weiß ich nicht so recht.«

»Dafür weiß *ich* eins genau: Du wirst alles daransetzen, um dahinterzukommen.«

An diesem Abend schrieb ich Ninian Grainger. Ich berichtete ihm, daß Roger Lestrange uns eine bessere Kabine bezahlt hatte und ich es vor Lilias geheimhielt, damit sie sich keine Sorgen wegen der Schulden machte. »Das war sehr nobel von ihm«,

schrieb ich, »und er hat es mir erst am Ende der Reise gesagt.«
Ich erzählte von der Schule und unseren großen Hoffnungen,
und daß es uns in Kimberley gefiele, daß wir mit den Eltern unserer Schüler gut auskämen und die Freundschaft mit den Lestranges uns das Gefühl gebe, nicht ganz so fern von zu Hause zu
sein.

Ich schrieb weiter, daß ich zu meiner Überraschung erfahren
hatte, daß Roger Lestrange nicht in Südafrika geboren, sondern
offenbar vor einigen Jahren aus England hierhergezogen sei.
Daß er hier geheiratet und ein wirklich faszinierendes Haus gekauft habe. Dann beschrieb ich detailliert, was ich von Paul an
Neuigkeiten gehört hatte. Ich ließ nichts aus, was mir irgendwie
erwähnenswert schien, und beendete den Brief mit dem Satz:
»Wir haben eine Menge Überraschungen erlebt, aber ich denke,
es kommen noch mehr.«

So ein langer Brief! Aber ich hatte Ninian versprochen, ihm alle
Einzelheiten zu berichten, und der Besuch im Hause Riebeeck
hatte mich tief beeindruckt.

Ich versiegelte den Brief, um ihn am nächsten Tag zur Post zu
bringen.

Paul besuchte die Schule, und Lilias war sehr zufrieden mit ihm.
Wie alle guten Lehrerinnen war sie begeistert über einen gelehri-
gen Schüler.

»Ich wünschte, ich hätte mehr von seiner Sorte«, sagte sie. »Ich
würde mich gerne eingehender um ihn kümmern, aber über kurz
oder lang wird er bestimmt auf ein Internat gehen.«

Lilias war sehr tüchtig. Ich dagegen war kaum mehr als eine
Hilfskraft.

Die Schule glich tatsächlich den Dorfschulen bei uns zu Hause.
In den abgelegenen Dörfern, wo es für eine große Schule zu wenige Schüler gab, wurden alle von einer einzigen Lehrerin unterrichtet. Von ihr hing alles ab. Wenn sie gut war, dann war auch
die Schule gut.

Lilias sagte, als Kind habe sie so eine Schule besucht, und als sie später ins Internat ging, sei sie den Mädchen, die von Gouvernanten unterrichtet worden waren, weit voraus gewesen. »Wie gerne würde ich eine große Schule mit mehreren Lehrerinnen leiten! Aber vorerst muß diese genügen.«

Sie hatte das Gehalt zur Hälfte mit mir teilen wollen, doch ich machte ihr klar, daß das ungerecht sei. Sie arbeitete viel mehr als ich, und außerdem genügte mir mein Einkommen. Sie wollte nichts davon hören, aber ich erreichte wenigstens, daß sie den größeren Anteil nahm. Denn tatsächlich hätte sie die Arbeit ebensogut ganz allein bewältigen können.

Es freute mich, sie so glücklich zu sehen. Sie träumte davon, die Schule in Zukunft zu vergrößern. John Dale teilte ihre Begeisterung. Er war ein häufiger Gast. Oft kam er nach dem Unterricht mit einer Flasche Wein und ein paar Leckereien, und dann unterhielten wir uns bis spät in den Abend.

Eines Nachmittags, als Greta Schreiner Anna zur Schule brachte, blieb sie da, um mit einer von uns ein paar Worte zu reden. Ich ging zu ihr; sie fragte, ob wir Anna nach der Schule noch eine halbe Stunde länger dabehalten könnten, da sie sie erst später abholen könne. Es wäre uns nie in den Sinn gekommen, die kleineren Kinder ohne Begleitung nach Hause zu schicken, und so kam es öfter einmal vor, daß wir ein Kind nach dem Unterricht dabehielten, wenn die Eltern sich verspäteten. Ich sagte Greta, das gehe in Ordnung.

Nach dem Unterricht ging Lilias in die Stadt, um eine Mutter aufzusuchen, die erwog, ihre zwei Kinder in die Schule zu schicken. Ich blieb mit Anna zurück.

Wir saßen am Fenster und warteten auf Greta. Ich versuchte, das Kind zum Zeitvertreib für ein Spiel zu interessieren, doch ich stieß auf wenig Gegenliebe. Deswegen war ich froh, als ich Greta aufs Schulhaus zukommen sah.

Anna ging still zu ihrer Mutter. Ich begleitete sie zum Tor. »Danke, Miss Grey«, sagte Greta. »Das war sehr liebenswürdig von Ihnen. Hoffentlich hat es nicht zu lange gedauert.«

»Aber nein. Sie sind früher dran, als ich erwartet hatte. Auf Wiedersehen, Anna. Auf Wiedersehen, Mrs. Schreiner.«

Ins Schulhaus zurückgekehrt, hörte ich das Getrappel von Pferdehufen. Ich trat ans Fenster. Roger Lestrange kam in den Hof geritten. Er blieb stehen, sprang vom Pferd und ging auf Greta Schreiner zu. Sie schienen sich gut zu kennen – nach der Art zu urteilen, wie sie miteinander sprachen und lachten. Meine Gedanken kehrten blitzartig zurück zu unserem Haus in Edinburgh, wo Kitty in der Küche mit Hamish Vosper gelacht hatte... Und dann zu dem Stall von Lakemere, wo Kitty mit den Stallburschen scherzte. So waren manche Frauen eben; sie blühten in männlicher Gesellschaft auf. Zillah gehörte auch zu ihnen.

Ich beobachtete die beiden wohl fünf Minuten lang. Dann wandte sich Roger Anna zu. Plötzlich hob er sie hoch und hielt sie in die Luft. Er lachte sie an. Was mochte die ernste Anna von dieser Vertraulichkeit halten? Eine solche Behandlung war sie von ihrem puritanischen Vater bestimmt nicht gewöhnt.

Roger ließ sie herunter, griff in seine Tasche und zog etwas heraus, ein Geldstück vermutlich, das er dem Kind in die Hand drückte.

Doch da kam Piet Schreiner in großen Schritten über den Hof. Er mußte in der Nähe gelauert haben. Er nahm Anna das Geldstück aus der Hand und warf es Roger vor die Füße.

Für einen Augenblick wirkten Greta, Roger und Anna wie versteinert. Keiner sprach, keiner rührte sich. Dann ergriff Piet Schreiner Gretas Arm und zog sie fort. Anna klammerte sich an ihre Hand.

Roger blickte auf das Geldstück auf der Erde, dann zuckte er die Achseln und ging, sein Pferd am Zügel führend, zum Schulhaus, wo er das Pferd an einen Pfosten band.

Als ich die Türe öffnete, lächelte er liebenswürdig und ließ nicht im mindesten erkennen, daß ihn die kleine Szene verärgert hatte.

Ich sagte: »Guten Tag. Sie sind gekommen, um uns zu besuchen?«

»Um *Sie* zu besuchen, Miss Grey.«

»Ist es wegen Paul?«

»Ich glaube, Paul ist mit seiner neuen Schule sehr zufrieden.«

»Ich mußte unfreiwillig mit ansehen, was gerade geschehen ist.«

»Dieser bigotte alte Esel! Bloß weil ich dem Kind Geld gegeben habe. Ich glaube, er ist verrückt. Ein frommer Fanatiker. Er denkt, alle kommen in die Hölle, nur er selber nicht. Seine Frau tut mir leid.«

»Sie dürfte wohl jedem leid tun.«

»Miss Milne ist ausgegangen, nicht wahr?«

»Woher wissen Sie das?«

»Das will ich Ihnen sagen. Mrs. Garton war gestern bei uns. Ich habe ihr vorgeschlagen, ihre beiden Mädchen auf Ihre Schule zu schicken. Sie wollte Miss Milne gleich heute zu sich bitten lassen. Daher wußte ich, daß ich Sie allein antreffen würde.«

Leichtes Unbehagen ergriff mich. Ich wußte nicht recht, was seine Beweggründe sein mochten.

»Sie möchten sicher wissen, wie sich Paul in der Schule macht«, sagte ich. »Miss Milne findet, er ist sehr intelligent. Und sie versteht eine Menge von Kindern.«

»Und Sie auch.«

»Ach, ich werde hier eigentlich gar nicht gebraucht.«

»Sie sind nur hergekommen, weil Sie aus England fortwollten?«

»Es schien ein aufregendes Abenteuer.«

»Und das Leben zu Hause fanden Sie nicht aufregend?« Er sah mich merkwürdig an. Was weiß er? fragte ich mich erneut. Ich konnte den Ausdruck seiner Augen nicht deuten. Sie schienen mir etwas spöttisch. Ich wurde aus diesem Mann nicht klug. Trotz seiner liebenswürdigen Art hatte ich das Gefühl, daß er mich verhöhnte und sehr genau wußte, daß ich England unbedingt hatte verlassen *müssen*.

Ich mußte das Gespräch von mir ablenken. »Es hat mich überrascht zu hören, daß Paul nicht Ihr Sohn ist.«

»Er ist mein Stiefsohn, aber ich hätte es gern, wenn er mich als seinen Vater ansähe. Als ich seine Mutter heiratete, fühlte ich eine Verpflichtung ihm gegenüber.«

»Er erinnert sich wohl noch zu gut an seinen Vater, um sich mit einem anderen abzufinden. Wie alt war er, als sein Vater starb?«

»Ungefähr fünf.«

»Dann ist es vier Jahre her. Sie müssen seine Mutter bald darauf geheiratet haben.«

»Es war ungefähr anderthalb Jahre danach.«

»Sicher war es einfach zuviel für ihn. Als er sieben ist, stirbt seine Mutter, und mit neun hat er nicht nur einen Stiefvater, sondern auch eine Stiefmutter. Es muß ihm sehr schwer gefallen sein, sich mit den ständigen Veränderungen abzufinden.«

»Das hatte ich nicht bedacht. Es kommt mir vor, als wäre Margarete schon lange tot. Margarete, ach, sie war so lieb und hilflos! Sie wußte nicht, wie sie mit allem fertig werden sollte, als ihr erster Mann gestorben war. Ich half ihr bei der Handhabung ihrer Angelegenheiten. Sie war einsam, und ich hatte Mitleid mit ihr. So sind wir in die Ehe geschlittert. Und dann ist sie gestorben.«

»War sie krank?«

»Als sie ihren Mann verlor, war sie ganz durcheinander. Sie dachte, sie würde mit dem Leben nicht mehr fertig. Ich habe mich um sie gekümmert, so gut ich konnte. Aber es war eine schwere Erschütterung für sie. Sie fing an – bitte, erwähnen Sie das gegenüber niemandem –, sie fing an zu trinken... zuerst nur ein wenig. Sie fand wohl Trost darin. Ich merkte nicht, wie sehr sie sich dem Trunk ergab. Sie tat es heimlich. Aber es schadete ihrer Gesundheit, und eines Morgens fand man sie...« Er wandte sich ab, wie um seine Bewegung zu verbergen. Er ergriff meine Hand. Dann sagte er: »Man fand sie am Fuße der Treppe.«

Ich wußte, welche Treppe er meinte. Jetzt verstand ich, warum Paul so besessen davon war.

»Sie war gestürzt«, fuhr Roger fort. »Es war ein Unfall. Ich war sehr erleichtert, daß ihre heimliche Trinkerei nicht ans Licht kam. Man nahm an, sie sei über den Läufer gestolpert. Eine Teppichstange hatte sich gelöst. Margarete stürzte von ganz oben hinunter und brach sich das Genick.«

»Wie entsetzlich! Und Sie waren erst kurze Zeit verheiratet. Der arme Paul.«

»Er war vollkommen durcheinander. Es hat ihn trübsinnig gemacht. Er vermißt seine Mutter sehr.«

»Das kann ich mir denken. Und bald darauf haben Sie Myra geheiratet.«

»Myra ist ein lieber, sanfter Mensch. Sie hat mich an Margarete erinnert.« Er schwieg eine Weile, dann sagte er: »Myra macht mir Sorgen. Ich glaube, sie hat Heimweh. Was meinen Sie, ist sie hier glücklich?«

Ich zögerte, und er fuhr fort: »Bitte sagen Sie mir die Wahrheit.«

»Ich glaube nicht, daß sie restlos glücklich ist. Ich glaube, sie fürchtet, Sie zu enttäuschen.«

»Mich zu enttäuschen? Inwiefern?«

»Sie ist still und etwas ängstlich, und Sie...«

»Ich bin das Gegenteil. Ich dachte, sie würde ein bißchen Freiheit genießen. Ihre Mutter war ein rechter Drachen. In ihrem Dorf ging es nicht gerade ausgelassen zu.«

»Vielleicht will sie gar nicht ausgelassen sein.«

»Ich dachte, wenn ich sie da heraushole, könnte ich sie glücklich machen, Diana. Ich darf doch ›Diana‹ zu Ihnen sagen? ›Miss Grey‹ ist so förmlich, und wir sind doch inzwischen so gute Freunde. Ich wollte mit Ihnen über sie sprechen. Ich möchte, daß Sie ihr helfen.«

»Wie stellen Sie sich das vor?«

»Ich möchte, daß Sie sich öfter treffen. Besuchen Sie sie. Gehen

Sie mit ihr einkaufen, unternehmen Sie alles mit ihr, was Damen Spaß macht. Seien Sie ihr eine Freundin. Miss Milne kann Sie doch sicher hin und wieder entbehren. Ich wäre Ihnen so dankbar, wenn Sie Myras Vertraute werden könnten. Sie haben sich ja schon angefreundet. Versuchen Sie herauszufinden, was sie glücklich macht.«

Ich wurde nicht klug aus ihm. Er hatte auf mich immer den Eindruck gemacht, mit jeder Situation fertig werden zu können. Und nun flehte er nahezu demütig um Hilfe.

Die Aufgabe reizte mich. Ich hatte mich schon immer für die Menschen interessiert, für ihre Beweggründe, weswegen sie so und nicht anders handelten, für die Art und Weise, wie sie oft ihre wahren Absichten mit Ausflüchten kaschierten. Und ich wollte unbedingt wissen, was in jenem Haus vorging. Es ließ mich nicht los: Paul, das Treppenhaus, die übereilten Heiraten, Margaretes seltsamer Tod.

»Wollen Sie das für mich tun… für Myra?« fragte Roger. »Myra braucht eine Freundin. Sie mag Sie. Bitte, Diana, besuchen Sie uns oft.«

»Gerne.«

»Bringen Sie sie dazu, sich Ihnen anzuvertrauen. Sie können ihr helfen.«

In diesem Moment kehrte Lilias zurück. »Zwei neue Schülerinnen!« rief sie aus, und dann. »Oh, Mr. Lestrange.«

»Und ich weiß, wer die Schülerinnen sind«, sagte er, indem er aufstand und ihr die Hand gab. »Ich habe Mrs. Garton empfohlen, sich an Sie zu wenden.«

»Danke. Das ist sehr lieb von Ihnen.«

»Es freut mich, daß sich hier alles zu Ihrer Zufriedenheit entwickelt hat«, sagte er. »Ich wollte übrigens gerade gehen. Ich hoffe, daß Sie beide uns bald wieder einmal besuchen. Wie wäre es mit kommenden Sonntag zum Mittagessen?«

»Ich komme gern«, sagte Lilias. »Und du, Diana?«

»O ja, vielen Dank. Es wird mir ein Vergnügen sein.«

Als er fort war, sagte Lilias: »Was wollte er hier? Er ist doch sicher nicht bloß gekommen, um uns zum Essen einzuladen?«

»Er macht sich Sorgen um seine Frau.«

»Oh?«

»Er glaubt, sie ist einsam und hat Heimweh. Ich habe ihm versprochen, sie öfter zu besuchen.«

Lilias nickte. Dann machte sie sich daran, das Abendessen zu bereiten.

Eines Tages nach dem Unterricht korrigierte Lilias Aufsätze, die die größeren Kinder geschrieben hatten. Sie sagte: »Das Thema lautete ›Mein wichtigstes Erlebnis‹. Ich dachte, das würde ihre Phantasie beflügeln. ›Der Tag, an dem Mutter mir meinen Terrier Thomas schenkte‹, ›Ein Picknick in der Wagenburg‹ und dergleichen. Aber Pauls Aufsatz ist ganz anders. Der Junge hat ein Gefühl für Dramatik. Wirklich interessant. Hier, lies mal.«

Ich nahm das Aufsatzheft und las Pauls klare, abgerundete Handschrift.

Der Schatz von Kimberley

Mein wichtigstes Erlebnis war, als mein Vater den Schatz von Kimberley fand. Der Schatz von Kimberley ist ein Diamant. Er hat ein Gewicht von achthundertfünfzig Karat, und das ist eine Menge – fast kein anderer Diamant vor ihm hat mehr gewogen. Wir waren ganz aufgeregt, als er ihn fand, denn wenn er ihn verkaufte, würden wir reich sein.

Ich habe ihn gesehen. Er sah aus wie ein klobiger Stein, aber Vater sagte, das ist ein richtiger Diamant. Ich habe zugesehen, wie sie ihn geschliffen und bearbeitet haben. Meine Mutter sagte: »Jetzt haben wir ausgesorgt.«

Die anderen Leute waren neidisch auf uns, weil alle gerne einen Diamanten finden wollten, der sie für den Rest ihres Lebens reich machen würde. Doch einige sagten, große Diamanten können Unglück bringen. Wir haben ihnen aber nicht geglaubt. Wir dachten, sie sind bloß neidisch, weil sie den Schatz von Kimberley nicht gefunden haben.

Meine Mutter sagte, wir sollten ihn verkaufen, und Vater sollte den Bergbau an den Nagel hängen. Aber mein Vater sagte, wo der herkam, müßten noch mehr sein. Er wollte nicht bloß reich sein, sondern steinreich. Er dachte, er wisse genau, wo er einen zweiten Diamanten wie den Schatz von Kimberley finden könnte. Er ging ihn suchen und wurde in der Mine erschlagen. Es stimmte also, was man über den Schatz von Kimberley sagte. Er brachte Unglück.

Meine Mutter hat viel geweint. Sie machte sich nichts aus dem Diamanten. Was nützte er, wenn Vater tot war? Aber sie wollte den Diamanten nicht verkaufen. Sie sagte, sie werde ihn behalten, weil Vater ihn hatte behalten wollen.

Dann hat sie meinen Stiefvater geheiratet, und der sagte, was nützt es, einen Diamanten zu behalten, bloß um ihn anzugukken? Diamanten sind Luxus und Reichtum, hat er gesagt. Da hat er den Diamanten verkauft, und so sind wir zum Haus Riebeeck gekommen. Ihm hat der Diamant kein Unglück gebracht, weil er ihm nie richtig gehört hat.

Aber meine Mutter hatte ihn besessen, deshalb hat das Unglück sie getroffen. Mein Stiefvater hat den Diamanten für das Haus Riebeeck weggegeben, aber auf meiner Mutter saß das Unglück, deshalb ist sie die Treppe hinuntergestürzt und gestorben.

Deswegen war der Tag, an dem mein Vater den Schatz von Kimberley fand, der wichtigste Tag in meinem Leben.

Ich ließ das Heft sinken und starrte Lilias an. »Das ist wirklich ein ganz ungewöhnlicher Aufsatz!«

»Das finde ich auch. Der Junge hat Phantasie und weiß sie kraftvoll zum Ausdruck zu bringen.«

»Ich glaube nicht, daß er phantasiert hat. Es hat sich so zugetragen.«

»Du glaubst, es ist wahr?«

»Ich weiß, daß seine Mutter Roger Lestrange bald nach dem Tod ihres Mannes geheiratet hat und daß sie durch einen Sturz von einer Treppe starb.«

»Und bald darauf hat Roger Myra geheiratet?«

»Ja. Was meinst du dazu?«

»Daß der Junge ein großes Talent hat, sich auszudrücken.«

»Du hast einen interessanten Aufsatz geschrieben, Paul«, sagte ich zu ihm.

Seine Augen leuchteten auf. »Gefällt er Ihnen?«

»Sehr. Es muß aufregend gewesen sein, als dein Vater den Diamanten fand. Du warst damals noch klein. Kannst du dich noch deutlich daran erinnern?«

»O ja. Von da an war alles anders als vorher.«

»Und wie war es vorher?«

»Viel schöner. Wir waren alle zusammen, mein Papa, meine Mama und ich. Wir waren zu dritt, und jetzt sind sie nicht mehr da. Der große Diamant hat uns Unglück gebracht.«

»Das ist reine Phantasie, Paul. Tote Dinge wie Diamanten können von sich aus kein Unglück bringen.«

Seine Miene war unbewegt. »Meine Mutter hatte ihn, und viele Leute wollten ihn. Da war noch ein Mann, der sie heiraten wollte. Alles wegen des Diamanten.«

»Woher willst du das wissen?«

»Ich weiß es eben. Und dann hat sie meinen Stiefvater geheiratet. Da hatte *er* den Diamanten. Und er hat das Haus Riebeeck gekauft. Aber der Diamant hatte ihr gehört, und deshalb ist sie gestorben.«

»Vielleicht ging es ihr nicht gut, bevor sie starb.«

»Sie war gesund. Sie ist die Treppe hinuntergefallen. Wieso meinen Sie, es ging ihr nicht gut?« Ich konnte ihm nicht sagen, daß sie getrunken hatte. Er fuhr fort: »Hätte sie den Diamanten nicht gehabt, dann hätte er sie nicht geheiratet. Wir wären nicht in das

Haus gezogen. Sie wäre nicht die Treppe hinuntergefallen. Es war alles wegen des Diamanten.« Er schien kurz davor, in Tränen auszubrechen. »Deswegen ist der Schatz von Kimberley das Wichtigste in meinem Leben.«

»Paul, das darfst du nicht denken. Diamanten können niemandem etwas antun. Wie soll ein Diamant es angestellt haben, daß deine Mutter die Treppe hinunterfiel?«

»Ich meine ja nicht, daß der Diamant das getan hat. Aber wegen des Diamanten könnte jemand…«

»Was?«

»Ich weiß nicht. Ich wünschte, mein Vater hätte ihn nicht gefunden. Ich wünschte, wir hätten weiterhin kleine finden können, kleine, die genügten, um uns glücklich zu machen.«

»Paul«, sagte ich bestimmt, »du mußt aufhören, darüber nachzugrübeln. Es nützt nichts, dir auszudenken, was hätte sein können. Du mußt versuchen, über die Vergangenheit hinwegzukommen. Es gibt so viel Schönes für dich. Miss Milne sagt, du bist ein sehr guter Schüler.«

Er sah mich traurig an. Bitterkeit sprach aus seinen Augen, und ich wußte, was sie ausdrückten: Keiner versteht mich.

Ich hatte ihn enttäuscht. Ich war feige gewesen. Hatte ich etwa befürchtet, er könnte zuviel sagen?

Das Treppenhaus

Ich besuchte Myra, wie Roger mich gebeten hatten. »Geh am Nachmittag«, hatte Lilias mir geraten. »Ich kann die zwei Stunden allein zurechtkommen. Ich beschäftige die größeren Kinder mit einem Aufsatz oder mit Rechenaufgaben, dann kann ich mich den anderen widmen. Es wird mir bestimmt Spaß machen.«

Myra freute sich über meinen Besuch. Ich verbrachte einen angenehmen Nachmittag bei ihr. Sie war ziemlich schweigsam, und ich bedrängte sie nicht; wir redeten über Belanglosigkeiten, erwähnten auch Lakemere und die Geschehnisse im Dorf. Ich erinnerte sie an einige amüsante Vorfälle, und es gelang mir, Myra damit zum Lächeln zu bringen. Als ich mich verabschiedete, bat sie mich wieder zu kommen.

Als ich ins Schulhaus zurückkam, sagte Lilias: »Du kannst ruhig ab und zu hingehen. Ich bin sehr gut zurechtgekommen. Es war gar nicht schwer.«

»Tatsache ist, du könntest gut ganz auf mich verzichten.«

»O nein. Dann wäre ich schrecklich einsam. Es ist wunderbar, dich hierzuhaben und alles mit dir besprechen zu können. Ohne dich wäre ich jedenfalls nicht hier, und ich denke, daß ich hergekommen bin, gehört zum Besten, was ich je getan habe. John ist so ein guter Freund, und er interessiert sich so sehr für die Schule. So glücklich bin ich lange nicht mehr gewesen. Jetzt komme ich wirklich über die Geschichte mit der Halskette hinweg. Und wie steht es mit dir?«

»Oh, ich glaube nicht, daß ich jemals vergessen werde.«

»Es war eine schreckliche Tortur für dich, aber mit der Zeit wirst du es verwinden. Es ist gut, wenn du neue Leute kennenlernst. Und deine Besuche bei Myra werden euch beiden guttun.«

Ich ging bald wieder hin. Bei meinem dritten Besuch begann Myra etwas offener zu reden, und da fragte ich sie frei heraus, ob sie etwas bedrücke. Sie zögerte eine Weile, dann sagte sie: »Es ist dieses Haus. Hier stimmt etwas nicht. Fühlst du das nicht auch?«

»Was meinst du?«

»Mir ist, als habe es zwei Teile. Der eine ist ein ganz normales Haus, und der andere ist... unheimlich. Diana, manchmal habe ich das Gefühl, sie ist noch hier.«

»Wer?«

»Margarete, Rogers erste Frau.«

»Sie ist tot, Myra.«

»Aber manche Leute glauben, die Toten können zurückkommen. Ich habe manchmal das Gefühl, daß sie keine Ruhe findet. Sie war seine Frau, so wie ich. Sie muß mir ziemlich ähnlich gewesen sein. Still, nicht besonders attraktiv.«

»Unsinn. Roger findet dich attraktiv. Sonst hätte er dich nicht geheiratet.«

»Ich habe das Gefühl, sie und ich sind eine Person.«

»Wirklich, Myra, du phantasierst. Er hat sie geheiratet, und bald darauf ist sie gestorben. Es war ein tragischer Unfall. So etwas kommt vor.«

»Ich weiß. Das sage ich mir ja auch immer. Aber es heißt, Leute, die eines gewaltsamen Todes sterben, können keine Ruhe finden. Sie kehren manchmal wieder. Stell dir das nur vor! Eben bist du noch lebendig, und dann – ohne jede Vorwarnung – bist du tot. Du hast alles unfertig zurückgelassen.« Sie sah mich ängstlich an. »Es wäre furchtbar, so dahinzuscheiden.«

»Warum denkst du dir solche Sachen aus? Du bist hier, du bist gesund. Und alt bist du auch nicht. Du hast das ganze Leben noch vor dir.«

»Manchmal bin ich mir da nicht so sicher.«

Ich sah sie eindringlich an. »Was meinst du damit?«

»Ach nichts. Ich bin wohl nur nervös. Meine Mutter hat mir immer gesagt, ich soll mich zusammennehmen.« Sie lachte. »Du bist so vernünftig, Diana.«

»Findest du? Lilias hält mich für sehr unpraktisch. Sie sagt, ich habe eine lebhafte Phantasie. Ich weiß nicht, was sie von dir und deinen Einbildungen halten würde.«

»Sogar meine Mutter hat Lilias bewundert. Ich kann dir gar nicht sagen, wie wohl es mir tut, die Nachmittage mir dir zu verbringen. Ich bin wohl so nervös, weil es mir nicht gutging. Roger hat mir beim Doktor ein Stärkungsmittel besorgt.«

»Ist der Arzt bei dir gewesen?«

»Er war mit seiner Frau zum Essen hier. Roger sagte ihm, ich fühle mich nicht recht wohl, sei lustlos und habe Heimweh. Das sei sicher ganz natürlich, aber ob der Doktor mir wohl etwas geben könne, um mich aufzumuntern? Daraufhin hat er diese Medizin geschickt. Sie ist mit Wein versetzt und mit wer weiß was noch, und sie schmeckt gräßlich.«

»Nützt sie denn wenigstens?«

»Ich merke keinen großen Unterschied. Deine Besuche tun mir wohler als die Medizin.«

»Dann müssen wir eben mit dieser Behandlung fortfahren.«

»Ich bin so froh, daß Roger dich bat, zu mir zu kommen.«

»Er hat sich wirklich Sorgen um dich gemacht.«

»Er ist immer so gut zu mir.« Sie zögerte, und ich wartete, daß sie fortfahre. Schließlich sagte sie: »Er wünscht so sehr, daß ich mich hier eingewöhne. Ich gebe mir Mühe. Aber das Haus ist mir unheimlich. Weißt du, ich gehe ungern in das Treppenhaus, wo es passiert ist. Es kommt mir vor, als ob es dort spukt.«

»Das bildest du dir ein.«

»Vielleicht, aber ich möchte, daß du mit mir hingehst. Ich möchte dir begreiflich machen, wie mir zumute ist.«

»Jetzt gleich?«

»Warum nicht?« Sie stand auf und ging voran, dabei blickte sie über die Schulter, wie um sich zu vergewissern, daß ich ihr folge. Dann standen wir am oberen Treppenabsatz. Es war sehr düster.

Das einzige kleine Fenster ließ wenig Licht herein. Vielleicht kam es einem deswegen unheimlich vor, und das Wissen, daß vor nicht allzu langer Zeit ein Mensch die Treppe hinunter in den Tod gestürzt war, verstärkte diesen Eindruck noch.

»Da wären wir«, sagte Myra. »Ich sehe, du spürst es auch.«

»Ich dachte nur, daß hier wenig Licht hinkommt.«

»Es ist mehr als das.«

»Das meinst du nur, weil du weißt, was hier passiert ist.«

»Komm, sieh dir das Modellhaus an. Das tu' ich jedesmal, wenn ich in diesem Teil des Hauses bin. Es fasziniert mich.«

Als wir hinkamen, blieb sie abrupt stehen und stöhnte erschrokken auf. »Sieh doch!« Am Fuße der Treppe lag eine kleine geschnitzte Figur. Ich dachte, Myra würde ohnmächtig, und fing sie auf.

»Es ist nur ein Stück Holz«, sagte ich.

»Wer hat es dahin getan?«

Ich sagte: »Möchtest du in dein Zimmer gehen? Du bist ganz blaß geworden.«

Zitternd ließ sie sich von mir in ihr Zimmer bringen. Sie legte sich hin, und ich setzte mich zu ihr. Sie hielt meine Hand. Ich war überzeugt, daß sie mir etwas sagen wollte, es aber nicht über die Lippen brachte. »Bleib bei mir«, bat sie, »geh heute abend nicht ins Schulhaus zurück. Wir haben genug Platz hier. Bleib hier.«

Ich war verblüfft. »Aber...«

»Bitte, *bitte*!« Ihre Augen waren noch flehender als ihre Worte. Ich dachte: Sie hat Angst. Ich muß ihr helfen. Wenn ich nicht bleibe, und es passiert etwas... Schon wieder ging meine Phantasie mit mir durch. Was hatte es mit diesem Haus auf sich, mit dem Treppenhaus, dem Modellhaus? Myra hatte das Gefühl, daß böse Mächte am Werk seien, und sie steckte mich damit an.

Ich konnte sie nicht allein lassen. »Ich werde Lilias verständigen«, sagte ich, »daß ich über Nacht hierbleibe.«

»Oh, danke. Bitte läute die Glocke.« Ich läutete, und eine Frau

erschien. »Luban«, sagte Myra, »richte ein Gästezimmer her, ja?
Auf dieser Etage, bitte. Miss Grey bleibt über Nacht.«
Luban war eine geschmeidige Frau. Ihre Haut war schwarz wie
Ebenholz, ihre großen dunklen Augen hatten einen traurigen
Ausdruck. Ich erinnerte mich, daß sie die Mutter des Taubstum-
men war, und vermutete, daß ihre Traurigkeit mit dem bedau-
ernswerten Jungen zusammenhing.
Myra reichte mir Federhalter und Papier, und ich schrieb.

> *Liebe Lilias,*
> Myra möchte, daß ich über Nacht bleibe. Sie fühlt sich nicht
> wohl. Hoffentlich macht es Dir nichts aus.
> *Diana*

Luban nahm das Briefchen und sagte, es werde sogleich über-
bracht.
Ich hatte keine angenehme Nacht im Hause Riebeeck. Ich aß mit
Myra in ihrem Zimmer zu Abend, weil sie sich nicht wohl genug
fühlte, um hinunterzugehen. Roger leistete uns Gesellschaft.
»Wie lieb von Ihnen, bei Myra zu bleiben. Gewiß bist du...
hm... Diana sehr dankbar, Myra.«
Warum war er über meinen Namen gestolpert? Es war fast, als
wüßte er, daß es nicht mein richtiger Name war.
Myra sagte, sie sei froh und dankbar, mich dazuhaben.
»Und der Schwächeanfall?« erkundigte er sich in tiefer Besorg-
nis.
»Es war nur die Hitze. Ich habe mich noch nicht daran ge-
wöhnt.«
»Sollen wir den Doktor holen?«
»O nein, nein.«
»Hast du deine Medizin genommen?«
»Ja.«
»Nun gut, warten wir's ab. Wenn du noch einmal so einen An-
fall hast, bestehe ich darauf, den Doktor zu rufen.« Er lächelte

mich an. »Wir beide kümmern uns um sie, Sie und ich, nicht wahr, Diana?«

Allein ich meinem Zimmer, ging ich noch einmal alles durch, was an diesem Abend gesprochen worden war. Roger Lestrange schien ein fürsorglicher Ehemann zu sein, und doch wußte ich auch diesmal nicht recht, was ich von ihm halten sollte. Und warum hatte er bei meinem Namen gezögert?

Ich mußte mit Lilias sprechen. Sie würde meine Befürchtungen rasch zerstreuen. Doch Lilias war nicht hier, und ich lag in einem fremden Bett in einem Haus, in dem es nach Myras Meinung spukte.

In dieser unruhigen Nacht kam mir des öfteren der Gedanke, ich sei in etwas Mysteriöses, womöglich gar Unheilvolles verwikkelt, das ich nicht begreifen konnte.

Als ich am nächsten Morgen aufwachte, konnte ich mich zuerst nicht erinnern, wo ich war. Erschrocken setzte ich mich im Bett auf. Erst beim Anblick der holländischen Möbel fiel mir ein, daß ich mich im Hause Riebeeck befand.

Alsbald kam Luban mit heißem Wasser herein. »Mrs. Lestrange war krank heute nacht«, erklärte sie mit ihrer melodischen Stimme. »War sehr krank. Mr. Lestrange, er macht sich große Sorgen.«

»O nein! Geht es ihr jetzt besser?«

»Ja. Ja, jetzt ist es besser.«

Als sie gegangen war, wusch ich mich und kleidete mich an. Arme Myra! Sie war wirklich sehr anfällig. Es war ja auch nicht leicht, in ein fremdes Land verpflanzt zu werden, und nun hatte sie sich schrecklich aufgeregt über das Figürchen im Modellhaus. Ich fragte mich, wer es dahin gelegt haben mochte und warum. Sollte es Margarete darstellen? Ich nahm es an, weil es am Fuße der Treppe gelegen hatte. Es war ein böser Streich. Hatte Paul die Hand im Spiel?

Ich ging nach unten. Es war alles fürs Frühstück gedeckt, aber es war niemand da. Ich trat auf die Veranda hinaus und ging die Stufen zum Garten hinunter. Wieder nahm mich die üppige Schönheit der Pflanzen gefangen. Am frühen Morgen war es ganz besonders reizvoll. Die Sonne schien noch nicht zu heiß, alles wirkte frisch. Der Duft der Blumen war nahezu betäubend, und Insekten summten in der Luft.

Roger Lestrange kam heraus. »Guten Morgen«, sagte er.

»Wie geht es Myra? Ich habe gehört, daß es ihr heute nacht nicht gutging.«

»Jetzt fühlt sie sich besser. Wer hat Ihnen gesagt, daß sie krank war?«

»Luban, die Frau, die mir das heiße Wasser brachte.«

»Sie muß es von Mrs. Prost gehört haben. Luban wohnt nicht im Haus.«

»Ja, ich weiß.«

»Ich mußte Mrs. Prost in der Nacht wecken. Ich habe mir Sorgen um Myra gemacht.«

»War es so schlimm?«

»Ich verstehe nicht viel von Krankheiten. Sie hat öfter mal Kopfweh, doch diesmal war es etwas Schlimmeres. Ich wollte den Arzt holen, aber sie bat mich, es nicht zu tun. Und dann erholte sie sich etwas. Sie hat vermutlich etwas gegessen, das ihr nicht bekommen ist.«

»Ich werde gleich nach ihr sehen.«

»Sie sind ihr ein Trost... Diana.«

»Das freut mich. Sie hat sich sehr aufgeregt über die Figur im Modellhaus.«

»Was für eine Figur?«

»Eine geschnitzte Figur. Sie sollte eine Frau darstellen, glaube ich.«

»Im Modellhaus?«

»Ja.«

»Wie sah sie aus?«

»Ziemlich grob geschnitzt.«

»Vielleicht eine Eingeborenenarbeit?«

»Könnte sein. Sie lag am Fuße der Treppe. Nicht der Wendeltreppe, der anderen.«

Sein Gesicht war dunkelrot geworden. Er murmelte: »Wer in Gottes Namen kann sie dahin gelegt haben?«

»Myra hat keine Ahnung.«

»Zeigen Sie es mir«, sagte er grimmig. »Zeigen Sie mir, wo sie ist.«

Er ging hastig hinein, und ich folgte ihm. Rasch gelangten wir ans andere Ende des Hauses.

Die Figur war nicht mehr im Modellhaus.

»Wo ist sie?« rief er. »Zeigen Sie es mir.«

»Sie ist verschwunden. Sie hat dort gelegen, am Fuße der Treppe.«

Er schwieg ein paar Minuten. Ich hatte ihn noch nie sprachlos gesehen. Dann sagte er langsam: »Das war die Stelle, wo man Margarete fand. Jemand hat uns einen bösen Streich gespielt. Wir müssen herausfinden, wer es war.« Er war blaß geworden. »Danke, Diana«, sagte er. Mir fiel auf, daß er meinen Namen ohne das übliche Zögern aussprach. Wir durchquerten das Haus wieder und gingen die Wendeltreppe hinunter. »Erwähnen Sie die Figur gegenüber niemandem. Es könnte die Leute unnötig aufregen.«

Ich versprach es.

Myra kam zum Frühstück herunter. Sie sagte, es ginge ihr bedeutend besser. »Heute nacht dachte ich, ich würde sterben.«

»Ach komm, meine Liebe«, entgegnete Roger. »Du weißt, das würde ich nicht zulassen.«

Da lachte sie. Sie schien glücklich zu sein.

»Danke, daß du geblieben bist, Diana. Es war so tröstlich für mich, dich hierzuhaben. Du kommst doch wieder – und schläfst hier, ja?«

»Ich werde darauf bestehen«, sagte Roger.

Als ich ins Schulhaus zurückkehrte, warteten zwei Briefe auf mich. Der eine war von Ninian, der andere von Zillah.

Ninian schrieb ohne Umschweife, wir sollten unverzüglich nach Hause kommen.

… Die Lage spitzt sich zu, und ich sehe nicht, wie die Probleme gelöst werden könnten, außer durch einen Krieg. Chamberlain und Milner werden das von Krüger und Smuts vorgeschlagene Fünfjahresabkommen zum Wahlrecht ablehnen. Das war zu erwarten. Man kann denjenigen, die so viel zum Wohlstand des Landes beitragen, nicht versagen, über die Angelegenheiten mitzubestimmen. Das Vordringen der Briten nach Südafrika vor ein paar Jahren wurde schließlich zu einer Demütigung für uns. Wir können nicht zulassen, daß dergleichen noch einmal geschieht. Es wird gemunkelt, daß Chamberlain zehntausend Mann schickt, um die bereits vorhandene Armee zu verstärken. Sie müssen sich über die Gefährlichkeit der Situation im klaren sein. Sie und Miss Milne sollten das nächste Schiff nach England nehmen, noch ist Zeit…

Offenbar hatte er meinen letzten Brief noch nicht erhalten, da er mit keinem Wort auf die Neuigkeiten über die Lestranges einging.

Zillahs Brief war unbeschwerter. Nach ein paar Einleitungsfloskeln schrieb sie:

… Ninian Grainger redet unablässig über die Unruhen bei Euch. Er meint, Du müßtest unbedingt nach Hause kommen. Er bat mich, Dir zu schreiben und ihn in seiner Überredungskunst zu unterstützen, was ich hiermit tue. Du fehlst mir. Das Leben hier ist ziemlich eintönig. Ich denke, ich werde ein wenig auf Reisen gehen. Ich war mehrmals in London, aber ich möchte einmal wirklich ins Ausland. Das wird bestimmt amüsant. Wäre es nicht schön, wenn Du hier wärst? Dann könnten wir zusammen verreisen. Ich hoffe, Du kommst bald nach Hause. Wir könnten viel Spaß miteinander haben...

Ich zeigte Lilias Ninians Brief. Sie las ihn und runzelte die Stirn.

»Nach Hause?« sagte sie. »Wir fahren auf gar keinen Fall. Gerade jetzt, wo es mit der Schule aufwärtsgeht. Wir haben es gut hier. Die Leute sind nett zu uns. Mit *uns* wollen sie keinen Krieg anfangen. Die Beharrlichkeit dieses Mannes ist nahezu hysterisch.«

»Die Bewohner von Kimberley sind hauptsächlich Engländer.«

»Aber die Buren und die Einheimischen – auch sie sind alle sehr freundlich zu uns. Du sehnst dich doch nicht etwa nach Hause, oder?«

Ich zögerte. Ninian schrieb so liebevoll und fürsorglich. Seine »hysterische Beharrlichkeit«, wie Lilias es nannte, gefiel mir. Es war überraschend und tröstlich für mich, daß ich nach wie vor mehr als ein gewöhnlicher Fall für ihn war. Ich hätte mich gerne mit ihm unterhalten, und es stimmte mich traurig, daß wir so weit voneinander entfernt waren. Daher lautete die Antwort vielleicht doch: ja – ich sehne mich nach Hause.

»Oder?« wiederholte Lilias, die auf eine Antwort wartete.

»Ach, wir haben uns hier recht gut eingewöhnt.«

»Und es geht dir viel besser. Du zuckst nicht mehr jedesmal zusammen, wenn jemand einen Vorfall aus der Vergangenheit erwähnt. Du solltest Mr. Grainger schreiben, daß die Berichte über die Unruhen stark übertrieben sind. Hier hat sich seit unserer Ankunft nichts verändert.«

Lilias hatte recht. Wir konnten nicht einfach unsere Sachen packen und schnurstracks nach Hause zurückkehren, nur weil Ninian Tausende von Meilen entfernt etwas von Krieg hatte munkeln hören.

Ich war jetzt im Hause Riebeeck ein häufiger Gast. Manchmal blieb ich über Nacht. Lilias hatte nichts dagegen; es machte ihr Spaß, alle Schüler zugleich zu unterrichten, und mir wurde von Mal zu Mal bewußter, daß ich in der Schule durchaus entbehrlich war. Zu ihrer Freude konnte Lilias der Auswanderungsgesellschaft die erste Rate zurückzahlen. Ich sagte ihr, da ich nun immer mehr Zeit bei Myra verbrächte und nicht verdiene, was man mir bezahlte, sollte sie meinen Anteil behalten. Aber sie wollte nichts davon hören.

Mittlerweile war ich mit dem Haushalt der Lestranges recht gut vertraut. Paul und ich waren gute Freunde geworden. Er ging gerne zur Schule und war ein sehr guter Schüler. Zwar hatte ich das Gefühl, daß er nach wie vor einen Groll gegen seinen Stiefvater hegte, weil dieser seine Mutter geheiratet hatte, doch schien er sich allmählich damit abzufinden. Roger war stets reizend zu ihm – wie zu jedermann. Er war bei den Dienstboten beliebt, von denen ich erfuhr, daß jetzt eine angenehmere Atmosphäre im Hause herrschte als bei den Riebeecks.

Mrs. Prost, die Haushälterin, hatte mich offensichtlich ins Herz geschlossen. Sie liebte den Klatsch, und ich muß gestehen, auch ich hatte nichts gegen ein Schwätzchen. Sie meinte, meine Besuche würden Myra guttun.

Myra und ich spielten zusammen Schach. Lilias hatte es mir beigebracht, und ich zeigte es Myra. Sie war ganz begeistert von dem Spiel.

Eines Tages mußte Roger geschäftlich nach Johannesburg. Er hatte mich gebeten, über Nacht im Hause zu bleiben, um Myra Gesellschaft zu leisten. Wir verbrachten den Abend plaudernd und beim Schachspielen.

In der Nacht kam Mrs. Prost in mein Zimmer. Mrs. Lestrange sei krank, sagte sie. Ich ging mit ihr zu Myra, der es sehr schlecht ging. Nach einer Weile erholte sie sich etwas, aber ich blieb bei ihr. Ich war sehr erleichtert, als sie sich am Morgen erheblich besser fühlte.

Sie gab sich redlich Mühe, ihre Unpäßlichkeit herunterzuspielen. »Sag Roger nichts davon«, bat sie. »Ich bin froh, daß er nicht da war. Er macht sich immer viel zu viele Sorgen, wenn ich krank bin. Ich muß etwas gegessen haben, das mir nicht bekommen ist. Jetzt fühle ich mich wieder ganz wohl.« Sie gab jedoch zu, etwas müde zu sein, und sagte, sie wolle den Vormittag im Bett verbringen.

Während Myra ruhte, ging ich in Mrs. Prosts gute Stube.

»Glauben Sie, sie hat etwas Verdorbenes gegessen?« fragte ich sie.

Die Haushälterin sagte nur: »Lassen Sie das bloß die Köchin nicht hören, Miss Grey.«

»Manchen Leuten bekommen gewisse Speisen nicht, die anderen nicht schaden. Vielleicht hat sie etwas einfach nicht vertragen.«

»Könnte sein. Wir sollten sie auf jeden Fall beobachten. Es ging ihr wirklich schlecht. Ich bin richtig erschrocken.« Dann erzählte sie mir, wie es früher bei den Riebeecks zugegangen war. »Meine Güte! Da mußte immer alles picobello sein, das kann ich Ihnen flüstern.«

»Sie müssen das Haus sehr gut kennen, Mrs. Prost. Sie sind ja schon so lange hier.«

»Das kann man wohl sagen. Ich gehörte praktisch zum Inventar, als die Riebeecks das Haus mit allem Drum und Dran an Mr. Lestrange verkauften. Er hatte gerade Margarete van der Vroon geheiratet. Ich sag' Ihnen, das gab einen Wirbel in der Stadt, als Jacob van der Vroon den Diamanten gefunden hatte. Es war einer der größten Funde in ganz Südafrika.«

»Haben Sie die van der Vroons gekannt?«

»Nicht direkt. Ich kannte keinen von den Bergleuten. Sie wohnten in einer Siedlung bei der Mine. Das waren eher Hütten als Häuser. Nein, ich kann nicht sagen, daß ich sie gekannt hätte. Aber was für ein Fund! Die ganze Stadt war in Aufregung. Sie hatten nichts – und dann, über Nacht... Leider ist Margarete ja dann schnell zur Witwe geworden. Ich kann Ihnen sagen, es gab einige Männer, die hinter ihr her waren ... oder sagen wir lieber, hinter dem Diamanten! Aber Mr. Lestrange war anders. Der hatte selbst genug Geld. Er hat sich in sie verliebt. Ihre Hilflosigkeit muß ihn wohl gerührt haben, und aus so was kann leicht Liebe werden. Die neue Mrs. Lestrange ist ihr übrigens sehr ähnlich. Er hat ein weiches Herz, unser Mr. Lestrange.«

»Sie verehren ihn sehr, nicht wahr?«

»Das tun alle, die vorher bei den Riebeecks gearbeitet haben. Das ist ein Unterschied wie Tag und Nacht.«

»Die Ehe hat ja nicht lange gedauert. Da war doch dieser schreckliche Unfall.«

Sie senkte die Stimme und flüsterte: »Ich glaube, sie hat zuviel ... getrunken.«

»Oh?«

»Mr. Lestrange war deswegen ganz aufgebracht. Er wollte ihr Andenken nicht besudelt sehen. Aber ich glaube, sie hatte in jener Nacht zuviel getrunken. Sie übersah die oberste Stufe, stürzte hinunter und war tot.« Mrs. Prost hielt inne, sichtlich aufgewühlt von der Erinnerung.

»Wer hat sie gefunden?«

»Ich. Es war frühmorgens. Ich hatte gerade nachgesehen, ob alles in Ordnung war, wie ich es fast jeden Morgen tue, und da lag sie auf dem Boden. Ganz verrenkt. Ich bin furchtbar erschrokken.«

»Das kann ich mir denken. Wie lange hat sie so gelegen?«

»Seit den frühen Morgenstunden, hieß es.«

»Und Mr. Lestrange?«

»Als er aufwachte, war sie nicht da. Er dachte, sie sei früh aufgestanden und in den Garten gegangen, wie sie es manchmal tat. Sie liebte den Garten. Danach trafen sie sich meistens beim Frühstück.«

»Was haben Sie getan?«

»Ich lief ins Schlafzimmer und rief: ›Mrs. Lestrange liegt am Fuß der Treppe, und es sieht aus… es sieht aus…‹ Er fuhr in seinen Morgenrock, und wir gingen zusammen hin. Es war einfach schrecklich. Wir wußten, daß sie tot war. Er war fassungslos. Er konnte nichts sagen als ›Margarete, Margarete‹. Nie habe ich einen Mann so erschüttert gesehen. Er war untröstlich.«

»Er hat bald wieder geheiratet.«

»Manche Männer brauchen eben eine Frau… ohne sie sind sie verloren. Und die neue Mrs. Lestrange, also die erinnert mich an die erste. Sie ist zart, nicht sehr selbstsicher und über alles verliebt in ihren Mann. Allerdings ist Mrs. Myra als Dame erzogen. Das konnte man von der anderen nicht sagen. Sie war nicht gerade eine Dame, trotzdem, es gibt eine Ähnlichkeit zwischen ihnen…«

Das Gespräch hinterließ in mir den Eindruck, daß Roger Lestrange ein sehr guter Dienstherr sein mußte, wenn er eine solche Bewunderung und Anhänglichkeit in seinem Personal erweckte.

Auf den Straßen war eine gewisse Spannung zu spüren. Die Unruhen breiteten sich aus. Alle sprachen davon und stellten Mutmaßungen an, wohin das führen werde. Es gab Verhandlungen zwischen Paul Krüger und Jan Smuts auf der einen Seite und Joseph Chamberlain und Oberkommissar Sir Alfred Milner auf der anderen. Alle warteten gespannt auf das Ergebnis.

Das Stadtbild veränderte sich. Die Garnison wurde verstärkt, man sah immer mehr Soldaten auf den Straßen. Auch andere neue Gesichter waren zu sehen. Die Afrikaander kamen in die Stadt. Ich hörte ihre Stimmen, sah ihre Gesichter, eisern, wettergegerbt, entschlossen.

Die meisten Buren waren Farmer, wohingegen sich die Uitlanders in den Städten angesiedelt hatten. Letztere waren die Leute, die gekommen waren, um Diamanten und Gold zu finden. Sie hatten Banken und Bürogebäude errichtet und den Ortschaften ein neues Gesicht gegeben.

»Kein Wunder«, sagte Lilias, »daß sie es sich nicht gefallen lassen, von der Regierungsbeteiligung ausgeschlossen zu sein.«

Im Oktober des Jahres 1899 brach der Sturm los: Südafrika befand sich im Krieg mit England.

Nach der Schule kam John Dale zu uns. Er war sehr besorgt. »Ich weiß nicht, was nun wird«, sagte er.

»Die Leute werden nicht durchhalten«, meinte Lilias. »Sie werden binnen einer Woche bezwungen sein.«

John war nicht so sicher. »Das Terrain ist unwegsam, und die Buren sind damit vertraut. Auch ist es nicht leicht, so fern von daheim zu kämpfen.«

»Wir haben die nötigen Streitkräfte.«

»Im Augenblick sind nicht viele britische Streitkräfte hier.«

»Man wird bestimmt bald Verstärkung schicken. Erst vor kurzem sind zehntausend Mann gekommen.«

»Natürlich, unsere Waffen sind überlegen und unsere Männer gut ausgebildet. Die Buren sind nur Farmer, aber sie kämpfen auf vertrautem Terrain, das sie überdies als ihr Eigentum betrachten. Ich habe das ungute Gefühl, daß es nicht so leicht sein wird, wie einige anzunehmen scheinen.« Er sah von Lilias zu mir, aus seinen Augen sprach Besorgnis. »Alles ist so gut gelaufen«, sagte er bekümmert. »Aber Sie wären vielleicht doch besser nicht gekommen.«

Lilias lächelte ihn an. »Ich bereue es nicht«, sagte sie. »Niemals.«

Er erwiderte ihr Lächeln mit trauriger Miene. »Die Stadt ist schon voller Fremder«, sagte er. »Sie machen sich bereit, sie einzunehmen.«

»Es wäre nicht für lange«, sagte Lilias.

»Was würde sich dadurch für uns ändern?« fragte ich.

»Ich weiß es nicht. Man würde in uns wohl den Feind sehen.«

»Die meisten Bewohner der Stadt sind Uitlanders.«

John hob die Schultern. »Wir müssen abwarten.«

Wir versuchten, zu leben wie bisher. Aber wir waren sehr unsicher, und als die Nachrichten von den Siegen der Buren über die Engländer durchsickerten, schwand unsere Hoffnung auf ein baldiges Ende des Krieges.

Roger Lestrange, John Dale und die meisten tauglichen Männer meldeten sich bei der Garnison, denn es sah so aus, als könne es notwendig werden, die Stadt zu verteidigen. Die Buren mochten zwar Farmer und an ein Leben in der Stadt nicht gewöhnt sein, aber sie waren schlau und kannten natürlich die Bedeutung einer blühenden Stadt wie Kimberley. Gewiß würden sie versuchen, die Stadt zu erobern.

Es war Anfang November. In Südafrika begann der Hochsommer, und es war unerträglich heiß. Myra wurde immer schwächer. Sie gestand mir, daß sie regelmäßig Krankheitsanfälle habe. »Ich fühle mich so matt«, sagte sie. »Ich habe keinen Appetit. Wenn es zur Belagerung kommt, werden wir ohnehin hungern müssen, nehme ich an.«

»Damit ist wohl zu rechnen«, erwiderte ich. »Aber vorerst bemühen wir uns, uns ganz normal zu verhalten. Die Kinder kommen zum Unterricht, und das Leben geht weiter.«

Eines Tages, als ich ins Haus Riebeeck kam, traf ich Myra in einem Zustand an, der an Hysterie grenzte. Sie war in ihrem Schlafzimmer. Sie und Roger schliefen jetzt in getrennten Zimmern. Es war ihr Wunsch, weil sie fürchtete, ihn mit ihrer nächtlichen Unruhe zu stören. »Was hast du, Myra? Möchtest du mit mir darüber sprechen, oder...«

»Ich will es dir erzählen. Es hat mich sehr erschreckt, es ist unheimlich.«

»Was denn, Myra?«

»Es war im Modellhaus. Es sah so echt aus. Was hat das zu bedeuten?«

»Sag mir, was du gesehen hast.«

»Es waren geschnitzte Figuren. Sie sahen aus, als stellten sie ein wirkliches Geschehen nach. Ich konnte es genau vor mir sehen.«

»Aber was hast du denn gesehen?«

»Es war ein Mann, aus Holz geschnitzt, und auf den Händen trug er...« Sie schauderte und schlug die Hände vors Gesicht.

»Was trug er, Myra? Du mußt es mir sagen.«

»Er trug eine Frau. Er hielt sie in die Höhe – ganz so, als wollte er sie die Treppe hinunterwerfen.«

»O nein«, murmelte ich.

Sie sah mich furchtsam an. »Es war schauderhaft. Weil doch sie – Margarete – die Treppe hinuntergestürzt ist. Ich bin schreiend zu Roger gelaufen. Er hat versucht, mich zu beruhigen. Es dauerte eine Weile, bis ich ihm erzählen konnte, was ich gesehen hatte. Darauf ist er hingegangen, und ich folgte ihm. Ich fürchtete, daß die Figuren nicht mehr da seien und es so aussehe, als ob ich mir alles eingebildet hätte.«

»Und? Waren sie da?«

»Ja. Er hat sie gesehen.«

»Und dann?«

»Er hat sie genommen und zerbrochen, voller Wut, weil sie mich so aufgeregt hatten. Er hielt sie in der Hand, betrachtete sie einen Moment und legte sie auf den oberen Treppenabsatz, dann führte er mich in mein Zimmer. Er sagte, jemand habe uns einen albernen Streich gespielt und er wolle herausfinden, wer. Und wer immer es sei, habe in unserem Haus nichts mehr zu suchen.«

»Und er hat es nicht herausgefunden?«

Sie schüttelte den Kopf. »Oh, er ist so lieb zu mir, Diana. Er bestand darauf, daß ich mich hinlegte. Er sagte, es sei purer Unsinn, und es gebe keinen Grund zur Beunruhigung. Er sei nur deswegen so wütend, weil der alberne Streich mich so aufgeregt habe.«

»Was glaubst du, wer so etwas getan haben könnte?«

»Wir haben keine Ahnung. Roger hat alle Dienstboten in die Bibliothek befohlen und gebeten, wer es getan habe, solle sich melden.«

»Und es hat sich niemand gemeldet?«

»Nein. Aber Roger ist fest entschlossen, es herauszufinden.«

»Myra, weshalb sollte jemand so etwas tun?«

»Das weiß ich nicht.«

»Sag mir, Myra, warum hast du solche Angst?«

»Wegen des Treppenhauses. Ich glaube, jemand will uns mitteilen, daß Margarete nicht die Treppe hinunterfiel, weil sie zuviel getrunken hatte. Man will uns bedeuten, daß es kein Unfall war. Ich habe das Gefühl, die Figuren im Modellhaus sollen eine Warnung sein...«

»Myra!«

»Ich habe Angst, in die Nähe der Treppe zu kommen, und doch zieht es mich immer wieder hin. Es ist, als locke mich jemand. Es hört sich dumm an, aber weißt du, Roger ist ein sehr attraktiver Mann, und ich... ich bin ziemlich unscheinbar. Es ist mir ein Rätsel, warum ein Mann wie er mich geheiratet hat. Ich meine, Margarete ist vielleicht ein bißchen... eifersüchtig.«

»Aber sie ist tot!«

»Die Leute sagen, die Toten kehren manchmal zurück. Und ich lebe in demselben Haus. Sie war hier glücklich mit ihm. So glücklich wie nie zuvor.«

»Paul sagt, als sein Vater noch lebte, seien sie eine glückliche Familie gewesen.«

»Aber er versteht nichts von der Liebe, die sie mit Roger verband. In diesem Haus lebt die Vergangenheit weiter, und ich glaube, Margarete will uns trennen... mich in den Tod locken...«

»Myra, das ist Unsinn.«

»Ich weiß. Ich erzähle dir ja nur, wie mir zumute ist.«

»Sie kann keine Figuren schnitzen und ins Modellhaus stellen, um dir einen Schrecken einzujagen, nicht wahr? Und wie sollst du dazu verlockt werden, die Treppe hinunterzufallen?«

»Ich gehe manchmal dorthin. Ich stelle mich an den oberen Absatz und denke daran, wie sie hinuntergestürzt ist.«

»Schau, Myra, du bist nicht recht bei dir. Die Anfälle haben dich geschwächt. Sie haben dir seltsame Träume und Einbildungen beschert – Halluzinationen vielleicht. Du mußt wieder zu dir kommen. Kein Geist kann dich zwingen, etwas zu tun, was du nicht willst, oder Figuren an bestimmte Plätze stellen. Du mußt mir versprechen, nicht mehr allein in jenem Bereich des Hauses umherzustreifen.«

»Ich verspreche es.«

Ich machte mir ernsthafte Sorgen um sie und sprach mit Lilias darüber. »Es sieht so aus, als verliere sie den Verstand«, sagte Lilias auf ihre nüchterne Art. »Die Leute bei uns im Dorf meinten, Myra sei etwas einfältig.«

»Sie ist nicht einfältig, nur ängstlich. Sie hat kein Selbstvertrauen.«

»Glaubst du, daß sie heimlich trinkt?«

»Das habe ich mich auch schon gefragt. Daher könnten die Einbildungen kommen.«

»Das ist gut möglich.«

»Aber es besteht kein Zweifel, daß die Figuren tatsächlich da waren. Roger hat sie gesehen.«

»Ich muß zugeben, daran könnte etwas faul sein.«

»Ja, zuerst lag eine Frau am Fuße der Treppe, und jetzt waren es zwei, ein Mann, der eine Frau trägt und im Begriff ist, sie hinunterzuwerfen.«

»Für mich läßt das nur den einen Schluß zu, daß er sie die Treppe hinuntergestoßen hat.«

»Oder jemand anders.«

»Sie hatte immerhin diesen Diamanten, der ein Vermögen wert war. Und er hat sie ziemlich überstürzt geheiratet. Das könnte ihm jemand verübeln.«

»Wer könnte das sein?«

»Laß uns nicht mehr darüber nachdenken. Im Moment gibt es wichtigere Dinge. Ich frage mich, wie lange wir durchhalten können, überall von Buren umgeben. Wir können uns jetzt nicht mit geschnitzten Figuren befassen.«

Die Nachrichten, die zu uns durchsickerten, waren nach wie vor beunruhigend. Der von den Engländern erwartete rasche, leichte Sieg blieb aus. Niedergeschlagenheit überkam uns. Der Krieg hatte im Oktober begonnen, inzwischen war es Dezember geworden, und auf unserer Seite war immer noch kein Erfolg in Sicht. Die Buren in Kimberley triumphierten. Wir hatten keinen Kontakt zu ihnen; zwischen uns herrschte Mißtrauen, denn wer konnte wissen, wer ein Spion war?

Es waren schwere Wochen. Die jungen Männer verließen die Stadt und zogen in den Krieg.

Als ich eines Tages zum Haus Riebeeck kam, sah ich Njuba im Garten. Er machte ein so niedergeschlagenes Gesicht, daß ich ihn fragte: »Fehlt Ihnen etwas?«

»Mein Junge. Er ist weg«, sagte er.

»Umgala? Wo ist er hin?«

»Ich weiß nicht, Missie. Ist einfach weg. War die ganze Nacht nicht zu Hause. Guter Junge. Spricht nicht, hört nicht, aber guter Junge.«

»Ich weiß. Wie lange ist er schon fort?«

»Nur eine Nacht. Einen Tag.«

»Hat man nach ihm gesucht?«

»Ich hab' Massa gebeten. Er sagt, wir suchen. Aber viele gehen jetzt fort, sagt Massa. Vielleicht Umgala auch.«

»Er kommt bestimmt bald zurück, Njuba.«

»Ich weiß«, er klopfte sich an die Brust, »ich fühl' hier drinnen, Missie. Er ist weg. Er kommt nicht wieder.«

Der arme Mann schüttelte unentwegt den Kopf. Ich ging weiter.

Paul war ganz durcheinander. »Umgala ist weggelaufen«, sagte er.

»Sein Vater hat mir erzählt, daß er fort ist.«

»Wo kann er hingegangen sein? Er kann nicht sprechen. Und für wen würde er kämpfen? Ich wünschte, dieser dumme Krieg wäre zu Ende.«

Am nächsten Tag paßte Roger mich im Garten ab, als ich zum Haus Riebeeck kam. »Ich muß mit Ihnen reden... Diana. Sie wissen, die Dinge stehen nicht zum besten. Die Lage spitzt sich zu. Die Buren werden bald die Stadt einnehmen. Ich möchte Ihnen sagen, daß ich heute abend fortgehen werde.«

»Fort? Wohin?«

»Das kann ich Ihnen nicht sagen.«

»Ist es eine geheime Mission?«

»Wir brauchen Verstärkung. Die Burenkommandos rücken näher. Wir brauchen Hilfe. Ich will sehen, was sich machen läßt. Bitte, kümmern Sie sich um Myra. Ich mache mir solche Sorgen um sie. Sie ist schrecklich nervös. Ob Sie wohl nachts bei ihr bleiben können, wenn es ihr nicht gutgeht?«

»Selbstverständlich. Ich werde tun, was ich kann.«

»Ich habe mit dem Arzt gesprochen. Er meint, es sei hauptsächlich ihr Gemüt. Sie kann sich nicht eingewöhnen. Er hat ihr das Stärkungsmittel gegeben.«

»Es scheint nicht viel zu helfen.«

»Dr. Middleburg sagt, es braucht seine Zeit. Wollen Sie ihr zureden, es weiter zu nehmen? Ich glaube, sie hat es nicht regelmäßig genommen, und deswegen zeigt es nicht die erhoffte Wirkung.«

»Ich will tun, was ich kann.«

»Gut. Der Krieg wird bald vorüber sein. Wir werden die Buren in die Knie zwingen. Wir müssen nur die Anfangsschwierigkeiten überwinden. Die Buren sind ein stures Volk, und sie glauben, sie haben Gott auf ihrer Seite.«

»Vielleicht, weil dies ihre Heimat ist. Sie wollen sie sich nicht wegnehmen lassen.«

»So wie sie anderen das Land weggenommen haben?«

»Oh, das ist lange her. Das Land, in dem ein Volk seit Generationen lebt, bedeutet den Leuten etwas. Für uns ist es nur eine Goldmine, in die es sich zu investieren lohnt, ein weiterer Edelstein in der Krone des Empire.«

»Sie reden sehr unvoreingenommen; doch in einem sind wir uns einig: Wir wünschen, daß der Krieg zu Ende geht und das Leben wieder normal wird. Bitte, kümmern Sie sich um Myra.«

»Ich werde alles tun, was in meiner Macht steht.«

»Danke. Jetzt kann ich beruhigt gehen.«

Er verließ Kimberley in derselben Nacht. Zwei Tage darauf befand sich die Stadt im Belagerungszustand.

Die Belagerung

In den folgenden Tagen herrschte Chaos. In der Stadt kursierten Gerüchte. Die Kommandos der Buren seien nur noch anderthalb Kilometer entfernt und marschierten auf uns zu. Sie hätten entschieden, Kimberley nicht einzunehmen und die Stadt zu umgehen. Wir wußten nicht, was wir glauben sollten.

Die Leute standen auf den Straßen in kleinen Gruppen beisammen, wachsam und ängstlich. Dann gingen sie in ihre Häuser und scharten ihre Angehörigen um sich, und die Straßen waren wieder verlassen. Das wechselte von einer Stunde zur anderen, und niemand wußte recht zu sagen, was eigentlich vorging.

Dann kamen vereinzelte Flüchtlinge aus den Außenbezirken erschöpft in die Stadt und brachten neue Gerüchte mit. Einige brauchten ärztliche Hilfe. Garnisonssoldaten patrouillierten durch die Straßen. Alle rechneten mit der baldigen Ankunft der Buren.

Die Stadt werde bestens verteidigt, sagten die einen. Sie werde einen Angriff nie überstehen, sagten die anderen.

Im Schutz der Dunkelheit trafen mehrere Männer ein, denen es gelungen war, die Linien der Buren zu durchbrechen. Einige waren verwundet; die Hospitäler waren überfüllt, sämtliche Ärzte der Stadt arbeiteten dort.

Das Leben hatte sich vollkommen verändert.

Trotz der Ereignisse in der Stadt lenkten mich in diesen Tagen die Vorgänge im Hause Riebeeck von der Ungewißheit ab, die über uns allen hing.

Mrs. Prost schickte einen Boten. Sie bedaure, mich in dieser sorgenvollen Zeit zu bemühen, aber Mrs. Lestrange sei sehr krank und frage nach mir. Ob ich wohl ins Haus Riebeeck kommen könne?

Ich ging unverzüglich hin. Mrs. Prost empfing mich aufgeregt.
»Sie ist in einer schrecklichen Verfassung«, sagte sie. »Ich habe
nach dem Doktor geschickt, aber er ist nicht zu erreichen. Er
wird wohl im Spital sein. Ich weiß nicht recht... mir scheint, sie
hat den Verstand verloren.«

»Bringen Sie mich zu ihr.«

»Sofort. Ich dachte nur, ich sollte Sie besser warnen.«

Trotz der Vorwarnung war ich tief erschüttert. Ich erkannte
Myra kaum wieder. Ihre Augen blickten irr, ihre Pupillen waren
geweitet. Als sie mich sah, fuhr sie hoch.

»Wer sind Sie?« fragte sie. Und dann: »O ja, ja. Es ist Diana.
Diana, schick sie fort, schick sie fort.«

Ich sah Mrs. Prost an, die mit dem Kopf zu dem Fenster nickte,
auf das Myra wie gebannt starrte. »Sie sieht dort etwas«, flüsterte Mrs. Prost.

Ich sagte: »Ist ja gut, Myra. Hier ist niemand außer Mrs. Prost
und mir.«

»Bleib«, bat sie. »Geh nicht fort. Sonst kommt sie wieder.«

Ich trat ans Bett und legte meinen Arm um sie.

»Du bleibst doch bei mir?« flehte sie.

»Natürlich.«

Sie schmiegte sich an mich und schloß die Augen. Sie murmelte
etwas, das ich nicht verstehen konnte.

Mrs. Prost sah mich an. »Ich lasse Sie mit ihr allein. Ich werde
noch einmal nach dem Doktor schicken. Geben Sie mir Bescheid, wenn Sie mich brauchen.« Damit ging sie hinaus.

Myra lag still, die Augen geschlossen. Sie atmete schwer. Plötzlich schlug sie die Augen auf. »Diana.«

»Ich bin da. Ich bleibe bei dir, Myra. Solange du willst.«

Das schien sie zu beruhigen. Sie nahm meine Hand und hielt sie
fest. »Sie war hier«, murmelte sie. »Sie hat mich angeschaut und
mir gewunken.«

»Wer?«

»Margarete.«

»Sie ist tot.«

»Ich weiß. Sie ist zurückgekommen. Sie war eifersüchtig. Sie hatte ihn verloren, er war jetzt der Meine. Das konnte sie nicht ertragen. Sie will, daß ich sterbe.«

»Margarete ist tot, Myra. Und du lebst!«

»Aber ich werde sterben.«

»Das wirst du nicht.«

»Wer soll mich hindern?«

»Ich. Ich werde mich um dich kümmern.«

»Roger hat sich um mich gekümmert. Er war so liebevoll. Ich war nicht gut genug für ihn, aber das ließ er sich nie anmerken. Ich fürchtete immer, daß…«

»Ich weiß.«

»Er war so um mein Wohlergehen bedacht. ›Nimm deine Medizin‹, hat er gesagt. ›Sie wird dir guttun.‹ Und ich habe sie genommen.« Ihre Augen wanderten zu der Konsole neben dem Bett. Dort stand die Flasche. Sie war etwa halb voll.

»Hast du sie regelmäßig genommen?«

»Wie ich's ihm versprochen habe.«

»Er bat mich, dir einzuschärfen, daß du sie während seiner Abwesenheit regelmäßig nehmen mußt.«

»Er ist so um mich besorgt. Er hat mich wirklich gern. Es zeigt…«

»Da siehst du, was du an ihm hast. Jetzt muß du wieder gesund werden. Versuch, ein bißchen zu schlafen.«

»Wenn ich einschlafe, gehst du fort. Und wenn du fortgehst, kommt sie wieder.«

»Ich gehe nicht fort, und sie kommt nicht wieder. Myra, sie ist nicht hier. Das hast du geträumt. Sie existiert nur in deiner Phantasie.«

Sie schüttelte den Kopf. Eine Träne quoll aus ihren geschlossenen Augen.

»Versuch zu schlafen«, sagte ich.

»Versprich mir, daß du hierbleibst.«

»Aber ja. Ich werde dasein, wenn du aufwachst.«

Sie lächelte, und zu meiner Verwunderung schlief sie gleich ein.

Ich betrachtete ihr bleiches, abgespanntes Gesicht. Sie war nicht mehr dieselbe junge Frau, die ich in Lakemere kennengelernt hatte. Gewiß, auch dort war sie zurückhaltend und unsicher gewesen, eingeschüchtert von ihrer herrischen Mutter, aber kein Vergleich mit dem armen, gequälten Geschöpf hier in diesem Bett.

Meine Hand, die sie umklammert hielt, war taub geworden. Es gelang mir, sie zu befreien, ohne Myra aufzuwecken. Ich trat ans Fenster. Wie friedlich es draußen aussah. Es war kaum zu glauben, daß sich rings um uns alles veränderte. Was würde in den nächsten Monaten auf uns zukommen? Ich dachte an die großen Belagerungen der Vergangenheit, von denen ich gehört hatte. Die Belagerung von Orleans, als Jeanne d'Arc den Franzosen die Stadt zurückeroberte und ihnen neuen Mut gegeben hatte; die Belagerung von Paris, die noch gar nicht so lange zurücklag. Wie lebte es sich unter einer Belagerung? Lebensmittel werden knapp. Es gibt keine Möglichkeit, neue Vorräte herbeizuschaffen. Die Leute sterben vor Hunger. Ich hatte gehört, daß manchmal Menschen so weit gingen, Hunde und Ratten zu essen. Bei diesem Gedanken wurde mir übel. So weit würde es wohl nicht kommen müssen. Wir wurden von einer Handvoll Guerillatruppen belagert, die nicht zum Kampf ausgebildet waren, Farmer zumeist. Sie konnten der britischen Armee nicht lange Widerstand leisten. Wir würden sicher sehr bald befreit werden.

Meine Gedanken kehrten zu Myra zurück. Arme Myra. Sie war glücklich gewesen. Sie hatte einen attraktiven Mann geheiratet, war in ein fremdes Land gekommen; und nun war sie in diesem Zustand. Sie glaubte, daß sie ein solches Glück, wie sie es an Roger Lestranges Seite erfuhr, nicht verdient hatte. Ihre Mutter hatte ihr dieses Gefühl der Unzulänglichkeit eingeimpft; die arme Myra, nur anerkannt, weil sie eine Ellington war – und weil sie eigenes Vermögen besaß.

Ich ging zum Bett zurück und blickte auf das Gesicht der Schlafenden.

Ein leises Klopfen an der Türe schreckte mich auf. Ich fuhr zusammen, machte eine hastige Bewegung, und dabei stieß ich die Nachtkonsole um. Ich versuchte noch, nach der Flasche zu greifen, doch es war zu spät – Myras Medizin ergoß sich inmitten von Glasscherben über den Teppich.

Mrs. Prost kam herein. »Sehen Sie, was ich angerichtet habe«, sagte ich.

»O je. Ich schicke gleich jemanden zum Aufwischen. Es ist Mrs. Lestranges Medizin, nicht wahr?«

»Ja, leider. Wir müssen ihr eine neue Flasche besorgen. Ich hoffte, Sie hätten vielleicht den Doktor mitgebracht.«

»Es ist im Moment aussichtslos, ihn zu erreichen. Die Ärzte haben im Spital alle Hände voll zu tun. Wir müssen es später noch einmal versuchen. Wie geht es ihr?«

»Sie schläft.«

»Die Ärmste.« Mrs. Prost schüttelte den Kopf.

»Es tut mir schrecklich leid, was ich hier angerichtet habe«, sagte ich. »Es war unachtsam von mir.«

»Halb so schlimm. Der Doktor wird ihr eine neue Flasche geben – sofern wir ihn erwischen.«

»Hoffentlich kann sie eine Weile darauf verzichten.«

»Es ist ja wohl nur für kurze Zeit. Wir können ihr die Medizin bestimmt besorgen, auch wenn der Doktor nicht herkommen kann. Die Zeiten sind schrecklich… Ich nehme an, Sie bleiben noch eine Weile hier, Miss Grey?«

»Ja. Könnten Sie jemanden zum Schulhaus schicken und Miss Milne verständigen, daß ich vielleicht ein paar Tage bei Mrs. Lestrange bleibe?«

»Aber gewiß. Und jetzt schicke ich jemanden, der das hier aufwischen soll. Ich möchte nicht, daß Glasscherben herumliegen.«

Ich blieb den ganzen Tag bei Myra. Sie schlief viel, und sobald sie die Augen aufschlug, suchten sie mich. Ich sah ihre Erleichte-

rung, wenn sie sich vergewissert hatte, daß ich noch da war. »Ich
bin in Sicherheit«, sagte sie. »Sie kann mir nichts anhaben, wenn
du da bist – weil du sie nicht sehen kannst und weil du nicht
glaubst, daß sie hier ist, nicht? Sie existiert nur in meiner Phantasie. So ist es doch, nicht wahr?«

»Ja. So ist es.«

»Dann bleib hier, bitte.«

»Aber ja, ich hab's dir doch versprochen.«

»Die ganze Nacht?«

»Ja. Ich bleibe hier. Ich habe Lilias verständigt.«

Das beruhigte Myra.

Ich verbrachte die Nacht in einem Sessel an ihrem Bett. Hin und
wieder nickte ich ein. Ihre Verfassung hatte mich sehr erschüttert. Ich fragte mich, ob sie die Nacht überleben würde, und war
erleichtert, als der Morgen graute und sie etwas erholter schien.

Mrs. Prost brachte mir Kaffee und ein Butterbrot. »Viel ist es
nicht«, entschuldigte sie sich. »Aber wir müssen sparsam haus-
halten. Ich weiß nicht, was noch geschehen wird. Wie geht es
ihr?«

»Sie hatte eine ruhige Nacht.«

»Es geht ihr besser, wenn Sie hier sind. Ich schicke ihr etwas zu
essen herauf, wenn sie es wünscht. Sie hat die letzten Tage kaum
etwas gegessen. Eine ordentliche Portion Haferbrei dürfte ihr
guttun. Wir haben noch Haferflocken.«

»Ich gebe Ihnen Bescheid, wenn sie aufwacht. Vielleicht können
wir sie bewegen, etwas zu essen.«

»Und ich schicke jemanden nach dem Doktor. Sie braucht ihre
Medizin.«

Mrs. Prost ging hinaus. Der Kaffee und das Brot schmeckten
mir. Es ging mir durch den Kopf, wie sehr wir das Essen zu schätzen wissen, wenn wir fürchten, bald nichts mehr zu haben.

Gegen zehn Uhr wachte Myra auf. Ihr Blick fiel sogleich auf
mich, und sie sagte: »O Diana, ich bin so froh, daß du da bist.«

»Wie fühlst du dich? Du hast die Nacht durchgeschlafen.«

»Wie spät ist es denn?«

»Zehn Uhr.«

»Ich habe die ganze Nacht geschlafen! Gewöhnlich wache ich nachts auf und sehe alles mögliche.«

»Heute nacht aber nicht. Ich war die ganze Zeit hier.«

»O Diana, welch ein Glück, daß ich eine solche Freundin habe!«

»Ich muß dir etwas gestehen. Ich habe die Flasche mit deiner Medizin hinuntergeworfen und alles verschüttet. Sei vorsichtig, wenn du aufstehst. Man hat zwar aufgewischt, aber vielleicht sind noch winzige Glassplitter da.«

»Meine Medizin!« sagte sie. »Ich hätte sie gestern abend nehmen müssen.«

»Ich hoffe, daß wir den Doktor heute erwischen. Hoffentlich vermißt du das Mittel nicht allzusehr.«

»Ich mußte Roger versprechen, es zu nehmen.«

»Ich weiß. Er hält große Stücke darauf. Aber mach dir keine Sorgen. Der Doktor kommt heute bestimmt, und dann hast du deine Medizin wieder.«

Tagsüber ging es ihr etwas besser. Sie sprach ganz vernünftig und hatte keine Halluzinationen. Ich blieb den ganzen Tag bei ihr. Der Arzt kam nicht. Mrs. Prost schlug vor, daß ich in dem Zimmer gleich neben Myras übernachten solle, damit sie nur klopfen müßte, wenn sie mich brauchte. »Sie können schließlich nicht zwei Nächte hintereinander im Sessel verbringen.«

So schlief ich denn in Rogers Schlafzimmer. Es war nicht ganz so groß wie das, das er mit Myra geteilt hatte und das sie jetzt allein benutzte. Das Bett war bequem, aber ich schlief nicht gut. Ich wartete auf ein Klopfzeichen an der Wand.

Ich war froh, als es Tag wurde, und ging sogleich zu Myra. Sie schlief friedlich; das Stöckchen, mit dem sie an die Wand klopfen sollte, lag noch dort, wo ich es am Vorabend hingelegt hatte.

Am Vormittag schien sie zu meiner Freude fast die alte. Und

nachmittags kam der Arzt. Mrs. Prost und ich waren dabei, als er Myra untersuchte.

Anschließend sprach er mit uns beiden im Salon. Er entschuldigte sich, weil er nicht früher gekommen war. »Im Hospital herrscht Chaos«, sagte er. »Immer noch schleichen Männer durch die feindlichen Linien – sofern man überhaupt von Linien sprechen kann. Es kann nicht mehr lange dauern. Fürs erste brauchen Sie sich um Mrs. Lestrange keine Sorgen mehr zu machen. Ich weiß nicht, was ihr fehlte, aber sie wird genesen. Sie ist schwach, doch Herz und Lungen sind gesund. Vielleicht war es das Gift von irgendeinem Insekt, von denen es hier diverse gibt, wie Sie wissen, Mrs. Prost. Diese Insekten sind sehr begierig auf das Blut von Neuankömmlingen. Wer schon länger hier ist, wird immun dagegen. Sie braucht etwas zur Stärkung.«

»Sie hatte Halluzinationen«, sagte ich.

»Das ist gut möglich. Manche Neuankömmlinge reagieren sehr stark auf diese giftigen Insekten. Sie müßte Rindfleisch essen. Ein Jammer, daß alles so knapp ist.«

»Dr. Middleton, ich habe unglücklicherweise die Medizin umgestoßen, die Sie ihr gegeben haben. Sie braucht eine neue Flasche.«

»Die soll sie haben.«

»Wir waren besorgt, daß sie sie entbehrte.«

»Aber nein, so wichtig ist das nicht. Es ist nur ein mildes Stärkungsmittel. Das soll sie ruhig weiter nehmen. Wenn Sie jemanden zu mir schicken, gebe ich es ihm mit.«

Mrs. Prost und ich waren sehr erleichtert.

Am Nachmittag holte einer von den Dienstboten das Stärkungsmittel. Ich wollte es nicht mehr auf der Nachtkonsole aufbewahren und stellte es in ein kleines Schränkchen.

Ich verbrachte eine weitere Nacht im Haus Riebeeck. Am nächsten Morgen stellte ich zu meiner Freude fest, daß Myras Gesundheitszustand sich stabilisierte. Ich kehrte ins Schulhaus zurück, nachdem ich ihr versprochen hatte, am nächsten Tag wieder zu kommen.

Es war eine schlimme Zeit. Es konnten keine Lebensmittel in die Stadt gebracht werden. Die Vorräte mußten bewacht werden. Das Kriegsrecht trat in Kraft, und wir wußten nicht, was von einem Tag zum anderen unser Schicksal sein würde.

Lilias bemühte sich, den Schulbetrieb normal weiterlaufen zu lassen, doch es kamen nicht mehr alle Schüler. John Dale hingegen war nach wie vor ein häufiger Gast. »Er ist uns ein wunderbarer Freund«, sagte Lilias mehr als einmal. Er betrachtete uns als seine Schützlinge und schmuggelte oft Lebensmittel ins Schulhaus.

Hin und wieder durchbrachen Soldaten die Kommandos, die die Stadt umzingelten. Das geschah meist nach Einbruch der Dunkelheit. Sie brachten uns Nachrichten, und so erfuhren wir, daß wir nicht die einzige belagerte Stadt waren. Ladysmith und Mafeking waren in einer ähnlichen Zwangslage.

Die Situation wurde immer bedrohlicher. Der von den Engländern erwartete leichte Sieg verzögerte sich. Sie lernten die Schwierigkeiten kennen, die man hat, wenn man fern der Heimat in einem unbekannten Terrain kämpfen muß, während der Feind alle Gefahrenstellen kennt.

»Ninian hatte recht«, sagte ich, »wir hätten heimkehren sollen.«

»Das hätte ich nicht gewollt«, entgegnete Lilias, und John Dale, der zufällig anwesend war, lächelte sie an. Mir schien, daß sich zwischen ihnen eine enge Beziehung anbahnte.

Natürlich, *sie* wollte hierbleiben. Aber ich? Ich wünschte, ich wäre heimgekehrt, egal, was mich dort erwartete, denn dann hätte ich Ninian sehen können. Wenn man sich dem Tode nahe fühlt – und wie konnten wir wissen, was uns hier bevorstand? –, sieht man der Wahrheit ins Gesicht. Ich war halbwegs im Begriff gewesen, mich in Ninian zu verlieben, doch meine unglückliche Liebelei mit Jamie hatte mich vorsichtig gemacht.

Ja, ich wäre gerne daheim bei Ninian gewesen. Statt dessen befand ich mich in einer belagerten Stadt, war mir nur halb bewußt, was um mich vorging, und hatte keine Ahnung, wann die Kämpfe mit Gewalt ausbrechen würden.

Es hatte keinen Sinn, mir etwas vorzumachen. Ich wünschte, ich wäre heimgekehrt, nicht aus Furcht vor diesem Krieg – sondern einfach um bei Ninian zu sein.

Ich war froh, daß das Schulhaus und Haus Riebeeck nahe beieinanderlagen. Denn nicht einmal kurze Strecken konnte man zu Fuß gehen, ohne von Soldaten angehalten zu werden. Sie waren überall. Sie beobachteten die Kommandos, die die Stadt umzingelten, und hier und da waren Gewehrsalven zu hören. Soldaten patrouillierten durch die Stadt, und niemand wagte sich nach Einbruch der Dunkelheit aus dem Haus.

Weihnachten rückte näher. Wie viele andere Menschen auch hatte ich Heimweh nach den Weihnachtsfesten zu Hause: knakkende Holzscheite im Kamin, draußen dicke Schneeflocken... Geborgenheit. Und wir waren hier in einem fremden Land, einer fremden Stadt, belagert von einem Feind, der jederzeit eindringen und unsere Garnison zwingen konnte, sich zu ergeben.

Lilias und ich saßen oft auf der kleinen Veranda und unterhielten uns, umschwirrt von Libellen und unbekannten Insekten. Sogar abends nach Sonnenuntergang war es heiß. Ich sehnte mich nach Regen und nach Ninian und träumte davon, Ninian zu einer anderen Zeit und an einem anderen Ort als bei meiner Verhandlung begegnet zu sein; ich träumte, alles wäre noch so wie zu Lebzeiten meiner Mutter, und malte mir aus, einer unserer Edinburgher Freunde hätte Ninian bei uns zu Hause eingeführt, und zwischen uns sei die Liebe erblüht. Zillah kam in meinem Traum natürlich nicht vor. Sie gehörte zu dem alptraumhaften Leben, dessen Existenz ich zu verdrängen suchte.

Törichte Träume! Doch Ninian machte sich wirklich etwas aus mir. Sein letzter Brief war so eindringlich gewesen: »Kommen Sie nach Hause.« Hätte er das geschrieben, wenn ihm nichts an mir läge? Doch dann wurde mir die Wirklichkeit bewußt. Ich er-

innerte mich, wie er seine Aufmerksamkeit Zillah zugewandt
hatte.

»Wir sollten Weihnachten etwas veranstalten«, meinte Lilias,
»eine Feier für die Kinder. Am Heiligen Abend.«

»Und sie festlich bewirten? Mit Gänsebraten? Truthahn mit
köstlicher Kastanienfüllung? Und zum Nachtisch Plumpud-
ding? Ich glaube nicht, Lilias, daß die Zuteilung für diese Woche
ein solches Menü vorsieht.«

»Ich wünschte trotzdem, wir könnten ihnen eine Feier ausrichten. Spiele spielen und dergleichen.«

»Spielen können wir. Das ist aber auch alles. Für ein Festmahl
sind wir am falschen Ort.«

»Trotzdem, ich finde, wir sollten etwas machen. Vielleicht können sie sich ihr Essen selber mitbringen.«

»Aber nein! Woher sollen sie es nehmen?«

»Von ihrer Zuteilung.«

»Ich glaube, da käme nicht viel zusammen. Ist dir eigentlich klar,
Lilias, daß die Lebensmittel immer knapper werden?«

Doch Lilias war fest entschlossen. Es kamen immer noch einige
Kinder zur Schule, wenngleich ihre Zahl schrumpfte. Paul gehörte zu den Getreuen. Lilias erzählte ihnen, wir würden bald
befreit. Die Königin und ihre Soldaten würden nicht zulassen,
daß wir länger in diesem Zustand leben müßten. Zu den Vortei-
len, unter dem Schutz der britischen Flagge zu stehen, gehöre es,
daß sie fast auf der ganzen Welt wehte. Lilias wies auf die roten
Bereiche auf der Landkarte. »In diesem Empire geht die Sonne
niemals unter«, erklärte sie, »denn wenn es in England Nacht ist,
dann tagt es in irgendeinem Teil der Welt, der zu unserem großen Empire gehört.« Sie sprach mit solcher Leidenschaft, daß
alle Kinder glaubten, wir würden alsbald errettet werden, und
einige erwarteten gewiß, daß die Königin höchstpersönlich an
der Spitze ihrer Soldaten erscheinen werde.

Paul war ganz begeistert von der bevorstehenden Weihnachtsfeier. Er schlug einige Spiele vor. Lilias schärfte den Kindern, die

nach wie vor zur Schule kamen, ein, sie sollten es den anderen weitersagen, daß am Heiligen Abend eine Weihnachtsfeier stattfinden werde. Und alle sollten kommen, wenn sie könnten.

Am 23. Dezember kam Paul in höchster Aufregung zur Schule. Er brachte einen großen Kübel mit, und als wir den Deckel hoben, präsentierten sich uns vier ansehnliche Fische. »Für die Feier«, sagte er. »Jetzt gibt es doch noch einen Festschmaus.«

»Woher hast du die?« fragte Lilias.

»Vom Wasserfall auf unserem Grundstück.«

»Ich wußte gar nicht, daß es dort Fische gibt«, sagte Lilias.

»Ich bin da vorbeigegangen und sah die Fische über den Wasserfall springen, und da dachte ich, das könnte ein feines Essen geben. Darauf hab' ich eine Angel und alles geholt... und die hier hab' ich gefangen.«

»Die kommen wie gerufen!« freute sich Lilias. »Paul, dir haben wir es zu verdanken, daß wir tatsächlich ein richtiges Weihnachtsessen bekommen!«

»Wir können auch Brot backen. Wir haben noch etwas Mehl«, schlug ich vor.

»Brote und Fische«, sagte Lilias, »ein biblisches Wunder.«

Es wurde eine gelungene Feier. Die meisten Kinder kamen. Anna Schreiner fehlte. Ihr Vater ließ ausrichten, Weihnachten sei keine Zeit für Festmähler und Frohsinn, sondern für Gebete. Arme kleine Anna! Ich nahm an, daß sie Weihnachten nicht viel Anlaß zum Jubel haben werde.

Wir kochten den Fisch. Es war nicht eben viel, aber eine Abwechslung. Wir machten Limonade, und waren die Kinder auch nicht übersättigt, so konnten sie sich wenigstens satt spielen.

Die Geschichte von den Fischen verbreitete sich in der Stadt. Die Leute nahmen ihre Angeln und gingen zu dem Fluß, der das Riebeecksche Anwesen durchfloß. Sie machten wohl keine großen Fänge, aber auch kleine waren jetzt willkommen.

Es war Januar geworden. Wenig hatte sich geändert, außer daß die Lebensmittel noch knapper geworden waren.

Myra hatte sich mittlerweile erstaunlich gut erholt. Sie war noch matt und nervös, hatte aber keine Halluzinationen mehr. Sie wunderte sich sogar, daß sie jemals daran hatte glauben können.

Ich war dabei, als der Arzt sie wieder besuchte, denn ich wollte unbedingt hören, was er zu sagen hatte. Ich spürte, daß er sie für ziemlich hysterisch hielt, für eine Frau, der es schwerfiel, sich in einem fremden Land zurechtzufinden, zumal unter den gegenwärtigen Umständen. Er war sich hundertprozentig sicher, daß sie von einem Insekt vergiftet worden war. Alle Symptome ließen ihn auf eine Vergiftung schließen. Aber nun ging es ihr mit jedem Tag besser. Sie brauchte nur kräftige Nahrung – die im Augenblick nicht leicht zu beschaffen war –, vor allem aber mußte sie aufhören, sich um sich selbst Sorgen zu machen; dann würde alles gut werden.

»Sehen Sie nur zu, daß Ihr Moskitonetz nachts dicht ist. Meiden Sie Stellen, wo es Insekten gibt. Ich glaube nicht, daß meine Besuche weiterhin erforderlich sind.«

Das war eine gute Nachricht.

Als ich etwa eine Woche nach dem Besuch des Arztes auf dem Weg zu Myra war und mich dem Haus näherte, sah ich, daß etwas Schreckliches passiert sein mußte. Es gab ein großes Geschrei unter den Dienstboten, die aufgeregt hin und her rannten. Sie plapperten in ihrer Sprache, die ich nicht verstehen konnte, wenngleich ich hier und da ein paar Brocken aufgeschnappt hatte.

Mrs. Prost war im Garten und kam zu mir, als sie mich sah. Sie erzählte mir, was passiert war – ich war so erschüttert, daß mir übel wurde. Ein Junge, der beim Wasserfall angelte, hatte die Leiche des kleinen Taubstummen im Wasser entdeckt. Er war sofort zu Njuba gegangen und hatte es ihm gesagt.

»Und seitdem kniet Njuba dort und starrt ins Wasser. Es ist

schrecklich. Der arme Junge! Wir dachten, er sei weggelaufen. Dabei lag er die ganze Zeit tot im Wasser.«

Jener Nachmittag ist mir lebhaft in Erinnerung geblieben. Immer wenn ich Jasminblüten rieche, muß ich daran denken. Ich sehe Njuba am Ufer knien. Nie habe ich solches Leid gesehen. Als die Männer kamen, um die Leiche fortzutragen, war Njuba immer noch dort. Dann stand er auf, die Hände geballt, und rief: »Mein Junge, man hat ihn ermordet. Das werde ich nicht vergessen.«

Luban nahm ihn bei der Hand und führte ihn in ihr Rondavel. Den ganzen Tag hörten wir die Klagelieder.

Wie sich herausstellte, war der Junge tatsächlich ermordet worden. Obwohl er so lange im Wasser gelegen hatte, ließ sich nachweisen, daß er erwürgt worden war.

»Wer konnte diesem kleinen Jungen so etwas antun?« wollte Myra wissen.

»Und warum?« fügte ich hinzu.

»In welch schrecklichen Zeiten leben wir. Glaubst du, das hat etwas mit dem Krieg zu tun?«

»Ich weiß es nicht. Wie hätte der Junge der einen oder anderen Seite schaden können?«

Es war ein Rätsel. Die Leute sprachen tagelang von nichts anderem. Wer hatte das getan? Und warum? Niemand wußte eine Antwort.

Lilias war robust und agil wie stets, und da sie sich immer mehr mit John Dale anfreundete, hatte ich nicht das Gefühl, sie könnte sich durch meine häufigen Besuche im Hause Riebeeck vernachlässigt fühlen. Myra brauchte mich dringender als Lilias.

Ich lernte Paul immer besser kennen. Und mir wurde klar, daß der Junge die Gefahr, in einer belagerten Stadt zu leben, regelrecht genoß. Gefahr bedeutete für ihn Aufregung, die einem faden, geregelten Dasein auf jeden Fall vorzuziehen war. Wie so viele Jungen seines Alters lernte er schießen; aber natürlich hatten sie alle keine scharfe Munition, da diese für die bevorstehende »richtige« Schlacht gehortet wurde.

Mrs. Prosts Verhalten mir gegenüber war mir all die Zeit rätselhaft. Ich war mir nie ganz sicher, was sie wirklich von mir hielt. Zuweilen glaubte ich, daß sie mich recht gern habe. Dann wieder schien sie mich mit Mißtrauen zu betrachten. Als ich eines Tages den Grund hierfür erfuhr, war ich tief erschüttert.

Myra hatte sich hingelegt, denn sie ermüdete immer noch leicht, und Mrs. Prost bat mich, in ihre gute Stube zu kommen und mich zu setzen. Ihr Benehmen kam mir ausgesprochen seltsam vor, es war fast so, als zwinge sie sich, sich einer unangenehmen Pflicht zu entledigen.

Und dann kam es. »Ich wollte schon seit geraumer Zeit mit Ihnen sprechen, Miss Grey«, sagte sie. »Es geht mir im Kopf herum, und ich wußte nicht, wie ich es am besten anstellen sollte.«

»Geht es um Mrs. Lestrange?«

Mrs. Prost schürzte die Lippen und runzelte die Stirn. »Hm, eigentlich nicht... obwohl man sagen könnte, daß sie betroffen ist.«

»Bitte sagen Sie es mir.«

Sie stand auf und ging zu einer kleinen Kommode in der Zimmerecke. Sie öffnete eine Schublade, entnahm ihr ein Taschentuch und reichte es mir. Zu meiner Verwunderung erkannte ich es als eines von meinen – meine Mutter hatte mir einmal sechs Stück davon geschenkt. In einer Ecke war mein Monogramm aufgestickt. Ich betrachtete die hübsch verschlungenen Buchstaben D und G. Davina Glentyre. Ich errötete leicht, als mir Zillahs Worte durch den Kopf huschten: *Es ist ratsam, deine Initialen zu behalten.* Wie recht sie hatte!

»Das gehört Ihnen, nicht wahr, Miss Grey?«

»O ja. Wo haben Sie es gefunden?«

»Das ist es ja, was mir ein wenig zu schaffen macht. Sie waren immer so gut zu Mrs. Lestrange, und ich weiß, sie hat Sie wirklich gern. Aber als ich das hier fand...«

»Ich verstehe nicht, was Sie meinen.«

»Ich glaube, Sie verstehen sehr wohl, Miss Grey. Denken Sie zurück. Es war zu der Zeit, als Sie öfter im Haus übernachtet haben. Ich fand das Taschentuch unter dem Bett des Herrn.«

»Was? Wie ist es dahin gekommen?« Mein Gesicht lief hochrot an, während sie mich mit mildem Kopfschütteln ansah.

»Wissen Sie«, fuhr sie fort, »ich gehöre nicht zu denen, die meinen, alle Menschen müssen wie Mönche und Nonnen leben. Ich weiß, daß solche Dinge vorkommen. Männer sind eben Männer. Aber bei einer Frau ist es doch etwas anderes.«

Ich stand entrüstet auf. »Worauf wollen Sie hinaus, Mrs. Prost?«

»Aber bleiben Sie doch sitzen, Miss Grey! Ich mache Ihnen ja keinen Vorwurf. Der Herr ist ein sehr attraktiver Mann. Er ist ein guter Mensch, aber auch gute Menschen geraten zuweilen auf Abwege, und es liegt nicht in der Natur des Mannes, sich in dieser Hinsicht zu beherrschen. Eine Frau aber sollte sich besser in der Gewalt haben.«

»Das ist ja absurd.«

Sie nickte. »Ich weiß, ich weiß. Die Versuchung kommt daher, und ich muß sagen, der Mann sieht sehr gut aus und ist so charmant, wie man es sich nur wünschen kann. Und ich weiß, zwischen ihm und Mrs. Lestrange steht es nicht zum besten – getrennte Schlafzimmer und so weiter. Ich meine ja nur, Sie sollten sich vorsehen. Ich habe bloß unterm Bett nachgesehen, ob darunter gekehrt worden war. Es war noch nicht saubergemacht, und da lag dieses Taschentuch.«

»Ich habe keine Ahnung, wie es dahin geraten ist.«

»Also, ich dachte, ich sollte Sie warnen. Wenn er zurückkommt und Sie gehen im Haus ein und aus, ganz so als ob Sie zur Familie gehören...«

»Sie brauchen sich darüber keine Sorgen zu machen, Mrs. Prost. Zwischen Mr. Lestrange und mir hat es niemals eine intime Beziehung gegeben.«

»Ich dachte mir, daß Sie das sagen würden. Deswegen habe ich bis jetzt geschwiegen. Ich bin ja nicht prüde. Ich dachte, es war vielleicht nur ein Ausrutscher. So etwas kommt vor. Schön ist es nicht, aber passiert ist passiert.«

»Ich verbitte mir...«, begann ich.

»Ich bin schon fertig. Es geht mich ja nichts an, aber ich meine, Sie könnten vielleicht Ärger bekommen.«

»Ich wiederhole, da ist nichts... gar nichts.«

»Oh, ich nehme an, irgendwie ist das Taschentuch dahin geraten. Man kann nie wissen, nicht wahr? Aber es lag da, und es hätte mir nicht gepaßt, wenn es jemand anders gefunden hätte.«

Ich stand auf, das Taschentuch in der Hand. »Mrs. Prost«, sagte ich, »ich versichere Ihnen, daß ich niemals in dem Zimmer gewesen bin bis zu der Nacht, als Mrs. Lestrange so krank und Mr. Lestrange außer Haus war.«

»Wenn Sie es sagen, meine Liebe, dann will ich es dabei bewenden lassen. Ich dachte nur, ich sollte es erwähnen, denn wenn er zurückkommt... nun ja, es wäre nicht sehr schön, nicht – für Sie oder für ihn, oder für Mrs. Lestrange?«

»Ich sehe, daß Sie mir nicht glauben«, sagte ich. »Aber ich versichere Ihnen noch einmal...«

»Schon gut. Ich habe gesagt, was ich zu sagen hatte, und damit ist der Fall erledigt.«

Der Fall war natürlich nicht erledigt! Mrs. Prost glaubte, daß ich Roger Lestrange in seinem Schlafgemach besucht hatte. Am liebsten wäre ich aus dem Haus gelaufen und nie zurückgekehrt.

Als ich das Schulhaus betrat, wußte Lilias sofort, daß etwas vorgefallen war.

»Was ist mit dir?« fragte sie.

Ich schwieg ein paar Sekunden, dann platzte ich heraus: »Ich will das Haus nie wieder betreten!«

»Haus Riebeeck? Was ist passiert?«

»Mrs. Prost. Sie glaubt, ich hätte ein… Verhältnis mit Roger Lestrange.«

»Ein Verhältnis?«

»Sie hat eines meiner Taschentücher unter seinem Bett gefunden. An einem Morgen, nachdem ich im Haus übernachtet hatte, als er auch da war. Sie hat daraus ihre Schlüsse gezogen.«

Lilias starrte mich an.

Ich sagte: »Du glaubst doch nicht…?«

»Natürlich nicht.«

»Es ist schrecklich, Lilias. Sie scheint anzunehmen, er sei unwiderstehlich. Es war furchtbar. Sie sagte dauernd, sie habe Verständnis. Das war das schlimmste. Und ich glaube, als sie mir das Taschentuch zeigte, da habe ich wahrhaftig ein schuldbewußtes Gesicht gemacht. Meine Mutter hat es mir vor langer Zeit geschenkt. Es ist mit meinem Monogramm bestickt. Ich hatte es für klug gehalten, meine Initialen nicht zu ändern; aber hätte ich es getan, dann hätte sie nicht gewußt, daß es mein Taschentuch war.«

»Warte einen Moment«, sagte Lilias. »Wir haben nicht mehr viel Tee, aber dies ist eine Gelegenheit, ihn zu trinken… Meinst du«, fragte sie dann, »jemand hat das Taschentuch dorthin gelegt?«

»Aber wer? Und warum?«

»Jemand, der dich verdächtigen wollte, die Nacht mit Roger Lestrange verbracht zu haben.«

»Aber nicht Mrs. Prost.«

»Nein. Das ergäbe keinen Sinn. Aber nehmen wir mal an, jemand wollte, daß sie es dort findet.«

»Es hätte auch jemand anders finden können.«

»Das hätte vielleicht keine Rolle gespielt.«

»Worauf willst du hinaus, Lilias?«

»Das weiß ich selbst noch nicht so recht. Vielleicht wollte jemand im Haus kundtun, daß ihr, du und Roger Lestrange, ein Liebespaar seid.«

»Aber warum?«

»Das ist allerdings ein Rätsel. Wie konnte dein Taschentuch in ein Zimmer gelangen, wo du zu dem Zeitpunkt nicht warst, wenn es nicht jemand dorthin gelegt hat?« Sie runzelte nachdenklich die Stirn.

»Was denkst du, Lilias?«

»Ich bin nicht sicher. Myra war da…«

»Es ging ihr nicht gut. Deswegen habe ich ja dort übernachtet.«

»Sie war etwas seltsam, nicht? Hat sie nicht phantasiert? Vielleicht wollte sie einen Beweis gegen ihren Mann und dich konstruieren.«

»Sie liebt ihn und er sie auch, denke ich.«

»Aber sie hatte Visionen. Oder kam das später? Ich lasse meine Gedanken einfach mal schweifen. Tatsache bleibt, daß das Taschentuch da war. Jemand muß es dorthin gelegt haben. Die Frage ist: wer und vor allem – warum?«

»Ich würde das Haus am liebsten nie wieder betreten.«

»Aber dann könnte es so aussehen, als hättest du ein schlechtes Gewissen.«

»Wie soll ich es Myra erklären?«

»Bleib einfach eine Weile fort, und sieh zu, wie du dich dabei fühlst. Vielleicht fällt dir etwas ein. Ein Taschentuch! Merkwürdig, welchen Ärger so harmlose Gegenstände verursachen können. Denk an Desdemona. Aber grüble nicht zu sehr darüber nach. Ich glaube, es ist noch eine Tasse in der Kanne. Wir dürfen den kostbaren Tee nicht vergeuden.«

Wir waren zu keinem Schluß gekommen, aber wie immer hatte es gutgetan, mit Lilias zu reden.

Bedrückung lag über der Stadt. Wir wußten, daß bald etwas geschehen mußte. Es war nicht offen von Kapitulation die Rede, doch der Gedanke lag in der Luft. Mochte der Geist noch so stark sein, ohne Nahrung konnten die Menschen nicht leben. Den ganzen stickig heißen Januar warteten wir auf Neuigkeiten.

Die vereinzelten Gewehrschüsse, die wir hörten, schienen immer näher zu kommen. Hin und wieder traf eine Granate die Stadt, und es gab Verwundete. Wir lebten mit dem Gefühl, daß es uns jederzeit erwischen könnte. Während dieser heißen Tage lauerte der Tod auf uns. Wenn man sich mit diesem Gedanken vertraut machte, konnte man leichter damit leben.

In so einer Zeit war es wohl lächerlich, daß ich mich aufregte, weil dieser Verdacht gegen mich geäußert worden war; dennoch mußte ich fortwährend daran denken. Mrs. Prosts Schlußfolgerungen beschworen Bilder herauf, und mich beschäftigte die Frage, wer mein Taschentuch unter das Bett gelegt haben konnte.

Lilias meinte, ich nähme es mir zu sehr zu Herzen. »Du hast eine tiefe Erschütterung erlitten«, sagte sie, »und du mußt dich hüten, dir einzubilden, daß böse Mächte gegen dich am Werk seien.« Sie hatte recht, wenn sie sagte, ich sei von der Vergangenheit verfolgt. Ich hatte gehofft, ihr zu entkommen, wenn ich England verließ. Ich wußte so gut wie Lilias, daß es für mich keine Hoffnung auf ein friedliches Leben gab, solange ich mich nicht von dem früheren Geschehen löste. »Deine Unschuld sollte dein Schild gegen alles sein«, sagte Lilias. »Du weißt, daß du unschuldig bist. Ich wußte, daß ich unschuldig war, als man mich beschuldigte. Dieses Wissen hilft. Ich habe John von der Sache mit der Halskette erzählt, und er pflichtet mir bei.«

Sie hatte natürlich recht. Ich mußte vernünftig sein. Ich hatte das Taschentuch wohl verloren, es mußte sich irgendwie verfangen haben und so in das Zimmer geraten sein. Das klang zwar nicht plausibel, aber es geschehen ja die merkwürdigsten Dinge.

Myra kam ins Schulhaus. Sie sah viel besser aus. Ihre Genesung grenzte an ein Wunder, und sie wirkte gar nicht mehr nervös. Sie sah mich mit leichtem Vorwurf an. »Du hast mich lange nicht besucht.«

»Ach, ich hatte hier so viel zu tun.«

Sie machte ein verwundertes Gesicht, fragte aber nicht nach.

»Wir haben dich vermißt«, fuhr sie fort. »Mrs. Prost war ganz besorgt. Sie meinte, du seist vielleicht wegen irgendwas beleidigt. Ich sagte ihr, das sei Unsinn. Aber ich dachte, ich sehe mal nach dir. Ist alles in Ordnung?«

»Wohl kaum, Myra. Die Lage wird immer schlimmer. Wir werden alle bald hungern.«

»Ja, ich weiß. Und heute nacht wurde jemand vor der Kirche getötet.«

»Es ist gefährlich, auf die Straße zu gehen.«

»Gefährlich ist es überall. Ich frage mich, wann das ein Ende hat. Ach, Diana, wo mag Roger wohl sein? Ich bete, daß er wohlauf ist. Schrecklich, daß er nicht da ist, jetzt, wo es mir bessergeht. Er konnte nicht begreifen, was mir fehlte. Er hat sich solche Sorgen gemacht. Und alles wegen eines vermaledeiten Insekts. Wer hätte gedacht, daß diese kleinen Geschöpfe soviel Schaden anrichten können? Bei uns hat sich viel Unheil ereignet. Der arme Njuba ist ganz seltsam geworden. Er läuft ständig herum und spricht mit sich selbst. Er ist ins Haus gekommen, und man sah ihn durch alle Zimmer gehen, als ob er etwas suche. Mrs. Prost traf ihn beim Ausräumen von Schränken an. Sie fragte ihn, was er suche, aber er wollte es ihr nicht sagen. Sie wußte nicht, was sie tun sollte. Sie schickte nach Luban, die ihn nach Hause brachte. Es ist so traurig. Die arme Luban. Erst hat sie ihren Sohn verloren, und nun scheint ihr Mann den Verstand zu verlieren. Es geschehen so schreckliche Dinge, Diana!«

»Ja«, erwiderte ich.

»Bitte komm mich wieder besuchen.«

»Es ist für dich ebenso einfach, hierher zu kommen.«

»Ja, aber bei uns ist mehr Platz, und der Garten ist so schön.«

»Gut, ich komme.«

Lilias freute sich, als ich es ihr erzählte. »Es ist besser so. Wenn du fortbliebst, würde Mrs. Prost denken, daß sie recht habe. Du kannst sie bestimmt überzeugen, daß sie im Irrtum war.«

»Da bin ich nicht so sicher«, erwiderte ich. »Sie hält ihren geliebten Herrn für unwiderstehlich, und sie spricht ihn frei von jeder Schuld. Sie beurteilt mich nur nicht ganz so streng, weil *er* der beteiligte Mann ist.«

Es war Februar geworden. Wir lebten von kleinen Rationen. Wenn wir morgens erwachten, fragten wir uns besorgt, was der Tag bringen werde.

Es waren nun ständig Gewehrsalven zu hören, nicht mehr nur vereinzelte Schüsse. Eines Nachts kam ein Trupp von drei Männern in die Stadt. Sie hatten die Kommandos durchbrochen, die uns umzingelten. Einer war verwundet.

Am nächsten Morgen herrschte Jubel auf den Straßen. Die Leute standen beisammen und redeten so lebhaft, wie ich es lange nicht gesehen hatte. Wir sollten die Hoffnung nicht aufgeben. Die Engländer rückten näher. Sie hätten bei Spion Kop eine schwere Niederlage erlitten, doch danach sei eine Wende eingetreten. Es gab neue Munition. Zwei Namen wurden mit Ehrfurcht genannt: Generalmajor Horatio Herbert Kitchener und Feldmarschall Sir Frederick Sleigh Roberts. Sie seien auf dem Weg, uns zu befreien.

Überall flammte neue Hoffnung auf. Die Leute sagten, es sei unmöglich, daß das große Britische Empire von einer Handvoll Farmer geschlagen werde. *Wir haben die Männer, wir haben die Schiffe, wir haben das Geld.*

Die Hoffnung wirkte belebend. Die Leute auf den Straßen lächelten. »Es dauert nicht mehr lange. Kitchener und Roberts sind auf dem Weg.«

Ich nahm meine Besuche im Hause Riebeeck wieder auf. Lilias hatte recht: Mein Fortbleiben könnte wirklich darauf hindeuten, daß Mrs. Prosts Verdacht zu Recht bestehe. Dennoch, ich fühlte mich in dem Haus nicht mehr wohl. Oft schlug ich Myra vor, sich mit mir in den Garten zu setzen. Dort war es so schön. Der Blumenduft, das Summen der Insekten ließen selbst in diesen turbulenten Zeiten ein Gefühl von Frieden aufkommen. Manchmal gingen wir spazieren.

Wir kamen an dem Wasserfall vorüber, wo der Leichnam des armen Umgala gefunden worden war, und gingen weiter bis zu den Rondavels.

Ich weiß nicht, welcher Instinkt mich eines Tages gerade zu jenem Rondavel führte. Es lag etwas abseits von den anderen und sah ziemlich verfallen aus. Ringsum wuchs hohes Gras. Das Strohdach hatte ein Loch.

»Es wäre bestimmt repariert worden, wenn dies alles nicht passiert wäre«, sagte Myra.

»Wer hält die Hütten in Ordnung?«

»Die Einheimischen selbst. Sie wohnen ja dort.«

Etwas drängte mich, näher heranzugehen. Da kam ein kleiner Junge zu uns gelaufen. Er lächelte, seine Zähne hoben sich weiß blitzend von seiner dunklen Haut ab.

»Wer wohnt hier?« fragte ihn Myra.

Sein Lächeln verschwand. Er blickte verstohlen über die Schulter. »Hier wohnt kein Mensch nicht, Missie. Da ist ein Teufel drin.«

»Ein Teufel?« fragte ich.

»Böses Haus. Nicht reingehen, Missie.«

»Das ist doch bloß ein verfallenes Rondavel, weiter nichts.«

»Da hat ein alter Mann gewohnt. Er ist tot. Keiner will das Haus haben. Umgala hat's nicht gewußt. Er ist gerne reingegangen. Er war immer da drin. Dann ist er gestorben.«

Bei der Erwähnung von Umgalas Namen wurde ich hellhörig. Ich wollte in das Rondavel gehen. »Werfen wir mal einen Blick hinein«, sagte ich und tat einen Schritt vorwärts.

»Nein, nein, Missie.« Der Junge war sichtlich erschrocken. »Böses Haus. Große Schlangen im Gras. Teufelsschlangen. Sie lauern auf einen Fang...«

»Wir passen schon auf«, sagte ich und ging los.

Myra meinte: »Vielleicht sollten wir lieber nicht...«

Doch ich bahnte mir schon vorsichtig einen Weg durch das hohe Gras.

Ich gelangte zur Türe, drückte die Klinke und trat ein. Es erhob sich ein Surren, und ein riesiges Insekt, das wie eine übergroße Libelle aussah, durchquerte den Raum und ließ sich auf einer kleinen Bank nieder.

»Laß uns gehen!« rief Myra. »Sonst werden wir noch gestochen.«

Doch etwas hielt mich dort fest. Unter der Bank war eine grob gezimmerte Schublade, und auf dem Lehmboden darunter bemerkte ich Holzspäne.

Ich durchquerte den Raum. Das Insekt saß noch auf der Bank. Ohne es aus den Augen zu lassen, öffnete ich die Schublade. Ich mußte rütteln, um sie öffnen zu können. Und dann sah ich mehrere geschnitzte Figuren, darunter diejenige, die ich am Fuße der Treppe im Modellhaus gesehen hatte.

Ich drehte mich zu Myra um, die in der Türe stand. »Komm hier weg!« rief sie. »Hier ist es nicht geheuer.«

Ich sagte langsam: »Der Junge hat gesagt, Umgala ist hierhergekommen... und sonst niemand. Er war oft hier, bevor er ermordet wurde.«

Myra sagte: »Ich gehe. Es ist schauerlich hier...«

Ich folgte ihr. Sie bahnte sich bereits einen Weg durchs hohe Gras. »Myra«, sagte ich. »Myra, es war Umgala...«

In diesem Moment sahen wir direkt vor uns eine Schlange, die im Gras gelauert hatte. Sie hatte sich aufgerichtet und zischte drohend. Wir wichen ihr aus und rannten. Ein Glück, daß wir sie rechtzeitig bemerkt hatten!

Wir erreichten die Lichtung. Keuchend blieben wir stehen. Ich drehte mich um. Hinter uns war keine Schlange zu sehen.

Myra zitterte. Ich legte meinen Arm um sie. »Es ist alles gut«, sagte ich. »Sie ist weit hinten im Gras.« Und ich konnte nichts anderes denken als: Umgala hat die Figuren geschnitzt – und Umgala wurde ermordet. Das war eine wichtige Entdeckung. Ich war sehr verwirrt. Die Gedanken jagten sich in meinem Kopf. Mein Gefühl sagte mir, daß ich Myra nichts von meiner

Entdeckung erzählen durfte. Ich mußte zuerst mit Lilias sprechen.

Myra klammerte sich an mich. »Es war furchtbar, dieses Ding im Gras. Es hat dort auf uns gelauert, während wir in dem Rondavel waren. Ich wollte da nicht hin. Ich wußte, daß dort Unheil droht. Ich hasse diese Gegend. Diana, ich möchte wieder nach Hause.«

Ich wußte, daß sie nicht Riebeeck meinte. Sie sehnte sich heim nach Lakemere. Doch ich war mit den Gedanken nicht recht bei ihr, sondern bei dem Jungen, der die Figuren geschnitzt und dafür mit seinem Leben bezahlt hatte.

Mrs. Prost kam über den Rasen. »Oh, guten Tag, Miss Grey. Mrs. Lestrange, Sie sehen aus, als wären Sie einem Gespenst begegnet.«

»Wir sind einer Schlange begegnet«, sagte ich.

»Gräßliche Biester.«

»Sie war ganz nahe«, sagte Myra. »Sie hat im Gras gelauert und uns angezischt.«

»Was für eine Schlange war das?«

»Das weiß ich nicht. Sie war groß. Wir haben gemacht, daß wir fortkamen.«

»Recht so.«

Sie kam mit uns ins Haus. »Jetzt könnten Sie eine gute Tasse Tee gebrauchen«, sagte sie. »Leider ist kein Tee mehr da. Eine schöne Bescherung ist das...«

Ich war unruhig und wollte gehen. Ich mußte unbedingt mit Lilias sprechen.

»Sie sollten sich hinlegen, Mrs. Lestrange«, sagte Mrs. Prost. »Sie sehen ganz erledigt aus.«

»Ich finde, das ist eine gute Idee, Myra«, pflichtete ich ihr bei.

Sie war einverstanden. Ich verabschiedete mich und machte Anstalten zu gehen. Doch Mrs. Prost hielt mich vor Myras Zimmer auf. »Ich habe Ihnen etwas zu sagen, Miss Grey.«

Ich zögerte. Wollte sie sich für ihre Verdächtigungen bei unserer letzten Begegnung entschuldigen?

»Kommen Sie in meine Stube«, sagte sie. Ich trat ein. Mrs. Prost machte ein verlegenes Gesicht, und mir wurde unbehaglich zumute. Ich hatte plötzlich Angst davor, was sie jetzt enthüllen könnte. »Ich hätte es Ihnen schon früher sagen sollen«, begann sie. »Aber ich mag Sie gern und konnte es nicht glauben. Und doch ist es so.«

»Was?« fragte ich matt.

»Ich... ich weiß, wer Sie wirklich sind.«

»Was wollen Sie damit sagen?«

»Sie sind Davina Glentyre.«

Ich umklammerte die Armlehnen meines Sessels. Mir war übel und schwindlig. Was ich immer befürchtet hatte – nun war es eingetreten. »Woher wissen Sie das?« fragte ich matt.

Sie stand auf und ging zu einer Schublade – derselben, der sie bei anderer Gelegenheit das Taschentuch entnommen hatte. Sie nahm zwei Zeitungsausschnitte heraus und reichte sie mir. Die Schlagzeilen starrten mich an.

Schuldig oder nicht schuldig? Davina Glentyre vor Gericht. Präsident der Anwaltskammer wendet sich an die Geschworenen.

Ich konnte den Bericht nicht lesen. Die Buchstaben tanzten vor meinen Augen. Ich sah nur die vermaledeiten Schlagzeilen.

»Wie lange wissen Sie es schon?« fragte ich und dachte gleich darauf: Was spielt es für eine Rolle, wie lange sie es weiß? Sie weiß es jetzt.

»Oh, eine ganze Weile.«

»Wie...?«

»Ach, das war rein zufällig. Ich wischte gerade Staub in Mr. Lestranges Zimmer, als er hereinkam. Er war immer zu einem Schwätzchen aufgelegt, stets ein Gentleman, nie gab er einem das Gefühl, unter ihm zu stehen. Ich sagte: ›Bin in einer Minute fertig, Sir. Ich mache Ihr Zimmer gerne selber sauber, um sicherzugehen, daß alles in Ordnung ist.‹ Er sagte: ›Sehr gut, Mrs. Prost. Ich bin bloß gekommen, um ein paar Papiere zu holen. Lassen Sie sich durch mich nicht aufhalten.‹ Er ging an seinen

Schreibtisch und nahm die Papiere heraus, dabei sind diese Ausschnitte auf den Boden gefallen. Ich hob sie auf, und da sah ich natürlich, was es war.«

»Er hatte sie in seiner Schublade aufbewahrt?«

Sie nickte, dann fuhr sie fort: »Er sagte: ›Sie haben diese Ausschnitte gesehen, Mrs. Prost. Jetzt müssen wir uns wohl ein wenig unterhalten. Setzen Sie sich.‹ Da setzte ich mich, und er sagte: ›Sie erkennen die junge Dame?‹ Ich sagte: ›Ja, das ist die, die sich Miss Grey nennt.‹ Er sagte: ›Sie hat schreckliches Pech gehabt. Ich glaube an ihre Unschuld. Sie hat sich ganz bestimmt nicht des Mordes an ihrem Vater schuldig gemacht. Das könnten Sie doch nicht von ihr glauben, Mrs. Prost? Von so einer netten, reizenden Dame wie Miss Grey?‹ Ich sagte: ›Nein, Sir, aber...‹ Darauf er: ›Sie ist hierhergekommen, um ein neues Leben zu beginnen. Ich möchte ihr helfen, Mrs. Prost. Sie auch?‹ Ich sagte: ›Ich will tun, was Sie sagen, Sir.‹ – ›Nehmen Sie die Ausschnitte an sich‹, sagte er, ›verwahren Sie sie irgendwo. Verstecken Sie sie. Ich möchte nicht, daß sie herumliegen. Die Dienstboten... jemand könnte sie finden. Nehmen Sie sie an sich, und sorgen Sie dafür, daß niemand sie zu sehen bekommt. Ich möchte Miss Grey helfen, ihren guten Ruf wiederherzustellen. Ich mag sie. Ich mag sie sehr. Diese junge Dame verdient eine neue Chance.‹ Dann gab er mir diese Zeitungsausschnitte.«

»Warum hat er sie Ihnen gegeben? Warum wollte er sie nicht selbst behalten?«

»Das hat er nicht gesagt.« Sie nahm mir die Zeitungsausschnitte ab und legte sie in die Schublade zurück. »Hier kommt niemand herein«, sagte sie, »der nicht von mir dazu aufgefordert wird. Ich mache mein Zimmer immer selber sauber. Er hat ganz recht. Bei mir sind sie sicherer aufgehoben als bei ihm. Jetzt wissen Sie also, daß ich Bescheid weiß. Ich nehme an, Mrs. Lestrange weiß nichts?«

Ich schüttelte den Kopf.

»Schön, dann wissen es nur der Herr und ich.«

Mir war übel. Ich wollte fort. Zuerst die erschütternde Entdeckkung im Rondavel, und gleich darauf das hier.

»Was werden Sie nun tun?« fragte ich.

»Gar nichts. Aber ich dachte, Sie würden mich besser verstehen, wenn ich Ihnen sage, daß ich Bescheid weiß. Ich habe gemerkt, daß Mr. Lestrange Sie sehr gern hat. Schließlich hat er sich alle Mühe gegeben, Ihnen zu helfen, nicht wahr? Hat nicht er Ihnen von der Schule erzählt? Deswegen sind Sie hier. Ihr Geheimnis ist bei mir gut aufgehoben. Wenn Mr. Lestrange zurückkommt, werde ich ihm natürlich sagen, daß ich es Ihnen erzählt habe. Sie brauchen keine Angst zu haben. Mr. Lestrange glaubt nicht, daß Sie die furchtbare Tat begangen haben, und ich glaube es auch nicht. Nette Mädchen laufen nicht herum und bringen Leute um, schon gar nicht den eigenen Vater. Er hat das Zeug selbst genommen... und das hat man ja bei Gericht schließlich auch geglaubt, nicht wahr, und Sie freigesprochen. Machen Sie sich also keine Sorgen. Ich werde Sie weiterhin Miss Grey nennen, auch wenn Sie gar nicht so heißen. Den anderen Namen konnten Sie schließlich nicht gut behalten, oder?«

Ich wünschte, sie würde aufhören zu reden. Ich stand auf. »Ich gehe jetzt, Mrs. Prost.«

»Na gut. Aber keine Bange. Ich dachte nur, Sie sollten wissen, daß ich es weiß und daß ich nichts gegen Sie habe. Sie müssen nur vorsichtig sein, das ist alles. Ich verstehe Sie. Ich kann mich gut an die Stelle anderer Leute versetzen. Ich war selbst einmal jung.«

»Wenn Sie nichts dagegen haben, gehe ich jetzt.«

»Ruhen Sie sich aus. Ich weiß, ich habe Ihnen einen Schrecken eingejagt. Aber keine Sorge, Ihr Geheimnis ist bei mir gut aufgehoben.«

Ich kehrte hastig ins Schulhaus zurück. Als Lilias mich sah, wußte sie gleich, daß etwas vorgefallen war. »Was gibt es Neues?« fragte sie.

»Lilias, ich bin furchtbar erschüttert. Mrs. Prost...«

»Oh, doch nicht wieder wegen dieses Taschentuchs?«

»Nein. Sie weiß, wer ich bin. Sie hat Zeitungsausschnitte von dem Fall. Sie weiß, was in Edinburgh geschah.«

»Nein! Woher?«

»Roger Lestrange hatte die Ausschnitte. Er hat sie ihr gegeben. Er hat es gewußt, und sie weiß es auch schon seit einiger Zeit. Du siehst, es gibt kein Entkommen. Man kann vor einer solchen Sache nicht davonlaufen.«

»Nun mal langsam. Sie hat dir erzählt, daß *er* ihr die Zeitungsausschnitte gegeben hat?«

»Sie hat in seinem Zimmer Staub gewischt. Als er etwas aus einer Schublade holte, fielen sie heraus. Sie hob sie auf, und da hat sie sie gesehen.«

»Komischer Zufall, nicht, daß er sie ihr vor die Füße fallen ließ?«

»Er wollte, daß sie die Ausschnitte für ihn verwahrte, damit sie den Dienstboten nicht in die Hände fielen.«

»Wenn er wirklich wollte, daß niemand sie sähe – hätte er sie da nicht besser verbrannt?«

»Ich weiß nicht, warum er sie aufbewahrt haben wollte. Aber sie hat sie, und sie weiß nun Bescheid, Lilias! Sie sagt, sie glaube an meine Unschuld und wolle mir helfen. Ach, Lilias, ich wünschte, ich wäre Roger Lestrange nie begegnet. Ich wünschte, ich wäre nie hierhergekommen.«

»Was mag das zu bedeuten haben? Warum wollte er, daß sie die Zeitungsberichte sah? Warum wollte er, daß sie sie verwahrte?«

»Ich weiß es nicht.«

»Das gefällt mir nicht.«

»Oh, da ist noch etwas. Fast hätte ich es über dieser Hiobsbotschaft vergessen. Ich habe herausgefunden, wer die Figuren geschnitzt und in das Modellhaus gestellt hat: Es war Umgala, der kleine Taubstumme, der ermordet wurde...«

»Was?«

»Eins von den Rondavels steht leer. Ein alter Mann ist dort gestorben, und du weißt ja, wie abergläubisch die Leute sind. Ein Junge warnte uns, hineinzugehen; er erzählte aber, daß Umgala oft dort gewesen sei, und war der Meinung, Umgala sei deswegen ermordet worden. Ich ging hinein und sah Holzspäne auf dem Fußboden. Darauf öffnete ich eine Schublade, und darin lagen geschnitzte Figuren, darunter die eine, die ich im Modellhaus der Lestranges gesehen habe.«

Lilias sah mich ungläubig an. »Und du glaubst, Umgala wurde ermordet, weil er die Figuren geschnitzt und in das Modellhaus gestellt hat?«

»Ach, Lilias, allmählich halte ich alles für möglich.«

»Es ist denkbar, daß Umgala gesehen hat, was auf der Treppe passiert ist. Und weil er nicht sprechen konnte, versuchte er es auf andere Weise mitzuteilen.«

»Ja, er versuchte darauf hinzuweisen... daß es kein Unfall gewesen sei. Margarete Lestrange sei die Treppe nicht hunter*gefallen*, sondern hunter*gestoßen worden*. Und das heißt: Sie wurde ermordet.«

»Und deshalb mußte der Junge sterben. Die Sache sieht wirklich finster aus.«

»Wir fangen gerade an, sie etwas zu erhellen.«

»Überlegen wir weiter. Jemandem haben die Figuren nicht gefallen.«

»Roger Lestrange zum Beispiel. Er war wütend, als er sie fand. Allerdings ließ er den Eindruck entstehen, er sei allein deswegen aufgebracht, weil der Anblick Myra aufgeregt habe.«

»Und bald darauf ist der Junge verschwunden.«

»Glaubst du, Roger hat seine erste Frau ermordet und wollte auch Myra umbringen? Es geht ihr viel besser, seit er fort ist. Sie ist fast ganz genesen. Sie hat sich erholt, seit ich die Flasche mit dem Medikament zerbrach, die auf ihrer Nachtkonsole stand. Ist sie vielleicht nicht von einem undefinierbaren Insekt, sondern von ihrem Mann vergiftet worden? Hatte er die Medizin präpariert? Es ist entsetzlich. Hat er seine erste Frau ermordet und nun versucht, auch seine zweite zu beseitigen?«

»Das ist eine Theorie«, sagte Lilias langsam. »Er hatte Gründe, nicht?«

»Seine erste Frau besaß den großen Diamanten. Den Schatz von Kimberley. Er hat Riebeeck von ihrem Geld gekauft – und dann ist sie gestorben. Er kam auf der Suche nach einer Ehefrau nach England, einer Frau mit Geld, die fügsam und anspruchslos sein sollte. Myra entsprach genau seinen Wünschen.«

»Langsam! Sind wir nicht zu voreilig? War es wirklich so einfach? Und wenn wir schon bei dieser Sache sind, sehe ich noch einen anderen Aspekt. Warum hat er sich für dich interessiert?«

»Hat er das?«

»Allerdings. Es war offensichtlich.«

»Könnte sein. Er hat immerhin die Kabine bezahlt.«

»Was?«

»Ich hab's dir nie erzählt, weil ich wußte, daß es dir nicht recht wäre. Unsere erste Kabine war die, die wir bezahlt hatten. Es war kein Irrtum. Er hat den Aufpreis entrichtet. Deswegen durften wir in eine bessere Kabine umziehen.«

»Wie dumm ich war!« sagte Lilias. »Ich hätte es mir denken können. Warum hast du's mir nicht erzählt?«

»Ich dachte, du würdest dich sorgen wegen des Geldes.«

»Ich werde es ihm zurückzahlen. Aber darum geht es jetzt nicht. Ich versuche, hinter diese Geschichte mit dem Taschentuch zu kommen. Es wurde unter seinem Bett gefunden, nachdem du im Haus übernachtet hattest. Was, wenn *er* es dorthin gelegt hat? Und die Zeitungsausschnitte flattern auf den Fußboden. Daß das purer Zufall war, soll glauben, wer will. Er *wollte*, daß Mrs. Prost sie sah. Und warum sollte sie sie für ihn verwahren? Davina, die Sache gefällt mir nicht. Ich denke, du könntest in Gefahr sein.«

»Wieso?«

»Siehst du das nicht? Seine erste Frau, die den großen Diamanten geerbt hat, stirbt unter mysteriösen Umständen kurz nach der Hochzeit. Dann heiratet er wieder, eine ergebene Frau, die der ersten sehr ähnlich ist – und Geld hat sie auch. Er will sie langsam vergiften. Er mag ja sehr schlau sein und mit dem zweiten Mord durchkommen wie mit dem ersten, aber er sorgt auch vor für den Fall, daß nicht alles glattgeht. Wie? Ganz einfach. Da läufst du ihm über den Weg, eine Frau, die vor Jahren unter Anklage stand, ihren Vater ermordet zu haben. Du bist zwar freigesprochen worden, aber damit ist der Verdacht keineswegs aus der Welt geschafft. Er führt dich in sein Haus ein und bewerkstelligt es, daß du dort regelmäßig verkehrst. Dann richtet er es so ein, daß die Haushälterin dein Taschentuch unter seinem Bett findet. Sie wird vermuten, daß ihr ein Verhältnis habt. Schließlich klärt er sie, ganz zufällig, über deine wahre Identität auf. Falls nun der Tod Myras als Mord entdeckt würde, wird es die Haushälterin sein, die den Verdacht von Roger weg auf dich lenkt. War Myra dir vielleicht im Weg – hofftest du auf eine Ehe mit Mr. Lestrange? Warst du nicht schon mal verdächtigt, eine hinderliche Person aus dem Weg geschafft zu haben? Und war nicht auch damals Gift die Todesursache?« Lilias schwieg einen Moment, dann seufzte sie: »O Davina, vielleicht phantasiere ich mir ja etwas zurecht, aber es kann auch die Wahrheit sein!«

»Du machst mir angst, Lilias. Es klingt ganz plausibel. Er war mir immer etwas unheimlich. Und jetzt ist mir, als habe er von Anfang an gelauert, wie heute die Schlange im Gras, und den Moment abgepaßt, wo er zuschlagen kann. Gott sei Dank, daß er fort ist. Ich danke Gott sogar für die Belagerung. Wäre Roger geblieben – nicht auszudenken! Lilias, wenn das wahr ist, wird er erwarten, daß Myra bei seiner Rückkehr tot ist.«

»Vielleicht kehrt er nie zurück. Solange die Belagerung dauert, kann er jedenfalls nicht kommen. Vielleicht werden wir die Wahrheit nie erfahren.«

»Was sollen wir tun, Lilias?«

»Wir können nur abwarten. Aber eins sag' ich dir: Wenn er kommt – falls er je kommt –, werden wir vorbereitet sein.«

Wir saßen bis spät in die Nacht zusammen und redeten. Wir gingen wieder und wieder alles durch, was uns irgendwie von Bedeutung erschien.

Ich konnte nicht wirklich glauben, daß er mir nur geholfen hatte hierherzukommen, weil er plante, seine Frau zu ermorden, und die Tat eventuell auf mich schieben wollte.

Lilias sagte: »Er mag es nicht von vornherein so geplant haben. Vielleicht wollte er dir anfangs wirklich helfen. Er muß aber schon frühzeitig entdeckt haben, daß du Davina Glentyre bist.«

»Erinnerst du dich, wie wir Mrs. Ellington besuchten und ich stürzte, als ich aufs Pferd steigen wollte? Da hat Kitty meinen Namen gerufen.«

»Ja. Das könnte genügt haben.«

»Es ist ein ungewöhnlicher Name. Das könnte ihn auf einen Gedanken gebracht haben. Er war ja wirklich außerordentlich freundlich und so darauf bedacht, daß ich regelmäßig zu Myra ins Haus kam. Dann das Taschentuch und die Zeitungsausschnitte...«

»Wir können es drehen und wenden, Davina, und trotzdem haben wir keine Klarheit. Warten wir ab, was geschieht, wenn er zurückkommt. Vielleicht wissen wir dann mehr.«

Wir brauchten nicht lange zu warten. Wir wußten, daß die Armee näher rückte. Zwischen ihr und der Stadt lagen die Kommandos der Buren, aber was konnte sich ein Trupp von Kämpfern, die frisch von ihren Farmen kamen, von einer Schlacht gegen ausgebildete Soldaten erhoffen? Was konnten Krüger und Smuts gegen Kitchener und Roberts und die britische Armee ausrichten? Der Durchbruch war unvermeidlich. Er konnte jeden Tag erfolgen. Wir warteten auf die Soldaten. Und endlich kamen sie!

Es schien, als ob sämtliche Männer, Frauen und Kinder auf der Straße waren. Die einmarschierenden Soldaten wurden stürmisch begrüßt. Die Leute umarmten und küßten sich. »Es ist vorbei. Sie sind da. Wir haben gewußt, daß sie kommen würden…« Fast war es, als habe es sich gelohnt, unter Belagerung zu leben, nur weil das Ende so wunderbar war.

Mafeking und Ladysmith waren befreit.

»Hoch lebe Roberts! Hoch lebe Kitchener!« riefen die Leute.

In diesen Tagen ließen wir uns auf den Flügeln der Siegesgöttin davontragen.

Die Befreiung von Kimberley war ein so erhebendes Erlebnis, daß ich mich trotz allem, was mir jüngst zugestoßen war, von dem Jubel mitreißen ließ. Doch die schreckliche Entdeckung des Bösen, das mich bedrohte, konnte ich nicht ganz aus meinen Gedanken verbannen. Immer wieder sah ich die böse zischende Schlange vor mir – das Symbol von Gefahr.

Als wir uns nach einigen Tagen daran gewöhnt hatten, daß die Armee in der Stadt war, daß Lebensmittel hereinkamen, Feste gefeiert wurden und »God Save the Queen« gesungen wurde, beherrschte mich der Gedanke, daß Roger Lestrange zurückkommen werde. Und was dann? Was konnte ich ihm sagen? Ich konnte ihn nicht beschuldigen, seine Frau vergiften zu wollen und einen teuflischen Plan ausgeheckt zu haben, um mich in das Verbrechen hineinzuziehen. Ich konnte nicht zu ihm sagen: »Myra begann zu genesen, als sie aufhörte, die Medizin zu nehmen, auf der Sie so bestanden.« Was konnte ich zu dem Taschentuch und den Zeitungsausschnitten vorbringen? Es war, wie Lilias sagte, nur eine Theorie, wenn auch eine plausible.

Doch es fügte sich, daß ich nie wieder mit Roger Lestrange sprechen mußte. Vier Tage nach der Befreiung der Stadt kam er zurück. Ich erfuhr nie, was er sagte oder dachte, als er Myra lebendig und wohlauf fand, denn am Abend seiner Rückkehr wurde er von jemandem, der ihm im Garten von Haus Riebeeck auflauerte, erschossen. Die Nachricht von der Gewalttat verbreitete sich in Windeseile.

Lilias und ich waren überzeugt, daß unsere Theorie stimmte. Wir waren sicher, daß Njuba Roger Lestrange erschossen hatte, weil er dahintergekommen war, daß er der Mörder seines Sohnes war. Doch natürlich konnten wir zu niemandem von unserem Verdacht sprechen. »Wer hat Roger getötet?« fragte ich John Dale, der uns stets auf dem laufenden hielt.

»Das weiß man noch nicht. Sie verdächtigen einen Diener, der sich in letzter Zeit seltsam aufgeführt hat.«

Ich sagte: »Arme Myra. Sie wird außer sich sein vor Kummer. Ich muß zu ihr.«

»Ich komme mit«, sagte Lilias.

Im Hause Riebeeck waren alle ganz durcheinander. Roger Lestranges Leichnam war in einem Zimmer aufgebahrt. Myra weinte bitterlich.

Als Mrs. Prost mich erblickte, wirkte sie erleichtert. »Ich bin froh, daß Sie da sind«, sagte sie. »Sie ist untröstlich. *Dafür* ist er nun heimgekehrt.«

Sie fanden Njuba im Garten. Er schien verwirrt, sein Blick war wild.

»Er ist wahnsinnig«, sagte Lilias. »Der Ärmste. Es hat ihn um den Verstand gebracht.«

»Was wird aus ihm?« flüsterte ich.

»Es ist Mord«, sagte Lilias, »wie man es auch betrachtet. Es mag ihm um Gerechtigkeit gegangen sein, aber es ist und bleibt Mord.«

Njuba murmelte immerzu: »Er hat meinen Sohn getötet.« Er hielt einen Knopf in die Höhe. »Dies... in der Hand von meinem Sohn. Ist von seinem Rock. Hab' ich gefunden. Er hat meinen Sohn getötet. Festgehalten... in der Hand von meinem Sohn. War noch drin... als ich ihn fand.«

Sie brachten ihn fort.

So war es erwiesen, daß Roger Lestrange den armen kleinen Taubstummen getötet hatte. Es konnte nur so gewesen sein, daß Umgala das Geheimnis von Margaretes Tod kannte. Und weil er es nicht mit Worten erklären konnte, hatte er es mit Hilfe von geschnitzten Figuren tun wollen. Wenn Roger Lestrange seine Frau ermorden und er einen kleinen Jungen töten konnte, dann war es nicht so abwegig, daß er mir die Schuld zuschieben wollte, zumal wir nun sicher waren, daß er den Weg mit dem Taschentuch und den Zeitungsausschnitten geebnet hatte. Er hatte mir eine Falle stellen wollen, damit man mich notfalls beschuldigen konnte. Schlangengleich hatte er auf den Moment gelauert, um zuzuschlagen.

Die arme Luban war halb wahnsinnig vor Trauer. Wir alle versuchten sie zu trösten. Myra tat, was sie konnte. Luban hatte ihren Sohn verloren und würde womöglich auch ihren Mann verlieren; doch auch Myra hatte ihren Mann verloren. Es entbehrte nicht der Ironie, daß sie einen Mann geliebt hatte, der kaltblütig plante, sie zu ermorden, und sich gleichzeitig so rührend um sie bemüht zeigte. Doch immerhin wußte sie nichts von seinen dunklen Absichten...

Die tatsächliche Auflösung des Falles versetzte alle in Erstaunen, als Piet Schreiner am folgenden Tag in der Kapelle eine Verlautbarung abgab.

Er stand auf der Kanzel. Die Kapelle war voller Menschen, die gekommen waren, um Gott für die Befreiung der Stadt zu danken.

»Das ist die Gerechtigkeit des Herrn«, rief Piet Schreiner. »Ich habe Roger Lestrange getötet. Er hat den Tod verdient. Er war ein Sünder. Er hat die Frau verführt, die ich geheiratet habe, und sie im Stich gelassen. Ich habe sie geheiratet, um die Familie vor Schande zu bewahren und dem Kind einen Namen zu geben. Gott hat es mir befohlen, und ich werde dem Herrn stets gehorchen. Jetzt hat Er mir befohlen, diesen Jungfrauenschänder zu vernichten, diesen Ruchlosen, der jetzt vor seinem Schöpfer steht. Er wird gerichtet werden, und die Feuer der Hölle warten auf ihn. Njuba ist fälschlich beschuldigt worden. Er hatte Mord in seinem Herzen. Er hatte seine Gründe. Doch ich, ich allein,

habe den verruchten Sünder vernichtet. Ich bin der Bote des Herrn, und nun, da mein Werk vollendet ist, sage ich dieser Welt ade und gehe in die Herrlichkeit ein, die mich erwartet.«
Die Gemeinde lauschte gebannt bis zum Schluß dieser Rede. Als er zu Ende gesprochen hatte, nahm Piet Schreiner ein Gewehr und erschoß sich.

Die Befreiung von Kimberley bedeutete nicht, daß der Krieg aus war, und die Hochstimmung verflog schon bald. Die Tatsache, daß wir ohne Furcht vor einem plötzlichen Tod durch die Straßen gehen konnten und die Lebensmittel nicht mehr von Tag zu Tag knapper wurden, vermochte uns nicht länger zu freuen. Das Land befand sich noch mitten im Krieg, und die Buren ließen sich durch gelegentliche Niederlagen nicht abschrecken. An Härten gewöhnt, kämpften sie für ihr vermeintliches Vaterland und waren entschlossen durchzuhalten. Sie waren sich bewußt, daß ihre Armee der britischen unterlegen war, doch das hinderte sie nicht daran, Guerillatruppen zu bilden.
So verzögerte sich der erwartete Frieden.
Dennoch, die Belagerung war vorüber; wir versuchten, zu unserem normalen Leben zurückzukehren, so gut es ging, und die Schüler kamen wieder zur Schule.
Ich ging häufig ins Haus Riebeeck, obwohl ich dort zwangsläufig Mrs. Prost begegnete, was mir peinlich war. Sie war über den Tod von Roger Lestrange tief betrübt. Die Enthüllung, daß der tote Junge einen Knopf von einem seiner Röcke in der Hand gehalten hatte, war für alle ein großer Schock gewesen. Hinzu kam die Eröffnung, daß Roger Lestrange der Vater von Greta Schreiners Kind war. Er war in Mrs. Prosts Augen ein Held gewesen; und sie hätte zweifellos gerne angenommen, ein anderer Mann sei der Vater von Gretas Tochter gewesen. Aber die Ermordung eines hilflosen Kindes konnte sie ihm wohl doch nicht nachsehen.
Myra war nach dem Tod ihres Mannes einige Tage gramge-

beugt, doch allmählich richtete sie sich wieder auf. Sie nahm Njuba und Luban in ihre Obhut. Njuba war sehr krank und schwebte in Gefahr, den Verstand zu verlieren. Ich staunte, wie Myra und Luban einander halfen. Paul war oft bei Luban. Er hatte Umgala sehr gern gehabt. Später erzählte er mir, daß der Junge versucht habe, ihm etwas mitzuteilen, er aber nicht ergründen konnte, was es war, worauf Umgala es durch die Figuren versucht haben mußte. Hätte Paul es gleich begriffen, hätte Umgala die Figuren nicht schnitzen müssen. Vermutlich war er dabei erwischt worden, wie er sie in das Modellhaus setzte, und das hatte ihn das Leben gekostet.

Wenn ich abends im Bett lag, dachte ich an die dramatischen Ereignisse der letzten Monate zurück. Wäre die Stadt nicht belagert gewesen, hätte Roger Lestrange zurückkehren und seinen üblen Plan, Myra zu ermorden, zu Ende bringen können. Ich stellte mir vor, wie Mrs. Prost in Myras Zimmer ging und sie tot fand. Von einem Insekt vergiftet? Hätte es eine Untersuchung gegeben? Hätte man entdeckt, daß die Medizin vergiftet war? Und falls man ihren Mann verdächtigte, hätte er seine Trumpfkarte ausgespielt. Aber er hätte gar nichts sagen müssen – Mrs. Prost hätte mich schon in die Sache hineingezogen: Diana Grey ist in Wirklichkeit Davina Glentyre. Und schon würden alle mich verdächtigt haben! Der Angstschweiß brach mir aus, wenn ich mir diese Geschichte bis zum Ende – der Verhandlung im Gerichtssaal – ausmalte. Aber es ist ja nicht dazu gekommen, tröstete ich mich. Du wurdest davor bewahrt... durch den Krieg. Aber die bösen Gedanken wollten nicht aufhören: Du warst in Gefahr nur wegen des früheren Verdachts. Du siehst, du kannst der Vergangenheit nicht entrinnen. Sie ist dir hierher gefolgt. Er hat dich *deswegen* hierher gebracht. *Er* kann dir jetzt nichts mehr anhaben, doch die Leute kennen deine Vergangenheit – es gibt kein Entrinnen. Es kann immer wieder eine Situation geben, in der du verdächtigt wirst...

Wir erfuhren, was draußen vorging. Johannesburg und Pretoria befanden sich jetzt in den Händen der Engländer, aber de Wet und de la Rey mit ihren Kommandotrupps setzten der Armee überall zu. Kitchener verlor die Geduld mit den Buren, die eine Niederlage nicht hinnehmen wollten. Er verfolgte eine Politik der verbrannten Erde, indem er die Farmen in Brand steckte, wo er Guerillaunterschlupfs vermutete; er errichtete Lager, wo er alle verdächtigen Zivilisten internierte. Doch der Widerstand hielt an; die Buren waren entschlossen wie eh und je, und der Krieg ging weiter.

Eines Nachmittags, als die Kinder nach dem Unterricht die Schule verließen und Lilias und ich die Bücher aufräumten, klopfte es. Ich ging öffnen. Draußen stand ein Mann. Ich dachte, ich träume.

»Na, ist das eine Überraschung?« fragte er.

»Ninian!« rief ich aus.

Lilias war herausgekommen. Sie war ebenso verblüfft wie ich.

»Ist das wirklich...?« stammelte sie.

Als er in die Diele trat, ergriff mich eine überwältigende Freude.

Er saß in dem kleinen Raum neben dem Klassenzimmer und schilderte uns, wie schwierig es gewesen war, hierherzugelangen. »Die endlosen Formalitäten, die vielen Schiffe, die Truppen transportierten. Aber ich habe es geschafft, indem ich einen wichtigen Fall geltend machte.«

»Einen Fall? Dann haben Sie hier einen Klienten?«

»*Sie* sind meine Klientin«, sagte er.

Lilias bereitete uns eine Mahlzeit. Sie ließ nicht zu, daß ich ihr half. Sie vermutete wie ich, daß Ninian mit mir allein sein wollte. Ich war noch ganz durcheinander und verwundert, weil er hier war. Ich spürte, daß er mir etwas Wichtiges mitzuteilen hatte, aber den passenden Moment abwarten wollte. Da verkündete Lilias, das Essen sei fertig. Sie entschuldigte sich für das schlichte Mahl. »Wir stehen zwar nicht mehr unter Belagerung, aber schwierig ist es immer noch, Lebensmittel aufzutreiben.«

Wir sprachen über die Belagerung und die Nachrichten vom Krieg. Ninian meinte, er könne nicht mehr lange dauern. Die Buren seien in der Minderheit. Ohne das unwegsame Terrain hätten sie von vornherein keine Chance gehabt.

Ich spürte seine Ungeduld. Auch ich konnte es kaum erwarten, mit ihm allein zu sein. Ich wollte wissen, was ihn bewogen hatte, in Kriegszeiten eine solche Reise zu unternehmen.

Der aufmerksamen Lilias entging das nicht, und sobald wir die Mahlzeit beendet hatten, sagte sie, sie müsse unbedingt zu John Dale. Ob wir sie entschuldigen würden?

Als sie gegangen war, sagte Ninian: »Ich weiß, daß sie Ihre Vertraute und gute Freundin ist, aber was ich Ihnen zu sagen habe, ist für Sie allein bestimmt.«

»Ich bin sehr gespannt.«

»Sie wissen, ich war sehr besorgt, als Sie hierherfuhren, und als ich las, daß Lestrange die Kabine bezahlt und sich mit Ihnen angefreundet hatte und daß Sie seine Frau oft besuchten, die sehr krank war, da war ich erst recht beunruhigt.«

»Sie wissen, daß er tot ist?«

»Tot?« Er sah mich überrascht an, und ich erzählte ihm alles.

»Dann sind Sie außer Gefahr«, sagte er, als ich meinen Bericht beendet hatte. »Das erklärt vieles. Ich hatte recht. Oh, Sie haben großes Glück gehabt!«

»Sagen Sie mir, was Sie wissen.«

»Das Beweismaterial gegen ihn ist erdrückend. Ich glaubte sein Gesicht erkannt zu haben, aber es dämmerte mir erst, als Sie schon unterwegs waren. Ich konnte mich vorher einfach nicht entsinnen, wo ich das Gesicht schon mal gesehen hatte. Tatsache ist, daß der Kerl ein Mörder der übelsten Sorte war. Keiner, der aus dem Affekt tötet oder aus dem Gefühl heraus, Gerechtigkeit üben zu müssen, sondern kaltblütig... aus Geldgier. Er hat zwei seiner Ehefrauen wegen ihres Geldes ermordet und plante sein drittes Verbrechen... die Ermordung von Myra Ellington. Wie geht es ihr?«

»Jetzt geht es ihr gut. Sie war sehr krank. Aber Roger Lestrange ist vor der Belagerung fortgegangen und konnte nicht zurückkommen.« Ich schilderte ihm die Sache mit der Medizinflasche. Er atmete tief durch. »Gott sei Dank, daß Sie die Flasche zerbrochen haben, andernfalls hätte es zu spät sein können. Lassen Sie mich Ihnen von diesem Mann erzählen. Der Grund meines Mißtrauens gegen ihn war ein Fall in Australien. Ich erfuhr davon, weil es ein Prozeß um Geld war. Es ging um komplizierte Besitzverhältnisse, und wie Sie vielleicht wissen, führen wir Buch über solche Fälle. Ein Mann namens George Manton wanderte von England nach Australien aus. Dort heiratete er eine reiche junge Erbin, und nach neun Ehemonaten starb sie – sie ertrank. Ihr Vermögen fiel an George Manton, der erst wenige Monate ihr Ehemann gewesen war. Der Vater der Erbin war ein Jahr nach dem Tod seiner ersten Frau nach England gereist. Seine Tochter war damals vier Jahre alt gewesen. Während seines Englandaufenthaltes heiratete er wieder. Die Ehe war nicht lange glücklich, und die Partner beschlossen, sich zu trennen. Der Mann kehrte nach Australien zurück, die Frau blieb in England. Aber aus dieser Ehe war ein Sohn hervorgegangen, der später Anspruch auf seinen Anteil am Vermögen seines Vaters geltend machte. Der Fall wurde sowohl vor einem englischen wie einem australischen Gericht verhandelt und in den englischen Zeitungen breit behandelt – dabei wurde auch ein Bild von George Manton veröffentlicht. Ich habe es gesehen. Aber erst als Sie abgereist waren, fiel mir der Fall ein, und ich suchte die Zeitungsberichte wieder heraus. Als ich erfuhr, daß Myra krank war, bin ich sehr erschrokken. Sie erinnern sich, ich schrieb Ihnen, Sie müßten nach Hause kommen.«

»Ich dachte, es sei wegen des bevorstehenden Krieges.«

»Sicher, aber eben auch wegen dieser Sache. Und es gab noch einen Grund.«

»Welchen?«

»Einen persönlichen. Den werde ich Ihnen später erläutern. Ich hatte das Gefühl, daß Sie sich in akuter Gefahr befänden.«

»Das dachten Lilias und ich auch. Aber erzählen Sie mir zuerst von dieser Frau in Australien.«

»Sie erwähnten in Ihrem Brief, daß Lestranges frühere Frau starb, als sie eine Treppe hinunterfiel. Das konnte kein Zufall sein: Eine Frau ertrinkt bald nach der Heirat in Australien, eine andere fällt die Treppe herunter, und die dritte ist sehr krank, zweifellos vergiftet. Er variierte seine Methoden. Und schließlich... er hatte alles darangesetzt, Sie hierherzubekommen.«

Ich erzählte ihm von dem Taschentuch, von Mrs. Prost, von Umgala, den geschnitzten Figuren und von Umgalas Ermordung. Er war erschüttert. »Jetzt besteht kein Zweifel mehr. Gott sei Dank, Sie sind gerettet! Sie hätten nie hierherkommen dürfen, Davina. Ich kann es mir nicht verzeihen, Sie an die Gesellschaft verwiesen zu haben. Kaum hatte ich es Ihnen vorgeschlagen, war ich schon wütend auf mich. Aber Sie wollten ja unbedingt fort.«

»Ich dachte, es sei die Lösung. Doch jetzt weiß ich, daß es kein Entrinnen gibt. Sie sehen...«

Er nickte. »Ich habe alle Hebel in Bewegung gesetzt, um hierherzukommen. Aber jetzt ist alles vorbei, Sie sind außer Gefahr. Freuen wir uns, Davina. Ich hätte leicht zu spät kommen können, um Sie vor einem neuen Verdacht zu retten, wenn Lestranges Plan, Sie zum Sündenbock zu machen, verwirklicht worden wäre.«

»Ich glaube nicht, daß ich das alles noch einmal hätte durchmachen können. Das Gericht, die Anklagebank. Das entsetzliche Stigma ist schwer zu ertragen.«

Er stand auf und kam zu mir. Er zog mich sanft vom Stuhl hoch und legte seine Arme um mich.

Impulsiv klammerte ich mich an ihn. »Danke, Ninian«, sagte ich, »danke, daß Sie gekommen sind.«

»Ich konnte Sie nicht vergessen«, sagte er. »Sie haben mich verfolgt. Dieses Urteil: aus Mangel an Beweisen. Man hätte wissen müssen, daß Sie es nicht getan haben konnten.«

»Einiges sprach gegen mich.«

»Diese Ellen Farley. Man hat sie nie gefunden. Sie ist einfach verschwunden. Warum nur? Sie hätte sich melden können. Weiß der Himmel, wir haben uns alle Mühe gegeben, sie zu finden. Ihre Aussage wäre so wichtig gewesen.«

»Ich kann es immer noch nicht fassen, daß Sie den weiten Weg gekommen sind.«

»Ich fand, ein Brief hätte nicht genügt. Ich hatte Sie schon einmal gebeten, nach Hause zu kommen. Ich wußte, daß es wegen des Krieges schwierig sein würde. Und nun bin ich hier.«

»Und der persönliche Grund, den Sie mir nennen wollten?«

»Als Sie fort waren, wurde mir klar, was es für mich bedeutete, Sie nicht wiederzusehen. Da wußte ich, daß ich Sie liebe.«

»Sie... lieben mich?«

»Haben Sie das nicht geahnt?«

»Ich wußte, daß mein Fall Sie besonders interessierte... aber Anwälte müssen sich ja für ihre Fälle interessieren. Ich dachte, Sie seien meiner Stiefmutter verfallen.«

Er lächelte. »Die reizende Zillah!« murmelte er. »Ich hatte immer das Gefühl, daß sie mehr weiß, als sie uns verraten hat. Ihr hatten wir den Urteilsspruch zu verdanken. Sie war eine Hauptzeugin. Aber ich spürte, da war noch mehr. Das wollte ich herausfinden. Deswegen habe ich die Bekanntschaft mit ihr gepflegt. Mehr als alles andere wünschte ich, die Wahrheit aufzudecken. Ich weiß, wie man sich fühlt, wenn man mit einem Freispruch aus Mangel an Beweisen davonkommt.«

»Ninian, Sie waren wundervoll. Sie haben mir so geholfen.«

Er schüttelte den Kopf. »Was ich getan habe, war nicht genug«, sagte er. »Ich hätte Ihnen meine Zuneigung zeigen sollen. Ich möchte, daß Sie genau wissen, was ich fühle. Ich liebe Sie und wünsche mir, daß Sie mit mir nach Schottland zurückkehren.«

Ich starrte ihn erstaunt an.

»Ich möchte, daß wir heiraten«, fügte er hinzu.

Ich dachte, ich hätte mich verhört.

»Ich hatte gehofft, daß auch Sie mich gern haben«, fuhr er fort.
Ich schwieg; zu bewegt, um zu sprechen. Ob ich ihn gern hatte?
Ja, ich hatte ihn immer gern gehabt. Er war es gewesen, der mich
aus dem Abgrund der Verzagtheit gezogen, mir Kraft gegeben
hatte mit seiner Entschlossenheit, mich zu verteidigen. Als ich
England verließ und dachte, ich würde ihn nie wiedersehen,
hatte ich Verzweiflung gefühlt, aber ich hatte mich gezwungen,
es nicht zuzugeben – mir nicht und keinem anderen. Ich hatte
mir eingeredet, meine Niedergeschlagenheit sei auf das Verlas-
sen meiner Heimat zurückzuführen.
Ich sagte: »Ich habe Sie nie vergessen.«
Er küßte mir die Hände. »Mit der Zeit«, sagte er, »können Sie
mich liebgewinnen.«
»Ich brauche keine Zeit«, erwiderte ich. »Ich habe Sie sehr gern.
Der Augenblick, als ich die Türe öffnete und Sie dastehen sah,
war der glücklichste meines Lebens.«
Da strahlte er. »Dann kommen Sie mit zurück? Sie werden mich
heiraten?«
»Mit Ihnen zurückkehren, nach Edinburgh? Das kann nicht Ihr
Ernst sein!«
»Und ob es mein Ernst ist. Deswegen bin ich hierhergekommen.
Um Sie mit zurückzunehmen. Ich beabsichtige, mich nie wieder
von Ihnen zu trennen.«
»Das haben Sie sich nicht ernsthaft überlegt.«
»Davina, seit Wochen hatte ich kaum einen anderen Gedan-
ken.«
»Aber haben Sie bedacht, was das bedeutet?«
»Ja, das habe ich bedacht.«
»Sie, eine aufsteigende Persönlichkeit des Rechtswesens, verhei-
ratet mit einer Person, die wegen Mordes vor Gericht stand und
nur aus Mangel an Beweisen freigesprochen wurde.«
»Glauben Sie mir, ich habe das alles bedacht.«
»Es würde Ihrer beruflichen Laufbahn schaden.«
»Mit Ihnen zusammenzusein wird das Beste sein, das mir je

widerfahren ist. Glauben Sie nicht, daß ich unbesonnen bin. Im Gegenteil: Ich weiß, was ich will, und tue mein Bestes, um es zu bekommen.«

»O Ninian, wie naiv Sie sind und wie ich Sie dafür liebe! Aber es kann nicht sein. Ich kann nicht zurück nach Edinburgh, wo sich das alles zugetragen hat. Dort kennt mich jeder. Es ist schlimm genug, daß Mrs. Prost hier weiß, wer ich bin. Aber dort würden es alle wissen. Wenn Sie mich heirateten, würde alles wieder aufgerollt. Man würde mich verdächtigen, Ninian. Wir müssen der Wahrheit ins Gesicht sehen. Es wird immer Leute geben, die glauben, daß ich meinen Vater ermordet habe. Es würde Ihre Laufbahn ruinieren.«

»Wenn ich das nicht durchstehen kann, habe ich keinen beruflichen Erfolg verdient.«

»Ich würde Ihren Aufstieg behindern. Das kann ich nicht, Ninian. Aber ich werde nie vergessen, daß Sie mich gefragt haben.«

Er umfaßte meine Schultern und schüttelte mich sachte. »Reden Sie keinen Unsinn. Wir werden es tun. Wir werden ihnen allen trotzen. Ich weiß jetzt, daß Sie mich lieben. Und ich liebe Sie. Das ist der Kern der Sache. Das übrige – damit befassen wir uns, wenn es soweit ist.«

»Das kann ich nicht zulassen. Es ist wunderbar, es ist ritterlich...«

Er lachte. »Es ist mein Wunsch. Ich möchte Sie heiraten. Ich werde nie mehr glücklich sein, wenn Sie mich abweisen. Hören Sie, Davina, es wird schwierig werden, das weiß ich. Es mag hin und wieder Unannehmlichkeiten geben. Aber wir werden zusammensein. Gemeinsam werden wir uns allem stellen, was immer kommen mag. Das wünsche ich mir mehr als alles auf der Welt, Davina. Ich kann Ihnen nicht erklären, was diese letzten Monate für mich gewesen sind. Die ganze Zeit habe ich an Sie gedacht, Sie hier, unter Belagerung. Das war ein Gedanke, den ich fast nicht ertragen konnte. Und dann habe ich von Roger

Lestrange erfahren. Ich dachte an seine Anstrengungen, Sie hierherzubekommen. Seine Beweggründe konnte ich mir zunächst
nicht erklären. Ich mußte herkommen, mußte Sie sehen, Ihnen
meine Gefühle offenbaren. Und jetzt lasse ich Sie nicht wieder
los. Ich werde den Rest meines Lebens bei Ihnen bleiben.«
»Eine wunderbare Vorstellung«, sagte ich traurig. »Aber es
kann nicht sein. Ich weiß...«
»Gar nichts wissen Sie. Was immer es durchzustehen gibt, es ist
besser für uns, es zusammen zu tun.«
»Aber Sie müssen überhaupt nichts durchstehen. Sie sollten
nach Edinburgh zurückkehren, Ihre erfolgreiche Laufbahn fortsetzen, ein hoher Richter werden...«
»Ohne Sie? Keinesfalls! Ich werde alle Ihre Ausflüchte beiseite
fegen.«
»Aber meine Einwände sind berechtigt.«
»Vielleicht, in mancher Hinsicht. Doch wir sprechen von Liebe.
Also, Davina, wollen Sie mich heiraten?«
»Ich würde gerne ja sagen. Das möchte ich mehr als alles an-
dere.«
»Das genügt.«
So gab ich mich den Träumen hin.
Lilias kehrte mit John Dale zurück. Wir machten die Männer
miteinander bekannt. Es wurde viel vom Krieg geredet und da-
von, wie man zu Hause in England dazu stand. Ninian sagte, es
gebe sowohl begeisterte wie ablehnende Stimmen. Immer aber
werde Jubel über die Siege laut; Kitchener und Roberts seien die
Helden des Tages.
Die Männer brachen gemeinsam auf, John Dale nach Hause und
Ninian in sein Hotel. Er sagte, wir würden uns am nächsten Vor-
mittag sehen. Es gebe viel zu besprechen.
Als sie fort waren, sah Lilias mich fragend an. »Das war eine
Überraschung«, sagte sie. »Er ist wegen ›eines Falles‹ hierhergekommen? Was soll das heißen? Er ist deinetwegen hier, nicht
wahr?«

»Ja. Er hat vieles von dem bestätigt, was wir über Roger Lestrange dachten. Er hatte früher schon eine Ehefrau in Australien, die ertrunken ist.«

Lilias starrte mich an. Ich erzählte ihr alles, was ich von Ninian
erfahren hatte.

»Und weil er dich in Gefahr glaubte, ist er hierhergekommen«,
sagte sie. »Ich nehme an, er wollte dich verteidigen, falls es nötig
sein sollte.«

»Er hat mir einen Heiratsantrag gemacht.«

»Und…?«

»Ich kann ihn nicht annehmen. Wie könnte ich als seine Frau
nach Edinburgh zurückkehren? Das würde seine Laufbahn ruinieren.«

»Aber er hat dich gefragt. Meine Güte, er ist eigens hierhergekommen, um dir das zu sagen. Das gibt dir eine Vorstellung von
der Tiefe seiner Gefühle, nicht?«

»Ja«, sagte ich glücklich. »Trotzdem, ich kann seinen Antrag
nicht annehmen.«

»Doch, du kannst«, sagte sie. »Und du wirst es tun.«

Wie konnte ich mich gegen dieses überglückliche Gefühl wehren, das mich ergriffen hatte? Meine wahren Gefühle ließen sich
nicht unterdrücken. Ich war glücklich. Ninian liebte mich. Er
war in dieser schwierigen Zeit den ganzen Weg hierhergekommen, weil er mich in Gefahr glaubte.

Was konnte ich tun? Ich konnte meiner Vergangenheit niemals
entfliehen, und Ninian würde es auch nicht können, wenn er
mein Leben mit mir teilte. Das wußte niemand besser als er. Und
doch hatte er sich dafür entschieden.

Ninian machte Pläne. Wir wollten in Kimberley heiraten und
dann als Mann und Frau heimkehren.

Nichts sprach für einen Aufschub. Die Heimreise könnte lang
und beschwerlich werden. Wir würden uns nach Kapstadt begeben und auf ein Schiff warten müssen. Aber das machte nichts,
solange wir zusammen waren.

Ich hatte Bedenken gehabt, Lilias zu verlassen, aber alles fügte sich bestens. Es schien nur natürlich, daß es eine zweite Hochzeit geben würde. Ich hatte längst gemerkt, daß Lilias und John Dale sich nahegekommen waren. Er machte ihr einen Heiratsantrag. Ich war entzückt, als ich es erfuhr.

So sollte es zwei Hochzeiten am gleichen Tag geben, was nur angemessen schien, da wir zusammen hergekommen waren.

Myra war betrübt über meine bevorstehende Abreise. Sie wußte nicht alles über ihren Mann. Wir sprachen nicht von ihm. Roger hatte Myra vollkommen in seinen Bann gezogen, und gleichzeitig hatte sie sich vor ihm gefürchtet. Sie ahnte noch immer nicht, daß sie selbst dem Tode nahe gewesen war.

Aber auch davon sprachen wir nicht. Sie war fassungslos und verwirrt gewesen, doch allmählich schien ihr klarzuwerden, daß sie ein neues Leben beginnen mußte. So wandte sie sich Paul zu, und zusammen nahmen sie Njuba in ihre Obhut. Sie sorgten für ihn und Luban, und das brachte sie einander nahe.

Ich dachte, sie würde vielleicht mit mir zurückkehren wollen, und glaube, daß sie es eine Weile erwog. Aber als ihre neue Beziehung zu Paul erblühte, hielten beide es für besser, wenn er in seiner Heimat bliebe, und so beschloß Myra, bei ihm zu bleiben.

So wurden Ninian und ich vermählt, und bald darauf schifften wir uns nach England ein.

EDINBURGH

Der Unschuldsbeweis

Noch nie in meinem Leben war ich so glücklich gewesen wie in den Monaten, nachdem ich Mrs. Davina Grainger geworden war. Wir waren stillschweigend übereingekommen, nicht über die unmittelbare Zukunft hinauszudenken. Ninian wußte so gut wie ich, daß wir bei der Ankunft in Edinburgh gewisse Schwierigkeiten zu bewältigen haben würden, doch vorerst wollten wir sie vergessen.

Das gelang uns während der Überfahrt ganz gut. Bei Tag waren wir vertraute Gefährten, bei Nacht leidenschaftlich Liebende. Es war ein idyllisches Dasein, sofern wir nicht nach vorne blickten. Das aber war auf die Dauer natürlich unmöglich, und es gab Momente, in denen ich bange an die Heimkehr dachte. Die Leute würden sich erinnern; auch wenn sie so taktvoll waren, nicht von meinem Fall zu sprechen, würde er ihre Gedanken beschäftigen. Wir mußten auf unbehagliche Situationen, auf Augenblicke der Niedergeschlagenheit gefaßt sein.

Weil wir zusammen waren, fanden wir die Heimreise wunderbar und konnten über die Beschwerlichkeiten nur lachen. Selbst Stürme auf See fanden wir spaßig: wir genossen die langen, heißen Tage, wenn wir an Deck saßen und uns gegenseitig versicherten, welch ein Glück es für uns sei, zusammenzusein. Doch als wir uns der Heimat näherten, hätte ich die schönen Tage gerne festhalten mögen. Ich wußte, daß es Ninian ebenso erging. Natürlich ließ sich die Zeit nicht aufhalten, und darum sagte ich mir immer wieder, daß ich ja mit Ninian zurückkehrte, und das würde alles ändern.

Bei der Ankunft in Southampton verabschiedeten wir uns von den Leuten, mit denen wir an Bord Freundschaft geschlossen hatten. Wir verbrachten eine Nacht in London, und dann traten wir die lange Fahrt nach Edinburgh an.

Die Stadt empfing uns kalt und abweisend. Ninian hatte bisher bei seinen Eltern gewohnt, aber nun wollte er ein Haus für uns kaufen. Es sollte der Bequemlichkeit halber in der Nähe des Gerichts sein. Doch bis wir etwas Passendes gefunden hätten, sollten wir bei seinen Eltern wohnen.

Mir war bange vor der Begegnung mit den Schwiegereltern, und als es soweit war, merkte ich gleich, daß sie die Heirat tatsächlich nicht guthießen.

Mrs. Grainger war eine gütige Dame mit ergrauendem Haar und strahlenden dunklen Augen. Ihr Ehemann war unverkennbar Ninians Vater – eine große, imposante Erscheinung mit einer Hakennase und klugen blauen Augen.

»Ninian, wie schön, daß du zurück bist«, sagte Mrs. Grainger. »Und das ist Davina…« Sie ergriff meine Hände und küßte mich auf die Wange, dann sah sie mich an, wobei sie vergebens zu verbergen suchte, daß sie mich abschätzte. Es ist ganz natürlich, daß sie das tut, sagte ich mir, ich bin ihre Schwiegertochter. Ich muß aufhören zu denken, daß alle, denen ich begegne, sich sogleich fragen: Hat sie ihren Vater umgebracht oder nicht?

Mr. Grainger war weniger geneigt – oder weniger imstande –, seine Gefühle zu verbergen. Er behandelte mich kühl, und mir war klar, daß er dachte, es sei dumm von seinem Sohn gewesen, mich zu heiraten.

Ich versuchte, vernünftig zu sein. Ihre Reaktion war ganz normal. Natürlich waren sie enttäuscht. Der alte Mr. Grainger hatte es in seinem Metier weit gebracht und wünschte für seinen Sohn dasselbe; und niemand wußte besser als ich, daß ich seiner Laufbahn eher hinderlich sein würde.

Ninian versicherte mir immer wieder, daß seine Eltern sich mit der Zeit an unsere Ehe gewöhnen würden; die Menschen neigten nun mal dazu, ihre Abkömmlinge ein Leben lang als Kinder zu sehen. Tatsache sei, daß sie etwas dagegen hätten, daß er nun verheiratet war, und nicht gegen mich persönlich.

Ich konnte nicht von ihnen erwarten, daß sie sich freuten, weil ihr Sohn eine Frau geehelicht hatte, die wegen Mordverdachts vor Gericht gestanden hatte und nur freigesprochen worden war, weil ihr die Tat nicht nachgewiesen werden konnte. Ich verstand sie durchaus. Es war mir klar, daß die friedlichen Tage vorüber waren.

Ninian tröstete mich mit dem Versprechen, daß wir bald ein eigenes Haus bewohnen würden. Und ich dachte: unbedingt!

Seine Eltern hatten häufig Gäste. Die meisten hatten irgend etwas mit der Juristerei zu tun. Sie waren alle sehr wohlerzogen, und obwohl ihnen mein Fall bekannt gewesen sein dürfte, achteten sie darauf, nichts zu erwähnen, was ihn zur Sprache bringen konnte. Ja, zeitweilig schienen sie angestrengt bemüht, dieses Thema zu vermeiden; denn sie diskutierten oft über Fälle, die für ihren Berufsstand von besonderem Interesse waren.

Einmal aber kamen ein alter Freund und seine Gattin zum Essen. Sie brachten Tochter und Schwiegersohn mit, die kürzlich aus Indien heimgekehrt waren. Die Unterhaltung drehte sich hauptsächlich um ein neues Gesetz, das jüngst in Kraft getreten war, und sie besprachen eifrig das Für und Wider.

Die junge Frau sagte: »Diese ganze Gerichtsbarkeit über muffige alte Fälle, die keinen Menschen interessieren…«

»Meine Liebe«, unterbrach sie ihr Vater, »diese Angelegenheit ist in unserem Berufsstand auf enormes Interesse gestoßen.«

»*Ich* finde es langweilig«, erwiderte sie. »Erzähl uns lieber etwas von deinen interessanteren Fällen. Mord zum Beispiel. Du hattest bestimmt mit einigen Mordfällen zu tun.«

Schweigen senkte sich über die Tischrunde. Ich starrte auf meinen Teller.

»Ich fand es sehr interessant, was der Lordoberrichter gesagt hat«, meinte Ninians Vater.

»Wie zum Beispiel Madeleine Smith«, fuhr die junge Frau fort.

»Erinnert ihr euch an den Fall? Oh, das ist eine Ewigkeit her. Sie wurde freigesprochen, dabei bin ich überzeugt, daß sie's getan hat. Schuldbeweis nicht erbracht, hieß es. Stimmt es, daß es diesen Spruch nur an schottischen Gerichten gibt? Sie soll nach Amerika ausgewandert sein, um ein neues Leben zu beginnen. Es blieb ihr wohl nichts anderes übrig...«

Ich spürte die Verlegenheit der Tischrunde. Die junge Frau war vermutlich die einzige unter den Anwesenden, die nicht wußte, wer ich war.

Man wechselte sofort das Thema. Die junge Frau machte ein verwundertes Gesicht. Sie mußte gemerkt haben, daß sie ins Fettnäpfchen getreten war. Später würde man sie gewiß darüber aufklären, wer mit am Tisch gesessen hatte.

Die Sache hatte mich sehr aufgeregt. Als wir allein waren, versuchte Ninian mich zu beruhigen. Aber das war nicht so einfach.

»Du hättest mich nicht heiraten sollen«, sagte ich. »Jetzt bist du mit hineingezogen. Und es wird ewig so weitergehen, unser ganzes Leben.«

»Nein, nein. Mit der Zeit werden die Leute es vergessen.«

»Sie hat Madeleine Smith nicht vergessen, und das muß fast fünfzig Jahre her sein.«

»Das war ein bekannter Fall.«

»Mein Fall auch, Ninian.«

»Wir werden bald unser eigenes Haus haben.«

»Die Leute werden trotzdem reden.«

»Wären wir bloß nicht hier, in dieser Stadt.«

»Es würde überall dasselbe sein, egal wo. Nicht mal in Kimberley konnte ich entkommen.«

Ninian versuchte, die Sache mit einem Achselzucken abzutun, doch ich sah ihm an, daß er genauso beunruhigt war wie ich. Ich vermute, daß er sich deswegen schon am nächsten Tag für ein Haus entschied.

Es war ein hübsches Haus in einem Geviert aus grauen Steinbauten. Es lag in der Nähe der Princes Street, doch die vielen Erinnerungen dort vermochten meine Freude an unserem neuen Heim nicht zu trüben. Ich kam an dem Park vorüber und dachte an Jamie und an Zillah, die uns dort aufgespürt hatte.

Ninians Eltern vermochten ihre Erleichterung über unseren Auszug nicht zu verbergen, und ich spürte, daß der Schatten, der über meinem Leben hing, auch Ninians Dasein streifte.

Das Haus war nicht weit entfernt von dem, in dem ich meine Kindheit verbracht und die furchtbare Tragödie ihren Lauf genommen hatte. Ich konnte mich nicht dazu durchringen, Zillah dort einen Besuch abzustatten. Ob die Kirkwells und die Vospers noch da waren? Ob Zillah erfahren hatte, daß ich wieder in Edinburgh war?

Nach unserem Umzug fühlte ich mich etwas besser. Kurze Zeit später stellte ich fest, daß ich schwanger war. Das bedeutete eine große Veränderung. Ich hörte auf zu grübeln und dachte nicht mehr immerzu, daß alle Leute sich an meinen Fall erinnern würden. Ninians und meine Freude war groß. Selbst seine Eltern wurden gütiger zu mir. Sie waren von der Aussicht auf ein Enkelkind entzückt.

Eines Tages erhielt ich einen Brief, der von einem Boten überbracht wurde. Es war Zillahs Handschrift. Ich erkannte sie sofort, obwohl sie nicht ganz so kühn war wie früher.

Meine liebe Davina,
ich glaube, Du hast Deinen richtigen Namen wieder angenommen, und wie ich höre, bist Du in Edinburgh. Mein liebes Kind, warum bist Du mich noch nicht besuchen gekommen?

Mir geht es nicht gut. Ich bin elend krank. Es befiel mich urplötzlich. Ich weiß nicht, wie so etwas geschehen kann. An einem Tag war ich noch gesund und munter, und am nächsten war ich krank. Das ist sehr ärgerlich. Zuerst hatte ich nur einen furchtbaren Husten, den ich nicht mehr los wurde. Es ist die Schwindsucht, sagt man mir. Es ist gräßlich. Manchmal fühle ich mich ganz krank, dann wieder putzmunter. Ich mache Pläne, und dann kann ich sie nicht verwirklichen.

Bitte komm mich besuchen, wenn Du es mit einer armen Kranken aushältst.

Wie immer in Liebe
Zillah

Auf so einen Brief hin mußte ich einfach sofort zu ihr gehen, auch wenn es mich Überwindung kostete.

Mrs. Kirkwell öffnete mir. Sie war offenbar auf mein Kommen vorbereitet. »Oh, guten Tag, Mrs. Grainger«, sagte sie. »Wie schön, Sie wiederzusehen.«

»Guten Tag, Mrs. Kirkwell. Wie geht es Ihnen?«

»Danke, ich kann nicht klagen.«

»Und Mr. Kirkwell?«

»Ihm geht's gut. Und Sie haben sich überhaupt nicht verändert. Meiner Treu, Sie saßen in dem gräßlichen Land fest. Belagerung, wie? Sie hätten die Leute auf der Straße sehen sollen, als wir hörten, daß die Stadt befreit war. Mafeking und Ladysmith auch. Mr. Kirkwell kennt sich da bestens aus. Er hat die ganze Zeit die Nachrichten verfolgt und uns gesagt, was vorging. Und da Sie dort waren, wollten wir es natürlich erst recht genau wissen. Es ging mir nicht aus dem Kopf: unsere Miss Davina dort bei den Wilden.«

»Das waren keine Wilden, Mrs. Kirkwell.«

»Aber so was Ähnliches. Ausländer. Und Sie dort eingeschlossen! Ich kenne Sie, seit Sie ein kleines Ding waren, das mir gerade bis ans Knie reichte – und nun saßen Sie da fest. Mrs. Glentyre erwartet Sie.«

»Ist sie sehr krank, Mrs. Kirkwell?«

»Es geht auf und ab mit ihr. An manchen Tagen ist sie vollkommen gesund, so daß man ihr überhaupt nichts anmerkt. Sie versucht es natürlich abzuschütteln. Von ihr hätte ich zuallerletzt gedacht, daß es sie so erwischt. Sie freut sich so auf Sie. Ich soll Sie gleich hinaufbringen, hat sie gesagt.«

Ich ging die vertraute Treppe hinauf in das vertraute Zimmer. Zillah saß in einem Sessel beim Fenster. Ich erschrak über ihren Anblick. Sie war viel dünner geworden; ihre Haare leuchteten zwar unverändert, wollten aber nicht recht zu dem hageren Gesicht passen. Ich ging zu ihr und ergriff ihre Hände.

»O Davina, meine süße Davina! Wie schön, daß du gekommen bist.«

»Ich wäre schon früher gekommen, wenn ich gewußt hätte, daß du krank bist.«

»Bloß weil ich ein armes altes Ding bin?«

»Es ist mir schwergefallen, hierher zurückzukommen. Deswegen habe ich es hinausgezögert.«

Sie nickte. »Und du hast Mr. Grainger geheiratet. Wie bekommt dir die Ehe?«

»Sehr gut.«

»Er hat mir ständig Fragen gestellt«, sprudelte sie heraus. »Und dann ist er hingegangen und hat dich nach Hause geholt. Die Neuigkeit hat sich in der ganzen Stadt verbreitet. Meine Güte! Das war gewagt! Es zeigt, wie erpicht er darauf war, dich zu kriegen. Und ich hatte eine Zeitlang gedacht, er habe sich in mich verguckt! Aber ich merkte bald, daß er mich bloß ausfragen wollte. Ich hab' ihn schnell durchschaut... Oh, es tut gut, dich zu sehen. Erzähl mir von der schrecklichen Zeit, die du durchgemacht hast. Eingeschlossen, nicht viel zu essen, denke ich mir, immer nur von dem leben, was du kriegen konntest.« Sie schauderte. »Wir haben hier viel darüber gehört. Die Nacht von Mafeking werde ich nicht so schnell vergessen. Der Lärm in den Straßen! Es ging die ganze Nacht. Und ich dachte an dich dort in der Ferne. Es ist so schön, dich zu sehen.«

»Erzähl mir von dir, Zillah.«

»Ach, es ist nicht so gelaufen, wie ich dachte. Ich hatte Pläne. Ich wollte ein Haus in London. Ins Ausland reisen. Das Leben genießen. Alles war geplant, und dann bekam ich plötzlich diesen Husten. Anfangs war er bloß lästig. Dann wurde ich ihn nicht mehr los. Der Arzt hat den Kopf geschüttelt und eine Untersuchung angeordnet, und da haben sie es festgestellt. Ich schätze, ich hab's mir in den zugigen Löchern geholt, als ich bei den ›Lustigen Rotschöpfen‹ war.«

»Es tut mir so leid, Zillah. Bei dir hätte ich so etwas am allerwenigsten vermutet. Und nun brauchst du viel Ruhe, ja?«

»Ich brauche sie nicht nur, manchmal will ich sie auch. Ich hab' schlechte und gute Tage. Manchmal fühle ich mich fast ganz gesund. Das nutze ich dann redlich aus.«

»Ansonsten scheint hier alles beim alten. Mrs. Kirkwell ist unverändert.«

»Sie sind wie alte Denkmäler, sie und ihr Mann. Ich werde nie vergessen, wie ich damals ins Haus kam. Mir scheint, das ist eine Ewigkeit her, Davina.«

»Ich weiß es noch genau. Ich hatte noch nie eine Frau gesehen, die weniger nach einer Gouvernante aussah.«

»Du hast immer so hübsche Komplimente gemacht, Liebes. Und du wolltest selber Erzieherin werden! Was ist aus der Schule geworden?«

Ich erzählte ihr von der Schule, und daß auch Lilias jetzt verheiratet war.

»Ihr habt beide einen Mann gefunden. Dann kann es wohl doch nicht so ein fader Beruf sein.«

»Du hast auch einen gefunden«, sagte ich.

Für einen Augenblick waren wir beide ernst.

»Und das Personal?« fragte ich.

»Die Mädchen sind gegangen. Wir haben jetzt neue. Nur die Kirkwells sind geblieben.«

»Und die Vospers?«

»Die sind auch nicht mehr da. Ich habe jetzt Baines. Baines und seine Frau. Sie wohnen über den Stallungen. Sie hilft im Haus; er ist ein zuverlässiger Mann. Aber in letzter Zeit benutze ich die Kutsche nicht mehr oft.«

»Was ist aus den Vospers geworden?«

»Oh, die sind aufgestiegen. Hamish zumindest. Er ist jetzt im Geschäft mit Pferderennen oder so was. Verdient gut, wie ich höre.«

»Er hatte immer so eine hohe Meinung von sich!«

»Offenbar hat er es fertiggebracht, auch anderen eine hohe Meinung von sich zu vermitteln.«

»Siehst du ihn manchmal?«

»Ab und zu. Er kommt die Kirkwells besuchen. Ich glaube, es gefällt ihm, ihnen seinen Wohlstand zu zeigen und sich mit ihnen an die alten Zeiten zu erinnern.«

»Hast du jemals wieder von Ellen Farley gehört?«

»Ellen Farley? Ach ja, das war die, die spurlos verschwunden ist.«

»Wenn wir sie gefunden hätten, hätte sie meine Aussage bestätigen können, daß sie mich bat, das Zeug zu kaufen.«

Zillah beugte sich vor und legte ihre schmale weiße Hand auf meine. »Denk nicht mehr daran, Liebes. Es ist ausgestanden. Es nützt nichts, immer wieder darüber nachzugrübeln.«

»Für mich ist es nicht ausgestanden, Zillah. Mein Leben lang werde ich damit rechnen, daß sich jemand beim Gedanken an mich fragt, ob ich vielleicht doch schuldig bin.«

»O nein. Es ist aus und vorbei. Die Leute vergessen es.«

»Ich wünschte, es wäre so.«

»Was für ein makabres Thema! Dein Ninian ist reizend, nicht wahr? Ich fand ihn charmant. Und er liebt dich aufrichtig. Sei dankbar dafür. Und wenn das damals nicht passiert wäre, hättest du ihn nicht kennengelernt. Das ist ein Trost, oder? Er muß dich sehr lieben, sonst hätte er nicht die weite Reise nach Südafrika unternommen, um dich heimzuholen.«

»Da hast du recht.«

»Schön, dann denk *daran* und nicht an das andere.«

»Ich will's versuchen. Und ich muß dir noch etwas erzählen, Zillah. Ich bekomme ein Baby.«

»Wirklich? Das ist eine wunderbare Neuigkeit! Du mußt mich mit dem Baby besuchen.«

»Soweit ist es noch lange nicht.«

»Ich kann's nicht erwarten. Ich will noch so lange leben, daß ich es sehen kann.«

»Was soll das heißen?«

»Nichts. Ich rede Unsinn. Dieser gräßliche Husten bringt mich manchmal auf dumme Gedanken. Ich freue mich ja so, dich glücklich zu sehen und daß du ein Baby bekommst. Ninian wird froh sein!«

»Und ob.«

»Ich freu' mich auch. Wie schön, daß sich für dich alles zum Guten gewendet hat.«

Das Zusammensein mit ihr war wohltuend, und im Gespräch mit ihr vergaß ich vorübergehend, daß sie – zumindest körperlich – nur noch ein Schatten ihrer selbst war.

Ich erhielt einen Brief von Lilias' Schwester Jane. Sie hoffe, daß ich zu ihnen kommen und ein paar Tage bleiben werde. Sie sehne sich danach, aus erster Hand zu erfahren, wie es Lilias gehe, und natürlich auch, mich zu sehen. Vielleicht könnte ich meinen Mann mitbringen? Wir seien herzlich willkommen.

Ich konnte verstehen, daß sie begierig waren, von mir Neuigkeiten über Lilias zu hören, und ich beschloß hinzufahren, bevor meine Schwangerschaft zu weit fortgeschritten wäre.

Es ergab sich eine Gelegenheit, als Ninian beruflich nach London mußte. Er wollte mich mitnehmen, ich aber meinte, es sei eine gute Idee, wenn ich ein paar Tage im Pfarrhaus verbringe, während er in London sei. Wir könnten zusammen nach London fahren, und ich könnte von dort nach Lakemere weiterreisen.

Ich mußte Jane jede Einzelheit erzählen, an die ich mich erinnern konnte, angefangen von der Schiffsreise nach Südafrika bis hin zu der Belagerung und unserer Doppelhochzeit. Jane und ihr Vater hörten aufmerksam zu; hin und wieder stellten sie eine Frage. Sie wollten natürlich alles über John Dale wissen, und ich schilderte ihnen, welch ein bewundernswerter junger Mann er sei und wie sehr er und Lilias sich zugetan seien. Die Augen des Pfarrers glänzten von ungeweinten Tränen, und Jane gestattete sich ungeniert, ein paar fließen zu lassen.

»Wenn die Lage sich beruhigt hat«, sagte ich, »möchte sie, daß Sie sie besuchen. Vielleicht kommt sie aber auch zu Besuch hierher.«

»Wir werden zu ihr fahren«, sagte Jane entschlossen und sah ihren Vater fest an.

Ich mußte ihnen auch alles über die Belagerung erzählen und unsere ersten Eindrücke genau schildern. Ich redete und redete bis spät in die Nacht.

Am folgenden Tag schickte Mrs. Ellington ein Briefchen. Sie habe gehört, daß ich im Pfarrhaus sei, und bitte mich, zu ihr zu kommen, bevor ich abreiste. Sie wolle von Myra hören. So ging ich denn auch zu ihr.

»Sie war so betrübt über den Tod des lieben Roger«, sagte sie, »von einem Irren erschossen.« Ich nahm an, daß sie die ganze Geschichte nicht kannte, und es stand mir nicht zu, sie aufzuklären.

Die arme Myra! Mrs. Ellington fragte sich, warum sie nicht nach Hause komme.

Ich sagte: »Myra schafft sich drüben ein Zuhause. Sie fing endlich an, sich einzugewöhnen. Und sie hat Paul.«

»Der Sohn des lieben Roger. Er hat uns von ihm erzählt.«

Ich klärte sie auch in diesem Punkt nicht auf. Es war nicht nötig, daß sie auch nur einen Schimmer der Wahrheit erfuhr.

»Er ist noch ein Kind«, sagte ich. »Er braucht jemanden, der sich um ihn kümmert.«

»Ich verstehe. Aber für Myra wäre es besser, ihn hierherzubringen. Ich würde für Rogers Sohn sorgen. Er könnte hier aufwachsen. Das wäre viel besser für ihn.«

Es hatte wenig Sinn zu versuchen, Mrs. Ellington von ihrer Meinung abzubringen, aber ich ließ mich nicht beirren. »Es ist ein sehr großes Anwesen, und Myra macht es Freude, den Haushalt zu organisieren. Doch ihre Hauptsorge gilt gegenwärtig dem Jungen. Er hilft ihr bei der Überwindung ihres Kummers. Sie hat einen schweren Schock erlitten.«

»Und all diese Leute, die den Aufstand wagten... und sie war mittendrin.«

»Sie meinen die Buren.«

»Ich hätte gedacht, der Krieg müsse unterdessen vorüber sein. Die Leute sagen, es kann nicht mehr lange dauern.«

Sie stellte eine Menge Fragen, und ich vermochte ihre Neugierde einigermaßen zu befriedigen. Ich glaube, als ich ging, war sie ein wenig mit Myras Abwesenheit versöhnt. Sie dankte mir für mein Kommen und drückte die Hoffnung aus, daß ich vor meiner Abreise noch einmal bei ihr vorsprechen werde. Sie fügte hinzu, sie beharre darauf, daß Myra zu Besuch komme, und dann werde man weitersehen.

Beim Hinausgehen sah ich Kitty. Ich nahm an, sie hatte auf mich gewartet. »Guten Tag, Kitty«, sagte ich. »Wie geht's?«

»Ich bin jetzt verheiratet, Miss. Mit Charles, der im Stall arbeitet. Wir wohnen über dem Stall. Ich hab' ein Baby.«

»O Kitty, wie wundervoll.«

»Miss Davina, ich muß Ihnen was sagen. Es geht mir seit damals im Kopf herum.«

»Was ist es, Kitty?«

Sie biß sich auf die Unterlippe und blickte über die Schulter. Ich sagte: »Kannst du zu mir ins Pfarrhaus kommen? Ich bleibe noch zwei Tage.«

»Ja. Wann?«

»Morgen nachmittag?«

»O ja. Da kann ich es einrichten.«

»Es ist schön, dich zu sehen, Kitty. Und es freut mich, daß du ein Baby hast.«

»Ein süßes kleines Mädchen.«

»Ich muß sie sehen, bevor ich abreise.«

Am folgenden Nachmittag kam Kitty ins Pfarrhaus. Ich erzählte Jane, daß sie mir etwas zu sagen habe, und Jane ließ uns allein in dem kleinen Salon, wo Mr. Milne seine Pfarrkinder zu empfangen pflegte.

Kitty begann mit den Worten: »Es geht mir heute noch im Kopf herum, weil Miss Lilias gesagt hat, ich dürfe es nicht erwähnen. Und ich hatte es fest versprochen.«

»Was?«

Sie zögerte, dann sagte sie: »Es war, als Sie damals vom Pferd gefallen sind.«

»Ich erinnere mich. Du hast meinen Namen gerufen.«

»Ja, ›Miss Davina‹ hab' ich geschrien. Ich hätte mich umbringen können, als es heraus war, aber es ist mir einfach rausgerutscht. Ich dachte, das Pferd würde Sie mitschleifen. Das wäre furchtbar gewesen. Ja, und Mr. Lestrange war auch dabei... und er hat es gehört.«

»Ja, das habe ich mir gedacht.«

»Er war ein netter Herr und immer so liebenswürdig. Er hatte stets ein gutes Wort und ein Lächeln übrig. Nichts für ungut, seit Charles hab' ich nie... Sie wissen schon. Ich möchte doch nicht, daß zwischen Charles und mir was schiefgeht. Ich hab' seitdem keinen anderen angeguckt.«

»Aber du... hast Mr. Lestrange angeschaut?« Sogleich erschien vor meinem inneren Auge der Hof vor dem Schulhaus in Kimberley, und ich sah Greta Schreiner, die lächelnd zu Roger Lestrange aufblickte. Ich dachte: Also hat er auch Kitty betört, damit sie ihm Informationen über mich lieferte. Kitty besaß, wie Lilias einmal sagte, die Anziehungskraft eines Mädchens, das nicht nein sagen kann. Worin bestand sie? In einem Versprechen, in der Verheißung leichter Verführbarkeit?

357

»Er hat mir eine Menge Fragen über Sie gestellt, und da ist es mir rausgerutscht, alles über Ihren Vater und daß man Sie angeklagt hatte.«

»Aha.«

»Ich hab' ihm erzählt, daß ich zweimal Ihr Bild in der Zeitung gesehen hatte. Ich hab's ausgeschnitten, und einer von den Männern – einer, der lesen konnte – hat es mir vorgelesen. Ich hab' die Artikel aufgehoben, und weil er sich so dafür interessierte, hab' ich sie ihm gezeigt. Er hat sie mitgenommen und gesagt, er wolle sie irgendwann lesen. Er hat sie mir nie zurückgegeben. Es tut mir so leid. Ich wußte gleich, ich hätte es nicht tun sollen. Aber er war so ein netter Herr, ich dachte, es macht nichts, wenn er es weiß... und es hat Ihnen doch nicht geschadet, oder? Er war doch immer so nett zu Ihnen.«

Ich sagte nichts. Ich saß nur da und hörte zu.

»Ich wußte, es war nicht schlimm, aber ich hatte nun mal versprochen, nichts zu sagen, und dann hab' ich's doch getan. Er war einer von denen, die von einem Mädchen alles haben können, wenn sie nur wollen. Und Sie und Miss Lilias waren so gut zu mir gewesen...«

Ich sagte: »Vergessen wir es, Kitty. Es ist alles vorbei. Er ist tot.«

»Ja, das hab' ich gehört. Ich war ganz erschüttert. So ein reizender Herr.«

»Du wirst fortan nicht mehr an reizende Herren denken wollen, Kitty – Charlie natürlich ausgenommen.«

Sie zog die Schultern hoch wie ein Kind und lächelte. »Ich bin froh, daß alles gut geworden ist«, sagte sie. »Es ist mir seit damals immer wieder im Kopf herumgegangen.«

Ich fragte nach dem Baby und Charlie und ging mit ihr zu ihrer Stallwohnung, um das Kind zu sehen. Ich erzählte ihr, daß ich selbst eins erwartete. Ihre Augen leuchteten freudig auf. Kitty war im Grunde ein guter Mensch, und ich wußte, daß sie soeben eine schwere Last losgeworden war. Es hatte sie sehr beunruhigt, daß sie einen Vertrauensbruch begangen hatte. Doch nun hatte sie gebeichtet, und ihr war verziehen.

Ich kehrte nach Edinburgh zurück, und in den folgenden Monaten war ich sehr glücklich. Ich konnte an wenig anderes denken als an die bevorstehende Ankunft des Babys. Zillah besuchte ich, sooft ich konnte. Ihr Interesse an dem Baby überraschte mich. Einmal, als ich gerade das Haus verlassen hatte, lief ich Hamish Vosper über den Weg. Er war mit einem auffälligen braunkarierten Anzug bekleidet und trug eine Nelke im Knopfloch. Mit einer übertriebenen Gebärde zog er den Hut, um mich zu grüßen, und ich sah, daß seine schwarzen Haare von Pomade glänzten.

»Na, wenn das nicht Miss Davina ist! Meine Güte, Sie sehen aus wie das blühende Leben!« Seine Augen musterten mich mit einem Blick, der eine gewisse Belustigung verriet. »Geht's gut?« fuhr er fort.

»Sehr gut.«

»Mir auch.« Er blinzelte.

»Ich sehe, Sie haben es zu etwas gebracht.«

Er schlug sich mit einer schwungvollen Geste auf den Schenkel.

»Kann's nicht bestreiten. Kann's nicht bestreiten.«

»Schönen Tag noch.« Ich war froh, als ich ihn los war. Ich fand ihn noch ebenso abstoßend wie einst, als er in der Küche saß und die Mädchen durchtrieben ansah, während er an den langen schwarzen Haaren auf seinen Armen zupfte.

Mein Sohn wurde im Mai 1902 geboren – im selben Monat, als der Krieg mit Südafrika endlich zu Ende war und der Friede besiegelt wurde, der die Buren um ihre Unabhängigkeit brachte.

Ich hätte gerne gewußt, wie es Lilias ging. Sicher herrschte bei ihnen ungeheure Erleichterung.

Meine Tage wurden ganz von meinem Sohn in Anspruch genommen. Wir tauften ihn Stephen nach Ninians Vater. Er und seine Frau waren so begeistert von ihrem Enkelsohn, daß sie mir beinahe verziehen, daß ich war, wer ich war.

In dieser Zeit konnte ich alles vergessen, was vorher war.

Ich ging mit dem Kind zu Zillah. Sie war entzückt. Ich hatte mir nie vorstellen können, daß sie Zeit für Kinder erübrigen würde. Doch ihre Krankheit hatte sie verändert. Sie war nicht mehr auf aufregende Abenteuer erpicht wie einst.

Ich war glücklicher, als ich es je für möglich gehalten hätte, und so konnte ich nichts bedauern, was diesen Zustand herbeigeführt hatte. Ich dachte an Zillahs Worte, daß ich ohne jenen Alptraum Ninian nicht kennengelernt hätte. Und es gäbe auch Stephen nicht.

Ich schrieb Lilias von meinem Wunderkind, und nun, da der Krieg vorüber war, hörte ich von ihr. Auch sie erwartete ein Kind. Wir schienen enger verbunden denn je. Wir hatten zusammen tragische Zeiten durchlebt und nun beide das Glück gefunden.

Glück ist manchmal zerbrechlich; doch da ich nun Ninian und mein Baby hatte, fühlte ich mich sicher.

Die Monate vergingen. Stephen begann zu lächeln, dann zu krabbeln, wahrzunehmen. Er hatte Zillah gern. Oft saß er auf ihrem Schoß und sah sie an. Er war ganz gebannt von ihren roten Haaren.

Zillah legte nach wie vor großen Wert auf ihr Äußeres. Ihre Haut war exquisit getönt, ihre Augen leuchteten unter den dunkelgefärbten Brauen. Manchmal hätte man denken können, sie sei gar nicht so krank – wäre sie nicht so mager gewesen.

Dann kam wieder ein Tag mit einer Schreckensnachricht: Hamish Vosper war bei einem Streit von seinem Gegner getötet worden. Man munkelte etwas von einer sogenannten Edinburgher Mafia.

Es stellte sich heraus, daß es seit geraumer Zeit Zwistigkeiten zwischen zwei rivalisierenden Banden gab, die beide in üblen Geschäften tätig waren, und daß Hamish Vosper, der Anführer der einen Bande, von Leuten der anderen umgebracht worden war. Solche Machenschaften, schrieb die Presse, seien eine

Schande für die saubere Stadt Edinburgh. Die Banden standen nicht nur im Verdacht zu bestimmen, welche Pferde die Rennen gewannen – sie verwendeten Aufputschmittel, so daß sie auf Außenseiter setzen konnten –, sondern wurden auch vieler anderer Vergehen bezichtigt. »Wir werden ein solches Bandenwesen in Edinburgh nicht dulden«, schrieb ein Berichterstatter. »Mit dem Tod von Hamish Vosper hat einen unserer unehrenhaften Bürger die gerechte Strafe ereilt.«

Als ich die Nachricht vernahm, ging ich zu Zillah. Mrs. Kirkwell empfing mich mit gedämpftem Triumph. »Ich hab's ja immer gewußt, daß es mit Hamish Vosper ein schlimmes Ende nimmt«, sagte sie. »Ich will ja nicht schlecht über einen Toten sprechen, aber der Herr hätte ihm vor Jahren die Tür weisen sollen, als er mit dem Mädchen erwischt wurde. Ich hab' so was kommen sehen. Ich hab' oft zu Mr. Kirkwell gesagt: ›Glaub mir, der führt nichts Gutes im Schilde.‹ Dann kam er in seinen schnieken Kleidern daher und machte sich wichtig. Schrecklich, wenn man bedenkt, daß er hier gewohnt hat – als einer von uns, könnte man sagen, wenn er auch nie richtig dazugehörte. Und als Sie dann fort waren, kam er immer wieder her, er war sogar oben bei Mrs. Glentyre. Ich konnte nie verstehen, warum sie das zuließ.«

Ich ging hinauf zu Zillah. Sie sah besser aus, und ich fragte mich, was das bewirkt haben mochte. Sie sagte: »Heute geht es mir gut. Ich bin ganz die alte.«

»Das sieht man dir an. Hast du heute die Zeitung gelesen?«

»Ja. Du meinst die Sache mit Hamish.«

»Es ist erschütternd. Zumal wir ihn kannten.«

»Ja.«

»Ich konnte ihn nicht leiden, aber zu denken, daß er tot ist...«

»Offenbar lebte er gefährlich, und da soll es einen nicht wundern, wenn jemand ein böses Ende nimmt.«

»Hast du etwas geahnt?«

»Ja, ich habe vermutet, daß er nichts Gutes plante. Er hatte bei allen möglichen Dingen die Hand im Spiel... ein Spiel mit dem

Feuer, könnte man sagen. Und diesmal endete das Spiel tödlich.«

»Du mußt ihn erst unlängst gesehen haben. Ich bin ihm neulich
hier über den Weg gelaufen.«

»Er kam öfter ins Haus. Er wollte den Kirkwells zeigen, wie weit
er es gebracht hatte, der Narr. Das sollte uns allen eine Lehre
sein, Davina.«

Ich staunte über diese Ansicht. Zillah brachte mich eben immer
wieder zum Staunen.

Ninians Kommentar lautete: »Bandenkriege. In einigen Städten
toben sie seit Jahren. In Edinburgh hätte man es allerdings nicht
erwartet. Aber wie man sieht, kann es überall geschehen. Hoffen
wir, daß es jetzt damit ein Ende hat... zumindest hier bei uns.«

Zillahs Genesung machte Fortschritte. Sie war guter Dinge. Ich
besuchte sie oft – es gefiel mir, wie sie es genoß, Stephen bei sich
zu haben.

Ich erinnere mich lebhaft an ein Gespräch, das ich zu jener Zeit
mit ihr führte. Stephen spielte in einer Ecke, und wir beide sahen
ihm zu. Da sagte Zillah plötzlich: »Er ist so ein reizendes Kind.
Ich hätte nie gedacht, daß ich mir Kinder wünschen würde. Aber
wenn ich ihn ansehe, wird mir bewußt, was mir entgangen ist.«

»Vielleicht wirst du wieder heiraten.«

Sie lächelte ironisch. »Dafür ist es reichlich spät.«

»Man kann nie wissen. Es geht dir viel besser. Du wirst vielleicht
wieder ganz gesund. Du bist nicht alt, und du bist sehr schön.«

Sie lachte unbeschwert.

Dann sagte ich: »Ich mache mir manchmal Sorgen um Stephen.«

»Wieso? Ihm fehlt doch nichts, oder?«

»O nein. Er ist vollkommen gesund. Ich denke nur, jemand
könnte etwas sagen.«

»Was?«

»Jemand könnte sich erinnern. Er könnte erfahren, daß seine

Mutter unter Mordanklage vor Gericht stand und wie das Urteil lautete.«

»Das ist doch längst ausgestanden.«

»Nicht, soweit es mich betrifft, Zillah. Es wird mir immer anhaften. Wie mag einem zumute sein, wenn er erfährt, daß seine Mutter einen Mord begangen haben könnte?«

»Das würde Stephen nie denken.«

»Wieso nicht? Die Frage wird immer bleiben.«

»Eine makabre Vorstellung.«

»Aber es ist die Wahrheit, Zillah.«

»Bis er erwachsen ist, hat man es vergessen.«

»Es könnte Leute geben, die sich erinnern. Vor kurzem erwähnte jemand Madeleine Smith, und dieser Fall ist fünfzig Jahre her.«

»Das war ein sehr berühmter Fall.«

»Meiner war auch sehr bekannt.«

»Du darfst dir deswegen keine Sorgen machen. Mit Stephen geht bestimmt alles in Ordnung.«

Sie sprach voll Überzeugung, doch ich merkte, daß meine Worte sie nachdenklich gemacht hatten. Sie wußte, es stimmte, was ich gesagt hatte.

Darauf erzählte ich ihr die Wahrheit über Roger Lestrange: wie er durch Kitty erfahren hatte, wer ich bin; daß er die Zeitungsausschnitte über meine Verhandlung an sich gebracht und aufbewahrt hatte; wie er, wenn es nötig sein sollte, mich benutzen und darauf hinweisen wollte, daß ich eine mutmaßliche Mörderin sei, die bereit sein könnte, noch einmal nach derselben Methode einen Menschen aus dem Weg zu räumen.

Zillah war erschüttert. »Das ist unglaublich«, flüsterte sie.

»Aber es ist wahr. Siehst du jetzt, was ich meine? Es wird dasein, solange ich lebe.«

Sie starrte ein paar Minuten schweigend und mit leerem Blick vor sich hin. Dann nahm sie meine Hand und drückte sie fest. Sie sagte langsam: »Du mußt aufhören, dich deswegen zu grämen. Es wird alles gut. Mit dir und mit Stephen.«

Ein paar Wochen später, als ich wieder zu Zillah wollte, teilte mir Mrs. Kirkwell zu meiner Überraschung mit, sie sei ausgegangen. Mrs. Kirkwell schürzte mißbilligend die Lippen. »Sie ist nicht gesund«, fuhr sie fort. »Ich hab's ihr gesagt. ›Sie müssen verrückt sein, an Ausgehen zu denken, Mrs. Glentyre‹, hab' ich gesagt. Sie hat sich dick eingemummelt, aber sie sah gar nicht gut aus. Und so dünn! Es fällt direkt auf, wenn sie ihre Ausgehgarderobe anhat.«

»Warum wollte sie ausgehen? Sie ist wochenlang nicht außer Haus gewesen, nicht wahr?«

»Nur wenn sie diesen Brief kriegt. Nur dann geht sie aus.«

»Sie hat einen Brief bekommen?«

»Ja. Er kommt ab und zu, und dann besteht sie jedesmal darauf auszugehen.«

»Hoffentlich stößt ihr nichts zu. Es schien ihr allerdings in letzter Zeit besserzugehen.«

»Das stimmt. Aber ich mache mir Sorgen um sie. Ich wünschte, Sie wären früher gekommen, Mrs. Grainger, dann hätten Sie sie begleiten können.«

»Haben Sie eine Ahnung, wohin sie gegangen sein könnte?«

»Ja, zufällig hab' ich gehört, was sie zu dem Droschkenkutscher gesagt hat. Das ist auch so eine Sache. Ich fragte: ›Soll Baines Sie nicht fahren?‹, und sie sagte, sie wolle ihn nicht behelligen. Er holt die Kutsche kaum noch aus dem Stall.«

»Das ist merkwürdig. Vielleicht wollte sie nicht weit.«

»Ich hab's gehört, daß sie ins *Coven* wollte.«

»*Coven?* Ist das nicht die kleine Teestube in der Walter Street?«

»Ganz recht. Ich mach' mir wirklich Sorgen um sie. Sie kam mir ein bißchen zittrig vor.«

Ich verließ das Haus und ging zur Princes Street. Zillah wird zum Tee ausgegangen sein, das *Coven* ist schließlich eine Teestube, dachte ich; sie will einfach mal aus dem Haus, das ist alles. Es muß sie langweilen, immerzu im Zimmer zu sitzen. Das muß eine schreckliche Qual sein für jemanden, der ein Leben lang so gesellig war. Ich malte mir aus, wie sie sich in einer Droschke zu der Teestube fahren ließ, Tee trank und Gebäck aß und wieder nach Hause fuhr... ein kleiner Ausflug eben.

Sie war wirklich sehr zart. Sollte ich ins *Coven* gehen, nur um zu sehen, daß es ihr gutging? Ich könnte eine Tasse Tee mit ihr trinken. Ich könnte ihr auch vorschlagen, daß wir hin und wieder zusammen einen kleinen Ausflug machen könnten, wenn sie sich gut genug fühlte.

Ich kam zu dem kleinen Gebäude, in dem das *Coven* sich befand. Im Schaufenster standen hausgemachte Kuchen und ein Schild: »Mittagstisch. Tee«.

Ich spähte zwischen den Kuchen hindurch zum Fenster hinein und sah Zillah sogleich. Sie war nicht allein. Eine Frau war bei ihr.

Ich starrte zuerst Zillah an, dann ihre Begleiterin – sie kam mir bekannt vor. Da wandte sie sich um, und ich sah ihr Gesicht: Es war Ellen Farley.

Ich konnte meine Augen nicht von ihr wenden, und just in diesem Moment drehte Zillah sich um und blickte zum Fenster. Wir sahen uns direkt an. Ihre Augen wurden weit, und die Röte schoß ihr in die Wangen. Ich machte kehrt, ging nach Hause und in mein Zimmer hinauf.

Zillah ging aus und traf sich mit Ellen Farley – der Hauptzeugin, die nicht aufzufinden gewesen war! Was konnte das zu bedeuten haben?

Ich fand keine Ruhe. Ich wollte es Ninian erzählen. Ich dachte an die vergeblichen Anstrengungen, die er unternommen hatte, um Ellen Farley ausfindig zu machen. Es hätte soviel bedeutet, wenn sie vor Gericht bestätigt hätte, daß ich auf ihre Bitte hin das Arsen gekauft hatte. Das hätte den Eintrag in dem Buch erklärt, der ein so erdrückender Beweis gegen mich gewesen war.

Ich konnte Ninians Stimme hören: *Wenn wir diese Frau nur finden könnten!*

Ausgerechnet an diesem Abend hatte er lange an einem besonders dringlichen Fall zu arbeiten. Er hatte am Vorabend mehrere Bücher mit nach Hause gebracht, weil er hoffte, ein Beispiel zu finden, das ihm von Nutzen sein könnte. Es ging um einen Rechtsstandpunkt, dessen Richtigkeit er belegen wollte.

Dabei mußte ich ihm doch erzählen, daß ich *sie* gesehen hatte! Konnte ich mich geirrt haben? Vielleicht war es eine Frau, die ihr ähnlich sah. Ich hätte zu ihnen hineingehen sollen. Warum war ich so dumm gewesen, umzukehren? Ich war so erschüttert gewesen, so durcheinander. Nein – Zillah hatte mich gesehen und dabei ein so erschrockenes Gesicht gemacht: Es *mußte* Ellen Farley gewesen sein. Doch selbst jetzt hatte ich noch Zweifel. Konnte ich mir selbst trauen?

Ich lag schon im Bett, als Ninian nach Hause kam. Er sah sehr müde aus. Am nächsten Tag hatte er einen Gerichtstermin. Ich dachte: Ich werde es ihm morgen abend sagen... nachdem ich bei Zillah gewesen bin.

Am nächsten Vormittag suchte ich Zillah auf. Mrs. Kirkwell empfing mich in der Diele. »Es geht ihr sehr schlecht«, sagte sie. »Ich habe nach dem Doktor geschickt. Er müßte jede Minute hiersein. Das kommt davon, weil sie gestern ausgegangen ist. Sie kam in einer miserablen Verfassung zurück.«

»War sie allein?«

»O ja. Der Droschkenkutscher hat an die Türe geklopft, und zusammen haben wir sie hineingebracht. Ich hab' sie auf der Stelle ins Bett gepackt und gesagt, ich wolle den Doktor holen. Aber sie ließ es nicht zu, sie meinte, am Morgen werde es ihr bessergehen.«

»Aber das war nicht der Fall?«

Mrs. Kirkwell schüttelte den Kopf. »Daraufhin habe ich nach ihm geschickt, ohne sie zu fragen.«

»Das war richtig von Ihnen. Ich gehe zu ihr hinauf.«

Sie lag auf Kissen gebettet und hatte offensichtlich Schwierigkeiten beim Atmen. »Guten Morgen, Davina«, sagte sie. »Ich kann nicht viel sprechen. Das Atmen fällt mir schwer.«

Ich setzte mich an ihr Bett. »Zillah«, sagte ich. »Erzähl mir…«
Sie deutete auf den Tisch, wo ein großer, dicker Umschlag lag.
»Für dich«, sagte sie. »Und da ist noch einer.« Ich sah neben dem
großen Umschlag noch einen kleineren liegen. Auf beiden stand
mein Name. »Du kannst sie lesen, wenn ich… fort bin.«
»Fort? Wo?«
Sie lächelte. »Den großen, meine ich. Den kleinen kannst du le-
sen, wenn du nach Hause kommst.«
»Das ist ja sehr geheimnisvoll.«
Sie hob matt die Hand. »Du wirst es verstehen. Du wirst se-
hen.«
»Was ist nur mit dir geschehen?« fragte ich. »Du hättest gestern
nicht ausgehen dürfen.«
»Ich mußte. Du hast sie gesehen.«
»War sie es wirklich? Ich konnte es nicht glauben.«
»Du wirst es verstehen. Ich mußte. Du wirst es sehen.«
Ich hörte Schritte auf der Treppe. Es klopfte an der Türe, und
Mrs. Kirkwell kam mit dem Arzt herein. »Ah, Mrs. Glentyre,
wie ich höre, geht es Ihnen heute nicht so gut«, sagte er.
Mrs. Kirkwell gab mir mit einem Blick zu verstehen, ich möge
hinausgehen.
Ich ging nach unten. Was ist nur geschehen? dachte ich. Ich hatte
mich nicht geirrt. Zillah hatte sich mit Ellen Farley getroffen.
Was konnte das bedeuten?
Ich hatte die beiden Umschläge an mich genommen, den großen
und den kleinen. Zillah hatte gesagt, ich solle den kleinen öffnen,
wenn ich nach Hause käme. Ich ging in den Salon, um das Ende
der Visite abzuwarten, und öffnete den Umschlag.

Liebe Davina,
ich habe so oft an Dich gedacht, besonders seit Du zurück
bist. Es gibt so vieles, das Du wissen mußt, und Du wirst es
erfahren. Ich war viele Male drauf und dran, mich Dir anzuvertrauen, aber ich brachte es nicht über mich. Ich hatte ein-

fach nicht den Mut dazu. Doch Du sollst es wissen, und mir bleibt nicht mehr viel Zeit. Das hat der Arzt mir mehr oder weniger deutlich zu verstehen gegeben. Ich bat ihn, mir die Wahrheit zu sagen. Ich wollte nicht im unklaren gelassen werden. Es gibt keine Heilung für mich. Es mag einen Tag dauern, eine Woche, einen Monat. Aber es ist nicht mehr fern. Ich fühle es.

Du sollst lesen, was ich aufgeschrieben habe. Ich habe lange Zeit dafür gebraucht. Ich habe es aufgeschrieben, als ich erfuhr, wie krank ich bin. Aber ich kann es Dir jetzt noch nicht sagen. Du mußt warten. Und wenn Du alles weißt, wirst Du es verstehen.

Ich hatte nicht gedacht, daß ich Dich so liebgewinnen würde. Ich bin so froh, daß Du Ninian geheiratet hast. Er ist ein guter Mensch und liebt Dich aufrichtig. Er hat seine Zuneigung bewiesen, und dafür würde jede Frau dankbar sein.

Sei glücklich! Nichts wird verhindern, daß Ihr ein schönes Leben habt, Du, Ninian und Stephen. Das wünsche ich Dir. Aber bitte öffne den anderen Umschlag erst, wenn ich tot bin. Ich weiß, Du solltest es jetzt schon lesen, aber ich bin egoistisch und möchte, daß Du noch wartest.

Deine Dich liebende
Zillah

Ich las den Brief ein zweites Mal. Ich hatte das brennende Verlangen, den anderen zu öffnen, aber ich beherrschte mich.

Ich hatte ihr die Frage nicht stellen können, deretwegen ich gekommen war: Warum war Ellen Farley mit Zillah in der Teestube? Zillah war aufgeregt gewesen, als sie den Brief erhielt, der von Ellen gewesen sein mußte. Sie ging jedesmal aus, wenn sie so einen Brief bekam. Warum traf sie sich mit Ellen Farley?

Die Türe ging auf, und Mrs. Kirkwell kam mit dem Arzt herein. Ich erhob mich bange. Er machte ein sehr ernstes Gesicht. »Sie ist schwer krank«, sagte er. »Ihr Zustand hat sich leider verschlechtert. Sie ruht jetzt. Sie wird den ganzen Tag ruhen. Das Atmen fällt ihr schwer. Ich schicke ihr morgen eine Pflegerin. Heute wird sie fast die ganze Zeit schlafen. Ich komme morgen wieder vorbei. Lassen Sie sie schlafen. Das ist das beste für sie.«

Mrs. Kirkwell brachte ihn zur Türe. Als sie zurückkam, sagte sie: »Es war dumm von ihr, auszugehen. Das hab' ich ihr mindestens zwanzigmal gesagt.«

»Es hat wohl wenig Sinn, daß ich hierbleibe, Mrs. Kirkwell. Ich sehe nur noch kurz zu ihr hinein, bevor ich gehe.«

»Wecken Sie sie nicht auf.«

Ich ging die Treppe hinauf und sah nach ihr. Sie war noch immer auf Kissen gebettet. Ich nahm an, daß es ihr das Atem erleichterte. Sie lag sehr still. Ihre weißen Hände lagen schlaff auf der Zudecke. Sie schlief tief.

Ich hatte keine Gelegenheit, noch einmal mit ihr zu sprechen: Drei Tage später war sie tot.

Es machte mich sehr traurig, als mir klar wurde, daß ich sie nie wiedersehen, nie mehr mit ihr reden würde. Ich war jeden Vormittag in das Haus gegangen. Ich hatte jedesmal in ihr Zimmer geschaut, aber sie war sehr erschöpft und lag immer im Halbschlaf.

Es überraschte mich daher nicht, als ich mich an jenem Morgen dem Haus näherte und sah, daß die Fensterläden geschlossen waren. Es war ein Haus des Todes.

Ich öffnete nun den Umschlag und las:

Meine liebe Davina,
ich werde Dir nun berichten, wie alles geschah. Ich erzähle Dir, wie man so sagt, die Wahrheit, die ganze Wahrheit und nichts als die Wahrheit. Und ich berichte es auf meine Weise, denn es ist wichtig für mich, daß Du verstehst, wie es zu alldem gekommen ist. Ich hoffe, Du wirst mich nicht allzu hart verurteilen.

Du mußt Dir ein Mädchen vorstellen, das nicht viel besitzt.

Die Einzelheiten über meine düstere Herkunft will ich Dir ersparen. Ich war ein trauriges, verwirrtes Kind. Sicher, ich hatte meine Mutter. Ich war ein Einzelkind. Mein Vater war immer betrunken. Ich habe ihm kaum anders in Erinnerung. Jeden Pfennig, den er verdiente, trug er ins Wirtshaus. Es war ein einziger Kampf. Wir hatten nicht immer genug zu essen. Ich war vierzehn, als meine Mutter starb. Da lief ich fort.

Ich möchte Dich nicht mit den einzelnen Stationen langweilen. Schließlich arbeitete ich in in einer ziemlich schäbigen Pension in der Nähe der Tottenham Court Road. Ich besaß nichts als meine roten Haare und das Aussehen, das die Leute auf mich aufmerksam machte. Ich hatte längst gelernt, daß ich dies zu meinem Vorteil nutzen konnte, und das tat ich denn auch.

In der Pension wurde ein unbedeutender Theateragent auf mich aufmerksam und verschaffte mir ein, zwei kleine Rollen. Das brachte nicht viel ein.

Was ich in dieser Zeit alles erlebt habe, gehört nicht hierher, deshalb überspringe ich es. Am Ende landete ich bei den »Lustigen Rotschöpfen«, und wir tingelten durch die Varietés, wenn wir ein Engagement bekommen konnten.

Dann kamen wir nach Edinburgh. Dort fing alles an. Die Männer kamen zum Theater, um nach den Mädchen Ausschau zu halten. Sie warteten am Bühneneingang. Du weißt, wie das ist. Und eines Abends stand Hamish Vosper da.

Ich weiß, daß Du ihn nie ausstehen konntest. Aber er hatte etwas, das manche Frauen anzieht. Er war arrogant und selbstsüchtig, aber männlich – ein richtiges Mannsbild. Er gab den Frauen das Gefühl, daß er unwiderstehlich sei – und eine Zeitlang war ich eine von den Betörten. Er kam jeden Abend, wenn wir auftraten, ins Theater, und nach der Vorstellung waren wir zusammen.

Er erzählte mir von seinem Dienstherrn, einem strengen Gentleman, der nach außen hin gottgefällig tue, dennoch ab und zu einer kleinen Lustbarkeit nicht abgeneigt sei. Hamish sagte, er habe ihn in der Hand, weil er von seinen Seitensprüngen wisse. Der Mann habe eine kranke Frau, und natürlich finde seit einigen Jahren nicht mehr viel zwischen ihnen statt. Das habe der Bursche auf die Dauer nicht ausgehalten, daher seine kleinen Ausflüge. Dieser Gentleman wußte, daß Hamish im Bilde war, und Hamish mußte ihm nur einen verständnisinnigen Blick zuwerfen, und schon drückte der alte Knabe beide Augen zu und ließ Hamish machen, was er wollte.

Eine solche Situation forderte eine Intrige geradezu heraus, und eines Abends brachte Hamish mich mit Deinem Vater zusammen.

Der führte mich zum Essen aus, und wir konnten uns auf Anhieb gut leiden. Er war ein ritterlicher Gentleman, wie ich nicht viele kannte. Und ich darf sagen, er war sehr von mir eingenommen, was ihn mir verständlicherweise um so lieber machte. Es dauerte nicht lange, und wir gingen zusammen in Hotels. Alles war sehr diskret, wegen seiner Position. Ich dachte, es werde nicht andauern, aber er erwärmte sich auf sehr gefühlvolle Weise immer mehr für mich.

Hamish war hoch erfreut, und er hatte eine Idee. »Du müßtest ins Haus kommen«, sagte er. »Ich weiß was! Du könntest Gouvernante werden. Er hat eine Tochter.« Da mußte ich lachen. Ich und Gouvernante? Nun ja, mit den »Rotschöpfen« war nicht mehr viel los. Gelegentlich wurden wir ausgebuht, wenn wir auf die Bühne kamen. Wir wußten seit langem, daß wir fürs West End einfach nicht gut genug waren. Deswegen tingelten wir durch die Provinz. Ich dachte, es wäre nett, ein behagliches Heim zu haben und nicht immer unterwegs sein zu müssen, und so begann ich mich für diese Gouvernantengeschichte zu interessieren.

Ich schwöre, daß ich nicht gewußt habe, wie Hamish es angestellt hat. Ich hatte keine Ahnung, daß schon eine Gouvernante im Haus war und man sie loswerden mußte. Dem hätte ich nicht zugestimmt – zumindest glaube ich das. Du siehst, ich möchte vollkommen ehrlich sein. Und ich war damals ziemlich verzweifelt.

Deine Lilias mußte also gehen, und Hamish schlug Deinem Vater vor, mich ins Haus zu holen. Daß Dein Vater zustimmte, zeigt, wie vernarrt er in mich war.

Ich hatte Dich von Anfang an gern. Ich wußte natürlich, daß ich Dir nichts beibringen konnte. Du warst ja viel gebildeter als ich, aber ich fand es spaßig – es war viel besser, als mit den »Lustigen Rotschöpfen« vor einem immer kritischeren Publikum aufzutreten.

Dann bat Dein Vater mich, ihn zu heiraten. Ich konnte mein Glück nicht fassen. Ich würde dem alten Dasein ade sagen. Es war die Chance meines Lebens. Ich konnte es bis ans Ende meiner Tage gut haben, der Liebling eines ergebenen alten Herrn. Es schien zu schön, um wahr zu sein.

Ich war zufriedener, als ich mir je erhofft hatte. Ich hatte Hamish vergessen. Mir wurde ein trautes Heim geboten, und ich würde es für den Rest meines Lebens behaglich haben. Ich würde die Herrin des Hauses sein. Doch Hamish war immer noch Kutscher.

Er war unzufrieden. *Er* hatte schließlich die Idee gehabt! Und er sollte nun leer ausgehen? Dann hatte er einen Plan. Er wollte mich heiraten und Herr des Hauses werden. Ich war über diese Aussicht entsetzt. Ich liebte mein neues Leben, meinen Ehemann, meine Stieftochter. Aber Hamish wollte es nicht dulden. Er hatte die Dinge ins Rollen gebracht und setzte alles daran, daß es so lief, wie er es wünschte.

Den Rest kannst Du Dir denken. Ich war schwach. Hamish besaß immer noch Macht über mich. Ich wußte, was er im Schilde führte. Ich hätte ihn bloßstellen sollen, hätte meine Beziehung zu ihm gestehen sollen. Ach, es gab so vieles, was ich hätte tun sollen!

Davina, Du ahnst ja nicht, was das behagliche Haus mir bedeutete, das bequeme Leben und alles. Das kann niemand verstehen, der nicht dasselbe durchgemacht hat wie ich. Ich will mich nicht rechtfertigen. Es gibt keine Rechtfertigung. Es war nur so, ich hatte damit angefangen, und mir blieb nichts anderes übrig, als weiterzumachen.

Hamish hatte es geplant. Wir würden den alten Herrn beseitigen. Ich würde ein Jahr trauern. Hamish würde mich trösten, und nach einer angemessenen Zeit würden wir heiraten. Ich mußte natürlich sichergehen, daß der alte Herr mir sein Vermögen vermachte. Wir wollten nicht in Edinburgh bleiben. Die Leute würden die Stirn runzeln, wenn die einstige Gouvernante den Kutscher heiratete. Wir wollten das Haus verkaufen und ins Ausland gehen. Hamish hatte alles ausgeheckt.

Ellen Farley – das ist natürlich nicht ihr richtiger Name – war eine Freundin Hamishs. Er brachte sie ins Haus. Er hielt es für eine gute Idee, wenn jemand von den Dienstboten mit uns zusammenarbeitete.

Er kaufte also das Arsen für die Ratten. Es gab einige in der Nähe des Stalles. Er sorgte dafür, daß auch andere sie zu sehen bekamen, denn die Ratten hatten ihn auf die Idee gebracht, es mit Gift zu machen. Er sagte, er verstehe etwas von Arsen. Hamish behauptete ja, von allen Dingen etwas zu verstehen. Dein Vater sollte langsam vergiftet werden. Mit Hilfe des Portweins, beschloß Hamish.

Dann kam der Schlamassel mit Dir und Jamie, und das ganze Haus wußte, daß Dein Vater gedroht hatte, Dich zu enterben. Wir wußten auch, daß er dir Alastair McCrae zugedacht hatte. Wenn Du Alastair McCrae geheiratet hättest, hätte Hamish Dich nicht in seinen Plan einbezogen, aber Du hast es nicht getan, und Hamish sagte, er brauche einen Verdächtigen, falls nicht alles wie geplant verlaufen sollte. Genau wie Roger Lestrange dachte er, es sei gut, die Tat auf jemanden abwälzen zu können, falls etwas schiefgehen sollte. Ich nehme an, diese gerissenen Mörder planen alle gleich. Und wie Roger Lestrange hatte er Dir eine Falle gestellt, die nötigenfalls zuschnappen würde. Er wählte Dich als Sündenbock aus, weil das Schicksal ihm einen Anlaß zuspielte – die Einwände Deines Vaters gegen den jungen Mann, den Du heiraten wolltest.

Hamish fädelte es so ein, daß Du das Gift kauftest. Ellen sollte Dich darum bitten. Bitte glaube mir, daß ich damals nichts davon gewußt habe. Hamish hat es mir nicht gesagt. Er hielt mich für zimperlich und sentimental und wußte, daß ich Dich liebgewonnen hatte. Erinnerst Du Dich an den Abend, als ich so spät nach Hause kam? Da war ich mit Hamish zusammengewesen. Wir waren in einen Ort außerhalb von Edinburgh gefahren. Ja, wir waren damals ein Liebespaar. Ich weiß, das muß sich schrecklich anhören… und es hat keinen Sinn, Rechtfertigungen vorzubringen, weil es keine gibt. Hamish war sehr darauf bedacht, nicht erwischt zu werden, denn das hätte den ganzen Plan verdorben; deshalb fuhren wir immer ein Stück aus der Stadt hinaus.

Erinnerst Du Dich an das alte Tratschweib, das zu uns ins Haus kam? Diese Mrs. Appleard? Das war, nachdem wir spät zurückkamen mit der Ausrede, die Kutsche sei zusammengebrochen. Sie wollte Deinem Vater erzählen, daß sie die Kutsche vor einem verrufenen Hotel gesehen hatte. Sie hatte sogar gewartet und uns zusammen herauskommen sehen. Das wollte sie Deinem Vater mitteilen. Darauf beschloß Hamish, es müsse in dieser Nacht geschehen.

Ellen bekam es mit der Angst wegen der Rolle, die sie dabei spielte, und erfand eine Ausflucht, um das Haus zu verlassen.

Und dann starb Dein Vater.

Es war nicht so gelaufen, wie Hamish es geplant hatte. Wie gesagt, ich wußte nicht, daß Ellen Dich gebeten hatte, das Ar-

sen zu kaufen. Aber ich darf keine Rechtfertigungen für mich
vorbringen. Ich war an dem Komplott beteiligt und habe
meine Rolle dabei gespielt. Ich habe mich des Mordes schuldig gemacht. Doch Dich hatte ich nicht mit hineinziehen wollen. Und als Du angeklagt wurdest, habe ich ehrlich gelitten.
Du fragst vielleicht, warum ich damals nicht alles gestanden
habe. Ich hatte nicht den Mut dazu. Ich würde gerne sagen
können, daß ich von Hamish beherrscht wurde, aber ich bin
dessen nicht mal sicher. Ich war in die Sache verstrickt, und es
gab keinen Ausweg für mich, außer genau das zu tun, was ich
getan habe. Weißt Du, Hamish dachte wirklich, wir würden
so davonkommen. Er hatte nicht geplant, daß Du angeklagt
werden solltest. Du solltest nur ins Spiel gebracht werden,
falls sich die Dinge gegen uns kehrten. Er wollte kein Risiko
eingehen. Dein Vater hatte schon ein, zwei Anfälle gehabt.
Der Doktor hatte ihn besucht und keinen Verdacht geäußert.
Hamish hielt sich tatsächlich für so schlau, daß alles so laufen
müsse, wie er geplant hatte.

Dann wurdest Du verhaftet und wegen Mordes angeklagt. Es
war furchtbar für Dich. Ich wollte alles gestehen. Hamish bedrohte mich. Er geriet regelrecht in Panik. Seine ganze Groß-
spurigkeit fiel von ihm ab. Wir beide hatten große Angst.

Am meisten schmerzte mich, was Dir angetan wurde. Ich
hatte wirklich gedacht, man würde bescheinigen, daß Dein
Vater eines natürlichen Todes gestorben sei. Ich konnte nicht
schlafen. Ich mußte etwas unternehmen.

Im Schuppen neben dem Stall fand ich etwas von dem Arsen,
das Hamish gekauft hatte, nur ein paar Körnchen auf dem
Papier, worin es eingewickelt war. Hamish hatte sich nicht
die Mühe gemacht, es zu beseitigen, weil er ja wegen der Ratten ein perfektes Alibi hatte. Da kam mir die Idee. Ich wußte,
daß Arsen bestimmte Kräfte hatte. Ich erinnerte mich an einen Mann aus den Tagen der »Lustigen Rotschöpfe«, der mir
erzählt hatte, er nehme es, um sich jünger zu fühlen.

Ich nahm das Papier an mich. Ich wickelte die Körnchen in ein anderes Papier und sagte, ich hätte es in einer Schublade gefunden und Dein Vater habe mir gestanden, er habe früher Arsen genommen, das er im Ausland gekauft habe.

So lieferte ich den Zweifel an Deiner Schuld. Ich hätte in meinem Leben keine Minute mehr Ruhe gefunden, wenn Du als Mörderin verurteilt worden wärst.

Als ich den Urteilsspruch hörte, war ich wütend. Ich wollte, daß Du ohne jeden Zweifel freigesprochen würdest. Ich wollte alles an Dir wiedergutmachen, wollte es hinter uns bringen und von neuem beginnen. Und diese Idioten fällten den Spruch »Schuldbeweis nicht erbracht«.

Aber Du warst frei. Darüber konnte ich froh sein. Allerdings war mir damals nicht klar, daß Du im Schatten dieses Zweifels würdest durchs Leben gehen müssen.

Ich war gemein. Ich habe dem Plan zugestimmt. Ich bin schuldig und werde mir nie verzeihen.

Ich hatte keine große Freude an meinem Gewinn. Vom Vermögen Deines Vaters, das mir anfangs so unermeßlich erschien, ist nicht viel übriggeblieben. Hamish bekam einen großen Anteil, und er wollte ständig mehr. Damit stieg er in die dunklen Geschäfte ein, durch die er schließlich sein Ende gefunden hat. Ich wurde die ganze Zeit erpreßt. Ich wollte ihn nicht heiraten. Er muß wohl eingesehen haben, daß es gefährlich gewesen wäre; es hätte sein können, daß jemand der Wahrheit auf den Grund gehen wollte. Er hörte auf, mich deswegen zu bedrängen, aber er wollte den Löwenanteil der »Beute«.

Und nun zu Ellen. Sie kam regelmäßig her, um ihren Anteil zu kassieren. Aber Ellen ist eigentlich kein schlechter Mensch. Auch sie hatte es schwer im Leben. Sie möchte ins Ausland gehen. Ich habe ihr von der Gesellschaft erzählt, die Dir und Lilias Milne geholfen hat. Aber sie wollte ein kleines Polster, bevor sie ging. Sie hat regelmäßig Forderungen gestellt. Ich nehme an, sie ist unterdessen auf dem Weg nach Australien oder Neuseeland. Ich glaube, sie hat eine Lektion gelernt. Sie lebte in der ständigen Furcht, daß man sie finden würde. Hamish hätte sie nicht mit hineinzuziehen sollen. Sie war fast jedesmal genauso aufgeregt wie ich, wenn sie kam, um ihren Anteil zu fordern. Sie war keine *geborene* Verbrecherin, so wenig wie ich. Wir sind beide impulsiv, wir haben hart um einen Platz an der Sonne gekämpft, ohne zu erkennen, wie teuer wir dafür bezahlen mußten.

Hamish kann nun nichts Böses mehr anrichten... und ich werde ihm bald folgen.

Beigefügt findest Du einen Bericht über alles, was geschehen ist. Es wäre mir lieb, wenn die düsteren Einzelheiten meines Lebens nicht an die Öffentlichkeit gelangen würden. Sie sind nur für Dich bestimmt. Übergib den beigefügten Brief Deinem Ninian. Er wird wissen, was damit zu tun ist. Es ist mein Geständnis. Es erklärt alles Notwendige und enthält alles, was die Leute wissen müssen. Du wirst vollkommen von jeder Schuld entlastet sein. Und nicht mehr nur aus Mangel an Beweisen...

Gott segne Dich, Davina. Trotz meiner Gemeinheit habe ich Dich geliebt. Du warst mir wie eine Tochter. Ich liebe den kleinen Stephen und wünsche Euch das Allerbeste. Ich möchte das Stigma auf immer auslöschen.

Niemand kann mehr sagen, daß irgendein Schuldbeweis nicht erbracht wurde. Denn Du bist unschuldig.

Sei glücklich. Jetzt hast Du eine Chance.

Leb wohl, Davina,
Deine Zillah

Vor Tränen in den Augen konnte ich ihren beigefügten Bericht kaum lesen.

Und später zeigte ich ihn Ninian.

Er las ihn durch, und als er mir dann das Gesicht zuwandte, sah ich die Freude darin. Er stand auf und nahm meine Hände, dann drückte er mich sachte an sich. »Sie hat recht«, sagte er. »Wir sind frei. Es ist vorbei, Davina. Ich wußte, daß es richtig von uns war, zurückzukommen und den Dingen ins Gesicht zu sehen. Es ist hier geschehen, und hier lag die Lösung.«

»Merkwürdig«, sagte ich. »Sie hat das getan... und ich habe sie wirklich geliebt. Sie war so liebenswert, und doch konnte sie so etwas tun.«

»Das Leben ist seltsam. Die Menschen sind seltsam. Und sie hat recht, wir können jetzt glücklich sein. Der Fall ist geklärt, Davina, meine Liebste, und ohne jeden Zweifel.«

Wir strahlten vor Freude. Das Leben war schön, und nach der Dunkelheit schien es um so heller. Ich konnte jetzt ohne Angst nach vorne schauen. Ich hatte meinen Mann, ich hatte mein Kind. Und Zillah hatte mir den Weg zum Glück freigemacht.